리빌드 월드 IV

Rebuild World
현세계와 구세계의 투쟁

글 나후세
세계관 일러스트 와잇슈
일러스트레이션 긴
메카닉 디자인 cell

The advanced civilization that once dominated the world has crumbled away, and a long time has passed. People rallied the fragments of wisdom and glory scattered all over the world and spent a long time rebuilding human society.

"운명은 무슨……."

"이런 데서 만나니까 운명 같네."

벽이 반대편에서 총격을 맞고 구멍이 난다.
이어서 그 구멍에서 벽을 걷어찬 자가 튀어나왔다. 그 인물은 캐럴이었다.
초조함이 다분하게 드러나던 캐럴의 얼굴이 안심한 듯 느슨해진다.
그리고 놀라는 아키라를 알아차리고, 슬며시 웃었다.

Rebuild World

> **모니카** MONICA
캐럴과 함께 미하조노 시가지 유적을
조사하던 지도상 헌터.
주로 공장 구역의 지도를 거래한다.

> **캐럴** CAROL
미하조노 시가지 유적에서
지도상으로 활약하는 여자 헌터.

> **카나에** KANAE
레이나를 경호하는 메이드,
성격이 호전적이며, 시오리와는 달리
레이나에 대한 충성심이 희박하다.

있잖아, 나랑 거래하지 않을래?

>Author : nahuse >Illustration : gin >Illustration of the world : yish >Mechanic design : cell

리빌드 월드 IV
Rebuild World
현세계와 구세계의 투쟁

The advanced civilization that once dominated the world has crumbled away, and a long time has passed. People rallied the fragments of wisdom and glory scattered all over the world and spent a long time rebuilding human society.

Author 나후세 Illustration 긴
Illustration of the world 와잇슈 Mechanic design cell

Contents

제103화 현세계와 구세계의 투쟁

슬럼의 뒷골목 생활에서 벗어나기 위해 헌터가 된 아키라는, 알파의 서포트를 통해 헌터로서 급성장했다.

강력한 장비를 손에 넣었다. 지하 깊숙이 묻힌 미발견 유적을 찾아냈다. 현상금이 걸린 강력한 몬스터와도 싸웠다. 몇 번이나 죽을 고비를 넘겼다. 그때마다 강해졌다.

이미 아키라의 실력은 어중간한 헌터와 비교도 안 될 만큼 높이 올라갔다. 하지만 그것은 전부 알파의 서포트 덕분이다. 아키라는 자기 힘으로 그렇게 됐다고 전혀 생각하지 않았다.

그때 불행이 찾아온다. 거대한 몬스터가 아키라를 차량째로 집어삼키고, 아키라는 알파의 서포트를 상실하고 말았다.

몬스터의 배 속에서 소화되기까지 얼마 안 남은 상황. 의지할 자는 어디에도 없다. 그렇듯 절망적인 상황 속에서 아키라는 불운한 자신을 비웃었다. 그리고 자기 힘으로 살아 돌아가는 길을 개척하고, 절망을 극복했다.

새로운 장비. 알파의 서포트. 그리고 몸과 마음 모두 성장한 자기 자신. 그것을 통해서 아키라는 헌터로서 한층 비약한 모습을 보였다.

하지만 그만한 힘이 있어도 알파에게 받은 의뢰를 완수하기는 어렵다.

헌터로서 더욱 성공하기 위해서. 그리고 언젠가 반드시 알파의 의뢰를 달성하기 위해서. 그 힘을 손에 넣기 위해서. 아키라의 헌터 활동은 앞으로도 계속된다.

◆

현상수배급 소동도 가라앉아 미발견 유적 수색을 재개한 아키라는 그 단서가 되는 정보인 리온즈테일 사의 단말이 설치된 장소를 나타내는 데이터를 바탕으로 오늘도 황야 사양 차량으로 황야를 이동하고 있었다.

"알파. 다음 장소는 얼마나 걸려?"

『한 시간 정도 걸려.』

"아직 그렇게나 걸리는 거야……?"

그렇게 말하고 가볍게 한숨을 쉰 아키라를, 알파가 웃으며 달랜다.

『도시에 가까운 장소는 대체로 조사가 끝났으니까. 멀리 나가는 이상, 이동하는 데 시간이 걸리는 건 어쩔 수 없어. 기대치는 높으니까 힘내자.』

단말이 설치된 장소를 나타내는 데이터는 이전에 히가라카 주택가 유적에서 입수한 것이다. 실제로 그 정보를 바탕으로 요노즈카역 유적을 발견했으니까 아키라도 그 데이터의 신뢰성을 의심하지 않는다.

하지만 무작정 수색하다가 발견할 확률보다 높을 뿐, 기본적으로는 허탕만 친다. 그리고 황야는 터무니없이 광대하다. 시간을 들여 멀리 나가서 조사하는데도 성과가 없는 나날이 계속되고 있다. 그만큼 아키라의 한숨도 늘어났다.

이런 상황에서 적당히 몬스터와 마주치면 긴장감도 유지되겠지만, 지난번 현상수배급 소동의 여파로 일대의 몬스터는 격감하고 있다. 이동 중, 아키라는 몹시 한가했다.

그 한가함 때문에 아키라는 이야깃거리를 원했다. 평소라면 일일이 따지지 않을 것도 화제로 삼는다.

"그래서 말인데. 알파. 오늘 차림은 왜 그래?"

노출에는 차이가 있지만, 알파는 여전히 매력적이고 고혹적인 의상을 입었다. 오늘은 디자인이 아슬아슬한 보디수트다.

그 보디수트는 관절 등에서 각 부위가 분할되고, 벨트나 코드 같은 접속구로 결합했다. 그렇게 결합하는 부분과 등에 있는 용도를 알 수 없는 구멍에서 노출된 맨살이 정작 노출 면적이 별로 없는 몸에서 야릇함을 도드라지게 하고 있었다.

노출된 부분에서는 속옷처럼 생긴 장착물의 일부도 보인다. 그 디자인도 참 위태롭다.

『이거? 이건 의체 사용자를 위한 보디수트야. 어때?』

알파는 그렇게 말하고 미소를 지으며 자기 몸과 그 보디수트를 과시하듯 포즈를 취했다.

아키라는 섣불리 반응하지 않도록 주의했다. 그리고 얼버무릴 겸 떠오른 의문을 입에 담는다.

"보디수트인데 왜 조각조각 난 구조야?"

『신체 일부를 크기나 형태가 다른 부품으로 교체해도 문제가 없게 하려는 거야.』

"등에 있는 구멍은?"

『확장 부품과 접속하는 용도야. 세 번째 팔이라든가, 전투용 외부 유닛, 비행용 추진 장치, 본인의 몸집보다 큰 개인 휴대용 중화기 등등, 종류가 다양해.』

그 설명을 들은 아키라가 알파의 차림을 보면서 무의식중에 상상한다.

그 보디수트에서 마치 겨드랑이와 사타구니를 대놓고 보여주는 듯한 분할 영역에 기능적인 의미가 있다고 치고, 등과 가슴 등에 난 구멍에도 마찬가지로 의미가 있다고 봤을 때, 그 필요성을 만족하는 모습을 떠올려 본다.

그러자 알파의 등에서 강철 의수가 나타났다. 그 손이 대형 중화기를 잡는다. 두 팔도 어깨 관절부터 몸통 부분과 어울리지 않을 만큼 커다란 무장용 팔로 변환되었다.

그 중량을 지탱하기 위해서 두 다리도 고관절에서 여러 개의 투박한 다리로 바뀐다. 허리 쪽에는 비행 장치와 같은 물건이 달리고, 보디수트에 있는 자잘한 구멍에서는 모종의 에너지를 공급하는 것으로 추정되는 관이 각 장치로 쭉 이어졌다.

"아니…… 이건 좀 아닌가."

아키라는 그만큼 상상하다가 그렇게 할 바에는 차라리 중장강화복을 착용하거나 인형 병기에 탑승하는 것이 더 낫다고 생각해 그쯤에서 상상을 중단했다.

그때 알파가 즐겁게 웃는다.

『그렇진 않아. 비슷하게 상상했는걸?』

"어? 진짜로?"

『그래. 어디까지나 엇비슷한 정도지만 말이야. 덧붙이자면 아키라가 상상한 그 모습도 구세계의 기술력이라면 문제없이 가능해.』

"아니…… 기술적으로 가능하다고 굳이 그렇게 하겠어?"

『그건 감성의 문제야. 더 동쪽, 최전선 부근에서 활동하는 헌터라면 그런 모습이어도 이상하지 않아.』

흔히 '구세계 스타일'로 불리는 전투복에는 현대 제품이라도 장난치는 것처럼 선정적이고 고혹적인 디자인으로 만들어진 것이 있다. 이것은 구세계 전투복이 현대인의 감각을 망가뜨릴 정도로 성능이 뛰어나기 때문이다.

큰맘 먹고 착용해야 하는 디자인이라도 성능이 매우 좋으면 눈감아줄 수 있다. 그렇게 판단해서 지금까지 여러 헌터가 겉모습을 도외시하고 구세계 전투복을 사용했다.

그 결과, 장비의 성능과 겉으로 보이는 인상이 혼동되는 일이 늘어났다. 고혹적인 디자인으로 만들어진 것은 고성능이라고 인식하는 것이다. 지금에 와서는 무력 면에서 허세를 부리려고 일부러 그런 차림을 하는 자도 생겼다.

그 디자인 센스를 전제로 생각하면, 몸에서 과도할 정도로 선정성을 드러내는 한편으로 팔다리 쪽에서는 명백하게 강력해 보이는 무장으로 변환함으로써 매혹적인 부분과 무장의 측면에서 전부 강해 보이는 모습을 얼마든지 선택할 가능성이 있다. 알파는 그렇게 설명했다.

"아하…… 그런 거구나……. 세상은, 참 넓구나."

아키라는 감탄하듯 중얼거렸다.

슬럼의 뒷골목에서 뛰쳐나온 아키라가 사는 세상은 오늘도 더 넓어지고 있었다. 하지만 그 방향은 심하게 편중되었다.

◆

목적지인 오늘의 조사 범위에 도착한 아키라는 그대로 미발견 유적을 수색해 나갔다. 그러나 허탕을 치는 일이 많아서, 일대에 펼쳐진 초원을 본 아키라가 슬쩍 한숨을 쉰다.

"여기도 꽝인가……."

아키라의 시야에 확장 표시로 뜬 화살표는 풀밭을 가리키고 있었다. 화살표는 리온즈테일 사의 단말이 설치된 장소를 가리키는 것이다. 하지만 그곳에는 폐허의 흙에서 풀이 우거진 풍경밖에 없다.

일단 잔해가 깔린 모양에서 과거 이곳에 뭔가 건물이 있었다는 것과 구세계 시대에는 이 일대에 시가지가 펼쳐졌을 것임을 추측할 수 있다. 따라서 당시 이 장소에 설치된 리온즈테일 사의 단말이 있었어도 이상하지 않다. 그것은 그 정보가 올바르다는 증거이기도 하다.

그러나 그것을 의지하고도 매번 허탕만 치는 상황에서는 아키라도 의기양양하게 유적 수색을 계속하기 어렵다. 무의식중에 나온 한숨도 자꾸 쌓여서 무거워졌다.

　알파가 그 아키라의 태도를 보고 제안한다.

　『아키라. 미발견 유적을 찾는 건 잠시 중단하고, 한동안 기존 유적의 미조사 부분을 찾아볼래?』

　리온즈테일 사의 단말이 설치된 장소에 관한 정보는 그런 미조사 부분을 찾아내는 데도 도움이 된다. 마구잡이로 유적을 뒤지는 것보다는 효과적이다. 그리고 꽝이더라도 겸사겸사 유물을 수집하면 완전한 헛수고가 되지 않는다. 그러니까 그렇게 하는 것도 나쁘지 않다고, 알파는 설명했다.

　아키라는 좋은 생각이라고 여기면서도 잠시 주저했다.

　"하지만…… 그래도 될까? 미발견 유적보다는 기대치가 떨어지잖아?"

　『그건 그래. 하지만 그쪽은 아무리 수색해도 찾지 못할 확률도 있으니까. 게다가…….』

　"게다가?"

　『아무리 미발견 유적의 기대치가 더 높다고 해도, 허탕만 계속 치면 아키라도 맥이 빠지잖아?』

　알파는 그렇게 말하고 흥겹게, 그러면서도 부드럽게 미소를 지었다.

　미발견 유적 수색은 그곳에 잠든 노다지 유물을 캐는 것이 목적이다. 그리고 그것은 알파의 의뢰를 달성하는 데 필요한 비싸고 성능이 좋은 장비를 조달할 비용을 마련하기 위함이다.

즉, 유물 수집의 기대치를 낮춘다는 것은 알파의 의뢰를 완수하는 시기가 더 늦춰진다는 뜻이기도 하다. 아키라도 그것을 아니까 조금 망설여졌다.

하지만 그런 상황에서 알파는 아키라의 의욕을 우선해 주었다. 아키라는 그 사실이 기쁘고, 실제로 기분이 조금 다운된 참이기도 하니까 알파의 배려를 달게 받아들이기로 했다. 그런고로 웃으며 고개를 끄덕인다.

"그렇구나. 그러면 그렇게 하자."

『알았어.』

그때 알파가 장난치듯이 미소를 지었다.

『아키라. 갑자기 기운이 났네.』

"뭐, 나도 황야를 정처 없이 이동하기만 하면 질린다고. 사기를 유지하는 건 중요해."

『맞는 말이야.』

아키라는 얼버무리듯이 웃어넘겼다.

◆

목적과 목적지를 변경한 아키라와 알파가 다시 황야를 이동한다.

미발견 유적 수색을 중단했으므로 이제부터는 이동 경로에서 유적이 있는 장소가 노출되는 것을 걱정하지 않아도 됐다. 아키라는 이동 중에 해치운 몬스터를 조금이라도 돈으로 바꾸기 위해서 범용 토벌 의뢰를 받기로 했다.

정보단말을 꺼내 헌터 오피스에 접속하고, 그 신청을 마친다. 한때는 인터넷으로 간단한 검색도 하기 힘들어했던 아키라도 요새는 이 정도라면 알아서 할 수 있게 되었다.

그때 아키라가 문득 생각한다.

"있잖아, 알파. 이 범용 토벌 의뢰는 왜 있는 거야?"

『왜긴. 헌터 오피스에서 의뢰를 내니까 있는 거지.』

"아, 그런 뜻으로 한 말이 아니라……."

아키라가 의문을 보충한다. 그것은 보수가 어디서 나오는지 등, 의뢰의 채산에 관한 소박한 의문이었다.

도시 주변의 순찰 의뢰라면 아키라도 이해할 수 있다. 도시의 안전을 위해서 방벽 안쪽이나 하위 구역에 사는 자들이 돈을 대고 있을 것으로 예상할 수 있다.

또한 해치운 몬스터와 맞바꿔서 보수가 나온다면 그나마 이해할 수 있다. 기계형이든 생물형이든 해체해서 소재로 만든 것을 돈으로 바꾸고, 그 일부를 대금으로 내주는 것이라고 상상할 수 있다.

하지만 도시에서 멀리 떨어진 장소에 있는 몬스터를 해치우기만 하고 그 사체 등의 부산물을 챙겨서 돌아오지 않는데도 어디 사는 누가 무슨 이유로 돈을 대는지 아키라는 좀처럼 이해할 수 없었다.

그 말을 들은 알파는 조금 뜻밖이라는 듯한 표정을 지은 다음,

기뻐하는 기색으로 웃었다.

『아키라도 그런 부분을 의식하게 되었구나. 잘 성장하고 있어. 이것도 내 교육 덕분일까?』

"그것참 고맙네요."

아키라는 수줍은 기색으로 쓴웃음을 지었다. 어떻게 보면 지금까지는 왜 신경도 안 썼냐고 하는 지적도 되기 때문이다.

『토라지지 말고. 칭찬하는 건데? 아키라의 의문에 대답하겠는데, 간단히 설명하자면 통기련에서 동부 전체의 이익을 위해 돈을 대는 거야.』

이 설명은 추측이 많이 섞였지만, 아마도 맞을 것이다. 알파는 그렇게 운을 떼고 나서 아키라에게 조금 더 자세히 이야기하기 시작했다.

범용 토벌 의뢰는 구체적으로 설정된 토벌 조건이 없는 의뢰다. 원하는 숫자, 장소, 활동 시간 등을 따로 지정하지 않는다. 의뢰를 수주한 헌터가 몬스터와 마주치지 않고 복귀하더라도 이동 경로의 정보만 넘기면 최소한의 보수가 나온다.

언제, 어디서, 어느 정도의 실력을 지닌 헌터가, 어떤 몬스터와 마주쳤는가. 혹은 마주치지 않았는가. 승리했는가, 패배했는가. 도망쳤는가, 도망치지 않았는가. 해치웠는가, 해치우지 못했는가.

고작 그 정도의 정보라도 헌터 오피스의 힘으로 동부 전역에서 방대한 데이터를 수집하고 해석하면 매우 유용한 정보를 많이 얻을 수 있다.

해석 결과에서 얻은 정보는 다양한 용도로 쓰인다. 해당 지역에 서식하는 몬스터의 위험 수준 파악. 도시와 도시를 잇는 운송로 선정. 통기련의 동부 개척 계획 입안 및 수정. 하나같이 중요한 사항이다.

하지만 그 해석의 바탕이 되는 데이터를 제공하라고 헌터들에게 강요할 수는 없다. 그러나 광대한 황야를 조사하는 의뢰를 내려고 하면 비용이 너무 커진다.

그래서 범용 토벌 의뢰의 보수와 맞바꾸는 형태로 데이터를 모은다. 푼돈일지라도 돈을 받을 수 있다는 이유로 다른 의뢰를 수행하는 김에 이 의뢰를 받는 자가 많아지기 때문이다.

또한 이유야 어쨌든 황야에서 몬스터가 사라지면 그만큼 황야가 안전해지고, 물류도 안정된다. 그러한 이익을 고려하면 조금은 보조금을 내줄 수 있다. 해치운 몬스터에 대한 보수액을 의뢰주가 나중에 정할 수 있는 범용 토벌 의뢰라면 그런 부분도 조정하기 편하다.

범용 토벌 의뢰의 보수는 그러한 동부 전역의 이익을 위해 꼭 필요한 경비로서 나오고 있다.

아키라는 그 설명을 흥미롭게 듣고 있었다.

"여러모로 생각해서 하는 거구나."

『뭐, 대충 설명한 거지만 말이야. 동부 전역은 과장이 심하더라도, 그보다 더 작은 지역에서도 다양하게 생각하고 있어.』

지금까지 몬스터가 거의 없었던 장소에 갑자기 몬스터 무리가 출현할 경우, 그곳에는 아키라가 이전에 발견한 요노즈카역 유적 같은 유적이 존재할 가능성이 있다. 그 정보는 돈을 받고 팔 수 있다.

또한 몬스터와 마주치는 확률 등은 도시 간 유통 분야에서 보험을 취급하는 기업이 보험료를 정하는 기준이 될 수 있다. 얼마든지 돈이 되는 정보이므로 돈을 받고 팔 수 있다.

그러한 정보를 도시나 기업에 팔기만 해도 상당한 이익을 거둘 수 있다. 알파는 그렇게 설명을 덧붙였다.

아키라도 납득한 듯이 고개를 끄덕였다.

"하긴. 새로운 유적을 찾아내기만 해도 가까운 도시는 돈방석에 앉는 건가. 그쪽 유물은 근처 도시에서 팔릴 테고, 헌터도 돈 씀씀이가 좋아질 테니까. 도시 경제권에도 활기가 돌겠지."

그렇게 추측할 정도로는 아키라도 전투 외 분야에서 조금씩 성장하고 있었다.

『그런 셈이야.』

자신의 설명을 듣고 감탄한 듯 고개를 끄덕이는 아키라의 성장을 보고, 알파는 미소를 짓고 있다.

그리고 항시 생각하고 있다. 그 지식이 해가 되지 않게끔. 아키라가 자신과 적대할 요소를, 미래를, 확률을 늘리지 않게끔.

그러기 위해서 알파는 아키라에게 제공하는 정보를, 그 신뢰성을 유지한 채로 한쪽에 치우치게끔 했다.

◆

　황야를 이동하는 아키라의 시야에 목적지가 보이기 시작한다. 저 멀리서 당시 풍경을 짙게 남긴 구세계 도시의 풍경이 펼쳐지고 있었다.

　"저게 미하조노 시가지 유적인가."

　마침 그때, 근처를 황야 사양의 대형 버스가 달렸다. 안에는 헌터가 많이 탔다.

　『목적지는 똑같은가 봐.』

　"헌터가 저렇게 많이 가니까, 그만큼 돈이 잘 벌리는 유적인가 보네."

　아키라는 기대를 담아 저 멀리 유적의 풍경으로 다시 시선을 돌렸다. 하지만 그때 조금 의아한 표정을 짓는다.

　『아키라. 왜 그러니?』

　"있잖아, 알파. 유적에서는 우리 같은 헌터가 우르르 몰려가서 오래전부터 유물을 수집하고 있지? 몇 년, 몇십 년이나…… 아니, 몇백 년이나?"

　『정확한 기간은 알 수 없고, 지역에 따라 차이는 있지만, 최소 200년은 계속되고 있을걸?』

　"그렇게 오랫동안 수많은 헌터가 유적에서 유물을 가져오는데 왜 유물이 아직 남았어? 아무리 그래도 바닥나지 않을까?"

　아키라의 그 소박한 의문을, 알파가 시원시원하게 긍정한다.

　『바닥나는걸? 실제로 히가라카 주택가 유적에는 돈이 되는 유물이 남지 않았고, 다연장포 마이마이가 있었던 미나카도 유적도 유물을 다 가져가서 단순한 폐허가 됐잖아?』

그 유적만이 아니라, 유물이 동난 유적은 동부에 얼마든지 있다. 경향으로 보면 동부에서 서쪽에 가까운 지역에 많다. 그 일대는 몬스터가 비교적 약해서 유물을 수집하기 쉽기 때문이다.

그리고 그 지역에서 헌터 활동이 성립하지 않을 정도로 유물이 고갈되면 헌터들은 새로운 유물을 찾아 활동 영역을 더 동쪽으로 옮긴다. 동부의 발전을 견인하는 유물을 원하는 통기련도 가치가 더 큰 유물을 찾아서 동쪽으로 황야를 개척해 나간다.

황야에서 동쪽으로 갈수록 몬스터가 강해지고, 개척에 들어가는 비용도 커진다. 그러나 발견하는 유물의 가치도 커지므로 수지가 맞는다. 아키라가 있는 쿠가마야마 시티 주변도 현재로서는 아직 돈이 되는 유적이 있으므로 채산에 문제가 발생하지 않는다.

아키라는 그러한 이야기를 듣고 막연하게 불안을 느끼고 있었다.

"그렇다면 이 근처 유적에서도 언젠가 유물이 다 사라지는 건가……. 괜찮은 거야?"

알파가 아키라의 불안을 웃어넘긴다.

『괜찮아. 언젠가는 이 일대에서도 유물이 고갈할지라도, 아키라가 걱정할 정도로 금방 다 사라지는 건 아니야.』

유물이 대량으로 있는 유적에서도 아무나 가져갈 수 있으면 유물이 금방 바닥난다. 표현을 바꾸자면, 수많은 헌터가 유물을 찾으려고 유적에 가는데도 남은 유물이 아직 있을 정도로 유적의 몬스터는 강력하다. 그렇게 쉽게 바닥이 나는 일은 없다.

또한 자동 수복 기능이 살아있는 유적은 건물만 수리하지 않고, 비품 등을 보충하기도 한다. 점포라면 상품을 다시 진열하거나, 어떨 때는 건물 자체를 다시 짓는 사례도 있다.

그리고 때로는 모종의 이유로 정지했던 복원 기능이 살아난 결과, 유적이 통째로 재구축되는 일도 있다. 아무것도 없었던 황야에서 하룻밤 사이에 새로운 유적이 출현한 사례도 있었다.

알파는 그러한 사례를 이야기한 다음, 아키라를 안심시키듯이 웃었다.

『그런 이유도 있어서 간단히 유물이 고갈하는 일은 없어. 그러니까 유물이 고갈해서 아키라의 헌터 활동을 폐업해야 하는 일도 없는 거야. 걱정하지 마.』

"그랬구나. 안심했어. 응……? 그런데 유물이 자꾸 보충되는 유적이 있다면 헌터가 떼로 몰려가서 난리가 나지 않을까?"

『그런 유적은 자동 수복 기능이 시설을 경비하는 장치나 물건을 생산하는 설비도 같이 수복해. 그리고 유적에서 무한정으로 제조되는 경비 기계가 침입자를 격퇴하는 거지. 떼로 몰려드는 정도의 전력이라면 그것을 넘어서는 전력으로 격퇴하면 될 일이야.』

원래는 별로 위험하지 않은 유적이었는데 돈이 되는 장소로 널리 알려지는 바람에 헌터들이 몰려들면서 몹시 위험한 유적으로 변모하는 일도 있다. 유적의 경비 시스템이 상황에 맞춰 경계 레벨을 끌어올리고, 방위 기계를 대량으로 제조, 배치하는 경우가 그렇다.

『뭐, 타인의 사유지에 무단으로 침입해서 비품이나 상품을 가져가는 무장 강도에 대처하는 방법으로는 틀리지 않았어.』

"듣고 보니 그러네⋯⋯. 헌터는 상대가 봤을 때 단순한 약탈자인가⋯⋯."

아키라는 느낀 바가 있는 것처럼 중얼거렸다. 조금 불쾌한 감정이 생기지만, 그것을 지워내듯이 의식을 전환한다.

"하지만 헌터를 그만둘 수도 없으니까 지금 와서 신경 쓸 일은 아닌가. 당시 사람들은 이미 죽었고, 유령이라도 되지 않은 이상 불평을 들을 일도 없어. 그렇다면 괜찮겠지."

『그래⋯⋯.』

알파는 평소처럼 미소를 띤 얼굴에 신기하게도 복잡한 무언가를 드러내며 얼굴을 조금 굳혔다. 그리고 그런 표정을 띤 채로, 이미 후련해진 기색을 보이는 아키라를 보고 있었다.

그리고 그 사실을 아키라에게 들키는 일 없이, 평소처럼 웃는 얼굴로 돌아왔다.

구세계의 유적을, 유물을, 지혜를 찾아서 지금을 사는 자들. 반대로 그것들을 지키고 그들을 공격해 지금에 와서는 몬스터로 불리는 자들.

그러한 구세계와 현세계의 투쟁은 지금도 이어지고 있다. 멸망한 나라의 옛 영토에 마치 자기 집처럼 눌러앉은 자들과 그들을 쫓아내려고 저항하는 자들의 투쟁은 지금까지도, 그리고 앞으로도 계속된다.

◆

미하조노 시가지 유적은 쿠즈스하라 시가지 유적처럼 현대풍 도시 유적이다. 정확하게는 도시의 일부를 포함한 유적군을 가리키는 말이며, 현존하는 건축물의 경향을 바탕으로 구분해서, 시내 구역, 공장 구역 등으로 불렸다.

제법 규모가 큰 유적이지만, 쿠즈스하라 시가지 유적만큼 넓지는 않다. 서식하는 몬스터도 쿠즈스하라 시가지 유적의 중심부만큼 강하지 않다. 어느 정도 실력이 되는 헌터라면 쏠쏠하게 돈을 벌 수 있는 유적이다.

싸구려 강화복과 AAH 돌격총, 미숙한 실력밖에 없었던 시절의 아키라는 이 유적에 발을 들일 자격이 없었다.

그러나 지금의 아키라에게는 문제가 없다. 저 멀리 보이는, 세월의 흐름에 따른 열화가 느껴지지 않는 거대한 고층 건물의 외관과 그것을 유지하고 있을 자동 수복 기능으로 정비된 경비 장치의 위협을 상상하면서도 움츠러들지 않고 유적으로 다가간다.

그리고 그 미하조노 시가지 유적에 도착한 아키라는 예상하지 못했던 것을 보고 조금 놀랐다.

"주차장이 있어……. 헌터 오피스의 마크가 있는데…… 어?

헌터 오피스에서 운영하는 거야? 주차장을? 유적에서?"

아키라가 차를 멈추고 잠시 황당해할 때, 남자 경비원이 다가왔다.

"이봐, 그곳에 차를 세우지 마. 통행에 방해되잖아."

"아, 미안해요."

아키라는 평범하게 사과하고 차를 움직이려고 했다. 그러자 그 반응을 본 남자가 눈치챈다.

"넌 여기 처음 왔냐?"

"네. 그래요."

"그랬군. 이 근처에 차를 댈 거라면 주차장을 써. 근처에 마구잡이로 세우면 통행에 방해가 돼. 주차비를 내기 싫다면 더 멀리 떨어진 곳에, 최소한 저기 정도는 떨어진 곳에 대라고."

남자는 그렇게 말하고 조금 떨어진 장소를 가리켰다.

아키라가 신기해하며 묻는다.

"저기 정도면 돼요……? 그런데도 돈을 내고 주차장을 쓰는 사람이…… 있구나. 차가 꽤 많네."

주차장에는 이미 차량이 여러 대 서 있었다. 사용 중인 곳은 전체의 40퍼센트 정도다. 빈자리에는 아직 여유가 있지만, 주차장의 넓이를 생각하면 이용자가 무척 많다.

남자가 아키라의 의문에 대답해 준다.

"일단은 지붕도 있고, 바가지요금인 것도 아니야. 게다가 이 유적에는 헌터 오피스의 출장소도 있거든. 헌터가 아니더라도 거기 직원이나 헌터를 상대로 장사하는 사람들도 쓰지."

아키라가 주차장을 다시 본다. 정말로 주차된 차량 중에는 헌 터용이 아닌 것도 많았다.

"게다가 여기는 황야라고. 좀 심하게 말하자면 양심을 팔아먹은 바보도 적지 않아. 그런데도 헌터 오피스에서 관리하는 주차장에 있는 차량에 손대는 바보는 없어. 일단은 경비원도 있고, 감시 카메라로도 보니까 말이야."

아키라는 무의식중에 슬쩍 고개를 끄덕였다. 황야에서의 안 전한 주차가 의미하는 가치는 아키라도 잘 알았다.

"뭐, 그런데도 가끔 손대는 바보가 있기는 한데. 그것들은 전 부 불쌍하게 끝나지. 그런 연유로 이용하는 사람은 많을걸? 너 도 이용할 거라면, 저기 접수처에 가 보라고."

남자는 아마도 이제야 겨우 미하조노 시가지 유적에서 활동할 수 있게 된 풋내기 헌터에 대한 친절로 주차장의 존재 의의를 설명해 주더니, 마지막으로 슬쩍 접수처를 가리킨 다음 자기 위 치로 돌아갔다.

『시험 삼아 이용해 볼까…….』

『그래. 기왕 설비가 있으니까 말이야. 운 나쁘게 차량털이 범 죄의 희생양이 되지 않기 위해서라도 잘 활용해 보자.』

장난치듯이 미소를 지은 알파에게, 비록 쓴웃음이긴 해도 아 키라 역시 웃어 보였다.

주차장 접수처로 가서 결제 처리를 마친 다음 차를 세운다. 요 금을 떼먹는 행위를 방지하기 위해 헌터 오피스의 계좌에서 직 접 이체되는 형식이었다.

『퇴거 신청을 깜빡하면 시스템상 계좌에서 요금이 계속 나가니까 조심하라고 했던가……. 이거, 유적에서 조난하면 계좌가 바닥날 때까지 털어간다는 뜻이겠지?』

『조난을 대비한 구조 보험도 추천했으니까, 계좌에서 돈이 다 나가는 게 싫으면 그쪽을 알아보라는 뜻일 거야.』

『헌터 오피스의 출장소도 있는 유적이니까 이것저것 하는 일이 많나 보네.』

차에서 짐을 내리고 총좌에서 CWH 대물돌격총과 DVTS 미니건을 탈착해 장비한다. 유적 탐색 준비를 마친 아키라는 먼저 주차장을 나와 헌터 오피스의 출장소 근처로 이동했다.

출장소는 유물 등을 매입하는 거래소를 겸해서, 유적에서 막 가져온 유물을 운반하는 헌터들의 모습도 보인다. 그곳에는 해치운 기계형 몬스터를 같이 운반하는 자들도 있었다.

『해치운 기계형 몬스터를 가져와서 파는 건가? 음. 고철 수집이 생각나는데, 돈이 되나?』

『적어도 유적에서 해치운 몬스터를 방치하지 않고 가져와서 팔자고 생각할 정도로는 비싸게 팔리는 거겠지.』

기계형 몬스터란 어떻게 보면 지금도 동작을 보증해 주는 유물이다. 망가졌더라도 현존하는 기술로 재현할 수 없는 구세계 소재 등이 포함되었을 가능성이 커서, 어설픈 유물보다도 값을 비싸게 칠 때도 있다.

적어도 이 미하조노 시가지 유적에서는 출장소 주변에서 상인 정신이 투철한 자들이 짐수레를 대여하거나 판매할 정도로는 이익이 있었다.

　도시로 가져가는 것은 귀찮더라도 유적 근처에 있는 출장소 정도라면 챙겨갈 수 있다. 고작 그 정도 생각이더라도 결과적으로 여러 헌터가 몬스터를 해치우면 그만큼 유적의 난이도가 내려간다.

　그렇게 되면 유물 수집도 활발하게 이루어지고, 그 유물이 흘러가는 도시도 돈을 번다. 그러한 의도도 있어서 도시 측도 매입가를 다소 높이 쳐주는 걸지도 모른다. 알파는 그런 느낌으로 간단하게 설명을 보충했다.

　아키라가 그 말을 듣고 납득한 듯이 고개를 끄덕인다.

　『역시 헌터 오피스의 출장소가 있는 만큼 이것저것 하는 게 많구나……. 쿠즈스하라 시가지 유적에서도 뭔가 해 주면 좋았을 텐데.』

　아키라는 아직 강화복이 없었을 무렵에 유적 깊숙한 곳에서 녹초가 될 정도로 유물을 운반한 기억을 떠올리고 작은 불만을 드러냈다.

　『거기는 도시와 가까우니까. 굳이 헌터 오피스의 출장소를 만들 필요도 없을 거야. 게다가 아무것도 안 하는 것도 아닐걸.』

　『예를 들면?』

　『출장소 수준을 넘어서 가설기지를 건설할 정도로 더 규모가 큰 일을 하고 있잖아?』

　『아…… 하긴 그러네.』

　그때 아키라는 주위 헌터들 중 일부가 조금 놀란 얼굴로 똑같은 방향에 시선을 준 것을 깨달았다.

아키라도 덩달아 시선을 돌린다. 그리고 똑같이 조금 놀란 얼굴을 했다. 그곳에는 아키라도 얼굴을 아는 세 사람이 있었다. 그중 두 사람은 낯익은 차림인데, 그것이 하필이면 유적과는 전혀 어울리지 않는 메이드 의상이었다.

그곳에는 레이나 일행이 있었다.

제104화 메이드와 메이드와 그 주인

미하조노 시가지 유적에 있는 헌터 오피스의 출장소 앞에서, 레이나가 슬쩍 한숨을 쉬었다.

"역시 너무 눈에 띄어."

그리고 그 원인 제공자들에게 시선을 줬다. 유적과 전혀 어울리지 않는 메이드 차림의 시오리와 카나에는 사람들 눈에 너무 띄었다.

원인의 절반인 시오리가 사죄의 의미로 머리를 조금 숙인다.

"아가씨. 이것만큼은 익숙해지셔야 합니다."

하지만 원인의 나머지 절반인 카나에는 전혀 아랑곳하지 않고 웃었다.

"익숙해지면 됩다. 이름이 알려진 헌터가 되면 어떤 차림이어도 주목받는 법이죠. 이참에 익숙해지면 되지 않겠슴까? 흔해 빠진 헌터로 끝나지 않을 마음이 아씨한테 있다면 말임다."

레이나가 눈을 흘기듯 카나에에게 시선을 돌린다. 그런데도 카나에는 태연하게 웃지만, 추가로 시오리가 엄격하게 노려보자 얼버무리듯이 눈을 돌렸다.

레이나는 그런 시오리와 카나에의 반응을 보고, 비록 태도에서 차이는 있을지라도 어느 쪽도 눈에 띄는 원인을 없앨 생각이 없다는 사실에 다시 한번 한숨을 쉬었다.

도란캄의 신인 헌터는 부대 단위 행동이 기본이다. 레이나도 그 도란캄 소속이며, 나이로 치나 헌터 경력으로 치나 완전히 신인이다.

하지만 최근에는 단독으로 행동했다. 엄밀하게는 시오리와 카나에가 있으니까 혼자가 아니지만, 도란캄의 작전에서 멀어지고 다른 신인 헌터들과 부대 단위로 행동하지 않는다는 점에서는 단독행동이다.

그것은 레이나가 처한 상황 때문이다. 도란캄의 모든 파벌과 거리가 멀어지고 말았기 때문이다.

레이나 일행은 이전에 쿠가마야마 시티의 하위 구역에서 아키라와 카츠야가 목숨을 걸고 싸우기 직전까지 실랑이를 벌였을 때 중립을 선언하고 먼저 그 자리에서 이탈했다.

그 다툼 자체는 결과적으로 평화롭게 끝났지만, 레이나 일행이 카츠야를 버린 셈이나 다름없다는 것은 사실이어서 그 뒤로 레이나 일행은 도란캄 내부에서 몹시 미묘한 처지가 되었다.

다툼이 있기 전에 레이나는 카츠야 팀에 있었지만, 때마침 사정이 있어 팀에서 빠지려던 참이었다. 그것을 만류하려는 카츠야의 친절을 무시한 데다가 그 카츠야를 버리려고 한 것도 있어서 도란캄의 신인 헌터들 중에서 A반으로 불리는 자들은 레이나 일행에게 분노하고, 그들을 혐오했다.

그런 신인들의 감정은 카츠야가 레이나 일행의 행동은 상황으로 봐서 어쩔 수 없는 일이었다고 했는데도 가라앉지 않았다. 다툼 자체는 평화롭게 처리했다고 말해도, 실제로는 대수로운 일도 아니었는데 카츠야를 버렸다는 식으로 해석되어 악감정에 기름을 부었다.

그리고 카츠야와 신인 헌터들의 상사인 미즈하도 본인이 적극적으로 밀어주는 카츠야파 신인들의 태도가 그래서는 레이나 일행을 카츠야파에 도저히 그대로 둘 수 없었다.

또한 도란캄의 다른 신인 파벌인 B반은 슬럼처럼 경제적으로 몹시 궁핍한 출신이 많다 보니 메이드를 대동하고 다니는 레이나에게 친근감을 조금도 드러내지 않고, 레이나를 거부했다. 신인들을 싫어하는 고참들도 신인 헌터인 레이나에게 호의적인 태도를 보여주지 않았다.

그런 경위로 도란캄의 모든 파벌과 멀어진 레이나 일행은 도란캄 내부의 파벌 다툼이 격해지는 상황도 있어서 단독으로 행동할 수밖에 없었다.

이것은 유익한 의뢰를 알선받는 등 도란캄의 지원을 전혀 받을 수 없음을 의미한다. 도란캄에서 출세하려고 하는 헌터에게는 치명적인 타격이다.

애초에 그것은 레이나는 어떨지 몰라도 시오리에게는 반가운 측면이 있었다. 파벌 다툼과 멀어짐으로써 요노즈카역 유적에서 벌어진 소동과 고전한 현상수배급 토벌에 레이나가 말려들지 않았기 때문이다.

그런데도 불편한 상황이라는 사실만은 변함없다. 레이나 일행은 도란캄의 파벌 다툼에서 벗어나는 바람에 조직의 혜택을 거의 받지 못하는 하루하루의 헌터 활동을 계속하고 있었다.

　미하조노 시가지 유적을 현재의 활동 장소로 삼은 레이나 일행은 사람들 눈에 너무 띄었다.

　레이나의 무장은 강화복과 총. 헌터로서는 평범한 장비다. 하지만 시오리는 추가로 칼을 두 자루 휴대했다. 또한 카나에는 총기를 권총만 소지했고, 그 대신에 전투용 건틀릿을 장착했다.

　강력한 몬스터들을 상대로 원거리 공격 수단인 총의 강점을 살려 싸우는 자들이 많은 가운데, 이들 3인조 중 두 사람이나 근거리 전투용으로 무장하면 나름대로 눈에 띈다. 하지만 두 사람이 눈에 띄는 가장 큰 이유는 시오리와 카나에가 입은 메이드 옷이다.

　도시에서는 일행의 빼어난 외모가 맞물려 호기심 어린 시선을 받는 것으로 그쳤다. 하지만 여기는 황야다. 시선 중에는 장소에 어울리지 않는 이물질에 대한 경계심이 포함된다.

　비슷한 일은 레이나와 시오리가 쿠즈스하라 시가지 유적 지하상가에 있을 때도 있었다. 그러나 그때는 주위 헌터들이 어느 정도 고정된 상태여서 호기심과 경계가 어린 시선도 주위 사람들이 익숙해짐에 따라 서서히 흐릿해졌다.

　하지만 이 미하조노 시가지 유적에서는 그럴 수 없다. 이곳은 헌터들이 많이 드나들어 교체가 빈번한 장소이며, 레이나 일행을 처음 보는 사람이 태반이다. 주목은 쉽게 없어지지 않는다.

그러한 주목 속에서 시오리는 타인의 시선보다도 본인의 직무와 충성심을 우선했고, 카나에는 거리낌 없이 웃었다. 레이나는 조금 시무룩해졌다.

물론 카나에는 주인에 대한 충성심이 눈곱만치도 없는 태도를 보이면서도 일단 레이나의 경호라는 업무 자체에는 진지하게 임하고 있었다.

그리고 그 경계 범위에서 낯익은 얼굴을 발견하고 유쾌하게 웃었다.

◆

레이나 일행을 발견한 아키라는 주위 헌터들의 반응을 보고 어딘가 만족스러운 기색으로 슬며시 웃었다.

『알파. 역시 메이드 옷은 아직 어색한 차림 같은걸.』

아키라는 오랫동안 슬럼의 뒷골목에서 생활한 탓도 있어서 상식이 부족한 구석이 있다. 더불어서 자신의 상식을 뒤흔드는 이야기를 몇 번이고 들은 적이 있어서, 본인이 인식하는 상식을 조금 불안하게 여기고 있었다.

그러한 배경 사정도 있어서 아키라는 자신의 상식과 일치하는 광경을 보고 기분이 조금 좋아졌다.

알파가 슬쩍 쓴웃음을 짓는다.

『그런 것 같네. 만족했으면 그만 이동하자. 아키라도 성가신 일은 질색이지?』

『응? 그렇지.』

아키라는 그대로 자리를 뜨려고 했지만, 한발 늦었다. 이미 카나에의 눈에 걸렸다.

"소년! 또 만났군요!"

카나에는 손을 크게 흔들면서 큰 소리로 아키라를 불렀다. 그러는 바람에 아키라에게도 사람들의 시선이 쏠린다.

『거봐. 얼른 피하지 않으니까…….』

『그러게 말이야…….』

내가 뭐랬냐고 하는 듯한 태도를 노골적으로 드러내는 알파에게 아키라는 반론할 수 없었다. 그리고 서둘러 자리를 뜨는 게 낫지 않을까 고민하는 사이에 카나에가 후다닥 움직여 거리를 좁혔다.

"이런 데서 다 보는군요! 아, 저는 카나에입다!"

"나는 아키라야."

"그렇습까! 아키라 소년! 잘 부탁합다!"

일이 이렇게 되면 레이나와 시오리도 아키라를 방치할 수 없다. 잠시 눈짓을 주고받은 다음 아키라와 카나에가 있는 곳으로 이동한다.

그리고 먼저 시오리가 아키라의 눈치를 보면서 인사한다.

"아키라 님, 오랜만에 뵙습니다."

레이나도 조금 긴장한 기색으로 뒤를 잇는다.

"저기, 오랜만이야."

아키라도 대응하기 난처한 기색으로 대꾸한다.

"아, 응. 오랜만이네."

아키라도 레이나도 시오리도 거북한 느낌이 들어서, 상대에게 보일 태도와 대응을 정하지 못했다.

그때 카나에가 명랑한 말로 분위기를 깬다.

"아키라 소년은 유물을 수집하러 왔습까?"

"그런데……."

"혼자서?"

"그래. 나는 기본적으로 혼자서 다니니까."

"오오! 여긴 꽤 어려운 유적인데, 혼자서 유물 수집임까! 대단하네요!"

"그래……."

장소와 상황에 맞지 않게 명랑한 카나에의 태도에 독기가 빠져서 아키라는 이제 아무래도 상관없어졌다. 슬쩍 한숨을 쉬고 마음을 바꾼 다음, 불필요한 다툼을 피하고자 시오리와 레이나에게 자기 생각을 전한다.

"그런 상황에서 내 말만 믿고 편들어 주기를 바라진 않아. 중립을 유지해 준 것만으로도 좋았어. 일단은 고마웠다고 말해 둘게."

그것이 본심임을, 시오리도 곧바로 이해했다. 속으로 안도하면서 아키라에게 공손히 머리를 숙인다.

"이해해 주셔서 대단히 감사합니다."

레이나도 긴장을 풀고 숨을 내쉰다. 아키라도 서로가 적대할 의사가 없음을 드러냈기에 불필요한 경계를 낮췄다.

"그래서 말인데, 나한테 볼일이 있어? 아는 사람이 보여서 인사하러 온 거라면 이만 가겠는데."

"아뇨. 그게 다입니다. 괜히 소란스럽게 했군요. 조심해서 가세요."

시오리는 그대로 정중하게 아키라와 헤어지려고 했다. 적대하지는 않는다고는 해도 말썽을 일으키기 쉬운 인간임을 잘 안다. 레이나와는 되도록 엮이게 하고 싶지 않았다.

하지만 그때 카나에가 다시 끼어든다.

"아키라 소년! 이것도 다 인연이지 말임다! 괜찮다면 같이 유적을 탐색해 보지 않겠슴까?"

갑자기 아키라에게 동행을 권하는 카나에에게, 레이나와 시오리가 놀란다. 하지만 시오리는 곧바로 정신을 차리고 황급히 말리려고 했다.

그러나 그러기 전에 아키라가 딱 잘라 말한다.

"거절하겠어."

그 말을 들은 레이나는 조금 힘이 빠졌다. 레이나도 아키라와 같이 헌터 활동을 하고 싶다고는 생각하지 않았지만, 망설이지도 않고 거절하면 우울해진다.

위험한 헌터 활동에서 전력은 많을수록 좋다. 시오리가 얼마나 강한지는 아키라도 알 것이다. 아키라라면 카나에의 실력도 알아볼 터. 그런데도 아키라는 주저하지 않았다.

역시 자신이 짐짝인 걸까. 그것이 시오리와 카나에의 전력 가치를 뒤집을 정도일까. 무의식중에 그렇게 생각하는 바람에 레이나의 사고가 자학적인 방향으로 움직인다.

그런 레이나의 모습에 시오리가 속을 앓는 한편으로, 카나에가 아키라를 놀리듯이 환하게 웃는다.

"매정하지 말임다. 이런 미녀, 미소녀와 동행하자는 제안을 거절하다니, 그 나이에 벌써 말라비틀어진 검까?"

"그런 차림으로 다니는 인간들과 같이 행동해서 튀고 싶지 않을 뿐이야. 게다가 행동 방침이나 보수 분배로 실랑이를 벌이기도 싫으니까."

아키라는 거의 황당해하는 얼굴을 보였다. 말한 이유는 모두 본심이지만, 현재 주위에서 기이하게 보는 시선과 함께 메이드 옷을 입은 자들의 동행으로 찍힌 것도 있어서 첫 번째 이유의 비중이 더 커졌다.

"애초에 왜 차림이 그래? 아무리 생각해 봐도 눈에 띄잖아. 그런 취향이야?"

"고용주의 취향임다!"

카나에는 딱 잘라서 말했다. 그 말에는 쓸데없이 설득력이 있었다.

아키라가 레이나를 힐끗 보고 미묘한 표정을 짓는다.

"그, 그래?"

우울해하던 레이나도 명확한 오해를 인식하자 그런 기분이 확 날아갔다. 허둥지둥 부정한다.

"아니야! 내 취향이 아니야!"

"아, 응. 그렇구나."

오해가 하나도 풀리지 않았다고 말하는 듯한 아키라의 태도에 레이나가 다급하게 표정을 일그러뜨린다. 하지만 어떻게 보면 그 다급함 덕분에 레이나에게서 우울한 분위기가 사라졌다.

시오리는 그런 레이나의 모습을 보고 우울한 채로 있는 것보다는 훨씬 낫다고 여겨 쓴웃음을 지으면서, 오해를 풀고자 말을 보탰다.

"더 정확하게 말씀드리자면 아가씨의 조부님, 저희의 정식 고용주이신 분의 취향입니다. 또한 이 옷은 우리가 소지한 것 중에서는 가장 성능이 좋은 전투복입니다. 사람들 눈에 띄려고 착용한 것이 아닙니다."

"참고로 안에는 강화 내피를 껴입었습다."

카나에가 그렇게 말하고 치맛자락을 살짝 들었다. 안에서 검정 타이츠처럼 보이는 강화 내피가 드러났다.

시오리가 카나에의 손을 찰싹 때려서 제지한다.

"저희는 아가씨를 지키고자 눈에 띄는 것을 알면서도 이러한 장비를 착용합니다. 아가씨의 취향에 따른 것이 아닙니다. 이제 이해하셨을까요?"

아키라는 시오리와 카나에의 메이드 옷을 다시 보면서 살짝 끙끙거렸다. 그리고 뭔가 깨달은 듯이 웃는다.

"아하, 그렇구나. 그 메이드 옷은 구세계의 물건이지? 그래서 엄청 튼튼하니까 방호복 대용으로 삼고, 안에는 강화 내피를 입어서 운용하는 거야. 그렇지?"

아키라는 자신이 쿠즈스하라 시가지 유적 지하상가에 있었을 때를 떠올렸다. 그때도 시오리는 메이드 차림이었지만, 방호복이 아닌 평범한 옷을 입었다. 그러나 안에는 강화 내피를 착용했었다.

아마도 그때는 뭔가 이유가 있어 구세계의 메이드 옷이 수중에 없었고, 허세를 목적으로 평범한 메이드 옷을 입었던 것이리라. 몬스터가 상대일 때는 무의미한 허세지만, 지하상가에 있던 헌터들에게는 유효하다. 그렇다면 앞뒤가 맞는다. 그렇게 판단한 아키라는 자기가 생각해도 잘 간파했다며 조금 기분이 좋아졌다.

하지만 시오리가 부정한다.

"아닙니다. 이것은 구세계가 아니라 현대의 제품입니다. 하오나 방호복 제조와도 관련이 있는 의류 메이커에서 만든 제품이므로, 전투에도 능히 버틸 수 있는 성능을 보유합니다."

"내 상식이 잘못된 거면 말해 줘……. 왜 메이드 옷에 몬스터와의 전투에도 버티는 방어 성능이 필요한 거야."

"직무상, 필요하다고 말할 수밖에 없군요."

"메이드는…… 그거 아니야? 직업으로 집안일 같은 일을 하는 사람들 맞지? 그런 기능은 필요 없잖아?"

"필요할 때도 있습니다."

"그건…… 경비나 경호 임무를 위해 전투 훈련을 받은 사람을 표면상으로만 메이드로 칠 때를 말하는 거야?"

"아닙니다. 표면상으로만 그런 것이 아니라, 저와 여기 있는 카나에, 다른 동료도 포함해서 모두가 메이드입니다. 다만 일정한 전투 스킬이 필수이고, 모두가 그 훈련을 받은 것은 부정하지 않습니다."

"메이드……라고? 모두가?"

"굳이 말하자면, 집사도 포함됩니다."

근본이 성실한 시오리는 아키라의 질문을 적당히 넘기거나 얼버무리지 않고 설명할 수 있는 한도에서 성실하게 답했다.

그러나 그것은 아키라의 동요를 더욱 키우는 결과로 끝났다.

(왜 메이드나 집사에게 전투 스킬이 필요한데? 그런 걸 고용한다면, 방벽 안쪽 이야기겠지? 어……? 방벽 안쪽은 그렇게 위험한 곳이야? 애초에 메이드나 집사가 뭔지를 내가 잘못 아는 건가?)

자신의 상식을 마구 뒤흔드는 이야기를 듣고 조금 혼란에 빠진 아키라가 동요한 채로 중얼거린다.

"내 상식이 이상한 걸까……."

그러자 카나에가 웃으며 끼어든다.

"소년. 신경 써도 소용없슴다. 단순히 세상이 넓은 것임."

아키라가 카나에를 본다. 카나에는 타이르듯 웃으며 고개를 크게 끄덕였다.

그 순간, 아키라는 이것저것 고민하는 것이 갑자기 한심해져서, 더는 생각하지 않기로 했다.

그 분야에 대한 자신의 다소 잘못되어서 뭔가 위험한 일이 생기더라도, 그것은 황야에서 몬스터 무리에 습격당하는 위험 정도는 아니다. 그렇다면 괜스레 신경 쓸 필요도 없다. 그렇게 생각하고 자기 자신을 납득시켰다.

그리고 살짝 숨을 내쉬고 의식을 전환한 다음, 레이나 일행에게 알린다.

"아무튼, 나는 너희와 함께 헌터 활동을 할 생각이 없어. 지난번에는 경호 의뢰를 받았지만, 지금은 그럴 마음도 없어. 다른 기회를 알아봐. 그러면 잘 있어."

아키라는 레이나 일행에게 그 말만 남기고 자리를 떠났다.

조금 떨어진 곳에서 알파가 의미심장하게 미소를 짓는다.

『왜 그러는데……?』

『별일 아니야. 이번에는 트러블 제조기의 상태가 나빠서 다행이라고 생각했을 뿐인걸.』

『아, 그러셔?』

아키라는 쓴웃음을 지었지만, 반론하지는 않았다.

◆

아키라와 헤어진 뒤, 그 모습이 보이지 않게 되자마자 시오리가 카나에를 질책한다.

"카나에. 대체 무슨 짓이야?"

카나에는 시치미를 떼는 듯한 표정을 지었다.

"무슨 짓이라뇨. 뭐가 말임까?"

"왜 저 사람한테 말을 걸었어? 무슨 일이 생기면 어쩌려고 그랬니?"

"아무 일도 안 생겼고, 아키라 소년이 화나지 않은 것도 알아서 잘됐지 말임다. 화내지 않아도 되지 않슴까."

그렇게 말하고 가벼운 태도를 유지하는 카나에를, 시오리는 진지한 얼굴로 쏘아봤다.

"왜 그랬는지를 물어보는 거야. 그때 저 사람이 어땠는지는 너도 기억하잖니? 어째서 부주의하게 우리 쪽에서 먼저 말을 걸었냐는 거야."

의미도 없이 레이나를 위험에 노출하게 한 것이라면 나한테도 생각이 있다. 시오리는 매서운 눈으로 그렇게 경고했다.

그런데도 카나에는 전혀 동요하지 않고 웃었다.

"그러니까 더더욱 그래야죠. 저는 마침 좋은 기회였다고 보는데요."

언제가 됐든 아키라가 얼마나 화가 났는지를 확인할 필요가 있었다.

그리고 아키라의 분노가 최악의 상태라서 자신들이 눈에 띈 순간에 죽이려고 들 정도라도, 바로 옆에 헌터 오피스의 출장소가 있는 이곳이라면 냉정하게 있으려고 할 가능성이 크다.

그런데도 덤벼들 정도로 격노했더라도, 주위에 헌터들이 많은 지금이라면 그들을 같은 편으로 끌어들여 유리하게 싸울 수 있다.

레이나를 지키는 자로서 그런 기회를 놓칠 수는 없었다고, 카나에는 노골적인 핑계를 댔다.

"그래……. 그렇다면 됐어."

그것으로 시오리도 더는 추궁하지 않았다. 핑계라고 해도, 그 내용은 어느 정도 설득력이 있었기 때문이다.

그리고 카나에가 멋대로 움직인 이유가 그게 더 재미있을 것 같다는 식의, 참으로 황당무계한 것일지라도, 마땅한 핑계가 없으면 움직이지 않았으리라 판단해 마음을 차분히 가라앉혔다.

성격이 골치 아픈 동료라도 혼자서 레이나를 지키지 못한 전례가 있는 이상 추가 전력을 내칠 수는 없다며, 시오리는 레이나를 향한 충성심으로 자기 자신을 억눌렀다.

그 시오리를 보면서 카나에가 웃는다.

"그렇습까? 참 다행임다."

그리고 레이나는 시오리와 카나에의 대화를 보고 한숨을 푹 쉬었다.

자신이 두 사람의 주인임은 잘 알고 있었다. 하지만 주인으로서 마땅한 자인지는, 확신할 수 없었다.

한때 자신의 약함에 짓눌릴 뻔했던 레이나는 조금씩, 천천히 다시 일어서려고 했다. 그러나 아직 완전히 다시 일어선 것은 아니었다.

◆

아키라가 미하조노 시가지 유적의 시내 구역을 이동한다. 확장 시야에 표시된 화살표는 멀리 보이는 고층 건물의 높은 곳을 가리키고 있었다.

리온즈테일 사 단말이 설치된 장소를 알려주는 정보에서 기존 유적의 미조사 부분을 찾아내는 것이 아키라의 현재 목적이다.

아무튼 화살표가 가리키는 장소를 목표로 삼고, 정답이면 그곳에서, 그게 아니면 돌아오면서 유물을 수집할 예정이므로, 일단은 그곳까지 이동해 보기로 했다.

시가지여도 잔해 등의 이유로 통행할 수 없는 곳도 많아 걸어서 이동하고 있다. 잔해를 넘어가는 것도 강화복 덕분에 힘들지 않다.

『그나저나 저런 곳에 있구나. 그야 저기까지 갈 수만 있으면 유물이 잔뜩 있겠지만…….』

그곳에 미조사 부분이 존재할 가능성은 크다. 실제로 인터넷에서 입수한 지도에도 해당 부분의 정보는 없었다. 정확하게는 '세란탈 빌딩'이란 명칭과 위치가 실렸지만, 빌딩의 내부 구조는 하나도 실리지 않았다.

물론 단순히 싸구려 지도라서 그럴 수도 있다. 하지만 그곳에 미조사 부분이 존재할 경우, 그 이유는 찾아내기 몹시 어려운 장소라는 것보다도 순수하게 도달하기 어려운 장소라는 이유가 크리라. 아키라도 그 정도는 쉽게 추측할 수 있었다.

알파가 자신감이 드러나는 웃음을 얼굴에 띤다.

『아무튼 갈 수 있는 데까지 가 보자. 다른 사람에겐 어려워도 내가 조사해서 안내하면 어떻게든 될 가능성이 있어.』

실제로 아키라는 알파가 안내해 준 덕분에 원래라면 도달할 수 없었던 쿠즈스하라 시가지 유적 중심부에서 유물을 수집했었다. 그런 점에서는 기대할 수 있다며 아키라는 가볍게 고개를 끄덕였다.

『저 건물은 겉으로 봐서도 멀쩡하니까 계단 정도는 남아 있겠지? 엘리베이터도 가동하는 상태로 있으면 편하게 올라갈 것 같은데…….』

『그런 설비를 이용하긴 어려울 거야.』

『아, 역시 고장이 났을까?』

『아니야. 여기서 저 건물의 상태를 확인했을 때, 자동 수복 기능은 지금도 가동 중일 거야. 동작 자체는 문제가 없을걸. 다만 건물의 보안 문제가 있으니까…….』

알파가 그렇게 말하고 조금 앞쪽을 손으로 가리켰다.

『애초에 미하조노 시가지 유적은 우리를 환영하지 않아. 그런데 건물에 있는 설비를 사용하게 해 줄까?』

전방에서 각진 기계형 몬스터가 다가오고 있었다. 더군다나 명확하게 아키라를 인식했다.

그 경비 기계는 잔해가 널린 지면을 기체 아래에 달린 여러 다리로 능숙하게 달리면서 몸통 위에서 관절이 많은 팔을 휘둘러 무단으로 침입한 무장 괴한, 헌터에게 쇄도하고 있다.

『그런 뜻이구나.』

아키라는 슬쩍 웃고 CWH 대물돌격총을 겨눈 뒤, 방아쇠를 당겼다. 사출된 철갑탄이 상대의 몸통 부분에 명중하고, 얇은 장갑을 관통해 내부 구조를 파괴한다. 제어 장치를 파괴당한 경비 기계는 그대로 동작을 정지했다.

미하조노 시가지 유적의 시내 구역을 순찰하는 경비 기계는 오늘도 불청객들에게 대응하고 있다.

아키라는 유물을 수집하려고 미하조노 시가지 유적을 찾았지만, 그것과는 별개로 훈련을 겸해서 일단은 혼자 힘으로 유적을 이동하고 있다. 알파의 서포트 없이 강화복을 움직이고, 색적 작업도 직접 했다.

걷는 것만 해도 맨몸과는 차원이 다른 강화복의 신체 능력에 휘둘리지 않는 훈련이 된다. 한계치까지 빠르게 총을 겨누는 동작을 통해서는 강화복 속도에 따라가지 못하는 인체의 부담을 최대한 억제하는 움직임을 배운다.

그 동작 하나하나가 강화복과 자기 몸을 별개로, 또한 서로 어긋나지 않게 움직임으로써 신체에 주는 부담을 줄이고 움직임의 효율화를 실현하는 고도의 훈련이다.

병행해서 색적도 실시한다. 적의 위치를 신속하게 탐지하는 능력을 연마하면서, 그 경계망에서 놓친 적에게 기습당하지 않는 위치를 유지하도록 신경을 곤두세운다.

알파의 서포트가 없어도 잘 움직일 수 있게끔, 알파가 곁에 없어도 적에게 기습당하지 않게끔, 또한 알파와 접속이 끊겼을 때 자기 힘으로 싸울 수 있게끔, 아키라는 진지하게 훈련하고 있었다.

그 훈련장인 시내 구역은 잔해와 무너진 건물이 불규칙하게 길을 막아서 간단한 미로 같은 상태다.

나아가 쌓인 잔해 근처가 이상할 정도로 깨끗하거나, 완전히 무너진 건물 바로 옆에 지은 지 얼마 안 된 듯한 건물이 서 있는 등, 아키라가 기묘하게 느끼는 광경이 펼쳐졌다.

『알파. 무사한 곳과 그렇지 않은 곳이 눈에 띄게 갈리는데? 바로 옆인데도 왜 이렇게 차이가 나는 거야?』

『아마도 경비 기계나 정비 기계가 담당하는 구역에 따른 차이일 거야.』

그런 기계류의 성능은 담당 구역에 따라 크게 차이가 나며, 그 차이가 상태의 차이를 뚜렷하게 드러내고 있다.

황폐해진 범위에는 강력한 경비 기계가 배치되어 있다. 그리고 헌터들과 격전을 벌인 결과, 전투의 여파로 건물 등도 심각하게 훼손되었다. 혹은 정비 기계의 성능이 떨어지는 탓에 구역 수선이 제때 이루어지지 못하고 있다. 깨끗한 곳은 그 반대다.

그 설명을 들은 아키라가 문득 생각한다.

『그렇다면…… 깨끗한 곳은 비교적 안전한 걸까?』

『그럴 가능성은 있지만, 방심하면 안 돼. 경비 기계가 너무 강해서 헌터들이 얼씬도 안 하니까 전투가 아예 발생하지 않은 걸지도 몰라. 아니면 정비 기계의 성능이 매우 좋아서 일대를 순식간에 수복한 걸지도 모르니까.』

『아하. 뭐, 어느 쪽이든 간에 유물을 찾을 거면 깨끗한 곳이 좋겠는걸.』

『그래? 한번 찾아볼래?』

아키라가 조금 생각하고 나서 대답한다.

『그만둘래. 먼저 화살표가 가리키는 장소로 가야지. 예정은 그렇게 잡았으니까.

『그렇구나. 그렇다면 방심하지 말고 이동하자.』

알파가 웃는다. 큰 이유가 없으면 알파가 세운 예정을 아키라가 우선한다는 사실에 만족했다.

아키라가 훈련차 자기 힘으로 색적도 하고 있다고는 하나, 알파도 아키라의 색적 능력이 부족하다는 사실을 실제로 적에게 기습당하는 것으로 증명할 수는 없다. 따라서 적절히 지적해 나간다.

그러나 자기가 선택한 이동 루트가 잘못됐다고 지적하고 올바른 이동 루트를 가르쳐 줘도 아키라는 도통 이해할 수 없었다.

『알파…….. 이게 뭐가 다른 거야?』

그러자 아키라의 시야가 확장되고, 주변 경치가 잠시 색을 입힌 상태로 표시되었다.

『빨갛게 표시된 곳이 위험한 장소야. 색이 짙을수록 더 위험하다는 뜻이고. 아키라가 선택한 이동 루트는 진한 빨강으로 표시되는 장소를 지나잖아? 그런 데는 가지 않는 게 좋아.』

『그렇구나. 그래서 말인데. 나는 알파의 서포트 없이 그걸 어떻게 구분하면 되지?』

『그 부분은 그냥 그렇다고 이해할 수밖에 없어.』

『그렇게 말하면 어쩌라고…….』

구체성이 떨어지는 말을 들은 아키라가 난해한 얼굴로 보자,

알파도 조금 곤란한 듯한 표정이 지었다.

『미안하지만, 나도 그렇게 말할 수밖에 없어.』

알파가 그 이유를 설명해 나간다.

알파는 정보수집기로 얻은 주위 정보를 바탕으로 정밀하게 계산해서 위험도를 산출하고 있다.

차폐물이 없는 모든 건물. 그런 건물에서 아키라를 향하는 모든 측면. 그 측면에 있는 모든 창문과 출입구. 그곳에 적이 있을 확률. 그 적이 아키라를 노릴 확률. 그 적의 유효 사정권과 명중률. 기타 등등의 위험성을 전부 계산하고 있었다.

하지만 그 계산 방법이나 계산식의 타당성을 정확하게 전달하는 것은 제아무리 염화라도 현실적이지 않다. 수식을 섞어서 언어로 설명해도, 이미지를 전송해도, 그 내용을 아키라가 이해하기는 어렵다.

그리고 가령 계산 방법을 이해하더라도, 아키라가 자기 힘으로 계산하는 것은 불가능하다. 더군다나 주위를 경계하면서 항상 연산해야만 한다. 그것을 억지로 실행했다간 아키라의 뇌가 버티지 못한다. 과부하로 확실하게 뇌사한다.

『물론, 무척 애매모호하게 가르쳐 줄 수는 있어. 하지만 그만한 정밀성을 지닌 색적이라면 아키라도 이미 자기 힘으로 할 수 있으니까 가르쳐 줘도 의미가 없는 거야.』

『즉, 이제는 저기가 왠지 위험할 것 같은 식으로 느껴서, 내가 알아서 간파할 수밖에 없다는 말인가.』

『그런 셈이야. 앞으로는 경험에서 감을 연마할 수밖에 없어.

물론, 그 경험을 효과적으로 얻는 데는 서포트를 아끼지 않을 거야. 이렇게 위험한 장소를 시각적으로 알아보기 쉽게 표시하거나 해서 말이지.』

아키라는 다시 주변을 둘러봤다. 곳곳이 빨갛게 표시된다. 왜 위험한 곳인지는 몰라도, 위험하다는 사실만큼은 알 수 있다.

원래라면 그것도 불명확한 상태로 자신의 부상이라는 답을 거쳐 감을 키울 수밖에 없다. 그 과정을 생략하는 알파의 서포트는 정말로 효과적인 지원이었다.

『감이라……. 불길한 예감은 잘 들어맞는데. 그쪽을 기대해 볼까?』

아직 슬럼 뒷골목을 도망쳐 다니고 구석에 숨어 살던 시절에 아키라 자신을 살린 것은 그런 감이었을 것이다. 아키라는 그렇게 여기고 쓴웃음을 지으면서, 다시 그 감을 의지해 유적 내부를 나아갔다.

미하조노 시가지 유적의 시내 구역을 나아가는 아키라는 몬스터와 많이 맞닥뜨렸는데, 기본적으로 전부 기계형이었다. 얼핏 보면 생물형 같은데도 막상 해치우고 나서 보면 기계형으로 판명되는 것이다.

일반적인 대형견으로 보이는 몬스터가 딱 봐도 개와는 다른 속도로 곧장 덤벼든다. 하지만 철저히 색적을 실시해서 더 빨리 저격하면 수많은 기계 부품을 흩뿌리며 지면에 자빠지고, 파괴된 부분에서 내부에 있는 금속 골격을 드러냈다.

그런 잔해를 보고 아키라가 의아해한다.

『의체를 도입한 개……는 아니군. 머리도 기계인가. 여기 몬스터는 온통 기계형밖에 없는걸.』

『이 유적에는 생물형 몬스터가 번식할 식량이 없는 거야. 아니면 경비 기계가 멸종시킨 걸지도 모르겠어. 참고로 저 가로수도 굳이 따지자면 금속이야. 그런 종류의 나노 마테리얼이니까 식량으로 쓰기는 조금 어렵겠지.』

아키라가 그 가로수를 본다. 파릇파릇한 잎이 달려서 진짜 식물로만 보인다.

『저것도……?』

조화의 일종이다. 그런 설명을 들으면 오히려 이상하게 느껴지는, 의체로 된 식물. 어찌 보면 진짜 나무가 영원히 죽지 않는 가로수로서 경관을 꾸미고 있었다.

제105화 우려의 해소

세란탈 빌딩을 목표로 미하조노 시가지 유적의 시내 구역을 나아가는 아키라의 머리 위를, 소형 비행 기계가 지나갔다.

『저건 아까도 봤는데. 공격하지 않는 걸 보면 정찰기나 감시용일까?』

『그럴 거야. 아키라. 저기서 잠시 멈춰. 이대로 가면 조금 위험할지도 모르니까.』

지금까지 유적의 길을 따라서 이동하던 아키라는, 알파의 지시에 따라 근처 건물로 들어갔다. 그리고 계단을 따라서 건물 내부를 올라간다.

계속되는 계단도 강화복의 보조 기능 덕분에 별로 힘들지 않다. 그런데도 고개를 들어서 올려다봐야 할 정도의 고층 건물을 계단으로 오르면 몸과 마음 모두 피로가 쌓인다.

도중에 들른 층을 살펴본 아키라는 무심코 그곳에 있는 엘리베이터에 눈길을 주었다.

『알파……. 엘리베이터를 쓸 수 있을지 시험해 보는 건 역시 안 되겠지?』

『안 돼. 계단을 써. 언뜻 봐서는 사용할 수 있을 것 같아도, 탈출할 수 없는 폐쇄 공간으로 돌변할 위험이 있어. 참아.』

『알았어…….』

아키라는 포기하고 계속해서 계단을 올라갔다.

14층까지 올라간 아키라는 마치 투명 유리로 된 것처럼 밖이 훤히 보이는 통로에 이르렀다. 그곳에서 별생각 없이 건물 밖을 보다가 살짝 인상을 쓴다.

확장 시야에 나타난 화살표는 아키라보다 높은 위치, 세란탈 빌딩의 고층부를 가리키고 있다. 미하조노 시가지 유적의 시내 구역이라면 어디서든지 보이는 거대한 고층 건물 주위에는 파괴된 거리가 원형으로 퍼져 있었다. 마치 그 건물의 지배 영역을 나타내는 것처럼.

나아가 세란탈 빌딩의 지상부 근처에는 지금까지 시내 구역에서 맞닥뜨린 기계형 몬스터와는 다른 방위 기계, 병기들이 있었다. 대형 미사일 포드가 달린 자율 병기. 기관포를 탑재한 이동 포대처럼 생긴 기계. 그것들이 건물을 방위하고 있었다.

『저게 알파가 이대로 가면 위험하다고 한 이유인가……. 음. 도중에 싸웠던 놈들과는 종류가 다른걸.』

『지금까지 마주친 건 시내 구역의 경비 기계일 거야. 그리고 저 기계형 몬스터는 세란탈 빌딩을 방위하는 용도겠지. 성능은 차원이 다르고, 명령 체계도 다를 거야.』

『성능은 그렇다 쳐도, 명령 체계가 다른 것하고는 무슨 관계가 있어? 어느 쪽이든 유적의 기계형 몬스터니까, 덤벼들기만 하잖아?』

아키라는 그렇게 말하더니 그 기계형 몬스터들을 더 자세히 보려고 CWH 대물돌격총을 세란탈 빌딩 쪽으로 겨눴다. 단순히 한 지점을 확대 표시할 때는 조준경이 정보수집기의 망원경 기능보다 훨씬 좋기 때문이다.

『아키라도 관계가 있는 이야기인걸? 명령 체계나 권한이 다르면 다른 기체와의 정보 공유도 달라질 수 있어. 그것에 따라 다양한 차이가…… 아키라! 어서 물러나!』

갑작스러운 지시에 아키라가 곧바로 움직인다. 이유는 움직이고 나서 물어본다. 먼저 지시에 따라 움직인다. 알파의 표정과 몇 번이고 죽을 뻔했던 과거의 경험으로 아키라는 그렇게 하는 것이 최선임을 잘 이해하고 있었다.

강화복의 출력을 최대로 끌어올려 건물 안쪽으로 내달린다. 나아가 알파의 서포트도 같이 받아서 민첩하게 그 자리에서 이탈한다. 반사적으로 체감시간 조작도 시작해 시간이 천천히 흐르는 세계 속에서 최대한 서두른다.

그런 아키라의 확장 시야에는 부분적으로 등 뒤의 광경이 비치고 있었다. 그것을 본 아키라가 무심코 표정을 굳힌다. 대형 미사일 포드를 여러 개 탑재한 기계형 몬스터가 세란탈 빌딩 근처에서 아키라를 향해 미사일을 연사하고 있었다.

아키라가 있는 건물로 날아드는 미사일. 그 선두 집단이 건물 측면에 차례대로 명중한다. 하지만 구세계에서 지은 만큼 튼튼한 건물이어서, 그것만으로 금방 무너지는 일은 없다. 그러나 미사일이 떨어진 외벽은 날아갔다.

그곳에 연달아 미사일이 날아든다. 건물 내부로 침입해 실내 벽에 떨어져 폭발하고, 방과 내벽을 폭파, 관통해 표적인 아키라에게 이어지는 길을 억지로 만들어 나간다.

재빠르게 움직여서 건물 안쪽으로 급행한 아키라는 그 덕분에 미사일 집단의 태반을 피할 수 있었다.

하지만 마지막 한 발이 아키라에게 접근한다. 긴 통로를 뛰어서 도주하는 아키라의 후방에서 탄도를 가로막는 벽을 꿰뚫고 뒤에서부터 표적을 덮친다.

『격추하자!』

『알았어!』

아키라가 전방으로 몸을 날리며 공중에서 180도 회전하고, CWH 대물돌격총과 DVTS 미니건을 겨눈다. 그대로 조준을 미사일로 돌려 탄환을 최대한 많이 쐈다.

두 총기에는 모두 위력과 연사력을 키우는 개조 부품을 달았다. 나아가 탄막을 구성하는 요소인 탄환 하나하나가 알파의 서포트를 거쳐서 세밀하게 계산된 착탄 위치에 오차 없이 명중한다.

조금만 늦었어도 아키라는 미사일에 직격당해 산산조각이 났을 것이다. 하지만 그 시간은 알파에게 충분히 길었고, 늦지 않게 대처할 수 있었다.

격추된 미사일이 피탄한 충격으로 탄도가 틀어져 벽에 격돌한다. 일반적으로는 총탄과 미사일의 질량 차이로 탄도를 이토록 크게 비틀기 어렵다.

하지만 몬스터를 상대하는 강력한 탄환, 확장 탄창을 통한 농밀한 탄막, 그리고 알파의 계산으로 몹시 효과적인 위치에 명중시킴으로써, 성공시켰다.

그런데도 완전히 무력화할 수는 없다. 벽에 꽂히면서 폭발한 미사일의 충격은 태반이 건물에 막히면서도 아키라에게 도달했다. 통로에 섬광과 폭연과 폭음과 폭풍이 퍼지는 가운데, 아키라의 몸이 날아가 건물 벽에 세게 격돌했다.

그 충격으로 벽이 움푹 파이고, 수많은 균열이 방사형으로 퍼진다. 강화복으로는 채 흡수하지 못한 충격이 몸에 퍼진다. 튕기지 않고 미끄러지듯이 벽에서 떨어진 아키라는 그대로 바닥에 손을 대고 피를 토했다.

온몸이 죽도록 아프지만, 의식은 또렷했다. 아키라가 곧바로 회복약을 꺼내려고 한다.

인체의 동작은 부상 탓에 뇌가 내리는 지시와 비교해서 너무 느리다. 그러나 감지식 강화복이 신경 전달을 똑똑히 감지해서 기민하게 움직인다. 그 덕분에 문제없이 회복약을 복용할 수 있었다.

피맛이 나는 캡슐을 억지로 삼킨다. 값비싼 치료용 나노머신이 그 값에 걸맞은 효과를 발휘한다. 통증은 부상한 몸에서 금방 사라졌다. 진통 작용이 먼저 나타난 것이지만, 부상도 몸을 움직일 수 있는 정도로는 금방 나았다.

아키라가 일어나서 숨을 크게 쉰다. 그리고 문제없다는 사실을 자신에게 알리듯이 억지로 웃음을 지었다.

"휴……. 좋아! 큰일 날 뻔했네!"

『곧바로 이동하자. 추가로 올지 어떨지는 모르지만, 만약을 대비해야지.』

"알았어."

아키라가 슬쩍 앞을 보자 파괴된 통로 너머의 바깥 경치가 조금 보였다. 미사일 집단이 집요하게 쫓아온 증거다. 아수라장이 된 건물 내부를 보고 얼굴을 떨면서 아키라는 서둘러 그 자리에서 벗어났다.

안전한 장소로 이동을 마친 아키라가 휴식을 취한다. 추가 공격은 없었고, 그런 낌새도 느껴지지 않는다. 회복약의 효과도 잘 퍼져서 탄창과 에너지 팩 교환을 마치고 몸과 장비 모두 만반의 태세를 되찾았다.

나아가 침착함과 여유도 되찾으면서 아키라의 머리에 의문이 떠올랐다.

"그나저나…… 그렇게까지 할 줄은 몰랐어. 기계형 몬스터라고 해도 유적을 경비하거나 방위하는 용도잖아? 고작해야 헌터 한 명을 죽이려고 유적의 건물째로 공격하나?"

『아까도 말했지만, 명령 체계와 권한이 달라서 그럴 거야.』

그렇게 말하고 알파가 추측을 섞어서 설명해 나간다.

방금 아키라를 공격한 기계형 몬스터는 세란탈 빌딩을 방위하는 용도이며, 미하조노 시가지 유적 전체의 경비 시스템에서 독립된 상태다.

그에 따라서 지휘 계통과 권한 모두 독립적이다. 그래서 방위 대상을 제외한 피해를 경시하는 사고 패턴으로 움직였다.

세란탈 빌딩 주위가 심하게 황폐한 것은 건물 방위용 기계형 몬스터가 아까 아키라를 공격한 것처럼 다른 건물의 피해를 무시하고 헌터들을 공격해서 그렇다. 그 공격이 너무 격렬해서 유적의 자동 수복 기능으로도 주위 재건이 제때 이루어지지 못하는 상태가 계속되고 있다.

폐허가 된 원형 영역이 세란탈 빌딩의 통상적인 경계 범위. 지금 자신들이 있는 건물이 아직 남은 것은 그 경계 범위의 밖이어서 그렇다.

그때까지 이야기를 듣던 아키라가 의아한 표정을 지었다.

"그렇다면 왜 범위 밖에 있는 나를 공격한 건데……?"

자기 입으로 말하고 나서, 아키라는 인상을 썼다.

"내가 그 건물을 총으로 겨눠서 그랬나……."

『그럴지도 몰라. 하지만 신경 쓸 필요는 없어. 가령 섣부른 행위였다 할지라도, 유적에서 총을 겨누는 것을 주저하는 것이 더 문제야.』

"그렇군……. 그래, 알았어."

자상하게 미소를 지으며 위로하는 알파의 말에 아키라도 표정에서 힘을 뺐다. 하지만 조금 침울해진 분위기는 남았다.

현상수배급 소동을 돌파한 아키라는 자기 실력에 어느 정도 자신감이 생겼다. 그 덕분에 실력이 없으면 위험하다고 하는 미하조노 시가지 유적에도 자신 있게 들어설 수 있었다.

그랬는데 아까와 같은 공격이 있었다. 그 정도 실력으로는 답이 없다고 문전박대를 당한 기분이 들어서 아키라는 조금 의기소침했다.

그때 알파가 조금 진지한 얼굴로 아키라에게 묻는다.

『아키라. 이참에 묻겠는데, 앞으로 어쩔래? 예정대로 화살표가 가리키는 장소를 찾아서 이동할래? 아니면 여기서 그만 돌아갈래?』

돌아간다. 아키라는 그렇게 대답하려고 했지만, 뭔가 걸리는 느낌이 있어서 말을 멈췄다. 그리고 조금 미심쩍은 표정을 짓고 나서, 진지한 얼굴로 되묻는다.

"내가 더 가겠다고 하면 어쩔 건데? 말릴 거야?"

아키라의 감각으로는 철수 말고 다른 선택지가 없다. 아무리 그래도 저런 것들을 상대하면서 전진하는 것은 무모하다는 생각밖에 들지 않았다.

하지만 알파는 아키라에게 선택을 위임했다. 그 정도로는 안전하게 갈 수 있다는 뜻이다. 적어도 지금까지 알파가 앞장서서 제지했던 여러 고전보다도, 안전하며 낙관할 수 있는 정도의 난이도다. 그런 인식이, 아키라로 하여금 자신이 괜히 겁을 집어먹은 게 아닐까 의심하게 했다.

알파가 얼굴에 웃음을 띤다.

『아키라가 가고 싶다고 하면, 말리지 않아. 물론 내가 단단히 서포트하고, 잘 준비하고, 아키라도 조금은 각오할 필요가 있겠지만.』

"아까 공격은 꽤 위험했던 것 같은데."

『그건 기습당한 것이나 다름없으니까. 그런데도 내 서포트 덕분에 크게 다치지 않았잖아? 문제없어.』

그렇게 말하고 나서, 알파는 마치 도발하는 것처럼 미소를 지었다.

『뭐, 확실히, 더 가려면 그만큼 애쓸 필요가 있어. 당연히 아키라도, 조금은 각오해야 해. 그러니까 나도 강요하진 않아. 돌아가도 되는걸?』

아키라는 아주 조금 놀란 표정을 지었다. 그리고 쓴웃음을 짓고는 살짝 도발하듯 웃으며 대꾸한다.

"각오? 얼마나 해야 하는데? 아무리 내가 각오를 담당한다고 해도, 알파의 서포트가 있어도, 또 무식하게 큰 몬스터에게 삼켜질 정도의 각오가 필요하다면, 나는 발걸음을 돌릴 거야."

『그 정도는 바라지 않아. 그때와 비교하면 평소보다 더 애쓰는 수준이면 돼. 당연히 내가 서포트하니까 말이야.』

아키라와 알파가 웃는다. 아키라의 마음은 이미 정해졌다.

"알았어. 가자."

각오해서 전진할 수 있는 길이라면, 각오하고 가야 한다. 아키라는 이미 그렇게 결심했다.

언젠가 알파의 의뢰를 달성하기 위해서. 알파의 서포트라고 하는, 선금으로 받은 보수에 부응하기 위해서. 이미 산더미처럼 쌓인 빚을 떼먹지 않기 위해서. 적어도 그 정도로는 노력하기 위해서.

그러기로 결심한 자신을 배신한다면, 아키라는 더 나아갈 수 없다.

그리고 애초에 이 정도의 목숨 건 도박을 주저할 정도였으면, 아키라는 헌터가 되지 않았다.

『괜찮아? 아까도 말했지만, 그만한 각오가 필요한데?』

"그래, 괜찮아. 각오는 내가 담당하니까 말이야."

당연한 것처럼 웃는 아키라를 보고, 알파는 무척 기쁜 기색으로 웃었다.

◆

준비를 마친 아키라는 건물 옥상에 서 있었다.

더 나아가기로 결심하고 나서 1층으로 돌아가 정보수집기로 세란탈 빌딩과 면한 각 층의 구조를 조사하면서 27층 건물의 옥상으로 향했다.

옥상에 도착한 다음에는 전투에 방해되는 것을 전부 뺀다. 배낭을 내려놓고, 정보단말도, 사용하지 않는 총도, 불필요한 예비 탄약도 뺐다. 에너지 팩을 갓 교환한 강화복으로, 마찬가지로 에너지 팩과 탄창 교환을 마친 CWH 대물돌격총과 DVTS 미니건만 챙겼다.

회복약을 미리 복용한 효과를 볼 수 있는 한계치까지 먹고, 추가로 입에 물고 있다. 그 상태로 옥상에서 세란탈 빌딩과 반대편 구석에, 적의 경계 범위 밖에 섰다.

그리고 각오를 마쳤다. 이것으로 모든 준비가 끝났다.

알파가 미소를 지으며 마지막 확인을 구한다.

『아키라. 각오는 됐니?』

『그래. 언제든지 괜찮아.』

몸과 마음 모두 개운해진 듯한 표정을 짓는 아키라를 보고, 알파는 대담하게, 만족스럽게 웃었다.

『그렇다면…… 시작하자!』

알파의 선언과 함께 아키라가 힘차게 뛰기 시작한다. 전투가 시작되었다.

세란탈 빌딩의 방위 기계 집단이 경계 범위의 경계선으로 빠르게 이동하는 물체를 탐지하고 즉각 요격 태세에 들어간다. 아키라는 이를 아랑곳하지 않고 가속해 그대로 옥상에서 세란탈 빌딩 쪽으로 뛰어내렸다.

낙하하면서 DVTS 미니건을 겨눈다. 세란탈 빌딩의 지상 부근에 있는 기계형 몬스터에 총구를 돌리고, 방아쇠를 당긴다. 공중에 있는 아키라에게서 멀리 떨어진 표적을 향해, 확장 탄창이 공급하는 대량의 총탄이 무리를 짓듯이 날아갔다.

아키라의 DVTS 미니건은 <ruby>역장 장갑<rt>포스 필드 아머</rt></ruby> 기능이 있는 개조 부품을 장착함으로써 가벼움과 강도, 나아가 사격 반동의 경감을 실현하고 있다.

하지만 지금은 일부러 그 반동 경감을 낮췄다. 사격 반동을 강화복으로 받아내고, 그것을 이용해서 건물 측면에 억지로 착지한다.

나아가 확장 탄창으로 연사하면서 벽에 발자국이 남을 정도의 반동을 강화복으로 제어해서 수평을 유지하고, 건물 측면을 타고 달렸다.

그 상태로 CWH 대물돌격총을 겨누고 방아쇠를 당긴다. 이쪽도 개조 부품을 달아서 이전보다 강력한 전용탄을 쏠 수 있다. 아키라의 두 다리에 그 반동이 추가되고, 발판이 되는 벽이 압력에 굴해 금이 갔다.

DVTS 미니건의 표적이 된 기계형 몬스터에 총탄이 빗발처럼 쏟아진다. 포스 필드 아머의 충격변환광이 사방에 튀고, 기체의 표면이 총탄 자국으로 온통 뒤덮인다.

하지만 거리에 따른 위력 감쇠와 포스 필드 아머의 방어력에 의해 탄환은 기체의 방어를 돌파하지 못하고, 내부 구조에 손상을 주는 일도 없었다.

그러나 아키라에 대한 위험 판정을 끌어올리기에는 충분했다. 공격받은 무인 병기가 기관포를 빠르게 회전시켜 건물 벽을 힘차게 달리는 아키라를 겨냥한다. 그리고 조준을 마치고, 사격을 위해 총구를 감싼 포스 필드 아머를 일시적으로 약화시켰다.

그 순간, CWH 대물돌격총의 전용탄이 총구에 날아들었다. 강력한 탄환이 사격 직전의 기관포탄에 명중하고, 그 충격으로 유폭을 일으킨다. 그 폭발은 기관포를 안에서 터뜨려 크게 손상시켰다.

아키라가 사격했을 때, 기관포의 총구는 아직 아키라를 향해 완전히 돌아간 상태가 아니었다. 그런데도 탄환은 알파의 정밀한 계산에 따른 예지에 가까운 편차 사격으로 총구 내부에 정확히 박혔다.

기관포를 파괴당한 무인 병기의 제어 장치가 즉각 파손 상태를 확인한다. 그리고 공격 수단을 상실하지 않기 위해서 아직 무사한 다른 기관포에 포스 필드 아머의 출력을 우선해서 분배했다. 그 과정에서 다른 부위의 출력이 일시적으로 떨어진다.

그곳에 이미 사출된 전용탄이 꽂혔다. 장갑의 금속 부위에 큰 구멍을 내고, 나아가 제어 장치를 직격한다. 제어 장치를 파괴당한 무인 병기는 반격도 제대로 못 한 채로 기능을 정지했다.

동형 기체가 파괴당하면서 다른 기체가 아키라의 위험 수준을 격상시킨다. 명확한 위협을 신속하게 제거하기 위해서 대상 격파 체계로 일제히 이행한다.

다수의 미사일 포드에서 대량의 소형 미사일이 연달아 발사된다. 그것들은 마치 힘을 모으는 것처럼 잠시 공중에서 머물고 가동 노즐 분사로 자체 궤도를 수정하더니, 표적이 도망칠 곳을 틀어막듯 온 방향에서 아키라를 덮쳤다.

추가로 아키라를 조준한 기관포가 표적의 움직임을 봉쇄하듯이 유탄을 쏜다. 고속으로 사출되는 유탄이 소형 미사일을 추월해서 아키라에게 쇄도한다.

그것들을, 아키라는 필사적으로 피해 나간다.

사격 반동을 이용해 자기 몸을 건물 측면에 붙이면서 수평으로 달리고, 옆으로 뛰고, 때로는 자유낙하보다 빨리 내려가 기관포의 조준을 계속해서 피한다.

나아가 DVTS 미니건을 연사해서 소형 미사일을 요격하고, 그 범위에 구멍을 내서 주위를 한꺼번에 날리려는 듯한 폭발을 회피한다.

폭풍을 상하좌우에서 직접 느끼는 아키라는 필사적인 표정을 지었다.

『알파! 조금 각오하는 것치고는! 너무 지나치지 않아?!』

사전에 작전을 들었지만, 현재 상황은 아키라의 상상을 초월했다.

그런 아키라와 대조적으로, 알파는 얼굴에 여유로운 웃음을 띠었다.

『조금이잖아? 그 현상수배급들과 싸웠을 때와 비교하면, 별 것 아닌데?』

『그건! 도저히! 비교할 대상이 아니야!』

『칭얼대지 마. 자, 피하기만 하지 말고. 공격을 늦추면 안 되는데?』

『나도 알아!』

아키라가 자포자기 기미로 대꾸하면서 CWH 대물돌격총을 쏜다. 강력한 전용탄이 허공을 가르고 아키라를 노리던 기관포의 총구 속으로 정확하게 꽂힌다. 총구 부분을 지키는 포스 필드 아머에 아주 잠깐 생긴 빈틈, 사격을 위해 일시적으로 방어를 해제한 순간에 파고들어 기체를 한 방에 대파시켰다.

『또 하나 해치웠어. 많이 해치울수록 편해지니까 힘내렴.』

『그래야겠네!』

건물 측면을 뛰어내리면서 싸운다. 아키라의 감각으로는 상식에서 벗어난 그 전투는, 그것을 가능케 하는 알파의 서포트가 얼마나 굉장한지를 아키라에게 다시 인식시켰다.

현재 아키라의 위치는 세란탈 빌딩의 18층 언저리. 자유낙하라면 순식간에 닿는 지상과의 거리는 아직 멀다.

사격 반동을 이용해서 건물 측면을 달리는 탓에 아키라의 몸에는 항시 강렬한 부하가 걸리고 있다. 그리고 강화복의 신체능력을 쥐어짠 동작과 가까이 떨어진 미사일의 폭발 등이 더해지면서 부하가 더욱 심해진다.

뼈가 비틀리고, 근육이 파열한다. 그것을 사전에 복용한 회복약이 고치고, 충격으로 다시 파괴된다. 그런 일이 전투가 끝나거나 회복약의 효과가 다 떨어질 때까지 되풀이된다.

그런데도 회복약의 진통 효과 덕분에 통증은 작다. 그러나 세포 단위로 파괴와 재생을 되풀이하는 기묘한 감각만은 사라지지 않아서 아키라는 쓴웃음을 짓고 있었다.

그 표정이 쓴웃음으로 그치는 것은 아키라의 곁에서 알파가 웃고 있기 때문이다. 힘들어도 죽을 고비와는 거리가 멀다고, 고전조차 아니라고, 웃음으로 아키라에게 전하고 있었다.

고전조차 아니라면 아키라도 힘들어하는 표정을 지을 수 없다. 의지를 강화하고, 기운을 북돋아서 싸워 나간다.

실제로 아키라의 분투로 적은 줄어들고 있으며, 그만큼 적의 공격도 약해지고 있다. 별것 아니라고 웃을 수는 없어도 쓴웃음으로 넘어갈 정도는 됐다.

하지만 그때 적 지원군이 등장한다. 세란탈 빌딩 주변에, 아키라가 있는 곳과는 반대편에 배치된 기계형 몬스터가 가세한 것이다.

부채 모양의 대형 미사일 포드를 탑재한 전투차량이 소형 미사일을 무수히 발사한다. 나아가 다른 차량에서도 대형 미사일을 발사했다.

크고 작은 미사일의 표적이 되면서 아키라도 초조함을 드러낸다.

『알파! 저건 어떻게든 될까?!』

『전부 요격할 수는 없어. 하지만 괜찮아.』

『그래?! 그렇다면 다행이고!』

알파가 괜찮다고 한다면 아키라는 그것을 믿는다. 알파에게 여러 가지 의문을 느끼고, 그때마다 마음속 깊이 묻었지만, 그것은 믿는다.

그것을 의심하면 전부 파탄이 난다. 그리고 그것을 믿고 싸우는 것이 지금의 아키라가 알파에게 갚을 수 있는 유일한 것이기 때문이다.

지시에 따라서 대형 미사일에 총을 겨눈다. 사출된 총탄이 미사일의 궤도를 계산대로 비튼다. 그리고 탄도가 틀어진 미사일이 건물에 명중해 측면에 큰 구멍을 냈다.

아키라가 지상에서 싸웠으면 도망칠 구멍이 없었다. 그러나 건물 측면을 발판으로 삼은 아키라에게는 지상에 존재하지 않는 아래쪽 도주로, 건물 내부가 있었다.

아키라가 벽에 난 구멍에 뛰어든다. 잠시 후 소형 미사일 집단이 주위에 쇄도해 대폭발을 일으킨다. 그 일부는 건물 안으로도 들어갔지만, 건물 밖에서 터진 것과 비교하면 아키라에게 준 피해는 작았다.

건물 내부를 달리면서 아키라가 숨을 내쉰다.

『그랬군. 위험할 때 이렇게 도망치려고 건물 내부를 조사한 거구나?』

『그런 셈이야. 1층에서 옥상까지 일일이 조사하고 다닌 가치가 있지?』

실제로 알파는 사전에 건물 내부 구조를 조사함으로써, 만에 하나라도 건물 내부로 도망칠 수 있게끔, 도망친 다음에도 안전하게 이동할 수 있게끔 아키라의 위치를 조정했다.

뽐내듯이 웃는 알파에게 아키라가 쓴웃음을 짓듯 웃으며 대꾸한다.

『그런 걸 조사해서 무슨 의미가 있냐고 의심해서 죄송합니다!』

『알면 됐어. 다시 밖으로 나갈 거야.』

『알았어!』

다시 건물 외벽으로 나갈 장소도 조사를 마쳤다. 아키라는 약한 벽을 사격으로 파괴하고 바깥으로 나가 건물 측면에서의 공방을 재개했다.

격전이 계속된다. 지원군이 나타난 만큼 치열해진다. 그래도 서서히 아키라가 밀어붙이기 시작한다. 알파의 지극히 효과적인 서포트 덕분이다.

기본적으로 기계형 몬스터는 내장 프로그램에 따라 움직이므로, 생물형 몬스터보다 행동의 오차가 적다. 행동 패턴의 해석을 마친 다음에는 그대로 움직이기만 해도 매우 효율적으로 싸울 수 있다.

　물론 상대도 단순한 전투 프로그램으로 싸우는 게 아니다. 보통은 전투 중에 그만큼 정밀하게 해석할 수 없다.

　하지만 알파는 가능하다.

　아키라가 조준을 알파에게 완전히 맡기고 CWH 대물돌격총을 쏜다. 사출된 전용탄은 기계형 몬스터의 약점에 당연하다는 듯이 명중했다. 중요한 기관을 파괴당한 기계가 전투할 수 없는 고철로 변한다.

　DVTS 미니건도 같이 쏜다. 미사일의 탄도를 틀고, 기관포의 조준을 망치며, 사격 반동을 건물 측면에서의 급정지와 고속 이동에 이용하고, 적의 장갑에서 취약한 부분을 분쇄한다.

　그것을 되풀이한다. 결과도 똑같이 되풀이된다. 최대 효율로 적을 거듭 격파한다.

　그것은 아키라가 표적이 알아서 맞으러 오는 것인가 의심하게 할 정도였다.

　아키라의 현재 위치는 10층 부근. 지상과의 거리는 얼마 안 남았다. 그리고 적도 이제 얼마 남지 않았다.

　그래도 끝까지 긴장을 풀지 않는다. 적은 강력한 기계형 몬스터이며, 허를 찔리면 한 방에 아키라를 얼마든지 죽일 수 있기 때문이다.

그러나 긴장을 풀지 않고 방심하지 않으면 우위는 변하지 않는다. 그리고 아키라 역시 방심하지 않는다. 결과는 뒤집히지 않는다.

마침내 지상에 도착한 아키라가 착지와 함께 CWH 대물돌격총을 단단히 쥐고 조준한다.

『이걸로 마지막이야!』

그런 알파의 말을 들으면서, 마지막 표적을 응시하고 방아쇠를 당긴다. 사출된 전용탄은 적의 장갑에 직격하고, 그 포스 필드 아머를 관통했다.

흩날리는 충격변환광이 사라진다. 피탄의 충격으로 내부가 고철로 바뀐 기계형 몬스터가 그 기능을 정지한다. 이어서 작동음도 완전히 사라지고, 주변에 정적이 찾아왔다.

아키라는 그 자리에서 움직이지 않고, 한편으로 경계도 풀지 않고, 고요해진 지상에 서 있다.

알파가 그런 아키라의 앞에 서서 웃었다.

『아키라. 끝났어. 아키라의 승리야.』

승리를 실감한 아키라가 처음으로 한 일은 숨을 크게 내쉬는 것이었다. 다음으로 자신이 처음에 뛰어내린 장소, 건물 옥상을 쳐다보고 쓴웃음을 지었다.

그리고 알파를 본다. 알파는 뽐내듯이 웃고 있었다.

『내 서포트가 얼마나 대단한지, 듬뿍 체험했을까?』

아키라가 쓴웃음을 짓는다.

"그래. 정말 배 터지게 말이지. 양껏 체험했으니까, 비슷하게 농밀한 체험을 다시 맛볼 기회는 되도록 다음으로 미뤄 줘."

『사양하지 않아도 되는데? 나는 보수를 미리 주는 형식으로 아키라를 서포트한다고 약속했고, 무엇보다 나와 아키라 사이 잖아?』

"네가 자랑하는 서포트는 될 수 있으면 내가 이런 경험을 안 해도 되는 쪽으로 발휘해 달라고."

쓴웃음과 함께 불평하는 아키라에게, 알파가 의미심장한 얼굴로 맞받아친다.

『그것도 빠짐없이 하고 있는데 말이야.』

알파가 하고 싶은 말을 눈치챈 아키라가 무심코 쓴웃음을 짓는다.

예전에는 잠깐 황야에 나서기만 했는데도 몬스터 무리에 습격 당했고, 최근에는 거대한 뱀이 차량째로 집어삼켰다. 운이 나쁜 것도 정도가 있다는 소리를 들어도 싸니까, 이것만큼은 알파도 어떻게 해 줄 수가 없다.

또한 아키라의 말과 행동 탓에 골치 아픈 일이 발생한 적도 많다. 이것도 알파는 어떻게 해 줄 수가 없다.

어느 쪽이든 간에 아키라에게는 어려운 사태를 회피하는 능력보다 그 사태를 넘어설 실력이 필요했다.

"알았어. 이 정도는 가뿐하게 대처할 수 있게 앞으로도 잘 부탁할게."

『물론이야. 나만 믿어. 그러면 새로운 사태에 대처할 수 있게끔, 어서 짐을 챙기러 가자.』

알파는 웃으며 손으로 위를 가리켰다. 아키라의 짐은 건물 옥상에 두고 왔다.

아키라가 다시 건물을 올려다본다. 27층 건물은 다시 봐도 너무 높다.

"저걸 또 올라가야 하나……."

지긋지긋한 표정을 짓는 아키라에게, 알파가 짓궂게 웃는다.

『괜찮아. 이번에는 계단으로 내려올 수 있어. 아니면 또 벽을 타고 내려올래? 걱정하지 마. 잘 서포트할게.』

"싫어!"

진저리를 치듯 즉석에서 대답하는 아키라의 태도를 보고, 알파는 즐겁게 웃었다.

다시 계단으로 27층 건물 옥상에 올라가고, 또 내려와야 한다. 아키라는 진심으로 지긋지긋하다고 여겼지만, 발걸음은 가벼웠다.

고생은 했어도 아까 전투에서 승리했기 때문이다. 단순히 승리해서 기쁜 것이 아니다. 아키라 자신은 무모하다고 여긴 것을, 알파의 서포트를 받고, 믿고, 각오해서 성공시켰다는 점이 컸다.

각오하면 나아갈 수 있는 길을, 각오해서 나아갔다. 나아갈 수 있었다. 그것을 자신과 알파가 증명할 수 있었다. 아키라는 그 사실에 만족했다.

애초에 그 전투는 원래 불필요했다.

아키라가 총의 조준경으로 세란탈 빌딩을 경비하는 기계형 몬스터들을 보려고 했을 때, 아키라의 강화복을 조작할 수 있는 알파는 그 섣부른 행동을, 그 시점에서, 그럴 마음만 있으면 얼마든지 막을 수 있었다.

그러나 막지 않았다.

알파가 아키라를 세란탈 빌딩의 방위 기계와 싸우게 한 것은 아키라에게 다시금 자신의 서포트가 지닌 가치를 이해시키고, 실감시키기 위해서였다.

아키라는 알파의 서포트 없이 과합성 스네이크의 배 속에서 탈출했다. 또한 강화복을 착용하지 않아서 알파의 서포트를 제대로 받지 못하는 상태로 슬럼의 중견 조직을 궤멸시켰다.

그렇다면 앞으로는 알파의 서포트가 없어도 어떻게든 되지 않을까. 아키라가 그렇게 여기고 마는 우려를 해소하기 위해서, 알파는 일부러 아키라를 세란탈 빌딩의 방위 기계와 싸우게 했다. 우려를 확실하게 해소하기 위해서 다소의 무모함이 필요한, 상식에서 벗어나면서 극적인 전투를, 나아가 승리를 경험하게끔 했다.

그리고 실제로 그 우려는 해소되었다.

알파는 만족했다.

제106화 공장 구역

세란탈 빌딩의 방위 기계를 격파한 아키라가 그 정면 출입구에서 건물을 올려다본다. 유적 어디서든 어렴풋이 보이는 거대한 고층 건물에는 구세계의 산물임을 포함해서 알기 쉬운 위압감이 있었다.

"음. 역시 커. 게다가 뭔가 달라."

아키라는 쿠즈스하라 시가지 유적에 처음 발을 들였을 때, 저 멀리 유적 중심부에서 희미하게 보이는 풍경 속에 손상이 없는 고층 건물이 있는 것을 봤다. 그리고 그 경관을 유지하는 자동 수복 기능과 기능이 망가지지 않은 채로 건물들을 지키는 강력한 경비 기계를 떠올리고는 그곳에 가는 것을 바로 단념했다.

다른 유적이기는 하지만, 아키라는 지금 그 강력한 경비 기계를 물리치고 과거에 가는 것을 단념했던 장소에 있다. 그 실감이 아키라의 표정을 조금 느슨하게 풀어놓고 있었다.

"들어가 볼까. 유물이 많이 있으면 좋겠는데 말이야. 지금으로선 탄약값으로 완전 적자야."

적자를 보려고 목숨을 거는 게 아니라고, 강력한 경비 기계를 해치운 것으로 만족하지 않게끔 아키라는 자기 자신을 타일렀다.

그때 알파가 가볍게 제안한다.

『범용 토벌 의뢰의 격파 기록에 아까 전투에서 해치운 기계형 몬스터를 추가하면 보수도 적당히 나올 거야. 역시 기록에 추가할까?』

아키라는 싫증을 내듯이 인상을 썼다.

"그러지 마. 그 전투 기록을 괜히 헌터 오피스에 줬다가 그런 걸 잡는 전제로 의뢰를 알선받긴 싫다고."

『그래? 하지만 그 키바야시란 직원에게 주면 신나게 웃으면서 보수를 좋게 쳐줄 것 같은데.』

"싫어! 나는 그 자식을 웃기려고 싸우는 게 아니야. 가자."

과합성 스네이크 본체, 현상수배급 몬스터로 인정되지 않은 쪽을 아키라 혼자 해치운 전투 이력은 키바야시의 수완에 의해 1억 오럼으로 탈바꿈했다. 정말로 큰돈이다.

어떻게 보면 키바야시를 웃게 한 가치가 있었을지도 모른다. 아키라는 그렇게 생각하면서도 또 비슷한 경험이 있기를 기대하지 않으려고 일부러 인상을 써서 갈 길을 서둘렀다.

세란탈 빌딩 정면 출입구에 있는, 유리 같은 재질의 자동문은 작동이 중단된 상태인지 앞에 서도 열리지 않는다. 아키라는 그것을 강화복의 신체 능력으로 비틀어 열고 안으로 들어간다.

알파는 쓴웃음을 지으면서 그 뒤를 따랐다.

세란탈 빌딩에 들어선 아키라를, 접수처를 겸하는 홀이 맞이한다.

기둥이 없이 뻥 뚫린 구조로 된 홀은 무척 넓고, 천장도 매우 높다. 벽에서는 세월에 따른 열화가 조금도 느껴지지 않고, 바닥에는 먼저 한 톨 떨어지지 않았다.

화사한 기물은 없지만, 벽이나 바닥의 재질만으로 고급스러운 느낌을 물씬 내고 있다. 나아가 개방적으로 설계된 디자인과 맞물리면서 보는 자로 하여금 고급스러움을 넘어서 일종의 신성함마저 느끼게 했다. 그것은 아키라가 흙발로 들어서면 더럽힐지도 모른다며 발을 내딛는 것을 주저하게 했을 정도다.

그래도 아키라에게는 돌아간다는 선택지가 없다. 조금 위축되면서도 경계하고 홀 중간까지 나아간다.

그리고 세란탈 빌딩은 아키라를 환영하지 않았다.

"손님. 해당 빌딩은 현재 휴관 중입니다. 관계자가 아닌 분의 출입은 자제해 주시길 바랍니다. 퇴거해 주십시오."

그 목소리와 함께 아키라의 앞에, 확실하게 아무도 없었던 장소에, 갑자기 한 여성이 나타난다. 아키라는 반사적으로 뒤로 물러나면서 여성에게 총을 겨누려고 했다. 그러나 알파가 강화복을 조작해서 막는다.

『알파……?』

『침착해. 저건 입체영상이야. 쏴도 소용없어.』

아키라가 다시 여성을 본다. 구세계의 것으로 보이는 옷과 비현실적인 미모라는 점에서는 알파와 닮았다. 하지만 눈으로 봤고, 목소리도 염화가 아니라 귀로 들었다. 지금의 아키라는 구별할 수 있었다.

그러나 한편으로, 실존하지 않는다는 것도 어렴풋이 이해했다. 여성에게는 기척이 부족했다.

그리고 정보수집기도 똑같은 결론을 내놓고 있다. 여성의 모습은 가시광선 영역에만 존재하며, 이를 벗어나는 자외선이나 적외선 영역에는 존재하지 않는다. 목소리도 그 자리에서 나는 것처럼 들리지만, 반향 탐지에서는 아무것도 없음을 나타내고 있었다.

동체 탐지에도 걸리지 않는다. 그곳에 무언가가 출현했다면, 혹은 단순히 원래 있던 것이 지금까지 보이지 않았던 거라면 확실하게 발생해야 하는 공기의 흐름이 일절 없었다.

아키라가 임전 태세를 풀고 숨을 내쉰다.

"입체영상……. 구세계의 유령인가. 유령 소리를 듣는 이유가 있어."

"손님. 거듭 말씀드립니다. 해당 빌딩은 현재 휴관 중입니다. 빠르게 퇴거해 주시길 바랍니다."

여성은 그렇게 말하고 아키라에게 미안하다는 듯이 공손하게 머리를 숙였다.

"어…… 알파, 어쩔까?"

아키라는 난처한 얼굴로 알파를 봤다.

황폐해진 유적에 무단으로 쳐들어가 폐허가 된 점포 터에서 상품인 유물을 멋대로 챙겨가는 것은 아키라도 지금 와서 주저하지 않는다.

그러나 신축이나 다름없는 건물에서, 설령 상대가 유령일지라도 겉보기에는 실존하는 듯한 상대가 무단 침입에 불만을 표하고 머리를 숙이면, 뻔뻔하게 무시하기 어려웠다.

이 건물의 방위 기계를 파괴한 인간을 이토록 정중하게 대해도 되는지, 그런 소박한 의문도 아키라의 망설임을 조장했다.

하지만 고생고생해서 여기까지 왔으니까, 이쯤에서 돌아가자고 자발적으로 판단할 수는 없었다. 아키라도 헌터다. 유물을 대량으로 입수할 수 있는 상황을 목전에 두고 너무 간단히 물러날 수는 없다.

그러한 망설임도 있어서 아키라는 알파에게 선택권을 내던졌다. 알아서 정하라고 하면 그러겠지만, 일단은 물어봤다.

그러자 예상을 벗어난 말을 들었다.

『아키라. 잠시 자리를 비울 테니까, 여기서 기다려.』

"어?"

다음 순간, 아키라의 시야에서 알파의 모습이 사라졌다. 여성의 모습도 같이 사라진다.

나아가 강화복의 움직임이 조금 무거워지고, 정보수집기의 정밀성도 떨어졌다. 세란탈 빌딩의 방위 기계와 싸웠을 때부터 이어지던 알파의 서포트가 완전히 사라진 것이다.

『알파?!』

염화로 불러도 대답이 없다. 유적 안에서, 아키라는 혼자가 된 것이다.

과합성 스네이크에게 차량과 함께 삼켜져서 혼자가 되었을 때를 떠올린 아키라가 긴장감을 끌어올린다.

여기는 몬스터의 배 속이 아니다. 하지만 훌륭한 외관을 유지하는 자동 수복 기능을 갖춘 유적의 건물 안이다. 그 기능으로 지금도 멀쩡한 성능을 유지하는 강력한 경비 기계가 존재하는 것을 생각하면 동급의 사지에 혼자 있는 것이나 다름없다.

건물 내부는 전혀 상하지 않았고, 더군다나 바닥에 먼지 한 톨 떨어지지 않았다. 그만큼 잘 정비된 장소라는 사실이 지금은 아키라에게 강한 압박감을 주었다. 더는 움츠러들지 않으려는 듯이 아키라가 숨을 고른다.

(침착해……. 괜찮아. 이번에는 그때와 달라. 갑자기 접속이 끊긴 게 아니야. 알파는 미리 말하고 사라졌어. 그리고 알파가 여기서 기다리라고 했잖아. 즉, 여기가 안전해서 그런 거야. 괜찮아.)

아키라가 냉정함을 유지한다. 패닉에 빠지는 것이 가장 위험하다며 주위를 경계하면서 마음을 진정시킨다. 정적에 자신의 감각이 예민해지는 것을 실감하면서, 가만히 기다린다.

그리고 알파가 돌아왔다. 왠지 모르게 즐겁게 웃으며 아키라를 본다.

『다녀왔어. 기다렸어?』

"기다렸어……."

아키라는 안도함을 드러내면서도 못마땅한 얼굴로 대꾸했다.

"그래서……? 갑자기 무슨 일이야?"

『그 설명은 이동하면서 할게. 우선은 여기에서 나갈 거야. 이동하자.』

"나가는 거야?"

『그래. 자, 어서.』

알파가 앞장서서 아키라를 보챈다. 아키라는 괴이쩍은 얼굴을 보이면서도 뒤따랐다.

그때 아키라는 별생각 없이 뒤를 봤다. 그러자 알파와 같이 모습을 감추었던 여성이 어느샌가 다시 모습을 드러내 처음 봤을 때와는 달리 언짢은 얼굴로 아키라 일행을 보고 있었다.

(시킨 대로 얌전히 나가니까 괜찮잖아. 아니지…… 경비 기계를 파괴하고 건물에 침입했으니까 괜찮지는 않겠지만.)

자신은 헌터이고, 헌터란 원래 그런 것이다. 아키라는 그렇게 생각하면서도 너무 깊이 생각하면 괜히 망설임이 생긴다고 여겨서 더는 생각하지 않기로 했다.

상대와 거리가 있어서 아키라는 눈치채지 못했다. 여성은 언짢은 얼굴로, 아키라가 아니라 알파를 노려보고 있었다.

세란탈 빌딩을 나선 아키라가 알파에게 묻는다.

"그래서? 왜 갑자기 사라진 거야?"

『필요했기 때문이야.』

"필요했다니……."

표정에 조금 언짢은 기색을 드러낸 아키라를 달래듯이 알파가 말을 가로막았다.

『그러지 말고. 내가 갑자기 사라져서 쓸쓸했던 건 알아. 하지만 아키라한테는 아무 일도 없었고, 나도 금방 돌아왔잖아?』

알파는 그렇게 말하고 장난치듯이 즐겁게 웃고는 괜한 질문이
나오기 전에 다른 화제로 넘어갔다.

『건물 안에 있던 그 여성은 세란탈 빌딩의 관리 인격이야. 자
리를 비운 사이에 여러 가지를 확인했어. 건물 상층부를 가리
키던 화살표의 정확한 장소도 알았고. 57층에 있는 리온즈테일
사의 지점이야.』

"오, 57층이라고……?"

아키라도 꽤 높은 곳임을 알았지만, 구체적인 숫자를 들으니
맥이 빠졌다. 실제로 건물에 발을 들여 천장도 높다는 사실을
안 다음인 만큼, 그 느낌이 컸다.

『아키라. 올라가고 싶어? 계단으로.』

"그야 나도 좋아서 올라가고 싶지는 않지만, 유물을 수집하러
왔잖아. 필요하다면 올라갈 건데?"

『그래? 하지만 그만두는 게 좋아. 지금의 아키라는 세란탈 빌
딩의 경비에게 죽기만 할 테니까 말이야. 내 서포트가 있어도
완전히 무리야.』

아키라가 놀라움을 드러낸다. 세란탈 빌딩의 밖에 있던 방위
기계를 해치우게 한 알파가 그토록 단언한다는 사실에 몹시 놀
랐다.

"그 정도로 위험해……?"

『그래. 그러니까 아키라, 미안하지만 포기해.』

"알았어. 하아…… 결국 여기도 허탕을 친 거네. 그렇게 고생
해서 여기까지 왔는데."

아키라는 무심코 한숨을 쉬었다. 적이 거의 없는 황야를 배회하다가 허탕을 친 것이 아니라, 강력한 적과 격전을 펼치고 허탕을 친 만큼 낙담이 컸다.

그러자 알파가 뽐내듯이 웃는다.

『안심해. 다음은 틀림없이 대박이야. 세란탈 빌딩의 관리 인격으로부터 유물이 잔뜩 있는 장소를 알아냈어.』

조금 늘어져 있던 아키라가 힘차게 고개를 들었다.

"정말이야?!"

『물론이야. 안내할 테니까 따라와.』

기운을 차린 아키라가 알파를 따라가려다가 문득 생각한다.

"저기, 빌딩의 관리 인격에게 알아냈다고 했는데, 그런 걸 가르쳐 줘도 되는 거야?"

『유적 전체의 관리 인격이 아니라 그 건물의 관리 인격이니까. 자기가 관리하지 않는 장소가 어떻게 되든 상관없는 거야. 그래서 세란탈 빌딩 주변도 상태가 엉망인 거겠지.』

"아하, 그렇군."

아키라는 주변을 둘러보고 납득한 듯이 고개를 끄덕였다. 그리고 의문도 해소한 차에 알파의 안내에 따라 유적을 나아갔다.

◆

미하조노 시가지 유적의 공장 구역은 그 이름대로 구세계의 공장이 대거 존재하는 장소다. 광대한 부지에 펼쳐진 대규모 공장지대의 풍경은 계산된 배치와 구조로 보는 자에게 기능미를 느끼게 한다.

다만 그 기능미에는 공장 내부를 인간이 통행하는 기능이 포함되지 않는다. 자동화 공장은 그 생산 활동에 사람의 손길이 필요하지 않았다.

아키라는 시내 구역의 가장자리에 있는 건물 옥상에서 확장 시야에 뜬 화살표가 가리키는 다음 목적지를 확인했다. 그곳은 공장 구역의 내부였다.

『알파. 목적지는 알겠어. 하지만 가는 길이 없는데…….』

『그러네. 열심히 이동해 보자.』

대수롭지 않게 대답한 알파에게 아키라가 불만을 섞어 괴이쩍은 표정을 짓는다. 그러자 알파가 웃어넘긴다.

『아키라. 유적 탐색에서 항상 목적지로 통하는 길이 있다고 생각하는 건 어리숙한 거야. 애초에 아무나 갈 수 있는 곳에 미조사 부분이 있을 리가 없는걸?』

『…………맞는 말이네!』

듣고 보니 맞는 말이다. 아키라는 납득하고 고개를 끄덕였다.

『나도 되도록 이동하기 편한 루트를 찾아볼게. 그러니까 아키라도 참아.』

『아니야. 나도 잠시 착각했어. 그렇지. 유적이잖아. 그냥 생각해 봐도 쉽게 갈 수 없는 곳도 많겠지.』

쿠즈스하라 시가지 유적에서 유물을 수집하던 시절에는 강화복도 없이 잔해를 넘어서 길이 없는 곳을 따라 이동했다. 그 시절의 고생을 떠올리고, 아키라는 다시 기운을 북돋아 목적지를 향해 이동했다.

미하조노 시가지 유적의 공장 구역도 시내 구역과 마찬가지로 현재까지 전부 멀쩡하게 유지되고 있는 것은 아니다. 다 무너지고 부서진 곳도 많아서, 대규모 폐허도 펼쳐져 있다.

아키라와 알파는 주로 그 폐허를 지나서 목적지로 향한다. 파괴당한 경비 기계가 방치되어 있는 장소는 그것들의 철거와 재배치가 정지된 증거이므로 비교적 안전하다. 위험 요소가 적은 이동 경로 선별을 알파에게 맡기고, 아키라는 좌우지간 신중하게 전진한다.

멀쩡한 부지와 열화가 보이지 않는 통로 말고도, 물자 운반용 터널을 빠져나갈 때도 있다. 그곳의 경비 기능이 정지한 것인지, 들키지 않은 것인지, 들켰는데도 무시당한 것인지는 아키라도 모른다. 어찌 됐든 경계를 소홀히 하지 않고 나아갈 수밖에 없었다.

한동안 나아가자 비교적 손상이 적고 포장된 부지 내에서 커다란 기계형 몬스터와 마주쳤다. 무한궤도 대신 타이어 바퀴가 달린 다리가 여럿 있는, 전차처럼 생긴 경비 기계다. 상부 구조물에는 대포 같은 대형 레이저포를 탑재했다.

알파의 지시대로 벽 뒤에 숨은 아키라가 적의 낌새를 살피면서 소박한 의문을 느낀다.

『알파……. 저건 여기 경비용이지?』

『그럴 거야.』

『공장이 지금도 가동 중이라고 해도, 지어진 건 구세계 시절이지? 저 경비 기계도, 몇 번이나 재배치됐다고 해도 그 무렵에 설계됐겠지?』

『기본적으로는 그럴 거야.』

『저렇게 엄청난 무장을 달고서, 대체 뭐로부터 공장을 지킨 거야?』

『그건 고고학의 영역이야. 당시에도 반드시 동일한 스펙이었을 가능성은 별로 없으니까. 공장의 관리 시스템이 유연하게 융통성을 발휘해서 현재 상황에 맞게 성능을 바꿨을 가능성도 생각해 볼 수 있어.』

『그런 거구나. 헌터가 오게 되면서 무장을 강화한 셈인가.』

아키라가 납득하고 가볍게 고개를 끄덕이자 알파가 웃으며 말을 보탠다.

『그 반대일지도 모르는걸? 헌터 정도만 오게 되면서 비용 절감을 위해 스펙을 낮췄을지도 몰라.』

『으엑…….』

저것도 약해진 결과일 수 있다. 그런 말을 들은 아키라는 구세계를 더더욱 이해할 수 없게 되었다.

『뭐, 그런 고찰은 우리하고 관계없어. 적어도 지금은 말이지. 아키라. 해치우자.』

『알았어.』

비슷한 상대와는 이미 세란탈 빌딩 앞에서 싸워서 이겼다. 아키라는 적의 주포를 CWH 대물돌격총으로 정확하게 파괴하고, 그대로 몰아쳐 재빠르게 격파했다.

그런 다음에 다시 부지 내에 있는 시설에 진입한다. 그리고 한동안 나아간 곳에 있는 방에서 휴식하기로 했다.

아키라가 숨을 내쉬면서 벽 너머, 확장 시야로 투과해서 뜬 화살표를 본다. 목적지가 얼마 남지 않은 데까지 왔다. 다음은 대박이라고 알파가 단언한 것도 있어서 아키라의 표정도 느슨하게 풀린다.

그때, 정보수집기가 벽 너머 조금 떨어진 위치에서 인간의 반응을 포착했다. 그것이 알파의 서포트를 거쳐 아키라의 확장 시야에 인간의 실루엣으로 표시된다.

『아키라. 누군가 다가오고 있어. 일단은 경계해.』

『알았어.』

유적에 다른 헌터가 있어도 이상하지 않다. 마찬가지로 그 헌터가 우호적이 아니어도 이상하지 않다. 총을 쥐면서도 총구를 돌리지 않고, 상대를 괜히 자극하지 않을 정도로만 경계를 유지한다.

그 실루엣은 그것이 여러 명임을 아키라가 알 수 있는 거리로 다가왔을 때 걸음을 멈췄다. 그것을 아키라가 괴이쩍게 여길 때, 단거리 범용 통신이 닿는다.

"이쪽은 두 명입니다. 교전할 의사는 없습니다. 지금부터 그쪽을 지날 텐데, 우리를 믿을 수 없다면 잠시 기다릴 테니 거리를 벌려 줄 수 있겠습니까?"

싸울 마음은 없다. 하지만 상대도 그렇다고 안이하게 판단하지 않는다. 그런 상태로 서로 믿을지 말지의 선택권을 상대에게 주고, 그것에 준한 행동을 요구한다. 아키라는 그것을 딱 알맞은 경계와 대응으로 느끼고 호의적으로 받아들였다. 총을 두고 경계를 느슨히 한다.

"괜찮아. 이쪽도 싸울 마음이 없어. 지나가도 돼."

"저기…… 그쪽 팀의 인원을 알려줄 수 있습니까?"

"아, 미안. 한 명이야."

아키라가 그렇게 대답하자 통신 너머에서 조금 곤혹스러운 느낌의 작은 수런거림이 들렸다.

"무슨 문제라도 있어……?"

"아뇨……. 아무 문제도 없습니다. 그러면 가 보죠."

통신이 끊긴 다음, 얼마 지나지 않아 분위기가 대조적인 두 명의 여성 헌터가 방에 들어왔다. 그리고 서로 모습을 확인한 아키라와 여성들은 모두가 작게 놀라움을 드러냈다.

물론 놀란 이유는 전혀 달랐지만.

"오, 진짜로 혼자 같네. 더군다나 아직 애잖아."

"캐럴 씨……. 그런 건 입 밖으로 꺼내지 마세요."

"어이쿠. 모니카, 미안해."

나타난 두 여성, 캐럴과 모니카는 아키라가 진짜로 혼자라는 사실에 놀랐다.

헌터는 안전이나 효율을 위해서 기본적으로 팀을 짠다. 게다가 미하조노 시가지 유적의 공장 구역처럼 고난이도 장소에서 혼자 활동하는 헌터는 매우 드물다.

상대가 이유가 있어 인원수를 속이는 게 아닐까. 캐럴 일행은 그렇게 조금 의심했다.

그러나 실제로 아키라는 혼자였다. 더군다나 다른 팀원들이 별도로 행동하는 것처럼 보이지도 않는다. 실내를 대충 봐서는 다른 사람이 두고 간 짐이 눈에 띄지 않기 때문이다.

그 시점에서 상대는 미하조노 시가지 유적의 공장 구역에서 혼자 활동할 만큼 실력이 뛰어난 자가 된다. 더군다나 그 인물이 아이로 보인다면, 캐럴 일행이 놀라는 것도 당연했다.

한편, 아키라는 캐럴 일행의 차림새, 엄밀하게는 캐럴의 복장에 놀랐다.

모니카는 헐렁한 코트를 걸쳤다. 싸구려로 보이지 않는 재질로 된 방호 코트로, 기장이 매우 길다. 그것을 단단히 여미며 코트 안을 감추고 있었다.

아키라는 모니카의 그 모습에서 꽤 비싸 보이는 장비라는 느낌만 받았다. 하지만 캐럴의 복장은 그렇게 넘어갈 수 없었다.

캐럴은 몸의 라인을 뚜렷하게 드러내는 강화 내피를 착용했다. 그 위에 강화복도 입었지만, 노출이 너무 심해서 얇은 강화 내피를 감추는 역할을 전혀 다하지 못했다. 그리고 딱 봐도 선정성을 우선한 디자인의 전신 하네스를 장착했다.

이른바 구세계 스타일로 불리는, 디자인이 무척 튀는 캐럴의 장비는 기본적으로 다른 사람의 차림새가 관심이 별로 없는 아키라조차 놀라게 했다.

『알파, 저거, 구세계 물건이야?』

『아니, 현대의 물건이야. 디자인만 구세계 스타일이네.』

『그렇구나……. 즉, 대인용 허세인 건가? 몬스터가 저걸 봐도 구세계 장비라서 강해 보이니까 건드리지 말자고 생각하지는 않을 테니까…….』

구세계 스타일의 디자인은 무력 면에서 허세를 부릴 수 있는 효과가 있다. 알파가 그렇게 알려준 것을 떠올린 아키라는 조금 끙끙거렸다.

『그건 몬스터에 따라 달라. 그럭저럭 효과가 있는 상대도 있을 거야.』

『오, 그래?』

『그래. 애초에 이 일대 몬스터에 통할지 어떨지 나도 모르겠지만.』

생각에 잠긴 아키라는 무의식중에 캐럴을 보고 있었다. 그러자 캐럴과 눈이 마주치고, 즐거운 기색으로 아키라를 보고 웃는다.

"나한테 무슨 일 있어?"

"아, 아니야. 아무 일도 아니야. 신기한 차림이라서 무심코 봤을 뿐이야. 미안해."

아키라는 진심으로 사과했다. 그것은 상대에게도 잘 전해졌다. 캐럴이 놀란 듯한 얼굴을 하고 나서 쓴웃음을 짓는다.

"그런 소감은 예상하지 못했는걸."

"어?"

아키라가 놀란 표정을 지었을 때, 모니카가 당황한 기색으로 끼어들었다.

"캐럴 씨! 저랑 같이 다닐 때는 다른 사람에게 부주의하게 접근하지 말아 주세요! 그러기로 약속했잖아요?!"

"부주의하게 접근한 게 아니야. 서로 싸울 의사가 없다는 건 잘 확인한 뒤잖아?"

"그렇게 말꼬리를 잡아서 얼버무리지 말아 주세요!"

캐럴의 태도에 모니카는 머리를 얼싸안았다. 그리고 아키라에게 살짝 머리를 숙인다.

"죄송합니다. 금방 갈게요."

"아, 네."

"어머머. 이런 데서 만난 것도 다 인연이야. 조금 이야기해도 상관없잖아. 아, 나는 캐럴이야. 잘 부탁해."

그렇게 말하고 캐럴은 모니카를 무시하며 아키라에게 웃어 보였다. 그렇듯 뻔뻔한 캐럴의 태도를 본 모니카가 설득을 포기하고 한숨을 쉰다.

"모니카라고 합니다……."

"어…… 아키라입니다."

고생이 심해 보인다. 아키라는 캐럴과 모니카의 대화를 보고 대충 그렇게 생각했다.

캐럴은 흥미진진한 눈으로 아키라를 보고 있다.

"그나저나…… 이런 데 혼자 있다니, 동료들하고 흩어졌어?"

아마도 그렇지 않으리라고 추측한 상태에서 꺼낸 화두다. 그러나 아키라는 눈치채지 못하고 그냥 대꾸한다.

"아니, 나는 처음부터 혼자야."

"그래? 굉장하구나. 이 일대는 난이도가 높으니까 자기 실력을 확신하는 사람이라도 보통은 혼자 출입하지 않는데……. 이렇게 말하긴 미안하지만, 혼자 여기까지 올 정도로 강해 보이지도 않으니까."

캐럴은 그렇게 말하고 조금 장난치듯이, 요염하게 유혹하듯 웃었다.

아키라가 퉁명하게 대꾸한다.

"약해 보여서 미안하군."

사실 아키라는 불쾌하지 않았다. 자기 실력만으로 여기까지 왔다고 눈곱만치도 생각하지 않기 때문이다.

그러나 나는 약하다고, 겸손일지라도 캐럴의 말을 순순히 긍정했다간 아키라가 여기 있는 것이 너무 이상해진다. 그렇다고 해서 알파의 서포트를 말할 수도 없다.

하지만 나는 강하다고, 실력을 부풀려 말할 마음도 생기지 않았다. 그래서 아키라는 언짢은 척으로 얼버무리려고 했다.

캐럴은 그런 아키라의 태도를, 조금이지만 무심코 의외라고 여기는 표정을 지었다. 그러나 곧바로 웃으며 아키라를 달랜다.

"어머머. 딱히 약하다곤 말하지 않았어. 너무 화내지 마. 미안해."

"흥. 너희도 고작 둘이면서. 인원으로 치면 나랑 큰 차이가 없잖아?"

"그렇지만 우리는 둘 다 지도상을 하거든? 여기 지리는 빠삭하니까 괜찮아."

지도상이란, 헌터가 돈을 버는 방식 중 하나로, 유적의 지도를 파는 자들을 가리키는 말이다.

실력이 좋은 헌터라도 유적 안에서 헤매면 죽을 수 있다. 사전에 내부 구조를 파악해 두면 유물 수집도 편해진다. 미궁처럼 복잡한 유적의 정확한 지도는 수요가 많다.

당연하게도, 유적 내의 몬스터 분포나 안전한 이동 루트 등, 유익한 정보가 많이 실릴수록 더 비싸게 팔린다.

자신들은 이미 그런 조사를 몇 번이고 실시하고 있다. 그 덕분에 어지간한 헌터보다 미하조노 시가지 유적의 지리를 잘 알고, 둘이서 탐색해도 괜찮다. 캐럴은 그렇게 간단히 설명했다.

"뭐, 나는 굳이 말하자면 시내 구역의 지도를 팔고, 공장 구역의 지도는 모니카가 팔지만 말이야. 그래도 지도상이니까. 유적에서 몬스터를 피해 다니는 건 잘하는 편이야."

아키라는 그 이야기를 흥미롭게 듣고 있었다.

"그렇구나. 혹시나 해서 물어보는 건데, 이 근처 지도는 얼마에 팔아?"

그 질문에 모니카가 대답한다.

"공장 구역의 지도는 500만 오럼입니다."

"오, 500만……."

예상을 벗어난 가격에 아키라가 잠시 머뭇거리자 모니카가 얼굴에 불만을 드러냈다.

"우리도 지도를 제작하기 위해서 목숨을 걸고 유적을 조사합니다. 싼값에는 못 팔아요. 게다가 제 지도는 흔한 싸구려와는 질이 다릅니다. 아키라 씨도 여기 지도 정도는 있겠지만, 그런 것과 똑같이 보지 말아 주세요."

아키라가 조금 주춤거리며 사과한다.

"아…… 네. 저기, 죄송합니다."

그러자 모니카도 정신이 든 것처럼 태세를 전환했다.

"아……아뇨. 저야말로 말이 심했습니다. 죄송합니다."

서로 머리를 숙이는 아키라와 모니카를 보고 캐럴이 쓴웃음을 짓는다.

"그래서 말인데. 아키라는 얼마쯤 하는 지도로 여기까지 왔어? 500만이란 금액을 듣고 그런 태도를 보였다면, 무척 싼 지도지? 그러면 못써. 아무리 자기 실력을 믿어도 싸구려 지도를 쓰면 위험할걸?"

모니카도 힘차게 고개를 끄덕이며 말을 덧붙인다.

"그래요. 싼 지도는 내용이 엉성하고, 얼핏 보면 자세한 내용이 있는 것 같으면서도 실제로는 작년 데이터이거나 할 때가 있으니까요. 쓸모가 없습니다."

"그래서 말인데, 얼마쯤 하는 지도야? 50만? 아니면 10만? 설마 무료 배포용이라고 하진 않겠지?"

아키라가 슬쩍 눈을 돌린다.

"얼마든 상관없잖아……."

아키라는 애초에 알파의 서포트로 여기까지 왔으니까 지도를 산 적이 없다. 그리고 시내 구역의 지도는 인터넷에 무료로 돌아다니는 것이다. 즉, 엄밀하게는 공장 구역의 지도가 처음부터 없다.

그러나 아무리 아키라라도 그것을 솔직하게 대답하면 안 된다고 생각해 적당히 흘려넘겼다.

캐럴 일행은 그런 아키라의 반응을 전혀 다르게 느꼈다. 그리고 입에 담기도 어려울 정도로 싼 지도밖에 없다고 간파한 모니카가 조금 의아해하는 기색으로 묻는다.

"그러고 보니 아키라 씨는 어떻게 여기까지 왔습니까? 몬스터와 마주치지 않았습니까?"

"어떻게 왔긴. 그냥 해치우면서 이동했는데……."

똑같이 의아한 기색으로 대답한 아키라의 반응에 모니카가 무심코 의심을 얼굴에 드러낸다.

"그냥 해치우면서 왔다고요? 아키라 씨는 우리와 반대쪽에서 이 방에 들어왔죠?"

"그런데……?"

"그쪽 루트는 매우 강력한 경비 기계의 경계 범위라서 어지간해서는 지날 수 없을 텐데요……."

"어? 아니, 그냥 해치웠는데……."

아키라는 최근에 현상수배급 몬스터와 싸웠고, 오늘도 세란탈 빌딩의 방위 기계와 싸운 직후라서 상대를 강력한 몬스터로 느끼는 기준이 꽤 높아졌다.

그 탓에 알파의 서포트로 손쉽게 해치운 상대는 별로 강하게 느끼지 않아서 그냥 해치웠다고 대답했다.

얼굴을 조금 굳히는 모니카를 보고 뭔가 말실수했을지도 모른다며 아키라가 속으로 초조함을 느낀다.

『알파. 내가 뭔가 말실수했을까?』

『내 생각으로는 이상한 소리를 하지 않았어. 상대의 입장을 생각하면 그만큼 강한 헌터가 근처에 있다는 경계심이거나, 혹은 아키라가 강력한 경비 기계를 해치우는 바람에 우회 루트의 가치가 떨어진 것에 대한 불만이겠지.』

강력한 몬스터를 피해서 갈 수 있는 이동 루트의 정보는 가치가 크다. 그러나 그 몬스터가 없어졌다면 당연히 그 가치도 심하게 떨어진다.

지도상으로서 목숨을 걸고 우회 루트를 힘들게 조사한 다음에 해당 몬스터를 손쉽게 해치운 자가 나타나면 여러모로 느끼는 바가 있을 것이라고, 알파가 설명을 보충했다.

『아니…… 그걸 나한테 뭐라고 해도 말이지…….』

『그래. 아키라가 신경 쓸 일은 아니야. 그런 일로 고생하는 것도 지도상이 할 일이지.』

그 말이 옳다고 생각하면서도 아키라는 조금 멋쩍은 기분이 들었다.

그때 캐럴이 활기찬 목소리를 낸다.

"그렇게 강하다니 굉장하구나. 그러니까 싸구려 지도로 여기까지 온 거야."

그리고 웃으며 아키라에게 한 발짝 다가갔다.

"하지만 그렇다면 몬스터를 높은 확률로 피할 수 있는 비싼 지도는 수요가 없을 것 같아. 그렇다면 다른 걸 사지 않을래?"

"다른 거라면?"

"나. 어때? 싸게 해 줄게."

캐럴이 몸을 살짝 숙이고 얼굴과 몸을 아키라에게 들이댄다. 희미하게 도발적인 미소에는 요염한 향기가 나고, 몸에 짝 달라붙은 강화 내피는 그 안의 맨살을 희미하게 내비치고 있었다.

모니카가 얼굴을 붉히고 끼어든다.

"잠깐만요, 캐럴 씨?! 이런 곳에서 무슨 생각으로……."

하지만 아키라는 상대의 의도를 몰라 얼굴에 곤혹스러움을 드러냈다. 그리고 자기 나름대로 해석하고는 고개를 가로젓는다.

"아니, 전력은 나 혼자로 충분해. 다른 헌터를 고용할 마음은 없어. 미안해."

캐럴은 의외라는 얼굴을 한 다음, 쓴웃음을 지었다.

"그렇게 받아들일 줄은 몰랐는걸."

캐럴은 빤히 바라보던 아키라가 사과한 시점에서 자신을 보는 아키라의 시선에서 성적인 부분이 빠진 것을 눈치챘었다.

그러나 바로 앞에서 대놓고 유혹하는데도 거절하는 것을 넘어서 유혹한 사실조차 눈치채지 못하는 것은 완전히 예상에서 벗어났다.

모니카도 아키라의 반응에 놀랐다. 그러나 정신을 차리고 곧바로 캐럴에게 따진다.

"캐럴 씨! 저랑 같이 있을 때는 부업을 하지 말아 주세요!"

아키라의 반응으로 자부심에 조금 상처가 난 캐럴도 그것으로 기운을 차린다.

"어머머. 너무 화내지 않아도 괜찮잖아. 게다가 매정하게 거절당했으니까."

"그런 문제가 아니라고요! 저까지 똑같은 사람 취급을 받는다고요!"

캐럴과 모니카의 대화를 괴이쩍게 보던 아키라는, 그제야 비로소 깨달았다.

"아하. 그런 거구나."

그리고 황당해하듯이 한숨을 쉬었다. 그런 아키라의 태도를 본 캐럴도 조금 황당해하듯 웃는다.

"이제야 알았어? 거참. 너무 둔한 거 아니야?"

"미안해. 어느 쪽이든 거절하겠어. 필요 없어."

아슬아슬한 구세계 스타일의 복장을 한 여성 헌터가 부업으로 몸을 판다고 해도, 위험한 유적에서 그런 장사를 할 리는 없을 것이다. 그러니까 바로 알아듣지 못한 것도 어쩔 수 없다. 아키라는 그렇게 자신을 얼버무리고 그 이야기를 흘려넘겼다.

"나는 이만 가겠어. 잘 있어."

"그래? 아, 이것도 인연이니까 유적을 탐색할 거면 같이 안 갈래?"

"사양할래."

"진짜로 매정하구나."

장난치듯이 웃는 캐럴과 불편을 끼쳤다며 머리를 살짝 숙이는 모니카를 남기고, 아키라는 그 자리를 떠났다.

◆

아키라와 헤어진 캐럴과 모니카는 대형 경비 기계의 잔해를 발견했다. 유적 내에서 루트를 가로막았던 강력한 기체이자, 얼마 전에 아키라가 해치운 것이다.

캐럴 일행은 아키라가 거짓말하지 않았다고 판단했지만, 그것만으로 다 믿을 만큼 생각이 짧지는 않았다. 그러나 파괴당한 기체를 실제로 확인하면 이야기가 달라진다.

물론, 기체의 잔해만으로는 아키라가 혼자서 해치웠다는 완전한 증거가 되지는 않는다. 그래도 그것을 이야기했을 때 본 아키라의 태도를 포함해서 생각하면 신빙성이 꽤 높다고 판단할 수 있었다.

"그 아이, 진짜로 이걸 혼자서 해치웠나 보네."

"그런 것 같군요…….."

캐럴과 모니카는 똑같이 놀라면서, 똑같이 얼굴을 조금 찡그렸다. 그러나 그 표정에는 작은 차이가 존재했다.

캐럴의 표정에는 낙담이 있었다.

(그 아이, 진짜로 강했구나. 그 실력으로 그냥 몬스터를 해치우며 이동한 건가……. 별로 강해 보이지 않아서 색적 특화의 헌터이거나 모종의 방법으로 유적 내부의 지형과 몬스터의 위치 정보를 취득해서 안전한 루트로 거기까지 이동한 줄로만 알

았는데, 예상이 빗나갔나 봐…….)

그리고 모니카의 표정에는 우려와 경계가 있었다.

캐럴과 모니카가 그 감정의 원인이 된 사람, 아키라가 있을 것으로 예상되는 방향으로 무심코 시선을 돌린다. 그리고 잠깐 눈이 마주치고, 두 사람 모두 속마음과는 관계가 없는 태도를 보였다.

캐럴은 흥겹게 웃는다.

"그러면 모니카. 이 경비 장치가 당했다는 정보를 바로 지도에 추가하자."

모니카는 한숨을 쉰다.

"그래야겠네요. 이걸로 이쪽 우회 루트의 가치가 없어졌어요. 애써 조사했는데……."

"그럴 때도 있는 거야. 부족해진 돈을 부업으로 보충할 필요가 있다면 내가 알선해 줄 수 있거든? 뭐, 간단히 말해서 손님을 소개하는 거지만."

"됐어요!"

캐럴의 농담을, 모니카는 언성을 높여서 진지하게 거절했다.

제107화 아키라와 캐럴

캐럴 일행과 헤어진 아키라는 그대로 공장 구역을 나아가 마침내 목적지에 이르렀다.

그곳은 창고 같은 장소였다. 벽과 바닥이 조금 상한 정도의 손상밖에 없는 실내에 커다란 선반이 여럿 늘어서 있다. 그 선반에는 상자에 담긴 유물이 많이 놓여 있었다.

그 광경을 본 아키라가 무심코 환호성을 지른다.

"오오! 해냈어! 굉장해!"

이전에 미발견 유적을 발견했을 때와 비교하면 소소한 성과다. 그래도 일반적인 헌터 활동의 기준으로 보면 특대급 성과다. 알파도 뽐내듯이 웃는다.

『당연하지. 다음은 대박이라고 했잖아?』

『그랬지! 좋아! 얼른 챙겨가자.』

아키라가 신난 기색으로 선반 앞에 가서 상자를 본다. 상자는 밀봉 상태여서 내용물이 무엇인지 알 수 없다. 내용물을 표시한 라벨도 찾아볼 수 없다.

『내용물이, 뭘까……. 음…… 열어봐도 될까?』

『그만두자. 여기서 억지로 열었다가 상자가 약해져서 돌아가는 길에 내용물이 망가지는 건 싫잖아?』

『그건 그렇지만……..』

포장 상태인 유물은 아무리 운반을 위해서라고 해도 내용물을 옮겨 담지 않는 것이 좋다. 그래야 유물을 잘 보존할 수 있다. 또한 상자도 구세계의 물건이므로, 비싸게 팔릴 가능성이 있다. 그러니까 괜히 건드리지 않는 것이 좋다.

아키라는 이전에 사라와 엘레나에게 이와 비슷한 조언을 들었다. 그런데도 고민한다.

『끙. 하지만 내용물을 전혀 모르는 걸 챙겨가기도 좀 그렇잖아. 빈 상자는 아닐 테지만……..』

아키라가 그렇게 말하고 상자를 들어 본다. 강화복 덕분에 가뿐하게 들 수 있지만, 맨몸으로 운반하기는 어렵다고 느낄 만큼 무거웠다.

『알파. 내용물이 뭔지 알아볼 수 없겠어?』

『해 볼게. 잠시만 기다려…….. 내용물은 일종의 기계 부품이야. 그 이상은 알 수 없어.』

아키라의 시야가 확장되고, 내용물이 희미하게 투과 표시로 뜬다. 상자 안에는 무언가 대형 기계의 부품으로 보이는 형태를 띤 물체가 있었다.

『그렇군……. 뭐, 구세계에서 만든 기계라면 팔리겠지. 그래도 일단 다른 상자도 조사해 보자.』

그 뒤로 아키라는 실내를 돌아다니며 다른 상자의 내부도 알파에게 조사해 달라고 했다. 더 알아보기 쉽고 비싸 보이는 물건을 기대했지만, 찾아낸 것은 전부 똑같은 것이나 비슷해 보이는 기계 부품이었다.

유적의 깊숙한 곳. 알파가 대박이라고 한 장소. 상자에 단단히 포장된 상태. 아키라도 그런 요소를 고려하면 가치가 있는 유물이라고 생각한다.

하지만 똑같은 물건이 황야에 방치되어 있었다면 자신은 거들떠보지도 않았을 것이라고도 여겼다. 그 감각이 아키라를 조금 끙끙대게 했다.

『아키라. 자꾸 끙끙대지 말고 슬슬 돌아가자. 어느 상자를 골라도 큰 차이가 없으니까, 또 챙겨가면 되잖니?』

『그렇지⋯⋯. 좋아! 이거다!』

아키라는 가장 비싸 보이는 상자를 골라서 예비 배낭에 넣었다. 챙겨가는 것은 그 상자뿐이다. 상자가 너무 커서 더 들어가지 않는다.

등에 짊어질 수도 없다. 반쯤 질질 끌면서 운반하게 된다. 돌아가는 길의 이동과 전투를 고려하면 등에는 예비 탄약류를 넣은 배낭을 짊어져야 한다.

수많은 선반에는 아직 상자가 많이 남았다. 방을 나선 아키라가 문을 닫으면서 그것을 보고 복잡한 표정을 짓는다.

『이걸 전부 가져가려면 여러 번 왕복해야 하겠네.』

『애초에 전부 가져갈 수 있는지를 걱정해. 우리가 여기를 발견한 이상, 다른 헌터가 찾아낼 확률도 올라갔어.』

『그것도 그러네. 여기가 들키지 않게 조심해서 돌아가자. 알파, 그 이동 루트는 부탁할게.』

『나만 믿어.』

뽐내듯이 웃는 알파에게 아키라도 만족스럽게 웃었다. 그리고 문을 닫고 적막한 공장 내부를 이동하기 시작했다.

알파가 아키라를 뒤따르기 전에 한 번 뒤돌아본다. 그대로 손을 살짝 펴고 문을 향해 뻗었다.

알파의 손바닥 앞에 문양과도 같은 것이 나타난다. 그러자 그것에 호응하듯이 문 앞에 입체영상으로 된 벽이 나타난다. 나아가 입체영상에 포개지듯이 역장(力場)이 발생하고, 벽의 질감까지 재현된다.

이것으로 문에는 빛과 소리와 촉감과 공기의 흐름으로도 인식할 수 없는, 고도의 위장 처리가 이루어졌다.

알파가 고개를 살짝 끄덕이고 아키라의 곁으로 돌아온다.

『돌아갈 때는 올 때와 다른 루트로 갈 거야. 그래야 이동 경로에서 유물이 있는 장소를 역추적하기 어려워지니까.』

『알았어. 아, 맞다. 그 방의 유물 말인데, 엘레나 씨와 사라 씨를 불러서 운반하는 걸 도와달라고 하는 게 어떨까? 셰릴네 애들한테 또 거들어달라고 하기는 어렵겠지만, 그 두 사람이라면…….』

『아키라. 그러진 말자.』

『안 돼? 아니, 이번에는 삼등분이니 뭐니 그런 소리는 안 할 건데? 그 부분은 잘 협상해서…….』

『아니야. 그런 뜻이 아니야. 이번에는 요노즈카역 유적 때처럼, 우연히 발견했다고 주장하기 어려워.』

미하조노 시가지 유적에 처음 온 헌터가, 유적의 주된 돈벌이 장소인 시내 구역이 아니라 공장 구역에 가서, 지도도 없이 깊은 곳에 들어가고, 유물이 대량으로 남은 미조사 부분을 우연히 찾아냈다.

그것은 도저히 우연으로 치부할 수 없다. 모종의 수단으로 미조사 부분의 정보를 입수했다고 생각하는 것이 자연스럽다. 구체적인 입수 방법은 모르더라도, 어떻게든 입수할 방법이 있다는 사실이 명확하게 노출된다고 생각하는 게 좋다.

그리고 그 방법은 엘레나와 사라에게 알려줄 수 없다. 그러니까 안 된다고, 알파는 아키라를 타일렀다.

『그렇구나……. 뭐, 하는 수 없지. 힘내서 혼자 왕복해 볼까.』

『그렇게 하자. 적어도, 우연으로 넘어갈 상황이 조성될 때까지는 말이야.』

알파의 설명을 받아들인 아키라는 쓴웃음을 짓고 유물을 운반했다.

◆

시간은 오래 걸렸지만, 아키라는 충분한 성과가 되는 유물을 손에 넣었다. 황폐해진 공장 내부의 통로에서 유물을 넣은 배낭을 반쯤 질질 끌면서 이동하고 있을 때, 앞장서던 알파가 갑자기 멈췄다.

『알파. 무슨 일이야?』

『아키라. 일단 경계해. 그리고 그쪽 벽에서 더 떨어져.』

아키라는 지시에 따라 통로 벽에서 멀어진 다음, 경계를 촉구받은 방향을 괴이쩍은 얼굴로 봤다. 그러나 수상쩍은 점은 찾아낼 수 없었다.

하지만 다음 순간, 그 벽 너머에서 총소리가 났다. 벽에 금이 가고 구멍이 생긴다. 아키라가 놀라는 동안에도 사격이 계속되어, 금이 간 곳이 명확한 균열이 되고, 숫자가 늘어나는 구멍이 벽의 강도를 떨어뜨린다.

그리고 벽이 걷어차였다. 큰 구멍이 나고, 분쇄된 벽 조각이 힘차게 튄다. 이어서 그 구멍에서 벽을 걷어찬 자가 튀어나왔다. 그 인물은 캐럴이었다.

"여, 여기까지 오면……! 큰일 날 뻔했어!"

긴장이 풀리면서 초조함이 다분하게 드러나던 캐럴의 얼굴이 안심한 듯 느슨해진다. 그리고 놀라는 아키라를 알아차리고, 슬며시 웃었다.

"너는…… 이런 데서 만나니까 운명 같네."

"운명은 무슨……."

캐럴은 조금 황당해하는 아키라의 태도를 아랑곳하지 않고 시선을 벽에 난 구멍 너머로 돌렸다. 그러자 표정이 다시 초조함으로 딱딱해진다.

"말도 안 돼! 잠깐만?! 여기는 이미 범위 밖일 텐데?!"

초조해진 캐럴이 다급한 기색으로 아키라에게 소리친다.

"아키라! 미안하지만 조금 도와줘!"

"어?"

아키라는 한순간 당황했지만, 곧장 DVTS 미니건을 겨눈다. 그리고 벽에 난 구멍 너머를 겨누고 발포하고, 그곳에 있던 1미터쯤 하는 기계형 몬스터를 격파했다.

하지만 파괴당한 기계는 정지하지 않고, 피탄하면서 전진한다. 타원형 몸통이 일그러지고 타이어 바퀴가 달린 다리들이 뜯기면서도, 뒤에 있는 기체에 의해 억지로 떠밀렸다.

그것을 캐럴이 총으로 쏜다. 권총이기는 해도 그렇게 부르기엔 너무 큰 대형 총에서 CWH 대물돌격총의 전용탄에 필적하는 강력한 탄환이 날아간다. 그 총탄은 이미 파괴당한 기체를 대파, 분쇄하고, 후속 기체도 관통해서 격파했다.

아키라가 캐럴이 쏜 총의 위력에 놀라면서도, 조금 의아하게 여긴다.

(이 정도 상대라면 딱히 허둥댈 필요가 없는데…….)

그때 아키라의 시야가 확장되었다. 그리고 동시에 아키라의 표정이 딱딱해졌다.

기계형 몬스터가 대량으로 이쪽을 향해 쇄도하는 광경이 시야에 표시되었다.

정보수집기의 색적 정밀성은 범위 내에 장해물이 적을수록 좋아진다. 그리고 벽에 구멍이 크게 나면서 건너편의 색적 정밀성이 향상되고, 여기에 알파의 서포트가 더해졌다. 그것으로 더욱 선명해진 벽 너머의 양상이 아키라의 확장 시야에 영상으로 출력되었다.

벽에는 구멍이 크게 났지만, 그래 봤자 폭이 2미터 정도다. 그 작은 구멍에 기계들이 쇄도하면 당연히 막힌다. 나아가 격파한 적의 잔해도 통행을 방해한다. 그 덕분에 지금은 아키라 일행이 경비 기계 집단을 저지하기 쉽다.

그러나 벽은 구멍이 크게 나면서 이미 구조가 약해졌고, 더불어서 수많은 기체가 격돌하는 바람에 균열이 커지고 있다. 구멍 주위가 무너지고, 구멍이 더 커지는 것은 시간문제였다.

그 상황을 보고, 캐럴은 이 자리에서 격퇴하기를 포기했다.

"아키라! 물러나자!"

"알았어!"

아키라와 캐럴은 적을 총으로 쏘면서 이탈할 타이밍을 엿보고, 눈짓을 보내 그 자리에서 동시에 달리기 시작했다.

유물을 담은 배낭을 끄는 데 한 손을 쓰는 아키라가 조금 뒤처졌지만, 파괴한 경비 기계의 잔해를 장해물 대용으로 삼아 어떻게든 도주하는 데 성공했다.

◆

캐럴은 아키라와 함께 다른 공장 부지까지 이동했다. 자신들을 쫓아오던 경비 기계의 기척이 없다는 사실에 안도하고 숨을 깊이 내쉰다.

"아무리 그래도 여기까지면 오면 괜찮겠지……. 위험했어. 아차. 아키라. 도와줘서 고마워."

캐럴은 진심으로 하는 감사를, 부업으로도 써먹는 요염한 웃음을 띠고 전했다.

그 얼굴에는 평범한 남자라면 순식간에 농락당해서 캐럴에게 부업을 간청하고픈 욕망을 몹시 자극하는 색기가 가득했다. 그러나 아키라에게는 효과가 없다.

"대단한 일은 아니야. 그나저나 슬슬 무슨 일이 있었는지 알고 싶은데."

"그래……. 알았어."

캐럴은 희미하게 쓴웃음을 짓고, 마음을 추스른 다음 사정을 이야기하기 시작했다.

그 내용은 아키라가 의외로 여길 수준이 아니었다. 유적에서 몬스터 무리와 맞닥뜨렸다. 그 탓에 모니카와 흩어지고 말았고, 혼자 필사적으로 도망쳤다. 운이 나쁘기는 하지만, 딱히 신기하지도 않은 내용이었다.

그러나 캐럴에게는 이해할 수 없는 부분이 많은 사건이었다.

지도상이니까 유적 내부의 경비 기계의 경비 범위와 순찰 루트는 미리 조사하고 있다. 그런데 습격당한 지점은 그렇게 많은 경비 기계와 마주칠 확률이 낮고, 하물며 동료와 분단될 정도의 기습을 당할 위험이 전혀 없는 곳이었다.

그리고 가장 이해할 수 없는 점은, 경비 기계들이 본래의 경비 범위에서 일탈했다는 것이다.

기계형 몬스터는 기본적으로 강력한 개체가 많다. 자연적으로 번식하는 생물이 아니라, 대부분 적대자를 없앤다는 전제로 설계된 기계이기 때문이다.

그런 강력한 몬스터가 유적 내부에서 다수 배회하는데도 헌터들이 미하조노 시가지 유적에서 돈을 버는 이유가 있다. 기계인 까닭에 융통성이 없는 부분도 많기 때문이다.

기본적으로 경비 기계는 경비 범위를 준수한다. 침입자가 그쪽으로 도망쳤다고 해서 다른 기업의 사유지로 침입하면 큰 문제가 된다. 그것은 구세계도 똑같다.

따라서 그 장소가 시스템상 타인의 사유지, 건물, 관리 장소라면 이미 폐허가 되었더라도 진입하지 않는다.

그 덕분에 미하조노 시가지 유적에서 활동하는 헌터들은 승산이 없는 기계형 몬스터와 운 나쁘게 마주쳐도 목숨을 건지는 일이 제법 많다. 일반적으로는 도망칠 곳이 없는 장소라도, 경비 기계가 경비 범위를 벗어나지 않는 점을 이용해서 경계선을 넘어가면 도망칠 수 있기 때문이다.

가까운 건물로 도망쳐도 된다. 유적에서 깨끗한 장소와 황폐해진 장소의 경계선을 넘어도 된다. 경비 범위의 경계선은 유적 곳곳에 알기 쉬운 형태로 존재했다.

미하조노 시가지 유적은 단순히 몬스터의 강함만 따지고 보면 제법 고난이도 지역이다. 그런데도 헌터들이 돈을 벌러 많이 찾아오고, 헌터 오피스의 출장소도 지어지게 된 배경에는 그런 이유가 있다.

이것은 시내 구역이든 공장 구역이든 똑같다. 캐럴이 벽을 부수고 도망친 것은 그쪽이 다른 공장의 부지이며, 자신을 습격한 경비 기계의 경비 범위에서 벗어나는 곳임을 알았기 때문이다.

그렇기에 더더욱, 벽에 큰 구멍을 내고 다른 공장 부지로, 경비 범위 밖으로 나간 자신을 경비 기계들이 계속해서 쫓아왔다는 것은 캐럴에게 있어서 미하조노 시가지 유적의 상식을 뒤엎을 정도로 예상을 벗어난 사건이었다.

"역시 이상해……. 폐기된 공장이니까 상대방의 경비 범위를 무시했다고 쳐도 말이 안 되는걸……. 애초에 그렇게 유연하게 판단할 수 있는 시설이라면, 우리도 경비 범위의 허점을 노릴 수 없으니까……."

가설을 세우고, 부정한다. 그것을 되풀이하다가 막힌 캐럴이 아키라에게 묻는다.

"있잖아. 혹시나 해서 묻겠는데, 짚이는 건 없어?"

"아니, 없어."

"그렇겠지."

캐럴은 심각하게 고민했지만, 아키라는 아무래도 좋았다. 대수롭지 않게 물어본다.

"그나저나 지금은 어디로 가는 거야? 적당히 앞으로 가는 거야? 아니면 뭔가 믿는 구석이 있어서 이동하는 거야?"

어쩌다 보니 캐럴을 따라왔지만, 적을 피해서 도망치려고 무작정 방황하는 것이라면 지금부터라도 알파에게 안내를 부탁해서 겉으로는 자신이 안내하는 걸로 위장하고 이동하자. 아키라는 단순히 그렇게 생각했다.

하지만 캐럴은 조금 복잡한 얼굴로 말을 흐린다.

"아, 그건……."

도중까지는 단순히 몬스터가 별로 없을 것으로 추정되는 장소를 골라서 움직였다. 그리고 추격을 뿌리치는 데 성공했다.

"아까도 말했지만, 이대로 유적에서 탈출할 작정이야. 모니카를 찾으러 갈 생각은 없어."

캐럴과 모니카는 모종의 사태로 유적 내부에서 흩어졌을 경우, 먼저 각자 유적에서 탈출하고 나서 시간이 지나도 상대가 돌아오지 않으면 구조 의뢰를 내놓기로 사전에 합의했다.

연락도 안전한 장소에 도착할 때까지 하지 않기로 했다. 섣불리 전파를 발신하면 그 반응을 몬스터가 감지할 우려가 있기 때문이다.

그 설명을 들은 아키라가 고개를 작게 끄덕이고, 다음으로 의아하게 여긴다.

"그렇군. 어라……? 그런데 유적 밖이 그쪽이던가?"

"그게 문제인데 말이지……."

원래라면 모니카가 제공한 지도에 의지해서 공장 구역에서 탈출하는 것이 좋다. 그 정도는 캐럴도 알았다.

모니카의 지도에는 배치된 몬스터와 그 경비 범위에 관한 정보가 상세히 기록되어 있다. 그 내용이 올바르다는 것도 공장 구역을 같이 돌아다니면서 입증했다.

하지만 지금은 일부러 다른 수단에 의지하려고 했다.

"우리가 파는 공장 구역의 지도에는 안전한 귀환 루트도 있는데, 그건 경비 기계의 경비 범위를 바탕으로 작성한 거야. 그런

데 알다시피 그 범위를 무시한 적이 공격했잖아? 그 귀환 루트를 쓰는 건 좀 아니라고 봐."

"응……? 그렇구나. 그래서?"

아키라는 이것이 캐럴이 본론을 말하기 전에 꺼낸 말임을 알았지만, 이야기의 연관성을 잘 이해하지 못해서 조금 곤혹스러웠다. 어째서 모니카의 비싼 지도에 의지하고 탈출하지 않는가. 그 이유는 알았지만, 유적 바깥쪽으로 가지 않는 이유와는 거리가 먼 것처럼 여겨졌다.

"이야기했을 테지만, 나는 지도상이고, 유적의 정보를 팔기도 해. 그래서 유적의 뒷문, 같은 것도 알아."

"뒷문. 그런 것도 있구나. 아하. 즉, 그쪽으로 가는 거지?"

캐럴이 복잡한 표정을 짓는다.

"그렇긴 한데…… 나도 지도상이니까, 그 정보를 공짜로 줄 수는 없단 말이지."

아키라도 그것으로 캐럴이 어째서 이런 태도를 보이는지 눈치챘다.

"아키라. 일단 물어는 볼게. 살 마음, 있어?"

"그게, 얼만데?"

"그러네. 아까 도와준 보답으로 깎아줘서 2000만 오럼인데. 어때?"

아키라는 표정을 살짝 굳히고 고개를 가로저었다. 그런 돈은 없다고 얼굴에 확 드러나 있었다.

"그렇겠지……."

캐럴은 한숨을 쉬었다.

아키라가 이대로 캐럴과 동행하면, 필연적으로 최소 2000만 오름의 가치가 있는 정보를 공짜로 챙기게 된다.

그렇다고 해서 줄 돈이 없으면 따라오지 말라고 할 수 있을까? 그것도 어렵다.

공장 구역은 현재 비정상 사태가 한창 진행 중이다. 대량의 기계형 몬스터가 원래의 경비 범위를 무시하고 사방을 배회하고 있을 확률이 높다.

그런 상황에서 탈출 루트를 아는 사람과 떨어지려고 할까? 캐럴은 그렇게 생각할 수 없었다.

(내가 타협할 수밖에 없나……. 이럴 때 막무가내로 돈을 요구했다가 아키라가 무력행사에 나서면 정말 큰일이야.)

몬스터만으로도 손에 부치는 지금 상황에서 아키라마저 적으로 만들 수는 없다. 그러니까 어쩔 수 없다. 캐럴은 그렇게 자기 자신을 타일렀다.

(거저 수준으로 깎아준 돈은 부업으로 회수하자고…… 평소라면 그렇게 생각하겠지만, 과연 잘될까?)

평범한 남자는 한 번만 손을 대게 하면 손쉽게 농락하고 쥐어짤 자신이 있었다. 하지만 어째서인지 아키라는 자신에게 성적인 흥미를 조금도 보이지 않는다. 그 생각이 캐럴의 자신감을 흔들어 놓는다.

캐럴은 자칫하면 헌터 활동이나 지도상으로 벌어들이는 돈보다 부업으로 버는 돈이 더 많을 수도 있는데, 이번에는 확신할 수 없었다.

방향성이 어떻게 되든 캐럴은 자신이 양보할 작정이었다. 그러나 그때 아키라가 그 예상을 벗어나는 말을 한다.

"그렇다면 여기서 따로 움직여야겠네. 잘 있어."

"…………어?!"

아무렇지도 않게 떠나려고 하는 아키라를, 캐럴이 무심코 말린다.

"기다려! 어? 진심이야?"

"그만한 돈은 없고, 빚을 지고 살 마음도 없으니까."

그렇게 가볍게 대꾸하는 아키라의 태도에 캐럴은 반쯤 넋이 나갔다.

(진심이야…….)

캐럴은 처음에 아키라의 태도를 너무 비싼 정보료를 깎으려는 흥정으로 여겼다. 하지만 지도상이든 부업이든 그런 식의 흥정은 많다. 아키라가 얼마나 진심인지는, 상대가 그런 쪽으로 초짜나 다름없다는 사실을 포함해 금방 간파했다.

조금 전에 몬스터 무리에 습격당한 참이니까, 전력을 생각하면 당연히 함께 다니는 게 낫다. 여기서 옥신각신해도 서로 손해만 볼 뿐이다. 그렇다면 하는 수 없이 자신이 타협해야 한다. 그렇게 생각한 만큼, 캐럴은 경악했다.

이런 상황에서는 내가 없으면 너도 곤란할 테니까 공짜로 동행하는 것을 인정하라고 말하기는커녕, 가격 협상도 하지 않고 그냥 헤어지려고 한다. 그것은 캐럴도 미처 예상하지 못했다.

그 아키라의 태도가 캐럴의 흥미를 자극했다. 캐럴이 유쾌하게 웃는다.

"있잖아. 나랑 거래하지 않을래?"

"거래? 미안하지만 반값으로 깎아도 줄 돈이 없는데?"

"아니야. 내 경호를 맡지 않을래? 보수는 2000만 오럼. 기간은 헌터 오피스의 출장소로 돌아갈 때까지. 간단히 말해서 뒷문 정보료와 경호의 보수로 상쇄하자는 거야. 어때?"

"통이 큰걸. 돈 대신 정보를 준다고 해도, 그 정보엔 2000만 오럼의 가치가 있을 거잖아?"

조금 미심쩍은 눈으로 보는 아키라에게, 캐럴이 흥겹게 웃는다.

"상황이 이러니까. 다소 비싸지는 건 어쩔 수 없어. 나도 목숨은 아까우니까. 게다가 아키라는 강하잖아? 변변한 지도도 없이 여기까지 온 데다가 이런 상황에서 나랑 그냥 헤어지려고 하는 걸 보면 말이야. 그렇다면 이 정도는 써야지."

그리고 이번에는 도발하듯 웃는다.

"뭐, 네 실력으로 2000만은 과하다고 말할 거라면, 얼마든지 보수를 낮춰도 상관없는걸? 부족한 돈은 나중에 따로 줘."

그러자 아키라는 쓴웃음을 지은 다음, 홀가분하게 웃었다.

"알았어. 2000만이야."

"거래는 성사됐어. 잘 부탁해."

캐럴이 웃으며 악수를 청한다. 아키라는 캐럴의 손을 잡았다.

◆

　변칙적이기는 해도 캐럴을 경호하게 된 아키라는 유적 내부를 캐럴과 함께 신중히 걷고 있었다. 색적을 알파에게 의지하면서 자신도 정보수집기 반응에 주의를 기울이고 있을 때, 문득 의문이 들었다.

　『알파. 캐럴과 합류했을 때 말인데, 그 몬스터 무리의 반응은 더 일찍 알 수 없었어?』

　『경고가 늦어서 미안하네요.』

　알파는 신기하게도 조금 뚱한 표정을 지었다. 아키라가 허둥지둥 달랜다.

　『아니, 불만이 있다고 말한 게 아니야. 알파라면 더 일찍 알아챘어도 이상하지 않다고 생각했을 뿐이야. 미안해. 알파의 엄청난 서포트 덕분에 항상 도움을 많이 받습니다.』

　그러자 알파도 기분 좋은 얼굴을 한다.

　『잘 말했어. 뭐, 예전에도 설명했지만. 안타깝게도 내 서포트 효율은 쿠즈스하라 시가지 유적이 아니면 많이 떨어져. 특히 색적이 말이지.』

　『그렇게 많이 달라져?』

　『그래. 게다가 여기는 구세계에서 만들어진 공장 내부잖아? 기밀 유지를 위해서 정보 수집을 방해하기 쉬운 구조일 거야. 일반적인 건물이나 황야와 비교해서 색적 정밀성이 많이 떨어져.』

저농도 재밍 스모크가 항시 살포된 상태와 같다는 설명을 듣고 아키라도 충분히 납득했다.

『아키라. 나도 조금 물어보고 싶은데, 왜 경호 의뢰를 받기로 했어?』

『어? 그러면 안 됐어?』

『아니야. 별로 협상하지도 않고 떠나려고 했다가 곧바로 경호를 받아들인 거잖아? 갑자기 마음이 너무 바뀐 것 같아서 그 이유를 물어보는 거야.』

『그래? 음. 뭐, 그냥 그랬어.』

아키라가 자신의 동행에 난색을 보인 캐럴과 얼른 헤어지려고 한 것은 아키라 자신이 캐럴보다도 상대의 무력행사를 경계하고, 성가신 일이 벌어지는 것을 피하기 위해서다.

또한 가격 협상을 시작하지도 않은 것은 아키라가 무의식중에 꺼렸기 때문이다. 상대가 제시한 가격을 자기 마음대로 깎는 것을, 아키라는 그만큼 부당하게 빼앗는 것과 똑같다고 느꼈다.

반대로 상대가 먼저 제시하면 받아들일 여지가 있었다. 더불어서 정보처럼 가치가 애매모호한 것과 경호의 정당한 대가라고 하는 비슷하게 애매모호한 것을 상쇄하는 것이 아키라의 판단을 지원했다.

함께 움직이는 것이 살아 돌아갈 확률이 더 높다. 그 정도는 아키라도 잘 안다. 서로가 납득한다면 그쪽을 선택할 여지가 있었다.

아키라는 '어쩔 수 없으니까 돕는다' 가 아니라 '어쩔 수 없으니까 죽인다'를 주저하지 않고 택할 수 있다. 적이냐 적이 아니냐. 둘 중 하나밖에 없는 세상에서는 첫 번째 선택지가 있을 수 없기 때문이다.

하지만 슬럼의 뒷골목이 전부였던 세상에서 뛰쳐나온 지금의 아키라에게는 '어쩔 수 없으니까 거리를 둔다' 정도의 선택지는 늘어나 있었다.

또한 여러 차례의 격전을 거치면서 몸에 익히고, 여러 사람과 만나 경험을 쌓으면서 아키라는 '적이 아니다'의 의미도 달라지기 시작했다. '현시점에서는 아직 교전하지 않은 잠재적 적대자'가 아니라, '아군은 아니어도 적대할 의사가 없는 자'로 변화했다. 그렇다면 조금은 양보할 수도 있었다.

애초에 그것은 무의식의 영역이며 아키라 본인은 그런 변화를 모른다. 선택한 근거를 물어봐도 '그냥'이라고 대답할 수밖에 없었다.

그리고 제아무리 생체인 인간의 거짓말을 높은 확률로 간파할 수 있는 알파라도 아키라 자신이 모르는 것은 간파할 수 없다. 따라서 아키라의 변덕으로 처리되었다.

『그랬구나. 캐럴은 적의가 없는 것 같고, 아키라가 이유도 없이 시비를 걸어서 트러블을 일으키지만 않는다면, 경호 자체는 상관없는걸?』

그렇게 말하고 의미심장하게 웃는 알파를 보고, 아키라가 조금 의아하게 여긴다. 하지만 곧바로 떠올렸다.

아키라가 이전에 쿠즈스하라 시가지 유적 지하상가에서 시오리와 사투 직전까지 다퉜을 때도, 그 계기는 레이나의 서포트, 경호였다.

『알았다고. 조심할게.』

아키라는 얼버무리듯이 쓴웃음을 짓고 흘려넘겼다.

캐럴이 아키라를 보고 신기하게 생각한다.

(음. 역시 강해 보이지 않아. 왜 그럴까? 너무 어려 보여서?)

약해 보인다고 말할 수는 없지만, 강해 보이지도 않는다. 적어도 혼자서 공장 구역에 침입할 정도의 실력자로는 전혀 보이지 않았다.

"있잖아. 아키라는 몇 살이야?"

"응? 몰라."

"그래? 뭐, 억지로 캐묻진 않을게. 나도 부업 때문에 기본적으로 비밀이니까. 대충 댄다고 할까, 상대가 좋아할 나이를 말할 때가 많거든."

나이를 밝히기 싫은 것이리라. 캐럴은 그렇게 판단하고 웃어 넘기려고 했다.

하지만 아키라는 고개를 슬쩍 가로저었다.

"아니, 진짜로 몰라. 내 생일도 몰라. 까먹은 건지, 처음부터 몰랐던 건지도 모르는걸."

캐럴은 그 말에서 아키라가 슬럼 출신임을 간파했다. 그것을 의식하는 사람도 많다는 것을 알기에 화제를 다른 쪽으로 흘린다.

"그렇구나. 그러면 헌터 경력은 얼마나 됐어?"

"별로 길지 않아……. 무척 짧다고만 말해 두겠어."

자기 나이는 모른다고 쉽사리 대답했는데도 헌터 경력에 관해서는 말을 흐린 아키라의 태도를, 캐럴은 이상하게 여기지 않았다.

본인이 주장하는 헌터 경력은 사람마다 천차만별이다. 헌터 오피스에 등록한 날. 처음으로 황야에 나간 날. 헌터 랭크가 10에 도달한 날. 헌터를 시작한 날의 기준도 제각각이다.

활동기간의 내용을 포함하면 차이가 더 발생한다. 미등록으로도 총을 쥐고 유적에 가는 자도 있다. 랭크 10 미만의 기간을 제외하는 자도 있다. 본인은 헌터로서 필사적으로 활동한 기간인데 판단 기준이 다른 자가 헌터 미만의 활동기간으로 보는 바람에 다툼으로 발전하는 일도 있다.

아키라가 말을 조금 흐린 것은 그런 이야기로 싫은 일이 있어서 그럴 것이다. 캐럴은 그렇게 판단했다.

그래도 아키라가 스스로 헌터 경력이 짧다고 말한 것은 사실이다. 그 말에서 거짓이 느껴지지 않은 이상, 나이도 정말 어릴 것으로 추측한다. 즉, 소년형 의체를 사용하는 것도, 모종의 신체 강화형 확장 기술로 아이의 외모를 유지하는 것도 아니다. 캐럴은 그렇게 결론을 내렸다.

"그래? 그렇다면 신인 헌터인 거구나. 신인인데 그 정도 실력이면 대단한 거야."

"그야…… 그럭저럭 운이 좋았으니까."

칭찬이 너무 과하니까 순순히 받아들이기는 어렵다. 하지만 부정하는 것도 이상하다. 그렇게 생각한 아키라는 운이라는 말로 얼버무렸다.

그리고 캐럴은 그것을 겸손으로 받아들였다.

"운도 실력인걸? 언제 죽을지 모르는 헌터 활동에선 특히나."

"그렇다면 지금 이 상황에 처한 우리 실력은 땅을 치겠는걸."

이것도 내 불운 탓이라고 아키라가 쓴웃음을 짓자 캐럴이 일부러 당당하게 웃는다.

"어머, 이럴 때는 '이런 상황에서 나를 고용한 너는 끝내주게 운이 좋은걸.' 이라고 말해 주길 바라는데?"

아키라가 무심코 놀란 기색으로 캐럴을 본다. 캐럴은 즐겁게 웃었다.

아키라의 표정이 쓴웃음으로 바뀐다.

『알파. 저렇게 말하는데, 괜찮겠어?』

알파도 여유롭게 웃는 얼굴로 아키라를 봤다.

『어려운 일도 아니야. 이런 상황은 아키라도 흔히 있잖아? 불운 축에 끼지도 않아.』

『그렇구나.』

아키라는 왠지 즐거운 기색으로 웃었다. 그리고 이번 불운을 웃어넘기기 위해 다시 기운을 북돋운다.

"알았어! 캐럴! 나를 고용한 너는 끝내주게 운이 좋아! 나만 믿어!"

"기대할게."

갑자기 기운을 낸 아키라의 반응을 보고, 캐럴은 단순하면서도 믿음직스럽게 여겼다.

그리고 비정상적인 현재 상황도 아키라의 분위기가 이렇다면 의외로 쉽게 돌파할 수 있을지도 모른다고, 진심으로 기대했다.

◆

공장 구역을 나아가는 아키라는, 캐럴의 기대에 잘 부응했다.

대규모 경비 기계 집단과는 마주치지 않았지만, 단독 개체나 소수 집단 정도에는 습격당했다. 그리고 그것들을 간단히 해치웠다.

알파의 색적으로 적을 먼저 감지하고, DVTS 미니건의 연사를 한 점에 집중시켜서 단단한 장갑을 관통하고, 격파한다.

적이 많을 때는 기총 등 상대의 무장을 신속하게 부숴서 공격 능력을 빼앗고, 다음으로 여러 개 달린 다리를 파괴해서 이동 능력을 빼앗아 단단하기만 한 과녁으로 바꿔 캐럴이 해치우게 한다.

속수무책으로 차례차례 고철이 되어 주변에 흩어지는 경비 기계들의 잔해가 아키라가 얼마나 강한지를 캐럴에게 여실히 알려주었다.

"의심한 건 아니지만, 진짜로 강하구나."

"그런가? 변칙적이기는 해도 2000만 오럼이나 썼는데 너무 약하다는 불만을 안 들어서 다행인걸."

왠지 만족스러운 눈치인 아키라를 보고, 캐럴은 조금 망설이는 기색을 보였다. 그리고 차마 말하기 어렵다는 투로 말한다.

"아…… 불만이라는 말이 나왔으니까 말인데. 딱히 불만인 것도 아니지만, 저기, 역시 챙겨가고 싶어?"

캐럴의 시선은 아키라가 반쯤 끌고 다니는 배낭을 향했다.

아키라도 표정을 조금 굳히고 똑같이 시선을 돌렸다. 그 배낭에는 겨우 입수한 유물이, 오늘 하루 고생한 성과가 있다.

"아, 안 돼?"

"뭐…… 응. 안 되는 건 아니고, 강제할 수도 없지만. 기왕이면 완벽하게 싸울 수 있는 상태였으면 해서, 그런 거거든?"

미련이 철철 넘치는 아키라의 얼굴을 보고, 캐럴도 그렇게 부탁하는 게 한계였다.

아키라는 유물을 옮기는 까닭에 움직임이 굼뜨다. 배낭을 잡고서 한 손으로 싸우는 탓에 두 손으로 총을 쓸 수 없다.

그 상태로도 강한 아키라를, 캐럴도 든든하게 여긴다. 하지만 유물을 버리면 더 완벽하게 싸울 수 있을 것이다. 솔직히 가능하다면 방해되는 짐을 포기해 주길 원했다.

그러나 아키라는 지도상이 아니므로 유물을 챙겨가지 않으면 돈이 벌리지 않는다. 경호 의뢰의 보수로 2000만 오럼에 상당하는 정보를 챙긴다고는 해도, 돈이 아니니까 탄약값 등의 경비를 메꿀 수 없다.

애초에 그 정보에 진짜로 2000만 오럼의 가치가 있을지 어떨지도, 현시점에서는 아키라도 모른다.

이번 유물 수집이 고생만 실컷 하고 손해를 보는 일이 되지 않게끔, 구체적이고 명확하게 돈이 되는 성과인 유물을 포기하기 싫다. 그 심정은 캐럴도 잘 안다. 그래서 캐럴은 아키라에게 강제하지 못했다.

그리고 아키라도, 싫다는 말로 거부하지 못할 정도로는 고민하고 있었다.

경호하기로 한 이상, 아키라도 성실하게 일하려고 한다. 그러나 유물은 아깝다. 더불어서 현재로서는 아무 문제가 없다. 그 사실이 아키라를 우유부단하게 만들었다.

『알파. 괜찮겠지?』

『지금은 말이야. 불가능해지면 포기하렴.』

『그럴 때는 알파의 엄청난 서포트를 엄청 기대하는데…….』

『그런데도 무리라면 포기하란 뜻이야. 마음은 알겠지만, 아키라가 무사히 살아 돌아가는 게 최우선 목표야. 그건 나도 양보할 수 없어.』

아키라도 더는 떼를 쓸 수 없었다.

『알았어…….』

『유물을 버려야 할 정도의 무언가가, 불행한 일이 생기지 않기를 기대해.』

『그래야겠지…….』

이번 불운을 웃어넘기려고 다시 기운을 북돋지만, 이번에는 쓴웃음을 짓는 게 고작이었다. 마음을 고쳐먹고 갈 길을 서두른다.

고민하는 기색을 보이면서도 결국에는 유물을 운반하는 아키라를, 캐럴도 어쩔 수 없이 뒤따랐다.

아키라가 캐럴의 안내에 따라 미하조노 시가지 유적의 공장 구역을 나아간다. 산발적인 전투가 있기는 했지만, 문제는 발생하지 않았다. 하지만 아키라는 조금 괴이쩍은 기색을 드러내고 있었다.

"캐럴. 점점 유적 깊숙한 곳으로 진입하는 것 같은데, 진짜로 이쪽에 뒷문이 있어?"

"그래. 이쪽이야. 아, 말했을 테지만, 뒷문 같은 곳이지 비밀 통로가 있는 건 아니야."

"그러면 어떻게……."

"보는 게 빨라. 이제 곧 도착하니까 조금만 더 참아."

"알았어……."

조금만 더 가면 된다고 생각한 아키라가 얌전히 따라간다. 그리고 한동안 이동했을 때, 캐럴이 조금 의기양양한 기색으로 아키라를 보고 웃었다.

"다 왔어. 여기야."

말은 그렇게 하지만, 아키라는 뒷문이라는 단어와는 너무나도 동떨어진 광경을 보는 바람에 조금 곤혹스러웠다.

그곳은 대규모 물류 집화장으로, 항만의 컨테이너 터미널 같은 공간이었다. 그곳을 에워싸는 거대한 벽에는 곳곳에 커다란 통로, 출입구가 있다. 아키라 일행도 그런 곳에서 이곳에 들어왔다.

부지에는 대형 컨테이너가 여럿 늘어서 있다. 그리고 그중 하나가 갑자기 공중으로 떠올랐다.

"뭐, 뭐야?!"

놀란 아키라가 무심코 눈으로 좇자 그 컨테이너는 그대로 하늘 높이 사라졌다.

캐럴이 아키라의 반응을 재밌어하듯 웃는다.

"재밌지? 여기 있는 것들은 물자 수송용 컨테이너야. 공장 구역에서 만들어진 물건을 밖으로 운반하고 있어."

"컨테이너……? 구세계에서 만든 컨테이너는 하늘을 날아……? 구세계 물건은 진짜 대단하구나."

"조금 다르지만…… 아무렴 어때. 이쪽이야. 위험하니까 조심해. 나랑 떨어지지 마."

아키라가 캐럴의 안내에 따라 컨테이너 터미널 내부를 이동하는 동안에도 벽에 있는 통로에서 새로운 컨테이너가 운반된다.

컨테이너를 운반하던 타이어 바퀴가 달린 다리가 그 컨테이너를 지면에 두고, 분리해서 다리만 남은 상태로 매끄럽게 통로로 돌아간다. 벽 위쪽에 있는 통로에서 공중에 뜬 상태로 나온 컨테이너는 그대로 공중을 날다가 잠시 정지하더니, 그대로 정해진 위치를 향해 멋대로 내려간다.

컨테이너 운반만으로도 자신의 상상을 초월하는 그 광경에 아키라는 살짝 흥분하면서 주위 상황을 흥미진진하게 구경하고 있었다.

『이게 구세계의 공장인가……. 뭔가 굉장한걸. 역시나 구세계라고 할까? 뭐. 현대의 공장 내부는 본 적도 없지만.』

그러자 알파가 가볍게 경고한다.

『아키라. 관광하러 온 게 아니니까 너무 두리번거리지 마. 집중력이 떨어지면 전투에도 지장이 생겨. 지금은 탈출에 집중하렴.』

『그래야지……. 알았어.』

맞는 말이라며 아키라도 의식을 전환한다. 하지만 그때 문득 생각한다.

(알파는 이런 광경에 전혀 흥미가 없어 보이는데…… 단순히 흥미가 없는 건지, 아니면 익숙해서 그런 건지…… 어느 쪽일까?)

아마도 후자일 것이다. 아키라는 어렴풋이 그렇게 생각하면서도 그쯤에서 고찰을 멈췄다. 생각할수록 알파와 관련해서 여러 가지 의문이 떠오르기 때문이다.

답을 찾아서 불필요하게 물어보지 않게끔, 호기심으로 꺼낸 질문이 알파와의 사이에서 치명적인 균열이 되지 않게끔, 아키라는 일단 입을 다물었다.

그때 컨테이너 터미널 내부를 이동하던 캐럴이 갑자기 걸음을 멈췄다. 그리고 아키라에게는 아무것도 보이지 않는 장소에 눈길을 주고 고개를 작게 끄덕인다.

"응……. 이거야."

그 모습을 보고 아리송한 표정을 짓는 아키라에게, 캐럴이 마치 뽐내듯이 웃는다. 그리고 캐럴의 손이 허공을 잡아서 앞으로 당긴 순간, 아키라의 시야에 균열이 나타났다.

놀라는 아키라의 앞에서 균열이 더욱 커진다. 그 공간의 균열, 문 틈새로 안쪽이, 컨테이너 내부가 보였다.

"이건 또 뭐야……."

『광학 위장 기능이 달린 컨테이너 같아. 그 문을 캐럴이 개방한 거야.』

알파의 해설을 들은 아키라가 눈에 안 보이는 컨테이너로 손을 뻗는다. 그러자 딱딱한 감촉이 손에 전해졌다.

"우와! 광학 위장인가! 굉장한걸!"

다가가고, 눈에 힘을 주고, 손을 대고, 그제야 비로소 유리판이 있다고 착각할 정도. 컨테이너에는 그만큼 고도의 광학 위장 처리가 되어 있었다.

"아키라. 어서, 들어가자."

그 반응에 만족한 캐럴이 보채서 아키라가 컨테이너 안에 들어간다. 같이 들어간 캐럴이 문을 닫자 컨테이너의 존재는 주위로부터 다시 광학적으로 사라졌다.

컨테이너 내부는 황야 사양 차량이 여유롭게 들어갈 정도로 크고, 측면과 천장 일부는 광학 위장을 통해 창문처럼 보인다. 아키라는 그 광경을 흥미롭게 봤다.

"캐럴. 이게 뒷문이야?"

"그런 셈이야. 여기는 공장 구역의 물류 배송 센터 중 하나야. 거기 컨테이너에 타서 같이 운반하게 하는 거지."

"오호."

감탄사를 조금 섞는 아키라를 보고 기분이 좋아진 캐럴이 조금 자세히 설명하기 시작한다.

헌터가 유적에서 유물을 가져왔는데도 시간이 지나서 어느샌가 보충되는 장소는 그럭저럭 있다. 반출당한 비품류를, 유적의 자동 수복 기능 등이 재배치하는 것이다.

그러나 그 재배치 작업을 위해 현지에서 비품을 제조하는 곳은 적다. 대개는 어딘가 다른 장소에서 만들어 운반된다. 이 컨테이너는 그 수송용이다.

"그리고 이런저런 이유로 화물을 실은 컨테이너가 동부의 하늘을 날아서 운송되는 거야. 그 밖에도 지하 터널로 운송되기도 하는 것 같아. 육로는 적다고 해."

"응? 왜 육로가 적어?"

"지상은 이래저래 혼잡하니까 그럴 거야. 몬스터가 있고, 헌터도 있어. 눈에 보이지 않으니까, 자칫하면 충돌하겠지."

고도의 위장 기능을 사용한다고 해도, 마찬가지로 고도의 정보수집기를 쓰면 발견된다. 충돌 위험이 있고, 지면의 포장 상태도 완벽하다고 보기 어렵다. 하지만 공중 수송이라면 그러한 문제를 거의 회피할 수 있다.

"아, 하긴 하늘을 날면 쉽게 발견되지는 않나."

납득한 아키라가 고개를 작게 끄덕였을 때, 바닥이 살짝 흔들렸다. 무심코 주위를 확인해 보니 벽에 있는 창문 같은 곳에서 보이는 경치가 움직이기 시작했다.

"오오, 떴어……."

"이 컨테이너는 공중 수송으로 시내 구역에 가. 아키라도 밖에서 컨테이너가 날아가는 걸 본 적이 있지? 그건 눈에 보이지 않는 수송기가 옮기기 때문이야. 이제는 안전해."

창문에 손을 대고 밖을 보는 아키라의 옆에서 캐럴이 슬쩍 안도하는 한숨을 쉬었다.

"이제 안전하다니…… 아까는 위험했다는 거야?"

"아, 원래라면 이 컨테이너 터미널에 들어온 시점에서 안전해야 정상인데. 왜 있잖아. 경비 기계가 경비 범위를 넘어서 우리를 공격했지? 그러니까 혹시 몰랐거든."

"그렇다면 지금도 위험한 거 아니야?"

"괜찮아. 컨테이너가 지면에서 떨어진 시점에 관할이 공장 구역에서 시내 구역으로 바뀌니까. 기계형 몬스터라고 해도 공장 구역의 경비 기계야. 아무리 그래도 관할은 도저히 무시할 수 없을 거야."

캐럴이 웃으며 하는 설명을 듣고 납득한 아키라는 조금 감탄한 듯이 고개를 끄덕였다. 하지만 문득 의아하게 여긴다.

"있잖아. 어떻게 그런 걸 알아?"

안심한 나머지 조금 말이 많아졌다며 캐럴이 표정을 희미하게 굳힌다. 하지만 그것도 아키라가 느끼지 못할 만큼 한순간이고, 곧바로 대담하게 미소를 지었다.

"비밀이야. 애초에 그런 정보를 구하는 방법은 지도상의 특급 기밀 정보인걸. 안됐지만 고작 2000만 오럼으론 말할 수 없어."

아키라는 그 말을 듣고 쓴웃음을 지으면서도 납득했다. 구체적인 방법을 상상할 수는 없었지만, 돈을 많이 내면 알 수 있다는 사실만으로도 충분했다. 자신이 모를 뿐이지, 인간의 지식을 초월한 미지의 수단이 아니라고 생각했다.

"그래? 그러면 2000만 오럼만큼 이것저것 알려줘. 아무래도 이 컨테이너로 안내한 걸로 2000만은 너무 비싼 거 같거든?"

그렇게 말하고 조금 도발하듯 웃는 아키라에게, 캐럴도 즐겁게 웃으며 받아친다.

"좋아. 여기까지 잘 경호해 줬으니까, 시내 구역에 도착할 때까지 이것저것 알려줄게."

아키라 일행을 태운 컨테이너는 그대로 상승해서 컨테이너 터미널을 빠져나가고, 공장 구역의 상공으로 이동한다. 유적의 하늘을 비행하는 컨테이너 안에서, 아키라는 캐럴에게 다양한 것을 배웠다.

그동안 알파는 침묵했다. 캐럴이 아키라를 속인 것을 눈치챘지만, 일부러 끼어들지 않았다.

이곳과 관계가 있는 미지의 무언가를 안다는 점에서, 캐럴은 알파와 공통점이 있다. 그리고 아키라는 알파가 자신이 전혀 모르는 무언가를 안다는 사실에 의문을 느끼고 있다.

그 무언가를, 아키라 자신은 잘 몰라도 지도상이라면 알 수도 있다고 착각하는 것은 알파에게도 반가운 일이기 때문이다.

평소와 똑같이 미소를 짓고, 평소에도 그렇듯, 알파는 아무 말도 하지 않았다.

제108화 오늘 하루 두 번째

아키라와 캐럴을 태우고 미하조노 시가지 유적의 공장 구역을 떠난 컨테이너가 시내 구역의 하늘을 비행하고 있다.

그 컨테이너 안은 두 사람을 제외하면 텅 비었다. 이동하는 동안, 경호의 대가로서 아키라에게 다양한 것을 가르쳐 주던 캐럴은 그 점에 관해서도 가볍게 이야기했다.

"그래서 있지? 저 컨테이너 터미널의 컨테이너는 안이 텅 빈 것도 꽤 많아. 원래라면 이것저것 적재할 테지만, 그 물건을 만드는 공장이 이미 폐허가 된 거겠지. 그런데도 운송 시스템은 가동하고 있으니까, 빈 컨테이너를 운반하는 거야. 뭐, 전부 추측이지만."

"그랬구나. 하지만 이렇게 운반하는 걸 보면 유적의 시스템이 가동하는 거잖아? 화물 체크도 안 하나? 왠지, 이래저래 굉장하다고 하는 구세계 시스템치고는, 너무 허술한 것 같은데……."

그렇듯 아키라의 소박한 의문에 캐럴이 고개를 살며시 가로젓는다.

"그 반대야. 그 유적의 시스템이 어중간하게 가동하니까 헌터들이 미하조노 시가지 유적에서 돈을 벌 수 있어. 만약 아키라가 말한 구세계의 굉장한 시스템이 완전하게 가동했다면 우리는 미하조노 시가지 유적에 얼씬도 못 했을 거야."

유적의 경비 기계들은 유물을 수집하러 온 헌터들을 공격하고 있다. 하지만 그게 끝이다. 도시 밖에서 강도들이 매일 몰려드는데도 고작 그 정도로 어중간한 대처밖에 하지 않는다.

원래라면 미하조노 시가지 유적도 방위 차원에서 대규모 군사 행동에 나서야 한다. 이전에 쿠가마야마 시티가 대규모 몬스터 무리의 습격에 대응한 것처럼, 미하조노 시가지 유적에서도 헌터들을 격퇴해야만 할 것이다.

그러나 미하조노 시가지 유적은 그러지 않는다. 그 시점에서 유적 시스템에 모종의 열화, 손상, 문제가 발생한 것이 확실하다.

캐럴에게 그 설명을 들은 뒤, 아키라도 납득하고 가볍게 고개를 끄덕였다.

"정말 그러네. 그 덕분에 우리도 무사히 탈출한 셈인가……."

아키라가 컨테이너에서 창밖을 본다. 밖에는 깔끔한 건물과 산처럼 쌓인 잔해가 마치 모자이크처럼 혼재하는 시내 구역의 경치가 펼쳐져 있다. 그 광경을 본 아키라는 이것도 유적 시스템이 정상으로 작동하지 않은 증거라고 어렴풋이 이해했다.

그리고 문득 시선을 슬쩍 올렸다. 그러자 눈에 들어온 공중에서 균열이 생겼다.

(뭐지……?)

아키라는 괴이쩍은 얼굴로 그 균열을 보는데, 그것은 고작 그 정도 일로 끝나지 않았다. 알파가 심각한 얼굴로 지시한다.

『아키라! 적이야!』

"뭐어?!"

그렇게 무심코 소리쳤을 때, 아키라는 이미 알파가 조작하는 강화복에 의해 움직이기 시작했다. 탄약이 있는 배낭을 재빨리 등에 메고, 바닥에 둔 CWH 대물돌격총과 DVTS 미니건을 집어서 두 손에 든다.

"아키라! 무슨 일이야?!"

"캐럴! 적이야!"

"어?!"

캐럴은 황급히 컨테이너 밖, 조금 전까지 아키라가 보던 방향을 봤다. 그리고 얼굴을 굳힌다.

아키라가 공중에 생긴 균열로 인식한 것은 광학 위장을 켠 대형운송기 화물칸 측면의 개폐형 문이었다. 나아가 그 공간이 세로로 넓게 벌어지고, 화물을 두 사람에게 드러낸다.

그 화물은 대형 다각 전차였다. 더군다나 그 주포로 아키라와 캐럴이 탄 컨테이너를 겨누고 있다.

캐럴이 반사적으로 그 자리에서 몸을 날려서 피하려고 한다. 그러나 그것으로 직격을 면하더라도, 여기는 공중에 있는 컨테이너 내부다. 도망칠 곳 자체가 없다. 다각 전차의 포격이 컨테이너를 직격하고, 캐럴은 파괴당한 컨테이너에서 밖으로 내팽개쳐졌다.

공중에 뜬 캐럴의 시야에 지상이 들어온다.

(높아……! 여기서 떨어지면…….)

죽는다. 그것을 확실히 이해할 정도로 높았다. 적의 포격이 낮은 충격으로 몸이 날아갔는데도 강화복 덕분에 지금은 다친 데가 없다. 하지만 그만한 고성능 강화복으로도 절대로 살아날 수 없다는 설득력이 저 멀리 지면과의 거리에 존재했다.

죽음의 실감이 캐럴의 체감시간을 늘린다. 그러나 그것도 공중에서 멀쩡하게 움직일 수 없는 캐럴에게는 죽음의 공포를 느끼는 시간을 괜히 늘리기만 했다. 살아날 수 없다는 감정이 캐럴의 얼굴을 험악함보다도 공포로 더 물들인다.

그때 아키라가 마치 몸통 박치기를 하듯이 캐럴을 향해 몸을 날렸다.

"아키라?!"

"죽기 살기로 붙잡고 있어!"

아키라는 캐럴을 자기 몸으로 힘껏 잡아당겨 붙잡게 한 뒤, 두 손에 쥔 총을 겨누고 방아쇠를 당겼다.

포격이 컨테이너를 파괴했을 때, 그것을 감지한 알파는 이미 아키라에게 최선의 행동을 취하게 했다. 착탄 위치를 계산하고, 착탄 후 컨테이너의 상태를 산출하고, 아키라의 탈출을 서포트한다.

아키라는 포격이 컨테이너를 파괴한 직후, 구멍이 난 정도를 넘어서 원형을 상실한 컨테이너를 발판으로 삼아 강화복의 신체 능력으로 힘껏 도약해 캐럴이 있는 곳으로 향했다.

그리고 캐럴을 따라잡은 다음에는 두 손에 쥔 CWH 대물돌격총과 DVTS 미니건을 쏴서 그 반동을 이용해 억지로 수평 방향에 맞춰 가속했다.

그대로 공중을 날아서 저편에 있는 고층 건물의 측면에 착지하더니, 세란탈 빌딩의 방위 기계와 싸웠을 때처럼 벽을 타고 달린다.

갑작스러운 사태가 연달아 발생하고, 건물 측면을 타고 내려간다는 몰상식한 행동에 혼란스러워진 캐럴이 아키라에게 매달리면서 소리친다.

"저기?! 아키라?!"

"됐으니까 붙잡고 있어!"

캐럴과는 다르게 건물 측면을 타고 달리는 것이 오늘 하루 두 번째인 아키라는 험악한 표정을 지으면서도 냉정함을 유지하고 있었다. 적을 해치우려고 시선을 공중으로 돌린다. 하지만 아무것도 보이지 않았다.

아키라가 광학 위장을 의심했다. 그러나 알파는 건물 위쪽을 가리켰다.

『아키라. 위쪽이야.』

아키라가 그쪽으로 시선을 돌리자마자 발판으로 삼던 건물 측면이 흔들린다. 그것은 수송기에서 도약한 다각 전차가 건물 벽에 착지하면서 발생한 충격이었다.

다각 전차가 다리에 달린 타이어 바퀴를 힘차게 회전시키면서 건물 벽면을 달린다. 그리고 주포로 아키라 일행을 노린다.

『저게 말이 돼?! 저 크기로?!』

『저쪽은 아키라와 동일하게 달리는 게 아니야. 단순히 처음부터 벽면에서도 주행할 수 있는 기능이 있어. 컨테이너가 비행하는 것에 비하면 놀랄 일은 아니야.』

『그야 그럴지도 모르지만…….』

『그건 됐고. 해치우자, 아키라. 단단히 각오해.』

『알았어……!』

놀라서 허둥대도 상황은 달라지지 않는다. 적 격파가 최우선 목표다. 아키라는 그렇게 자기 자신을 타이르고 전투에 집중한다. 건물 벽면을 미끄러지면서 CWH 대물돌격총을 겨누고 단단히 조준해서 사격했다.

거의 동시에 다각 전차도 아키라 일행에게 포격하기 시작한다. 총탄과 포탄이 고속으로 교차하고, 서로의 표적을 향해 날아간다.

총탄은 표적에 명중했다. 다각 전차의 포스 필드 아머에서 튀는 요란한 충격변환광이 그 위력이 얼마나 강한지를 알려줬다.

그러나 격파로 이어지지는 않는다. 포스 필드 아머만으로는 채 방어하지 못했던 충격이 기체 표면을 움푹 파이게 하지만, 아직 교전 능력이 멀쩡하게 남았다.

포탄은 표적에 명중하지 않고 그대로 허공을 가른다. 아키라는 강화복의 신체 능력과 DVTS 미니건의 반동을 모두 이용해 억지로 옆으로 날아 포탄을 회피했다.

지면에 명중한 포탄이 폭발한다. 그 폭풍이 착탄 지점이 있는 지상과 거리가 먼데도 두 사람의 등을 밀었다. 그만한 위력이 있었음을 아키라 일행에게 알려줬다.

『한 발로는 안 되나!』

『그래도 통하고 있어. 계속해서 쏴.』

『알았어!』

아키라와 다각 전차가 건물 측면을 내려가면서 서로를 쏘기 시작한다. 상식을 초월한 그 공방을, 캐럴은 아키라에게 매달린 채로 반쯤 웃으며 보고 있었다.

그 공방 속에서 아키라는 다각 전차에 CWH 대물돌격총 전용탄을 추가로 세 번 맞혔다. 효과가 보이는데도 격파로 이어지지 않는다는 사실에 표정을 조금 험악하게 굳힌다.

『튼튼한데! 이건 지상에서 싸워야 할까?』

지상이라면 지금은 반동을 이용해서 회피하기 위한 사격도 적을 공격하는 데 쓸 수 있다. 그렇게 생각해서 한 말이지만, 하지만 알파는 고개를 가로저었다.

『되도록 지상에 도달하기 전에 해치우고 싶어. 지상전에서의 이동 능력은 상대가 더 우세해. 지금은 이런 건물 측면에서 싸우니까 상대의 움직임이 더 굼떠. 그 우위가 무너지면 위험해.

『귀찮은걸……. 하는 수 없지. 다소 무모하게 구는 한이 있더라도 승부를 내 보실까!』

아키라가 그렇게 각오했을 때, 마찬가지로 각오를 마친 한 사람이 움직인다. 캐럴이다.

캐럴은 마음을 굳게 먹고 아키라의 몸에서 떨어지더니 건물 측면을 달리면서 공방전에 가담했다. 그대로 두었다간 딱딱해질 것만 같은 얼굴을 억지로 대담한 웃음으로 덧씌우고서, 권총과 비슷하게 한 손으로 쏘는 대형 총으로 강력한 탄환을 쏘아댄다.

정밀 사격은 도저히 불가능하다. 그러나 상대의 커다란 몸통에는 어떻게든 맞는다. 그 순간, CWH 대물돌격총 전용탄에 필적하는 충격이 상대의 기체를 크게 휘청거리게 했다.

『와! 굉장해! 저거, 내 CWH 대물돌격총보다 위력이 센 거 아니야?』

표적을 알아챈 다각 전차가 그 주포를 캐럴 쪽으로도 돌리려고 한다. 아키라처럼 움직일 수 없는 캐럴은 포격을 회피하기 어렵다.

하지만 그것을 아키라가 보조한다. 캐럴을 노리는 포신에 사격을 집중시키고, 포격을 방해한다. 추가로 몸이 가벼워진 만큼 더욱 치열하게 공격한다.

화력이 증가하면서 아키라 일행은 단숨에 우세해졌다. 집중 포화를 뒤집어쓴 다각 전차가 제대로 반격해 보지도 못하고 벌집이 된다. 그리고 건물에서 떨어져 추락하고, 지상에 격돌해 완전히 부서졌다.

그 승리의 기쁨이 아키라와 캐럴의 집중력을 아주 조금 흐트러뜨렸다. 그래도 알파의 서포트를 받는 아키라는 문제없었다. 하지만 캐럴은 자세가 무너지고, 건물에서 미끄러져 그대로 추락하고 만다.

그것을 본 아키라는 서둘러 지상으로 향했다. 발판을 박차고 자유낙하보다 빠르게 지상에 도달해서 두 손에 쥔 총을 바닥에 내려놓고, 추락하는 캐럴을 안아서 지면과의 충돌을 막았다.

아키라와 캐럴의 눈이 마주친다. 급전개가 계속되는 바람에 의식이 사태를 따라잡는 데까지 두 사람 모두 몇 동안의 침묵이 필요했다.

그리고 캐럴이 먼저 기쁨을 드러냈다. 안긴 채로 아키라를 끌어안는다.

"해냈어! 아키라! 살았어! 아──! 위험했어! 진짜 위험했어! 죽는 줄 알았어! 하지만 살았어!"

한편, 아키라는 기쁨보다도 안도와 피로를 짙게 드러냈다. 캐럴을 내려주면서 한숨을 푹 쉰다.

"어떻게든 해결했나⋯⋯. 거참, 이런 짓은 하루에 한 번이면 족해."

"하루에 한 번이면 돼?! 나는 한 번도 싫어! 그런 꼴을 당하고도 그런 소리가 나오다니, 아키라는 진짜 강하구나!"

이럴 때 자신의 강함을 부정해도 겸손으로 받아들이지 않을 것이다. 오히려 너무 이상하다. 그렇게 여긴 아키라는 괜스레 부정하지 않았다.

사실은 이게 오늘 두 번째라고 말하면 어떻게 될까? 그렇게 생각했지만, 그것도 말하지 않았다.

아키라가 자신에게 달라붙은 캐럴을 떼어내려고 한다.

"아무튼 떨어져. 가슴을 들이대지 마. 딱딱해서 아프다고."

"어머, 너무하네. 이럴 때는 기뻐해야 하는데?"

"몰라. 강화복이라서 그렇겠지만, 딱딱한 건 딱딱한 거고, 아픈 건 아픈 거야. 떨어져."

실제로 아키라는 쑥스러워서 그런 것이 아니다. 정말 아팠다.

캐럴이 착용한 강화 내피는 가슴의 형상을 뚜렷하게 알아볼 정도로 얇지만, 한편으로 높은 방어력을 지녔다. 안쪽에서 작용하는 힘에 따라 유연하게 변형해서 가슴을 출렁거리게 하지만, 바깥쪽에서 작용하는 힘에는 철저하게 반발해서 착용자를 보호한다. 하네스 부분도 마찬가지다.

즉, 아키라에게는 부드러워 보이는 쇳덩어리를 들이대는 것과 별반 차이가 없었다.

캐럴도 그 사실을 깨닫고 순순히 아키라의 몸에서 떨어졌다. 이어서 하네스의 가슴 부분을 풀고, 강화 내피의 앞쪽 지퍼를 목에서 배까지 단숨에 내려서 속살을 노출했다. 그리고 그 상태로 아키라를 다시 끌어안았다.

자신의 풍만한 가슴 계곡에 아키라의 얼굴을 파묻으면서, 캐럴이 즐겁고 흥겹게 웃는다.

"이러면 아프지 않지?"

죽을 고비를 넘긴 직후라서 그런지 캐럴은 살짝 흥분한 상태다. 또한 아키라도 일단은 똑같이 죽을 고비에서 힘을 합쳐 탈출한 사람을 강화복의 신체 능력으로 힘껏 떼어낼 마음이 생기지 않았다. 그야 아프지는 않다며, 한숨을 쉬고 캐럴이 하고 싶은 대로 내버려 두었다.

그런 아키라의 태도를 본 알파가 장난치듯이 웃는다.

『으음. 역시 실체가 있으면 아키라의 태도도 달라질까?』

『조용히 있어.』

아키라는 평소보다도 더 퉁명스럽게, 그 말만 돌려줬다.

그 뒤로 한동안, 캐럴은 기분 좋게 아키라를 끌어안고 있었다.

겨우 캐럴이 침착해졌을 무렵, 아키라가 캐럴을 떼어내고 이야기를 계속한다.

"캐럴. 슬슬 출발하자. 헌터 오피스의 출장소까지 경호하면 되지?"

수많은 남성을 농락한 가슴을 얼굴에 댔는데도 수줍어하지 않는 데다가 관심도 보이지 않는 아키라의 태도에 캐럴이 쓴웃음을 짓는다.

"그래. 출발하자."

그런데도 캐럴은 기분이 좋다. 아키라의 강함과 태도 모두에 매우 흥미가 생겨서 살갑게 웃는다.

"그러면 아키라. 조금만 더 부탁할게."

아키라 일행은 다시 이동하려고 했다. 하지만 고작 몇 발짝 움직였을 때 아키라가 멈춘다.

"아키라. 무슨 일이야?"

캐럴이 불러도 아키라는 대답하지 않았다. 그것을 괴이쩍게 여긴 캐럴의 앞에서 아키라가 무릎을 꿇고 주저앉는다.

"아키라?!"

멀쩡해 보여도 사실은 한계였을까 싶어서, 캐럴은 황급히 아키라의 상태를 확인하려고 한다.

그 아키라는 두 팔을 축 내리고 주저앉아 고개를 푹 숙였다. 그리고 비통한 소리를 낸다.

"내, 내……내 유물이……."

"…………어?"

무심코 얼빠진 소리를 낸 캐럴이 아키라의 시선이 향한 곳을 본다. 그곳에는 아키라가 여기까지 운반한 유물, 그 잔해가 널려 있었다.

유물은 구세계에서 만든 튼튼한 상자 안에 있었지만, 몹시 높은 곳에서 지면에 내팽개쳐지고, 적의 포격에 휘말린 데다가, 마지막에는 추락한 다각 전차에 직격을 맞았다. 그래서는 도저히 버틸 수가 없다.

배낭은 다 뜯어졌고, 상자는 터져서, 내용물인 기계 부품은 사방이 널브러졌다. 아키라의 오늘 성과가 무참하게 산산조각이 났다.

"고생해서 찾았는데…… 애써 운반했는데……."

유물의 가치는 아무리 생각해도 싹 사라졌다. 그 생각에, 오늘 고생이 물거품이 되었다는 현실에, 아키라는 좌절했다.

캐럴이 머뭇거리면서 묻는다.

"저기…… 아키라. 괜찮은 거, 맞지?"

"이 꼴을 보고도 괜찮을 것 같아?!"

아키라는 무심코 인상을 험하게 쓰고 언성을 높였다. 기운이 넘치는 분위기에 안도하면서, 캐럴은 일단은 만에 하나를 생각해 물어본다.

"아…… 그게 있지. 다쳤다거나, 그러진 않은 거지? 아까는 꽤 무모하게 움직였잖아? 몸은 괜찮아?"

"어? 아, 그쪽은 괜찮아."

그런 뜻이었냐며 아키라는 평소 표정으로 가볍게 고개를 끄덕였다. 그리고 다시 표정을 비통하게 일그러뜨린다.

"내 유물이……."

아키라가 낙담한 분위기를 보고, 캐럴은 미안하다고 생각하면서도 웃음을 터뜨리고 말았다.

건물 측면을 달리면서 다각 전차를 해치우는 실력. 그 승리에 대해서도 마치 당연한 일인 것처럼 기뻐하는 내색을 거의 하지 않는 태도. 그 정도의 실력자.

그런데 평범한 아이처럼 시무룩해진 아키라의 모습에서, 캐럴은 왠지 모를 귀여움을 느꼈다.

아키라가 뚱해진 얼굴로 캐럴을 본다.

"웃을 일이 아니거든? 내 오늘 성과가 날아갔다고!"

"미안해. 내가 잘못했어."

아직 아이처럼 뾰로통한 아키라의 태도가 아직 웃겨서, 캐럴은 쓴웃음을 흘리면서 달랜다.

"너무 화내지 마. 그러면 이렇게 하자. 사죄의 의미로 그 유물을 내가 원래 상태의 값으로 사 줄게. 이러면 어떨까?"

예상을 벗어난 제안에 아키라가 머뭇거린다.

"어? 그건 고맙지만…… 그래도 돼?"

"그래. 생각해 보면 나를 구하려고 아키라가 유물을 포기한 셈이니까. 고용주로서 그 정도는 보상할게. 그래서 말인데, 값이 얼마나 나가는 유물이었어?"

"아니, 사실 나도 잘 몰라."

아키라는 솔직하게 대답했다. 캐럴도 그것이 협상을 위한 수작이 아니라 진짜로 몰라서 그렇게 말한 것임을 금세 눈치챘다.

이럴 때는 그럴 마음만 있으면 진짜 비싼 유물이라고 얼마든지 거짓말할 수 있다. 그런데도 아키라는 그런 낌새를 전혀 드러내지 않았다는 사실에 캐럴은 마음속으로 아키라에 대한 평가를 높였다.

"그렇구나. 그러면 얼마로 할지는 나중에 천천히 이야기하기로 하고, 슬슬 출발하지 않을래?"

"오오, 알았어. 좋아! 가자!"

기운을 되찾은 아키라가 멀쩡하게 일어선다. 어떻게 보면 단순하고, 물욕에 솔직하고, 유치한 아키라의 태도에 캐럴은 쓴웃음을 지었다.

헌터 오피스의 출장소를 향해 아키라와 캐럴이 다시 걸으려고 한다. 하지만 아키라가 또 걸음을 멈췄다.

"아키라. 이번엔 무슨 일이야?"

"아니, 아는 사람이 이쪽으로 오고 있어서."

캐럴이 아키라의 시선이 향한 곳을 보자 정말로 헌터로 추정되는 세 사람이 이쪽으로 오고 있었다.

추정한 것은, 그 겉모습으로는 확신할 수 없었기 때문이다.

메이드 차림을 한 여성이 두 명. 강화복을 입은 소녀가 한 명. 아키라의 분위기를 봐서는 적이 아닐 것 같지만, 아슬아슬한 구세계 스타일의 강화복을 착용한 캐럴이라도 헌터라고 단언하기 어려운 차림새다.

그리고 그중 한 사람이 아키라에게 손을 크게 흔들었다.

"아키라 소년! 또 보네요!"

그들은 레이나 일행이었다.

◆

레이나 일행은 미하조노 시가지 유적에서 아키라와 헤어진 뒤, 유적의 시내 구역에서 기계형 몬스터를 사냥했다.

이것은 시오리가 제안한 것이다. 표면상의 이유는 레이나가 유적의 난이도를 직접 느끼게 함으로써 헌터로서의 성장을 촉진하기 위함이다

애초에 가장 큰 이유는 레이나의 안전을 위해서다. 유물을 찾아서 유적 깊은 곳으로 진입하는 것보다 시내 구역에서 기계형 몬스터를 사냥해서 돈을 버는 것이 혹시 모를 사태에 대응하기 쉽기 때문이다.

유물이 잠들어 있을 건물 내부보다도 외부가 경비 기계 등이 활동하는 범위의 경계선을 알아보기 쉬우므로 위험할 때 도망치기 편하다.

또한 예상 밖의 사태가 발생해 구조 의뢰를 낼 때도 헌터 오피스의 출장소에서 너무 멀리 떨어지지 않은 곳이 다른 헌터가 의뢰를 받을 확률이 더 높아진다.

성과를 추구하는 레이나와 레이나의 안전을 추구하는 시오리의 절충안으로, 레이나 일행은 유적 깊은 곳으로는 진입하지 않고 헌터 활동을 계속하고 있었다.

애초에 엄밀하게는 레이나 혼자 헌터 활동에 힘쓰고 있다.

레이나가 건물 뒤에서 총을 겨누고 조준을 맞춘다. 표적은 시내 구역을 어슬렁거리는 범용 기계다. 구체 모양의 몸통에 여러 개의 팔과 다리가 달렸고, 평소에는 잔해를 철거하거나 담당 구역의 청소 등을 실시하고 있다.

그러나 무법자가 나타나면 공격한다. 나아가 헌터가 떨어뜨린 총기 등을 주워서 사용할 때도 있다. 겉으로 보이는 것보다 위험한 존재이며, 틀림없는 기계형 몬스터다.

레이나가 그 몬스터를 향해 철갑탄을 쏜다. 상대의 팔과 다리를 차례차례 파괴하고, 이동 능력과 공격 능력을 빼앗은 다음, 마지막으로 몸통 부분을 파괴해서 기능을 정지시켰다.

그렇게 싸우는 모습을, 시오리가 진심으로 칭찬한다.

"훌륭하십니다."

레이나의 전투 스타일에는 화려한 부분이 하나도 없다. 사전에 철저하게 색적을 마치고 안전한 저격 포인트를 확보한 다음 적을 한 방에 끝장내려고 하지 않고 차분하게 해치운다. 그게 전부다.

그 전투를 초심자가 관전하면 너무나도 평범하게 승리한 탓에 역으로 고작 그 정도의 상대였냐고, 쓰러진 몬스터의 강함과 이를 해치운 레이나의 실력을 무시하고 말 것이다. 그 정도로 수수한 전투다. 자기 힘으로 궁지에서 벗어났다며 술에 취한 헌터가 신나게 떠드는 무용담과는 거리가 전투 스타일이다.

하지만 그것은 단순히 처음부터 궁지에 처하지 않는, 처하게 만들지 않는 꼼꼼한 전투 스타일이라서 그런 것이며, 아는 사람이 보면 높은 기량을 느끼게 했다.

레이나도 그 점은 이해하고 있다. 시오리가 아부하는 것이 아니라 진짜로 칭찬하는 것도 잘 안다. 하지만 레이나의 웃는 얼굴에는 그늘이 져 있었다.

"응……. 고마워."

색적과 전투 모두 레이나가 혼자 하고 있다. 시오리는 레이나가 해치운 기계형 몬스터의 잔해를 옮기는 것만 도왔다. 카나에는 아예 심심한 듯이 레이나의 옆에 서 있기만 했다.

그렇지만 자신보다 급이 높은 실력자 둘이 경호해 주고 싸운다는 사실에는 변함이 없다. 그런 마음이 레이나가 시오리의 칭찬을 순순히 받아들이기 어렵게 했다.

시오리가 그런 레이나의 모습을 안타깝게 여긴다. 그러나 더한 칭찬도, 반대로 그 실력을 인정하지 않는 것도 레이나를 위한 일이 아니라고 판단해서 최소한의 찬사만큼은 계속해서 보내고 있었다.

레이나가 기계형 몬스터의 잔해를 시오리와 같이 짐수레에 싣는다. 여전히 카나에는 전혀 도우려고 하지 않는다. 너무나도 뻔뻔한 그 태도에 레이나는 얼굴을 조금 찡그렸다.

"진짜로 조금도 도울 마음이 없구나."

하지만 카나에는 전혀 동요하지 않고 능글맞게 웃었다.

"아씨. 자꾸 말하는 거지만, 제 일은 아씨를 경호하는 거지, 아씨의 헌터 활동을 돕는 게 아니지 말임다? 아니, 누님도 원래는 아씨를 도울 의무가 없는데요?"

"그건, 그렇지만……."

레이나도 함께 싸우라고는 말하지 않는다. 하지만 카나에는 짐수레를 옮기는 시오리를 조금 거들려고 하지 않는다.

그런 카나에의 태도가, 그 정도의 일도 못 할 정도로 자신을 경호하는 것이 힘드냐고 무의식중에 떠오른 생각이, 레이나의 표정을 못마땅하게 바꿨다.

그 레이나의 속내를 대충 간파한 카나에가 웃으며 고백한다.

"제 일은 만에 하나의 일이 생겼을 때 아씨를 짊어지고 도망치는 것임다. 그리고 아씨의 경호 임무에는 그 사태에 대비하는 것도 포함되지 말임다. 그러니까 무척 바쁘다는 것임다. 도와줄 여유는 전혀 없슴다. 미안하네요."

"그래……."

네가 약하니까 바쁘다는 말을 들은 것 같아서 레이나는 조금 맥이 빠졌다.

그때 시오리가 끼어든다.

"아가씨. 이래 보여도 카나에는 아가씨의 경호원으로 파견될 정도의 실력은 있습니다. 만일의 사태가 발생했을 때를 대비한 방패나 생명줄로 생각해 주세요."

그리고 자신에게 고개를 돌린 레이나에게 자상하게 미소를 짓는다.

"그런 방패나 생명줄이 튼튼하다고 다른 용도로 쓴 탓에 본래의 임무에 지장이 생기는 일은 있어서는 안 됩니다. 카나에의 태도도, 카나에를 놀려도 될 만큼 우리에게 여유가 있다는 증거로 생각해 주세요."

그 여유는 레이나의 실력 덕분이라고, 시오리는 은연중에 레이나를 칭찬했다.

"너무하네요. 받는 돈만큼은 잘 일하고 있는데 말임다?"

"안 그랬으면 벴을 거야."

그렇게 말한 시오리는 조금 무서울 정도로 진지한 얼굴로 카나에를 봤다. 그 손은 허리춤에 찬 칼에 닿았다. 진심으로 하는 말이다.

그런데도 카나에는 여전히 얼굴에 웃음을 띠고 있다. 그것은 상대가 지금 상황에서 칼을 뽑지 않는다고 아니까 그런 것이 아니다. 뽑아도 재밌을 것 같다고 여기기 때문이다.

"시오리."

레이나가 시오리를 불렀다. 그리고 고개를 가로저었다.

그것으로 시오리도 침착함을 되찾는다. 숨을 크게 내쉬고, 칼에서 손을 뗐다. 카나에가 시시하다는 듯이 얼굴에서 웃음을 지운다.

레이나 일행은 그대로 다시 기계형 몬스터를 사냥하러 갔다.

레이나는 한가하게 서 있는 것처럼 보지만, 카나에도 일 자체는 성실하게 하고 있었다. 유적 안은 언제 무슨 일이 일어나도 전혀 이상하지 않은 구세계의 영역이다. 그렇게 급작스럽게 발생하는 무언가에 대비해서 주위를 철저하게 경계하고 있었다.

다만 자신이 나설 차례는 아마도 없다고, 적어도 그 확률은 매우 낮다고 생각하기도 했다. 원래부터 레이나를 과보호하는 시오리가 쿠즈스하라 시가지 유적 지하상가에서 실태를 보인 뒤다. 레이나의 안전에는 주의를 기울이고 있다. 자신을 추가 요원으로 부를 정도로는.

자신은 진짜로 보험으로 호출된 것이며, 시오리라면 그 보험을 쓸 수밖에 없는 사태에 처하는 것을 최대한 방지하리라. 카나에는 그렇게 예상했으며, 실제로 현시점에서는 그 생각대로 상황이 흘러가고 있다. 그런 의미에서 카나에는 한가했다.

(거참, 어중간하게 과보호란 말이죠. 뭐, 어쩔 수 없다는 것도 알지만요.)

진짜로 레이나를 위험에 노출시키기 싫다면 유적에 데려온 시점에서 말이 안 된다. 그것은 시오리도 잘 안다. 하지만 그럴 수밖에 없는 사정도 있다. 그렇기에 더더욱 시오리는 레이나를 지키려고 최선을 다하고 있었다.

애초에 그것은 레이나와 시오리의 사정이며, 카나에로서는 아무래도 좋은 일이었다.

(아, 한가하네요. 뭔가 재미있는 일이 안 생길까요.)

재미있는 일. 즉, 자신이 마음껏 싸울 수 있는 상황. 경호 대상이 위험에 처하는 사태. 그것을 경호하는 자신이 희망한다고 하는, 경호원으로서는 말도 안 되는 일을 바라면서, 카나에는 심심한 듯이 별생각 없이 하늘을 봤다.

그 순간, 카나에의 분위기가 아주 조금 날카로워졌다. 그것을 눈치챈 시오리가 주위를 경계한다.

"카나에. 무슨 일이야?"

"그게, 저쪽에서 뭔가 이상한 느낌이⋯⋯."

카나에가 보는 곳으로 레이나와 시오리도 시선을 돌린다. 다음 순간, 그 시선이 향하고 있는 공중에서 무언가가 갑자기 폭발했다.

카나에와 시오리가 즉각 레이나를 지키는 위치로 이동한다. 레이나도 포함해서 모두가 놀랐지만, 그 표정에는 차이가 있었다.

레이나는 단순히 놀랐다. 시오리는 경계를 드러냈다. 그리고 카나에는, 재미있는 일이 생겼다며 즐겁게 웃고 있었다.

그 폭발은 아키라 일행이 탄 컨테이너를 다각 전차가 포격하면서 생긴 것이었다. 이어서 마치 그 폭발의 중심에서 튀어나온 것처럼 아키라 일행이 나타나고, 근처 고층 건물의 측면에 착지한다.

나아가 레이나 일행의 시야에서 갑자기 출현한 다각 전차도 고층 건물에 달라붙고, 그대로 아키라 일행과 건물 측면에서 싸우기 시작했다.

"우와~! 끝내줌다!"

"저게…… 뭐야……."

완전히 즐기고 있는 카나에와는 다르게, 레이나는 터무니없는 광경에 넋을 잃었다.

시오리도 놀랐지만, 관전보다는 레이나의 경호를 우선했다.

"카나에. 묘한 느낌은 더 없어?"

"없습다. 저게 다예요. 와, 서로 쏴 재끼고 있네요. 떨어지면서 쏘는 건가? 아니, 벽을 타고 내려오면서 쏘고 있슴다! 완전 돌았네요!"

인간의 상식을 초월한 전투를 정보수집기의 망원경 기능으로 보던 카나에가 시야 속에서 찬사를 보내기 마땅한 전투를 벌이는 자들을 주목한다. 그리고 눈치챘다.

"응? 저거, 아키라 소년이네요."

레이나와 시오리가 놀라는 동안에 전투가 끝나고, 지상에 내려온 아키라 일행의 모습은 다른 건물에 가려 보이지 않게 되었다. 하지만 정보수집기 영상을 다시 살펴보니 정말로 아키라가 찍혀 있었다.

레이나가 당혹스러워한다.

"진짜로 아키라야……. 어? 어떻게 된 거야? 무슨 일이 생긴 건데?"

"그건 본인한테 물어보는 게 빠르지 말임. 별로 멀지도 않고, 잠깐 가 보자고요."

카나에는 레이나에게 보채고 나서, 부주의하게 접근하는 것은 위험하다며 만류하려고 드는 시오리에게 먼저 말한다.

"누님, 꼭 물어보는 게 좋을걸요? 앞으로도 유적 상공에서 저런 일이 벌어진다면, 여기서 헌터 활동을 할 수 없을 것 같은데 말임다."

그런 말을 들으면 시오리도 고민에 빠진다. 그리고 레이나가 먼저 결단했다.

"시오리. 가 보자."

"분부에 따르겠습니다……."

그 결정으로 레이나 일행은 아키라 일행을 찾아 떠난다.

재미있어 보이는 일을 앞두고, 카나에는 신나게 웃고 있었다.

제109화 거짓이 없는 말

미하조노 시가지 유적의 헌터 오피스 출장소로 복귀하려던 아키라 일행은 어쩌다 보니 그곳에 나타난 레이나 일행과 함께 돌아가게 되었다.

지금은 복귀하는 길이고, 레이나 일행과는 딱히 적대하는 사이가 아니다. 아까는 막 몬스터와 싸운 참이다. 전력은 많을수록 좋다. 그 정도로만 판단했다.

"그런데 아키라 소년. 왜 그런 정신줄 놓은 짓을 했습까?"

"좋아서 한 게 아니야……."

"그러면 왜 그런 상황이 됐습까?"

"이런저런 일이 있었다고……."

겁도 없이 친한 척 뻔뻔하게 거리를 좁히는 카나에의 태도에 아키라는 귀찮은 내색을 하면서도 조금 밀리는 감이 있었다.

완전히 자기 호기심을 못 이겨서 물어보는 카나에와는 달리 시오리는 레이나의 안전을 위해 정보를 수집하려고 했다.

"캐럴 님. 어째서 그러한 상황이 되었는지 알려주실 수 없겠습니까?"

"미안해. 말할 수 없어. 우리가 그런 상황에 처한 과정을 설명하려면 정보료를 받아야 하는 사정이 얽혀. 뭐, 돈을 낼 거라면 이야기가 달라지지만."

"얼마일까요?"

"2000만 오럼. 미안하지만 가격 협상은 안 받아. 그 금액으로
아키라와 거래를 끝냈으니까."

예상을 벗어난 금액과 내용에 레이나 일행이 무심코 아키라를
본다.

"아키라 소년. 돈 엄청 잘 버네요."

"그건 캐럴의 경호 요금으로 상쇄했어. 2000만 오럼을 낸 게
아니야."

"경호 요금임까. 무지 많이 받네요. 아니지, 어디서 뭘 했는지
는 모르겠지만, 그런 짓을 할 정도니까 말임다. 그게 정상일까
요?"

카나에는 그렇게 말하고 웃으면서 의미심장한 눈으로 아키라
를 봤다. 아키라가 살짝 얼굴을 찡그린다.

"뭐야?"

"아니, 까놓고 말해서 저는 아키라 소년이 강하다고 전혀 생
각하지 않았단 말임다. 누님한테 이겼다는 이야기도, 누님이 어
지간히도 큰 실수를 했구나 싶었단 말이죠."

아키라는 쿠가마야마 시티와의 거래로, 쿠즈스하라 시가지
유적 지하상가에서 있었던 일을 비밀에 부칠 의무가 있다. 그런
이야기를, 아마도 그 사정을 알고 있을 사람이 꺼내는 바람에
아키라는 표정을 조금 굳혔다.

"그 이야기는 나한테 하지 마. 못 들었어?"

"그야 뭐, 당사자들끼리 하는 이야기니까 괜찮지 않습까."

아키라가 진지한 얼굴로 카나에를 비난하듯 쳐다본다.

"너는 당사자가 아니고, 우리 말고도 당사자가 아닌 사람이 있잖아."

"네네. 미안함다."

미안해하는 기색도 없는 카나에의 태도에 아키라는 황당한 기색을 보였다. 레이나와 시오리도 살짝 골머리를 앓고 있다.

한편, 캐럴은 아키라의 평가를 많이 높였다. 사정은 몰라도 아키라에게는 모종의 비밀 엄수 의무가 있다. 그것을 눈치채고, 그 의무를 성실하게, 나아가 우직하게 지키려고 하는 아키라의 태도에 호감이 생겼다.

그리고 카나에는 다른 방향에서 아키라를 높이 평가했다.

"뭐, 그렇다는 것임. 아키라 소년은 그만큼 강하다는 뜻이지 말임. 역시 다음에 같이 세란탈 빌딩을 탐색해 보지 않겠습까? 아키라 소년이 함께하면 꽤 높은 층까지 갈 수 있슴. 돈도 잘 벌릴 거라고요?"

단순히 강하기만 하다면 카나에도 이토록 아키라에게 관심을 보이지 않는다. 하지만 그토록 강하면서 재미있는 사태를 일으키는, 혹은 재미있는 사태에 말려드는 자라면 별개다.

아키라를 조금 조사해 보니 쿠즈스하라 시가지 유적에서 있었던 사건만이 아니라 현상수배급 소동에서도 유쾌한 일을 경험했었다. 더불어서 아까 본 그 전투가 있다. 카나에의 흥미를 충분히 끌었다.

그렇게 재미있는 사람과 같이 다니면 레이나의 경호처럼 심심한 일도 조금은 즐거워지지 않을까? 카나에는 그런 마음으로 아키라를 끌어들이려고 했다.

그러나 아키라의 반응은 지독하게 무겁다.

"거절하겠어."

"어어? 뭐가 어때서요. 아, 괜찮습다! 아씨를 지키게 할 생각은 없어요! 그건 제 일이니까 말임다."

카나에는 진심으로 그렇게 말했다. 실제로 경호원으로서, 업무로서, 자기 목숨과 맞바꾸는 한이 있더라도 레이나를 지킬 의지는 있었다.

애초에 그것과는 별개로 그렇게 될 위험이 큰 장소에 레이나를 데려가는 것에는 전혀 망설임이 없는 것도 사실이었다.

그런 카나에의 이야기와 아키라의 태도에 레이나가 조금 풀이 죽는다. 역시 아키라도 카나에도 자신을 거추장스럽게 여긴다고, 조금 맥이 빠졌다.

이야기가 길어지면 레이나에게 좋지 않다고 생각한 시오리가 대화에 끼어들려고 한다. 하지만 그 전에 아키라가 질색하는 얼굴로 단언한다.

"그런 이야기가 아니야. 그렇게 위험한 장소에서 유물을 수집할 마음이 안 생길 뿐이야."

"그렇습까? 그야 세란탈 빌딩은 안팎으로 고난이도에 최상층에 도달한 헌터는 없다고 들었지만, 제법 많은 팀이 돈을 벌어서 돌아왔습다. 물러날 때를 잘못 판단하지 않으면 괜찮습다."

카나에는 그 물러날 때를 적당히 잘못 판단해서 재미있는 사태가 벌어지기를 바라는 거지만, 지금은 그렇게 대답했다.

그러나 아키라는 고개를 좌우로 흔든다.

"싫어. 나도 목숨은 아까워. 세란탈 빌딩 안으로 돌진해서 자살하는 건 너희 마음이지만, 나를 끌어들이진 마."

레이나 일행은 아키라의 반응을 의외로 여기고, 살짝 놀랐다. 시오리가 조금 딱딱한 얼굴로 묻는다.

"아키라 님. 세란탈 빌딩은 그토록 위험한 곳입니까?"

"그 판단은 사람마다 다르겠지만, 적어도 나는 세란탈 빌딩에서 싸울 바에는 아까 전투를 수십 번 하는 게 차라리 나아."

아키라는 건물 측면에서 있었던 다각 전차와의 전투를 알파의 서포트 덕분에 돌파했다. 그런 아키라에게 세란탈 빌딩의 내부란 알파가 절대로 살아 돌아갈 수 없다고 단언할 만큼 절망적인 위험지대. 절대로 들어가고 싶지 않았다.

"그 정도입니까……."

시오리로서는 아키라가 어째서 그 정도로 말하는지 모른다. 하지만 아키라의 실력과 진심으로 하는 말이라는 것 정도는 이해했다.

"그렇다면 우리도 섣불리 다가가지 않는 게 좋겠군요. 그토록 위험할 줄은 미처 몰랐습니다. 알려주셔서 감사합니다."

"어? 그래."

아키라는 시오리가 무척 정중하게 고맙다고 해서 조금 당혹스러웠다. 하지만 그게 다라서, 깊이 생각하지는 않았다.

한편, 카나에는 마음속으로 아쉬운 듯이 인상을 썼다.

(아, 실수했네요. 이걸로 세란탈 빌딩 탐색은 물 건너 갔습다.)

세란탈 빌딩 탐색은 시오리에게 큰 의미가 있다. 레이나의 안전을 고려해도 고민할 정도로는. 카나에는 그것을 알고 있었다.

그럴 때 아키라 같은 전력을 추가하면 망설임의 저울을 탐색 쪽으로 기울이게 할 수 있지 않을까? 그렇게 여기고 아키라에게 동행을 권했지만, 역효과를 불렀다.

카나에가 못마땅한 듯이 한숨을 쉰다. 아키라는 그것을 눈치챘지만, 그쪽으로도 깊이 생각하지는 않았다.

◆

아키라 일행은 마침내 미하조노 시가지 유적의 헌터 오피스 출장소 앞으로 돌아왔다. 그곳에서 레이나 일행과 헤어진 뒤, 출장소 안에 있는 식당에 들어선다.

"캐럴. 경호는 여기까지 하면 되지?"

"그래. 하지만 조금만 더 같이 있어. 식사 정도는 대접할 테니까. 뭐하면…… 2차도 말이지?"

그렇게 말하고 캐럴은 유혹하듯 미소를 지었다. 그러자 아키라도 기뻐하듯 웃는다.

"사 주게? 그러면 같이 있지. 고마워."

"뭘 그런 걸 가지고……."

틀림없이 기뻐하고 있다. 하지만 그것은 완전히 식사 때문이다. 2차로 있을 행위, 캐럴 자신의 부업에는 조금도 흥미를 드러내지 않는다. 그 사실에 캐럴이 한숨을 쉬고, 아키라가 의아하게 여긴다.

"무슨 일 있어?"

"아무 일도 아니야. 비싼 걸 살 테니까 각오해."

"그렇구나!"

캐럴은 반쯤 자포자기 했지만, 아키라는 애초에 눈치채지 못했다.

이미 해가 진 시간대라서 그런지 식당은 하루 일을 마친 헌터들로 북적인다. 중화기 등의 장비나 유물을 가져온 자도 있어서, 사람이 많은 곳은 그만큼 혼잡했다.

그러나 식당 안쪽의 테이블은 이상할 정도로 비었다. 캐럴이 권해서 그 자리에 같이 앉은 아키라가 신기한 듯이 주위를 슬쩍 둘러본다.

"왜 여기만 자리가 많이 비었지……?"

"응? 몰라? 여기에는 소소하게 암묵적인 규칙이 있어."

이 식당을 이용하는 헌터들은 앉는 자리의 위치를 식사에 쓰는 돈으로 정하고 있다. 입구에 가까울수록 싸고, 멀수록 비싸다. 돈을 많이 번 헌터는 안쪽 자리에서 통 크게 호화 요리를 주문하고, 별로 벌지 못한 자는 입구 근처 자리에서 평범한 밥을 먹는다.

식사에 쓰는 돈은 그 헌터의 수입에 비례하고, 그 수입은 실력에 비례한다. 따라서 서로 가까운 자리에 앉은 자들의 실력은 대체로 비슷해진다.

이렇게 함으로써 수입과 실력의 차이로 발생하는 말썽이 줄어든다. 근처에 앉으면 실력이 비슷한 거니까 몇 번이고 얼굴을 보는 사이에 친해지면 팀을 짜는 일도 있다. 암묵적인 규칙이긴 하지만, 긍정적으로 기능하고 있었다.

캐럴에게 그 설명을 들은 아키라의 얼굴에 흥미가 드러난다.

"헤에. 그런 규칙이 있었구나. 하지만 말이야. 그런 건 모른다고 자기 맘대로 자리에 앉는 녀석은 없어?"

"가끔 있기는 한데? 하지만 다른 헌터에게 눈총을 사서 금방 사라져."

"하긴 그렇겠지."

자기 멋대로 앉을 경우, 실력이 있는 자가 싼 자리에서 비싼 요리를 시킬 때와 미숙한 자가 비싼 자리에서 싼 요리를 시킬 때는 후자가 눈총을 사기 쉽다. 즉, 기본적으로 자기보다 강한 자의 눈에 찍히게 된다.

당연하지만 그 사실을 알면서도 멋대로 행동하는 자는 거의 없다. 그리고 얼마 되지 않는 자들은 힘이 진리인 황야에서 그 힘에 거역한 어리석은 자에게 걸맞은 최후를 맞이하게 된다.

규칙이 없는 황야이니까 더더욱, 그곳에 존재하는 암묵적인 규칙에는 그만한 강제력이 있었다.

"그런 사정이 있으니까 찍히기 싫으면 꼭 비싼 걸 시켜."

"알았어. 그런데 얼마 정도면 되는 거야?"

"응? 구체적으로 얼마란 소리는 없지만, 이쯤에 있는 요리를 몇 개 시키면 괜찮을 거야."

캐럴은 그렇게 말하더니 아키라가 보던 메뉴판, 얇은 정보단 말처럼 생겨서 호출 기능도 딸린 기기의 화면을 슬쩍 건드려서 방금 말한 요리를 표시했다.

그러자 아키라가 얼굴을 굳힌다. 그곳에는 최소 가격이 1만 오럼인 요리가 나열되었다. 더군다나 비싼 건 자릿수가 하나 더 많았다.

아무리 남이 사 준다고 해도, 아키라는 그런 요리를 자기 손으로 골라서 주문할 정도로 익숙하지는 않다. 소심함과 망설임이 아키라의 표정에 훤히 드러난다.

그런 아키라의 반응을 본 캐럴이 즐겁게 웃는다.

"좋아하는 걸 시켜도 되는데? 고민되면 전부 시켜. 사양하지 말고."

비싼 걸 살 테니까 각오해라. 아키라는 그 말뜻을 이제야 이해했다.

"아, 알았어. 괜찮아."

"아, 말하는 걸 깜빡했어. 최소 10만 오럼은 넘게 시켜. 여기는 그런 자리니까."

"그, 그렇구나……."

마치 차원이 다른 고급 가게에 갑자기 끌려와서 허둥대는 아이처럼 구는 아키라에게, 캐럴은 기분 좋게 한 방 먹였다며 더욱 만족스럽게 웃었다.

아키라는 테이블에 놓인 각종 요리를 손대면서 행복한 시간을 만끽하고 있었다.

비싼 요리라고는 해도 전부 운송비가 포함된 황야 요금이다. 도시에서는 비슷한 요리를 더 싸게 먹을 수 있다.

그러나 한편으로는 유적에서 돈을 많이 번 헌터들을 위한 요리이기도 하다. 그 실력으로 큰돈을 벌고, 그 돈으로 비싼 것을 먹는 데 익숙해져 고급이 된 혀를 만족시킬 만큼의 질은 잘 유지하고 있다.

따라서 그런 영역에 아직 도달하지 않은 아키라의 혀를 맛으로 정복하기는 매우 쉬웠다. 아키라는 얼굴에서 긴장을 풀고 평소보다도 훨씬 아이다운 모습을 보였다.

그 모습을, 캐럴은 두 손으로 턱을 괴고서 지켜보고 있었다.

"아키라. 맛있어?"

아키라가 고개를 딱딱 끄덕인다.

"맛있어."

"그래? 그렇다면 다행이고."

캐럴은 조금 토라진 기색으로 한숨을 쉬었다.

"다행으로 여기는 얼굴이 아닌데? 아, 혹시 비싼 걸 너무 많이 시켰어?"

미안한 짓을 한 게 아닐까 싶어서 조심조심 묻는 아키라에게, 캐럴은 쓴웃음으로 응했다.

"그런 게 아니야. 다만 보통은 있지? 내가 눈앞에 있으면 시선이 요리가 아니라 나를 향하기 마련이거든."

캐럴은 야유하듯이 말하면서 자신의 가슴 사이를 가리켰다.

그래서 아키라도 매혹적인 그 가슴을 본다. 그러나 그 눈에는 이성을 향한 욕정이 조금도 없었다.

"미안해. 여자보다 먹을 것에 눈이 먼저 가는 나이야."

"그런 것 같아. 내 몸보다 먹을 걸 더 밝힐 정도니까. 꽤 많이 시킨 것 같은데, 남기면 못써."

"괜찮아. 한창 자랄 때니까."

아키라는 그렇게 말하고 테이블에 있는 접시를 또 하나 비웠다. 질보다 양을 중시해서 주문한 요리는 양이 무척 많지만, 왕성한 식욕으로 이미 절반을 다 먹었다.

과거 아키라의 몸은 길고 혹독한 슬럼 생활로 엉망진창이었지만, 쿠가마야마 시티의 병원에서 6000만 오럼 짜리 치료를 받은 덕분에 건강한 몸이 되었다.

그러나 영양실조 탓에 잘 이루어지지 못했던 발육까지 회복한 것은 아니다. 그것을 되찾으려면 아키라의 몸에 여러 영양소가 필요한데, 그것을 촉진하는 처치도 치료 때 같이 받았다.

더불어서 매일같은 훈련과 실전으로 신체 능력이 향상되면서 아키라의 몸은 그것을 유지할 에너지를 원하고 있다. 회복약이 부상을 세포 단위로 치료, 재생할 때도 새로운 세포를 만드는 재료가 필요해진다.

그러한 이유로 아키라의 몸은 대량의 영양소가 필요했고, 그 요망을 본인의 강한 식욕으로 나타내고 있었다.

애초에 위장의 용량을 무시하는 것처럼 먹어대도 아키라에게는 살찔 여유가 없다. 계속되는 성장과 혹독한 헌터 활동에 따른 소비로 상쇄되고 있다.

행복한 듯이 요리를 먹는 아키라는, 현재로서는 체형 유지를 위해서 그 행복을 포기해야 할 우려가 전혀 없었다.

"캐럴은 안 시켜?"

"나는 모니카의 구조 신청을 마친 다음에 먹을 거야. 이미 보험회사에 요청했는데, 보아하니 구조부대 배치가 늦어지는 것 같아."

동부에는 헌터를 위한 보험도 많다. 구조 보험도 그런 보험의 일종으로, 계약자가 유적에서 소식이 끊기는 등의 이유로 구조부대를 파견한다.

조건은 다양하지만, 주로 정해진 시간 동안 연락이 끊긴 상태가 계속되거나, 본인이나 대리인이 구조를 요청하면 부대를 파견한다.

유적에서 살아 돌아오지 못하는 헌터도 드물지 않으니까 보험료는 비싸다. 하지만 계약자가 비싼 보험료를 낼 가치가 있다고 인식하게끔 철저하게 구조하려고 하므로, 구조 시의 생환율은 매우 높다.

캐럴 일행은 팀 단위로 보험에 들었고, 이미 캐럴이 구조를 요청했다. 원래라면 곧바로 부대가 파견되어야 하는데, 지금은 제반 사정으로 지연 중이었다.

"듣자니 휘하 부대가 전부 세란탈 빌딩에 파견 중이라서 지금은 귀환을 기다리고 있대."

임시 추가 부대도 편성 중이지만, 먼저 구조를 기다리는 곳에 파견해야만 하고, 그 장소도 세란탈 빌딩이라서 내친김에 공장 구역에 들르게 할 수도 없다.

이미 해도 저물었다. 헌터 활동을 끝마친 자도 많다. 여러 헌터들과 협상하고 있지만, 구조 의뢰를 받으려는 인원이 적어서 난항 중이다. 캐럴은 보험회사 담당자에게 그런 설명을 들었다.

그것을 들은 아키라가 의아해한다.

"하지만 휘하에 있는 부대를 전부 보낸 거잖아? 그렇다면 전력은 충분할 테고, 편하게 구조할 수 있을 것 같은데……."

"나도 그렇게 생각해서 조금 알아봤어. 그랬더니 듣기론 세란탈 빌딩을 활짝 연 헌터가 있는 것 같더라고."

무슨 뜻인지 몰라서 곤란해하는 아키라에게 캐럴이 설명을 보충한다.

세란탈 빌딩에서 유물을 수집하려면 그 주위에 있는 방위 기계를 돌파해야 한다. 일반적으로는 팀을 짜서 격파한다.

그리고 그 뒤에는 방위 기계가 격파된 틈을 탄 다른 헌터가 유물 수집을 방해하지 않도록 건물 출입구를 봉쇄한다. 출입구를 점거하는 팀과 유물을 수집하는 팀으로 나눠서 활동하고, 방위 기계가 재배치되면서 퇴로가 막히기 전에 철수한다.

그래서 일반적으로는 세란탈 빌딩의 방위 기계가 토벌되어도 헌터가 우르르 몰려가는 일이 생기지 않는다.

하지만 오늘은 방위 기계를 격파한 다음에 출입구를 점거하지 않은 자가 나타났다.

"그 소문이 퍼져서 좋은 기회라며 세란탈 빌딩으로 간 사람이 많대. 그야 악식 빌딩으로 불리는 곳이니까 구조 보험을 든 팀도 많았겠지."

출입구를 봉쇄하지 않은 시점에서 다른 헌터의 유물 수집을 환영하는 것이나 다름없으니까, 보통은 일어날 수 없는 일이다.

하지만 원거리에서 세란탈 빌딩의 주변을 확인해도 정말로 봉쇄가 없고, 건물 내부에 진을 친 기미도 없다. 그 시점에서 헌터들이 대거 움직였다.

"그래서 말인데. 그 사람들이 돌아오지 않는다. 연락도 없다. 유물 수집에 정신이 팔렸는지, 아니면 뭔가 일이 생겼는지는 모르겠어도 연락이 끊긴 건 사실이니까 계약에 따라서 구조 부대를 내보냈다나 봐."

캐럴이 어이가 없다는 표정을 짓는다.

"대체 누구 짓인지는 모르겠지만, 그런 짓을 했다간 그런 사태가 된다는 것 정도는 쉽게 상상할 수 있잖아. 이름을 팔려고 일부러 그런 걸지도 모르지만, 민폐가 이만저만이 아니야."

"그, 그래?"

"아키라. 뭔 일 있어?"

"아니, 아무것도 아니야."

아키라는 무심코 식사를 중단했지만, 곧바로 재개했다.

캐럴이 그런 아키라의 태도를 조금 미심쩍게 여긴다. 하지만 연관성은 거의 없다고 생각했다. 그토록 세란탈 빌딩이 위험하다고 말했던 아키라가 그곳에 접근했다고는 생각하기 어렵기 때문이다.

애초에 아키라는 공장 구역에 있었다. 설령 아키라가 세란탈 빌딩의 방위 기계를 해치웠다고 하더라도, 유물을 잃고 그토록 한탄하던 아키라가 건물 안에서 유물을 하나도 수집하지 않고 공장 구역으로 갔으리라고는 생각할 수 없다.

아마도 과거에 비슷한 실수를 한 것이리라. 캐럴은 그렇게 생각하고 아귀를 맞췄다.

"그래서 말이지? 보험회사의 구조부대는 믿을 수 없으니까 독자적으로 구조 의뢰를 발주해야 하는데……."

안 그래도 난이도가 높은 공장 구역에서, 더군다나 경비 기계가 경비 범위를 넘어가는 비상사태가 발생 중이다. 중개업자를 껴서 의뢰를 널리 퍼뜨리더라도 받으려고 할 사람이 얼마나 있을지 알 수 없다. 그리고 당연하게도 고액의 보수를 요구받을 것이고, 구조가 성공할지 어떨지도 불투명하다.

그렇다면 보험회사에 보험료 할증을 신청해서 구조 순서를 앞당기게 하거나, 혹은 구조부대 편성을 위탁하거나. 아니면 조금만 더 기다려 보거나. 여러모로 복잡한 판단이 필요하다며, 캐럴은 차분한 투로 아키라에게 이야기했다.

그 이야기를 들으면서 아키라는 문득 생각한다.

(캐럴은 모니카와 팀을 짠 것 같지만…… 엘레나 씨랑 사라 씨랑은 많이 다른걸.)

아키라는 여러모로 둔감하지만, 캐럴이 직접 나서서 모니카를 구할 마음이 없다는 것 정도는 알았다. 버리려고 하는 것은 아니겠지만, 냉정하게 대처하는 것이 마치 강 건너 불구경처럼 느껴진다.

애초에 아키라도 당연히 목숨을 걸고 같은 팀 사람을 구해야 한다고 생각하지 않으므로 캐럴을 비난할 마음이 없다. 엘레나와 사라와는 다르다고 여겼을 뿐이다.

그때, 언성을 높이는 모니카가 식당에 들어왔다.

"구조하러 갈 수 없다니, 무슨 소립니까?!"

모니카는 정보단말 너머로 보험회사 사람에게 거칠게 항의하고 있었다.

"헛소리하지 마세요! 뭘 위해서 비싼 보험료를 내는 줄 알기나 합니까?! 잔말 말고 곧장 파견을…… 어?"

식당 안을 둘러본 모니카가 아키라와 캐럴을 알아차린다. 언성을 높이는 바람에 사람들의 이목을 끌어서 아키라와 캐럴도 모니카를 알아챘다.

"조금만 더 기다려 보는 게 정답이었나 보네."

"그런 것 같아."

넋이 나간 표정을 지은 모니카에게, 캐럴은 웃으면서 손을 살짝 흔들었다.

모니카가 캐럴의 옆자리에 앉아 한숨을 쉰다.

"뭐, 피차 무사해서 다행입니다. 그래서 말인데. 캐럴 씨는 어떻게 저보다 일찍 돌아온 겁니까? 이래 보여도 저는 필사적으로 서둘러서 탈출했는데요?"

"도망치는 도중에 아키라를 만났거든. 경호를 부탁해서 같이 탈출했어."

모니카가 의심하는 눈으로 본다.

"그걸로 끝입니까? 사실은 저한테 알려주지 않은 탈출 루트가 있어서, 그걸로 편하게 탈출한 거 아닙니까?"

"어머, 말이 심하네. 우리도 무척 고생했고, 나는 하마터면 죽을 뻔했는걸? 그걸 아키라가 구해줬어. 아키라, 그렇지?"

"어? 뭐, 그렇지."

거짓말은 안 했다. 그리고 뒷문의 정보에 관해서는 캐럴이 침묵하는데 자신이 이러쿵저러쿵 떠들 일이 아니다. 그래서 아키라는 그렇게만 대답했다.

모니카도 아키라가 거짓말하지 않았음을 눈치채고 더는 추궁하지 않았다.

"그랬군요……. 아키라 씨. 캐럴 씨를 구해줘서 고맙습니다. 그나저나 아키라 씨는 진짜로 강하군요."

"그렇지……."

부정하면 이야기가 복잡해진다. 그렇게 생각한 아키라는 적당히 흘려넘겼다.

다음으로 캐럴이 모니카를 추궁한다.

"모니카야말로, 그 상황에서 어떻게 탈출했어? 나는 아키라가 구해줬지만, 네가 그렇게 강했던가? 너야말로 나한테 알려주지 않은 탈출 루트를 써서 탈출한 거 아니야?"

모니카가 눈을 피했다. 캐럴의 눈빛이 조금 매서워진다.

"있구나?"

"비장의 정보라서 캐럴 씨한테도 알려주지 않았을 뿐이에
요……. 미안합니다."

잠시 후, 캐럴이 인상을 폈다.

"뭐, 서로 무사하니까 신경 쓰지 않겠어. 비싸게 팔리는 정보
를 감추고 싶은 마음은 이해하니까."

"지금 와서 말하긴 조금 그렇지만…… 일단은 그때 분단되지
않았으면 같이 갈 작정이었거든요?"

"나도 알아."

캐럴과 모니카는 일행은 서로에게 슬쩍 웃고, 그 이야기를 마
무리했다.

아키라는 그 모습을 보고, 이런 사이도 있다며 어렴풋이 납득
했다.

테이블에 모니카가 가세하고, 아직 주문하지 않은 캐럴도 모
니카와 같이 요리를 주문해서, 아키라 일행은 정식으로 셋이서
식사를 시작했다.

먹으면서 잡담하다가, 캐럴과 모니카는 3개월 전부터 느슨하
게 한 팀으로 움직이고 있다는 등의 이야기가 화제로 나왔다.

표면상으로는 지도상끼리의 인연으로 함께 유적을 탐색하는
느낌의 이야기였지만, 아는 사람이 들으면 지도상의 기술을 서
로 캐내는 식의 위태로운 이야기도 섞여 있었다. 아키라는 그런
것도 모르고 지도상이 돈을 버는 방법 등을 그냥 흥미롭게 듣고

있었다.

지도상 이야기에서 미하조노 시가지 유적의 시내 구역 지도 이야기가 나오고, 비싸게 팔리는 세란탈 빌딩의 지도 이야기로 넘어간다. 그 이야기에서 악식 빌딩이라는 단어가 자꾸 나오는 바람에 아키라는 그 뜻을 물어봤다.

그러자 캐럴이 의아해하는 표정을 짓는다.

"몰랐어? 미하조노 시가지 유적에선 꽤 유명한 괴담인데."

"몰라. 무슨 이야기인데?"

"간단히 설명하자면 말이지. 미하조노 시가지 유적의 시내 구역에서는 아주 가끔 일대의 헌터와 몬스터가 갑자기 자취를 감추는 일이 생긴다나 봐. 그리고 그 중심에 세란탈 빌딩이 있으니까 그 빌딩이 잡아먹는 거라는 소문이 돌아서, 악식 빌딩이라는 괴담이 되었다고 들었어."

"무섭잖아! 그 소문은 얼마나 사실인 거야? 진짜라면 그 근처에 가기만 해도 위험하잖아?"

진심으로 질겁하는 표정을 짓는 아키라를 달래듯이 모니카가 웃으며 말한다.

"괴담이니까 말이죠. 얼마나 진실인지는 알 수 없습니다. 애초에 빈번하게 발생하면 아무도 세란탈 빌딩에 접근하지 않아요."

"아하, 그것도 그런가."

그것으로 아키라도 일단은 안심했다. 하지만 이번에는 캐럴이 아키라를 겁주듯이 웃는다.

"하지만 조심하는 게 좋을걸? 유적 안은 구세계의 영역. 무슨 일이 나도 이상하지 않아. 애초에 뭔가 사건이 발생해서 끔찍한 결말로 끝났으니까 괴담이 되는 거야."

자신들의 이야기에 허둥대는 아키라의 모습을 본 캐럴은 즐겁게 웃었다. 모니카도 쓴웃음을 흘리고 있다.

그리고 아키라는 그 뒤로도 한동안 유적에서 조심하기 위해 미하조노 시가지 유적의 다른 괴담을 듣게 되었다.

상당히 많은 양의 요리를 천천히 맛보며 먹는 바람에 아키라가 식사를 마칠 무렵에는 한밤중이 되었다.

캐럴을 경호하다가 잃은 유물을 매수하는 이야기도 이미 끝났다. 아키라는 식사를 대접해 줘서 고맙다고 말한 다음 돌아가려고 했다.

"맛있었어. 고맙습니다."

만족스러운 아키라와는 달리, 캐럴은 조금 못마땅한 내색을 한다.

"별말씀을. 아이참, 2차도 내가 쏜다고 했는데, 진짜로 갈 작정이구나."

"미안해. 지금의 나는 여자보다 먹을 걸 우선해. 그런 대접은 다른 사람한테 하라고. 물론, 먹을 것으로 대접해 주는 건 환영하겠어."

"아, 그러세요. 또 일이 생기면."

캐럴은 슬쩍 장난치듯이 황당해하는 포즈를 취한 다음, 마음을 바꾸고 기분 좋게 웃는다.

"뭐, 생각나면 연락해. 같이 헌터 활동을 하자고 불러도 좋고, 밤일로 불러도 환영할 건데? 언제든지 사양하지 말고 연락해 줘. 잘 가."

아키라와 헤어진 다음, 캐럴은 왠지 모르게 자신을 보고 즐겁게 웃는 모니카를 눈치챘다.

"모니카. 왜 웃어?"

"대단한 건 아닌데요. 캐럴 씨한테 그토록 흥미를 보이지 않는 사람도 참 드물다고 생각했을 뿐입니다. 어때요? 우리가 저 사람을 한동안 고용해 볼까요?"

"나야 상관없지만, 일단 이유를 물어볼까. 아키라가 강해서, 는 아니지?"

"네. 저 사람을 고용하면 캐럴 씨도 일하면서 부업에 정신이 팔릴 여유가 없어 보이니까요. 계속해서 매몰차게 퇴짜나 맞아 주세요."

"그때는 실수했다는 소리가 나오게 할 거야."

조금 능글맞게 웃는 모니카에게, 캐럴도 힘껏 웃으며 맞받아 쳤다.

◆

미하조노 시가지 유적을 나선 아키라가 한밤중에 차를 몰고 기분 좋게 황야를 달리고 있다.

"오늘은 많은 일이 있었어. 역시 유적은 황야와 다르구나."

알파도 조수석에서 기분 좋게 웃었다.

『그래. 수확이 많은 하루였어.』

"그래. 유물은 버렸어도 캐럴이 보상해 줬고, 비싼 밥도 얻어먹었으니까. 그거면 됐겠지."

『아키라. 그게 다가 아니야.』

"어? 뭔가 더 있었어?"

『그래. 있었어.』

전혀 짚이는 구석이 없는 아키라는 오늘 하루 있었던 일을 조금 복잡한 얼굴로 되짚어 봤다. 그러나 아무것도 떠오르지 않았다.

"아니, 없잖아. 알파, 뭘 말하는 거야?"

그렇게 의아한 투로 물어보는 아키라에게, 알파는 보는 사람이 아찔해질 정도로 기뻐하는 미소를 지었다.

『오늘은 아키라가 나를 얼마나 신뢰하는지를, 몸으로 증명해 주었어.』

아키라의 운전이 심하게 오락가락한다.

『무척 기뻤어. 건물 외벽을 타고 내려가다니, 나를 신뢰하지 않으면 불가능할 거야.』

차의 진로가 크게 틀어졌다. 아키라는 어떻게든 운전대를 바로잡으려고 하지만, 잘되지 않는다.

『나를 믿는다고 한 아키라의 말을 의심한 건 아니야. 하지만 설령 그때는 진심이고, 거짓이 없는 말이더라도, 막상 실행하려고 할 때는 마음이 변하는 인간이 얼마든지 있어.』

이대로 가다간 큰일이 나겠다고 생각하고, 아키라는 허둥대면서 차를 잠시 세우려고 속도를 줄인다.

『하지만 아키라는 진짜로 해 주었어. 행동으로 증명해 주었어. 정말 기뻤어.』

차를 세우고, 아키라가 한숨을 쉰다. 그리고 조수석에 있는 알파를 본다.

알파는 무척 기쁜 듯이, 한편으로 왠지 모르게 장난치는 듯이, 즐겁게 웃는 얼굴로 아키라를 보고 있었다.

『서로 신뢰할 수 있는 관계는 참 좋아. 나도 아키라를 한층 더 서포트할 수 있어. 앞으로도 힘을 합쳐서 잘해 보자. 아키라. 앞으로도 잘 부탁해.』

"그래! 그렇게! 잘 부탁해!"

알파의 말을 거짓으로 느끼진 않는다. 그러나 확실하게 자신을 놀리고 있다.

하지만 불쾌하지는 않다. 아키라는 그런 감정들로 생긴 쑥스러움을 얼버무리듯이 언성을 조금 높이고, 차를 힘껏 달리게 했다.

그런 아키라의 옆에서는 알파가, 정말이지 기쁜 듯이 웃고 있었다.

제110화 의뢰 제안과 동행자

미하조노 시가지 유적에 간 다음 날. 아키라는 시즈카의 가게
에 탄약을 보급하러 갔다.

주문 내용을 확인한 시즈카가 잠시 끙끙댄다.

"아키라. 전부 확장 탄창으로 할 거니? 많이 비싸지는데? 차
에 싣는 건 일반 탄창이라도 괜찮을 텐데……."

"괜찮아요. 탄약값이 늘어나도 앞으로는 되도록 확장 탄창을
쓰려고요. 유물을 가지러 유적에 갔는데 짐이 너무 많아서 가져
오지 못하면…… 말이 안 되니까요."

아키라는 그렇게 말하고 쓴웃음을 지었다. 시즈카도 사정을
눈치채고 위로하듯이 미소를 짓는다.

"뭐, 무사히 돌아오는 게 제일이야. 괜히 욕심을 부려서 크게
다치는 것보단 나아. 비싼 확장 탄창을 많이 사 주면 가게 차원
에서도 고마우니까."

"그래요? 그렇다면 시즈카 씨한테는 신세를 많이 졌으니까
많이 벌어 주세요."

"이용해 주셔서 감사합니다."

아키라와 시즈카는 서로 슬쩍 웃고 그 이야기를 마무리했다.

같이 구매한, 무척 튼튼한 배낭에 탄약을 담으면서 아키라가

문득 생각한다.

"시즈카 씨. 이런 배낭이나 대형 총기를 등에 메거나 손에 쥐지 않고서 잘 운반할 방법이 뭔가 없을까요?"

"응? 비싼 대형 중화기 구입을 상담하게? 고마워라."

시즈카는 농담으로 조금 호들갑스럽게 말했다. 그러자 진지하게 받아들인 아키라가 대답하지 못하고 쩔쩔맨다.

"아, 저기, 그게 말이죠."

"농담한 거야. 미안해. 무리하지 않아도 돼."

시즈카는 곧바로 사과했다. 하지만 아키라는 고개를 가로젓는다.

"아뇨. 그런 게 아니고요. 잘 들고 다니면서 쓸 수만 있다면 꼭 필요한데요……."

AAH 돌격총과 A2D 돌격총을 메고, CWH 대물돌격총과 DVTS 미니건을 두 손에 들고, 탄약류로 채운 배낭을 등에 짊어진다. 그 시점에서 아키라의 소지량은 한계에 가깝다.

그 상태로 유적 안에서 유물을 가져오려면, 심하게 무리해야만 한다. 중량 자체는 강화복으로 처리해도 한도가 있다.

그래서 추가로 중화기를 들고 다니는 건 도저히 불가능하다. 아키라는 그렇게 생각하고 말을 흐렸다. 그러나 뭔가 좋은 방법이 있지 않을까 하는 마음에 일단은 시즈카에게 물어봤다.

그 말을 들은 시즈카가 놀란다.

"아키라, 그걸 전부 들고 다녀?"

"네. 아, 아뇨. 왜 있잖아요. 유적 안에선 언제 무슨 일이 일어날지 모르니까 화력은 많을수록 좋잖아요."

실제로 미하조노 시가지 유적에서는 CWH 대물돌격총과 DVTS 미니건이 없었더라면 위험할 뻔했다. 그래서 아키라는 짐이 많다는 이유로 화력을 줄일 마음이 생기지 않았다.

그런 아키라의 반응을 시즈카도 이해한다.

지금까지 아키라는 몇 번이고 무모하고 무리한 짓을 했다. 하지만 본인이 원해서 그런 것이 아니다. 적과의 전력 차이를 극복하기 위해서 하는 수 없이 그랬다고 몇 번이고 대답한 바가 있다. 시즈카도 그 말이 진짜라고 믿는다.

총기를 추가로 가져가면 확실하게 화력이 늘어난다. 지금까지 자신에게 몇 번이고 무모함을 강요했던 위험한 상황을, 그 화력으로 극복할 수 있을지도 모른다.

그런 생각이 있으니까 들고 다니기 조금 불편하다는 이유로 그 화력을 챙기지 않는 것을, 아키라로서는 견딜 수 없으리라. 시즈카도 그 정도는 쉽게 추측했다.

"하긴 그래. 하지만 그러다가 유물을 가져오지 못하면 말이 안 되겠구나……. 어렵네."

"네. 더 강력한 총으로 바꾸는 게 제일이겠지만, 저도 그만한 예산은 없어서요……."

제아무리 시즈카라도 새로 산 총이 몹시 강력해서 예전 총을 가져갈 필요가 없다고 아키라가 느낄 만큼의 고성능 총을 추천하기는 어렵다. 값이 너무 나가기 때문이다. 따라서 다른 해결책을 모색한다.

"음. 아, 잠깐만 기다려 보렴."

시즈카는 그렇게 말하고 잠시 가게 안쪽으로 가더니, 한 물건을 가지고 돌아왔다.

"이건 강화복에 다는 형식의 서포트 암인데, 시험해 볼래?"

이 서포트 암은 원래 시즈카의 가게에 비치할 상품이 아니지만, 강화복을 몇 차례 주문하는 바람에 영업사원이 찾아와 두고 간 물건이다.

튼튼하기는 해도 움직임이 굼떠서 전투용 사이보그의 서브 암처럼 사용할 수는 없다. 그래 제법 큰 중량에 버틸 수 있다.

아키라는 그 서포트 암을 시험해 봤다. 강화복에 달고서 시즈카에게 대형 총을 빌려 장착해 본다. 다관절 서포트 암은 강화복으로 운용할 필요가 있는 중량을 지닌 총을 단단히 붙잡았다.

"와. 이거 괜찮은데요."

이미 두 손으로 짐을 들어서 비는 손이 없지만, 다른 물건을 들 필요가 있으니까 팔을 추가로 더 원한다. 민첩하게 움직일 필요는 없고, 짐을 들어 주기만 하면 된다. 고작해야 그런 수요를 충족하는 제품이지만, 지금의 아키라에게는 충분했다.

그 서포트 암은 강화복의 허리에 달린다. 아키라는 비는 두 손과 무거운 총기를 좌우로 든 추가 팔을 보고, 이거면 다음에 유물을 더 멀쩡하게 들 수 있겠다며 기쁘게 웃었다.

"살게요."

"이용해 주셔서 감사합니다."

왠지 어린아이 같은 아키라의 반응을 보고, 시즈카도 기분 좋게 미소를 지었다.

"그러면 시즈카 씨. 추가로 살 총을 상담하고 싶은데요."

"아, 그것도 진짜로 살 작정이구나?"

"네……? 그렇죠. 부탁할게요."

아키라는 조금 의아하게 여겼지만, 아무렇지 않게 대답했다.

시즈카도 헌터를 위한 만물상인 카트리지 프리크의 주인장이다. 자기 가게의 상품을 찾는 손님에게 사지 말라고 조언할 수는 없다.

"알았어. 그러면 뭘 원하는지 이야기를 들어볼까."

서포트 암 덕분에 휴대하는 총기가 늘어나 더 복잡해진 아키라의 모습을 상상하고, 시즈카는 정말 그래도 괜찮을지 생각하면서 아키라의 상담을 받아주었다.

◆

시즈카의 가게에 다녀온 아키라는 자택 차고에서 곧바로 장비를 정비했다.

차량의 짐칸에는 총좌가 하나 더 늘어났다. 그곳에는 새로 산 총, A4WM 유탄기관총이 달렸다.

시즈카가 추천한 이 총은 유탄을 연사할 수 있는 만큼 화력이 강하다. 상대가 강력한 몬스터 무리라도 유탄을 빗발처럼 쏟아내면 무찌를 수 있다.

애초에 시즈카가 이 총을 아키라에게 추천한 가장 큰 이유는 그 화력이 아니다. 유탄의 폭발, 폭풍으로 적의 이동을 방해하는 것이다. 미하조노 시가지 유적에서 단단한 기계형 몬스터 무리에 습격당해 도망칠 때 조금 고생했다는 이야기를 들은 시즈카가 아키라에게 추천한 물건이다.

도주용 기능으로 총을 자율 고정포대로 바꾸는 확장 부품도 달았다. 자율 사격, 엄밀하게는 간이 설정에 따라서 방아쇠를 당기기만 하는 싸구려 제품이지만, 감당하기 어려운 대규모 무리에 습격당했을 때는 총좌째로 설치해서 잔탄이 다 떨어질 때까지 쏘게 한다. 그러면 주인이 그동안 도망치는 것 정도는 가능하다.

그 경우, 당연하지만 A4WM 유탄기관총을 상실한다. 그래도 총과 잔탄을 끌어안고 죽는 것보다는 낫다는 수준의 기능이다.

서포트 암과의 탈착이 편리해지는 확장 부품도 샀다. 그것을 CWH 대물돌격총, DVTS 미니건, A4WM 유탄기관총에 달아서 서포트 암을 쓸 때의 느낌을 재확인한다.

서포트 암은 좌우에 2개씩, 총 4개다. 총 3정을 전부 들게 해도 하나가 남는다.

애초에 3정 모두를 서포트 암으로 들면 복잡해지니까, 기본적으로는 예전처럼 두 손에 총을 쥐거나 최소한 한 손에는 총을 든 상태로 운용할 것이다.

유적에 들어갈 때는 추가로 배낭을 들게 한다. 서포트 암은 확장 탄창을 꽉꽉 채운 배낭도 잘 버텼다.

"역시 편리해. 사길 잘했어. 이렇게 말하면 안 되지만, 시즈카

씨도 조금만 더 일찍 추천해 줬으면 좋았을 텐데."

추천받은 물건에 만족한 만큼, 아키라는 그것 하나만이 아쉬 웠다.

알파가 쓴웃음을 짓는다.

『시즈카도 이런 물건을 써서 짐을 늘릴 바에는 차라리 동행자 를 늘리라고 할 거야. 전력 측면에서 생각하면 그게 옳아.』

"아하. 그렇게 생각할 수도 있구나."

『뭐, 우리는 동행자를 늘리기 어려운 사정이 있으니까. 미발 견 유적 탐색에 다른 헌터를 동행하게 할 수는 없어.』

"맞아."

그때 알파가 의미심장하게 미소를 짓는다.

『게다가 동행자더러 건물 측면을 같이 뛰어내리라고 할 수도 없잖니?』

"그렇지……."

아키라도 쓴웃음을 짓고 대답했다.

『그리고 이참에 말해 둘게. 짐을 늘리면 그만큼 움직임이 무 거워져. 당연히 위험도 늘어나고. 그것도 시즈카가 처음에 아키 라에게 서포트 암을 추천하지 않은 이유일 거야.』

알파가 표정을 조금 굳힌다.

『나도 위험하다고 여겨지면 아무리 비싼 유물이라도 주저하 지 않고 버리게 할 거야. 서포트 암이 있으니까 더 챙길 수 있다 는 식으로 안이하게 생각하면 못써. 알았지?』

"알았어. 조심할게."

『잘 말했어.』

알파는 표정을 풀고 만족스럽게 고개를 끄덕였다.

◆

장비류 정비를 마친 아키라가 자택에서 다음 날 예정을 알파와 상의하고 있을 때, 엘레나가 연락했다. 같이 헌터 활동을 하러 가자는 내용이다.

"구조 의뢰 지원……인가요?"

"그래. 장소는 미하조노 시가지 유적의 시내 구역인데, 어제부터 소란이 끊이질 않아서 인력이 부족하나 봐. 그만큼 할증 보수를 받는 의뢰니까 돈벌이가 돼."

의뢰주는 보험회사이므로, 구조 대상이 인색하게 굴어서 다툴 염려가 없다. 또한 의뢰를 받아들일지 말지도 융통성을 발휘하기 쉽다. 구조 난이도만 잘못 판단하지 않으면 비교적 안전하고 효율적으로 돈을 벌 수 있다. 엘레나는 그렇게 설명하고 아키라에게 동행을 권했다.

"물론, 강요하진 않아. 하지만 돈벌이 기회이기도 하니까 한가하면 같이 가는 게 어떨까 해서. 우리가 오늘 해 본 느낌으로는, 힘들긴 해도 그 이상으로 할증 보수가 좋은 것 같아."

"힘들면 지금이라도 도우러 갈게요."

"아, 괜찮아. 우리도 오늘 일은 끝냈으니까. 고마워. 그래서 내일 이후가 되는데, 어때?"

"할게요. 돈이 되는 일에 불러 주셔서 고맙습니다."

그렇게 기쁜 듯 대답하는 아키라에게, 엘레나도 조금 안도한 마음을 담아 흔쾌히 대답한다.

"천만에. 뭐, 내일이면 소란도 가라앉아서 구조 의뢰가 없어질 확률도 있지만 말이야. 그때는 같이 유물이라도 수집하러 가자."

그 뒤로 아키라는 다음 날 합류할 방법 등을 정하고 엘레나와 이야기를 마쳤다. 기분 좋게 보이는 아키라에게 알파가 조금 복잡한 얼굴로 말을 건다.

『아키라. 그 의뢰를 받아도 괜찮겠어?』

"어? 받으면 안 돼?"

『유적의 미조사 부분을 찾는 중이잖아? 그러려고 서포트 암과 A4WM 유탄기관총을 샀으면서. 게다가 현상수배급 때 엘레나 일행한테 고용되었다가 고생한 걸 잊었어?』

아키라가 조금 생각하고 나서 대답한다.

"뭐, 돈만 벌리면 유물 수집이든 구조 의뢰든 상관없잖아. 게다가 구조 의뢰라면 동행자도 늘릴 수 있으니까."

『그건 그렇지만…….』

"과합성 스네이크 때는 내가 멋대로 나선 거니까 엘레나 씨네 탓은 아니야. 게다가 엘레나 씨가 잘 협상해 준 덕분에 1억 오럼을 번 셈이잖아? 지금 생각해 보면 오히려 고마워해야 할 정도네."

그 말을 들은 알파가 표정을 푼다.

『그래? 뭐, 아키라가 괜찮다면 나도 상관없어. 하지만 멋대로 저지른 일이라고 알면 다음에는 그러지 마. 알았지?』

"알았어. 알았대도. 조심할게."

아키라는 알파를 달래듯 대답하고 곧장 다음 날 준비를 시작했다.

알파는 아키라가 자신에게 말한 내용이, 엘레나의 요청을 받아들인 이유가 전부 핑계임을 알았다.

거의 무조건으로 엘레나의 요청에 응했다가 알파가 난색을 드러내는 바람에 이유를 새로 생각해서 덧붙였다. 그것은 아키라의 의사 결정 과정에서 엘레나와 사라의 우선순위가 그만큼 높음을 의미한다.

그것을 알면서도 알파는 괜히 추궁하지 않았다. 섣불리 참견한 탓에 아키라와 다퉈도 의미가 없기 때문이다.

그래도 불안은 느꼈다. 그리고 그 의사 결정이 자신의 계획에 악영향을 미친다면 대처할 필요가 있다고도 생각했다.

만들어진 얼굴에 그 속마음을 조금도 반영하지 않고, 알파는 미소를 지었다.

한밤중. 아직 이른 새벽녘에 알파가 아키라를 깨운다.

『아키라. 일어나.』

염화로 부르는 것이므로 물리적인 소리가 아니다. 하지만 뇌를 울리는 대음량은 곧바로 아키라를 눈뜨게 했다.

몸을 일으킨 아키라는 어두운 실내를 둘러보고 아직 밤이라는 것을 깨달았다.

"알파. 무슨 일이야? 아직 이른 시간이잖아?"

다음 날을 대비해서 일찍 잠들었지만, 그래도 억지로 깨우면 잠기운이 가시지 않는다. 알파의 표정도 긴급사태 같은 분위기가 아니다. 아키라는 불만과 당혹이 섞인 얼굴로 알파를 봤다.

『엘레나에게 메시지가 왔어. 안 보고 자도 상관없지만, 나는 깨웠으니까 나중에 뭐라고 하지 마.』

아키라의 표정이 조금 진지하게 바뀐다. 적어도 그 메시지는 알파가 아키라를 깨우지 않고 방치했을 경우 나중에 아키라가 화낼 우려가 있는 내용이라는 뜻이기 때문이다.

정보단말에 손을 뻗어 엘레나의 메시지를 확인한다. 그리고 표정을 조금 굳혔다.

미하조노 시가지 유적의 소란이 확대되고 있다. 보험회사에서 재촉하는 바람에 자신들은 일찍 구조 의뢰를 시작했다. 어제 말한 상황보다 난이도가 올라갔다. 그러니 아키라는 구조 의뢰에 참여하지 않아도 괜찮다. 만약 할 거라면 꼼꼼하게 준비하는 것이 좋다.

엘레나가 아키라에게 그런 내용을 굳이 보낸 시점에 미하조노 시가지 유적에서 여러 가지로 예상을 벗어난 일이 벌어지고 있다는 것은 명백했다. 아키라가 엘레나 일행을 걱정하고 불안을 느낀다.

또한 이런 시간이라서 메시지를 보내지만, 자신들은 이미 일어났으니까 무슨 일이 생기면 직접 연락해도 괜찮다는 말도 있었다. 아키라는 조금 망설인 다음 엘레나에게 연락하려고 했다.

하지만 연결되지 않았다.

"알파. 엘레나 씨한테 지금부터 가겠다고 메시지를 보내줘. 그리고 연결되는지 정기적으로 시험해 봐."

아키라는 그렇게 부탁하면서 침대에서 나와 강화복을 입기 시작했다.

『알았어.』

알파는 평소처럼 웃으며 아키라의 부탁을 받아들였다. 하지만 속으로는 우려가 커지고 있었다.

아키라의 행동은 알파의 예상에 들어맞았다. 그것은 알파가 아키라의 인격을 그만큼 이해했다는 증거이다.

그러나 아키라는 엘레나와 사라를 위해 아마도 모종의 비상사태가 발생했으리라고 쉽게 상상할 수 있는 미하조노 시가지 유적으로, 주저하지 않고 가려고 한다.

아키라에게 엘레나와 사라의 우선순위가 그만큼 높다는 사실은 알파에게 있어서 충분히 유해한 불안 요소였다.

준비를 마친 아키라가 황야 사양 차량에 탑승하고, 차고를 개방했다.

강화복을 제외한 다른 준비는 전날에 전부 끝냈으며, 강화복도 입었다. 이제는 당당하게 출발하기만 하면 된다. 그런데도 아키라는 출발하지 않고 운전석에서 잠시 끙끙댔다.

알파가 조수석에서 이상하게 여긴다.

『아키라. 왜 그래? 마음이 바뀌었어? 그야 지금도 엘레나와 연락이 안 닿으니까, 만약을 대비해서 현지의 정보를 알아본 다음에 출발하는 것도 좋을 거야.』

"그렇단 말이지……."

알파가 그 대답을 의외로 여긴다. 하지만 아키라가 고민하는 것이 더 바람직하니까 그 방향으로 이야기를 진행한다.

『그래. 잠시 기다려 보면 엘레나와 연락이 닿을지도 모르니까, 그동안 침착하게 인터넷에서 조사해 보는 게…….』

하지만 아키라는 알파가 하는 말을 한 귀로 흘리면서 정보단 말을 꺼내더니, 정보 제공자를 찾아서 연락했다.

◆

캐럴의 자택은 쿠가마야마 시티의 하위 구역에 있는 고급 맨션에 있다. 경비도 철저해서 슬럼의 주민 같은 사람들은 맨션 주위에 접근하지 못한다. 방벽 안쪽이 아니라고는 해도, 그만한 돈을 가진 자들의 영역이다.

그 자택의 침실에서 캐럴이 숨소리를 내며 잠들어 있다. 알몸으로 침대에 누웠는데, 그 몸을 속이 비칠 정도로 얇으면서도 충분한 보온 성능이 있는 담요 하나만으로 가리고 있다. 적절한 투과성과 음영이 수많은 남자를 매료한 알몸에 야릇함을 더하고 있다.

그 침실에 통화 요청을 알리는 소리가 울렸다. 캐럴이 눈을 뜨고 상대를 확인한다.

시각은 한밤중. 무시하고 그대로 잠들지 말지는 상대에 따라 다르다. 그리고 상대는 뜻밖의 인물이며, 통화 요청에 응할 가치가 있었다.

"아키라. 벌써 연락해 주었구나. 기뻐. 그런데 사양하지 말고 연락하라고는 했지만, 밤일로 연락한 게 아니면 조금 무례한 시간이거든? 기대해도 될까?"

"미안해. 굳이 말하자면 헌터 일이야."

"어머, 그래? 그러면 끊어도 돼?"

"그래. 이런 시간에 연락해서 미안해."

그리고 통화는 정말로 끊겼다. 조금 놀리려고 한 캐럴이 쓴웃음을 짓고 아키라에게 다시 연락한다.

"무슨 일이야?"

"진짜로 끊지 않아도 되잖아……."

"잘 모르겠지만, 이야기할 마음이 있다고 생각해도 될까?"

아키라는 조금 괴이쩍은 투로 말하는데, 그것은 진짜로 단순히 상대가 이야기하기 싫은 눈치여서 먼저 끊었다는 느낌을 드러내고 있었다.

밀당이라는 개념을 내던진 듯한 아키라의 태도에 캐럴이 슬쩍 황당해하면서도 흥미를 보인다.

"글쎄. 그래서, 무슨 일이야?"

미하조노 시가지 유적에서 모종의 소란이 발생했다 그리고 그 유적에 있을 아는 헌터와 연락할 수 없는 상황이다. 그것들에 관해 뭔가 아는 것이 있다면 알려주길 바란다. 그것이 아키라의 용건이었다.

캐럴은 그 이야기를 들으면서 몰래 관련 정보를 조사했다. 확장 시야에 평범한 사람은 알 수 없는 정보망에서 빼낸 정보가 나열된다. 그리고 그것을 보면서 처음부터 다 알았던 척하고 말한다.

"미하조노 시가지 유적이라면 엊그제라고 할까, 그날 우리가 우리가 헌터 오피스 출장소에 있을 무렵부터 몬스터 무리가 유적 전역에 출현했어. 시내 구역에선 주로 세란탈 빌딩에서, 공장 구역에선 어느 한 공장에서 퍼진 것 같아. 시내 구역과 공장 구역, 어느 쪽이 궁금해?"

"시내 구역이야."

"나도 지도상이야. 여기부터는 유료인데?"

"얼마야?"

"그건 아키라가 어느 정도의 정보를 원하는지에 따라 달라지는데, 구체적으로 뭘 얼마나 알고 싶어? 가리지 않고 전부라고 하면 나도 10억이라고 말할 테고, 무료보다는 그나마 나은 시내 구역의 지도를 원하는 거라면 10만 정도라도……."

캐럴은 그렇게 대화를 질질 끌면서, 뒤에서는 현재의 시내 구역 정보를 계속해서 수집하고 있었다.

그 사실을 모르는 아키라가 고민한다.

"그렇게 말해도…… 그게, 나는 엘레나 씨네와 구조 의뢰를 받으려고 했고…… 일단 합류 장소는 정했는데, 지금은 연락이 안 되는 상태라서…… 거기서 합류하지 못하면 유적 안을 찾아보려고 하는데…….”

아키라는 잘 설명하지 못하니까 자기 입으로 말하면서 앞으로 어떻게 하면 좋을지 확인하려고 했는데, 캐럴은 본인의 협상 능력으로 대략적인 사정을 파악했다. 그리고 꾀를 낸다.

“아키라. 그렇다면 나를 고용하지 않을래? 엘레나 씨란 사람과 그 일행을 찾든, 구조 의뢰를 받든, 시내 구역의 지리를 잘 아는 사람이 있는 게 좋잖아?”

자신도 지도상으로서 현지에 갈 예정이니까 동행자가 있으면 든든하다. 같이 이동하면서 조사할 테니까 아키라의 볼일을 우선해도 상관없다.

지도상으로서 정보를 제공하는 것 말고도, 무력 요원으로서도 함께 싸운다. 그리고 위험할 때는 아키라가 지켜주길 바란다. 그럴 때는 캐럴이 아키라에게 경호 의뢰를 발주한 것으로 친다.

최종적으로 누가 얼마나 돈을 낼지는 서로의 성과를 바탕으로 나중에 천천히 협상한다. 캐럴은 그런 식으로 아키라에게 제안했다.

“이러면 어때? 서로에게 득이 되는 제안 같은데.”

“지금 당장 합류할 수 있어? 나는 이미 출발하려는 참이야.”

“나도 준비할 게 있어. 30분 줘.”

“알았어. 부탁할게. 차가 없으면 데리러 가겠는데, 어쩔래?”

"같이 탈게. 장소를 보낼 테니까 거기서 기다려. 그러면 이따 가 봐."

캐럴은 유혹하는 투로 아키라에게 말하고 통화를 끊었다. 그리고 침대 위에서 몸을 쭉 켜고 요염하게 웃는다.

"어떻게든 부를 방법이 없을까 생각했는데, 상대가 먼저 불렀 네. 운이 좋아. 자, 서둘러 준비해 볼까. 그 낌새로 봐서는 1초 라도 늦었다간 두고 갈 것 같아."

침실을 나선 캐럴이 욕실에서 샤워한다. 육체에 맞춰 조정한 물에는 회복약을 섞었다. 그 효용이 매끄러운 피부와 빛나는 듯 한 머리카락을 한층 아름답게 만든다. 이것으로 10분.

욕실을 나와서 벽에서 나오는 강풍으로 알몸에 묻은 물방울을 날린다. 그대로 속옷도 입지 않고 강화 내피를 착용하고, 추가 강화복을 몸에 걸친 다음 거울 앞에 서서 요염하게 미소를 짓는 다.

거울에는 흉악한 몬스터에게도, 대다수 남성에게도 매우 효 과적인, 보기 아찔한 구세계 스타일의 차림을 한 여성이 비쳤 다. 이것으로 플러스 10분.

그리고 총을 잽싸게 장비하고, 탄약류를 넣은 배낭을 잡아서 집을 나선다. 걸어서 가면 늦지만, 캐럴의 신체 능력으로 지름 길을 쓰면 문제없다.

그 지름길, 엘리베이터로 내려가지 않고 지상으로 뛰어내리 는 루트를 써서, 캐럴은 웃으며 걸음을 서둘렀다.

◆

아키라는 지정된 장소에서 캐럴을 기다렸다.

캐럴의 자택 근처라서 경비원도 있다. 당연히 아키라에게도 말을 걸었다. 동행자 헌터를 기다린다고 대답한다.

경비원은 조금 의심했지만, 아키라의 장비를 보더니 납득하고 고개를 작게 끄덕인 다음 떠나갔다.

아키라가 왠지 모르게 감동한 기색을 보인다.

『이거, 아마 강화복도 입지 않았던 시절엔 쫓겨났겠지?』

상대의 실력을 알아보기 어렵더라도 그 장비의 성능이나 가격을 알아보는 것은 별로 어렵지 않다. 그리고 그런 장비를 통해서 그만큼 돈을 버는 실력자거나, 그런 인물과 연줄이 있는 사람으로 판단하기도 쉽다.

아키라에게 대한 최종 판단이 장비만 좋고 실력이 미숙한 자라도, 경비 측의 판단 기준으로 봤을 때는 쫓아내야 할 수상한 인물이 아니었다.

알파도 조수석에서 슬쩍 웃는다.

『아키라도 헌터로서 순조롭게 성장하고 있다는 뜻이야. 앞으로도 이렇게 잘 벌어 보자.』

『그래. 그래야지.』

그때 알파가 조금 당부한다.

『그러기 위해서 이번에도 꼭 흑자를 볼 작정으로 행동하자.』

『어……? 그래. 그래야지. 물론이야.』

아키라는 잠시 머뭇거렸지만, 곧바로 태도를 바로잡았다. 그리고 얼버무리듯이 말한다.

『괜찮대도. 엘레나 씨도 돈이 되는 의뢰라고 생각해서 나를 부른 거야. 적자는 안 봐.』

『그렇다면 괜찮아. 하지만 이번에는 변칙적이긴 해도 아키라가 캐럴을 고용했으니까, 그쪽 지출도 있어. 신경 쓰렴.』

『그러네. 신경 쓸게.』

간신히 얼버무렸다고 안도한 아키라가 한숨을 쉰다. 거짓말은 안 했지만, 아침이 오기를 안 기다리고 곧장 출발하려고 한 시점에서 돈벌이 생각이 머릿속에서 사라졌던 것은 사실이다.

알파는 그것을 간파했지만, 신신당부하는 것으로 그쳤다. 그리고 엘레나 일행에 대한 경계를 한층 강화했다.

그때 캐럴이 나타난다. 데이트 약속을 잡은 것처럼 웃는 얼굴로 말을 건다.

"아키라. 나 왔어. 오래 기다렸어?"

"1분 전이야. 안 늦었어."

한편, 아키라는 단순히 동행자와 합류한 반응이었다. 밤중에 매력적인 여성과 만나서 기뻐하는 기색은 조금도 없다.

캐럴이 슬쩍 한숨을 쉰다.

"아이참, 여자를 만나는데 조금만 더 센스 있게 상식적으로 대답할 순 없어?"

"미안해. 상식이 부족해서 열심히 공부하고 있어. 타."

캐럴이 짐을 차량 뒤쪽 짐칸에 두고 조수석에 앉고, 알파가 반대편 공중으로 자리를 옮긴다. 아키라는 곧바로 차를 출발시켰다.

　미하조노 시가지 유적을 목표로 아키라 일행이 동트기 전의 황야를 이동한다.

　『알파. 엘레나 씨와 통신 연결은 어떻게 됐어?』

　『아쉽지만 지금도 연결이 안 돼.』

　『그렇군…….』

　이대로 가다간 자칫하면 엘레나 일행과 합류하지 못하고, 구조나 지원을 전제로 움직일 필요성이 생길지도 모른다. 아키라는 그렇게 생각하고 인상을 조금 험하게 썼다.

　그리고 후자일 때는 캐럴도 전력으로 기대해야 한다고 여기고, 무의식중에 감정하듯 캐럴의 몸을 본다.

　캐럴은 그 시선을 바로 캐치해서 즐겁게 미소를 지었다.

　"아키라. 내 몸에 흥미가 생겼어?"

　"어? 아, 몸이라고 할까. 장비가 말이지. 그 강화복, 구세계 물건……은 아니지?"

　감정하는 듯한 아키라의 시선은 자신이 자랑하는 몸이 아니라 순수하게 장비의 성능을 본 것이었다. 그 사실에 캐럴이 입을 조금 삐죽거린다.

　"안타깝게도 그냥 구세계 스타일이고, 현대 제품이야."

　"그렇겠지. 이렇게 말하긴 뭐한데, 유적에 가면서 그런 허세용 강화복으로 괜찮아?"

캐럴은 허세라는 말에서 아키라가 이 강화복을 무력을 위장하기 위해서만 입는 것으로 여긴다고 판단하고, 슬그머니 쓴웃음을 지었다.

당연하게도 캐럴은 이토록 튀는 구세계 스타일 강화복을 부업 쪽 손님을 낚기 위해서 착용하고 있다. 남자들은 매혹적인 몸을 아찔하게 꾸민 모습에 낚이고, 여러모로 쥐어짜였다. 어떨 때는 돈이 아니라 목숨도.

그러나 지금은 그런 이유를 입에 담지 않고 아키라의 불안을, 부족한 전력에 대한 염려를 불식하는 것을 우선한다.

"말해 두겠지만, 이 강화복은 꽤 비싼 물건이거든? 아마도 아키라의 강화복보다 훨씬 고급일 거야. 가격도 성능도 말이야."

"오, 그랬어? 음. 그런 소리를 들으니 정말 비싸고 성능이 좋아 보이네."

아키라가 다각 전차와 건물 측면에서 싸웠을 때, 잠깐이기는 하지만 캐럴도 같이 건물 벽을 타고 내려가면서 싸웠다.

알파의 서포트가 없는데도 그게 가능한 시점에서 캐럴도 그만큼 고성능 강화복을 착용한 것이라는 사실을, 아키라는 뒤늦게 납득했다.

"그런 셈이야. 흔한 코스프레랑 똑같이 보면 곤란해."

"아, 역시 그런 것도 진짜 있나 보네."

"뭐, 그래."

이것으로 아키라의 불안은 불식했다. 그렇게 판단한 캐럴이 화제를 바꾼다.

"그나저나 지금 할 소리는 아니지만, 나를 고용해도 괜찮아? 그 엘레나란 사람의 일행한테는 내 이야기를 안 했잖아?"

"받았는지 어떤지는 몰라도, 일단 메시지는 보냈어. 뭐…… 예정에 없었던 인원을 급하게 끼워 넣은 셈이니까, 안 된다는 소리를 들으면 어쩔 수 없지. 그때는 우리끼리 따로 움직이자."

"어머, 나를 따로 보낸다고는 안 하는구나."

"일단 오늘은 내가 캐럴을 고용한 거니까. 기간은 안 정했지만, 오늘 하루 정도는 같이 다닐게."

적어도 캐럴의 동행을 엘레나가 거절한 시점에서, 두 사람이 무사한 것은 확실해진다. 엘레나 일행과 동행하지 못하는 것은 아쉽지만, 아키라도 그 정도라면 허용할 수 있었다.

"고마워. 기뻐."

캐럴은 매력적으로 나긋나긋하게 웃어서 고마움을 전했다. 하지만 아키라는 살짝 고개를 끄덕여 반응했을 뿐이다. 여전히 매정하다고 느끼며 다른 생각도 한다.

(여자 2인조 헌터가 있는 곳에 나 같은 차림을 한 사람을 데려가는 건 전혀 걱정하지 않네. 유적에서 메이드 옷을 입은 사람하고도 아는 사이였고, 내가 유혹해도 반응이 없어. 역시 아키라는 그쪽 감각이 어긋난 걸까?)

엘레나인지 뭔지 하는 사람의 일행도 역시 이것저것 어긋난 사람들일까? 그렇다면 납득할 수 있다. 캐럴은 그렇게 엘레나와 사라가 들으면 말도 안 된다고 항의할 생각을 하고 있었다.

제111화 이변이 발생한 뒤의 유적

아키라 일행이 미하조노 시가지 유적에 도착했다. 유적 근처의 황야에서 차를 세운 아키라는 지난번과 확연하게 달라진 주위 광경을 보고, 유적에서 발생한 소란의 규모를 대략적으로 파악했다.

주위는 몹시 혼잡했다. 유적 주차장에서 채 수용하지 못한 차들이 무더기로 서 있다. 헌터들의 황야 사양 차량만이 아니라 헌터를 상대로 장사하는 트레일러 점포도 곳곳에서 보인다. 나아가 간이 진료소나 헌터 조직의 임시 거점도 설치되어 있었다.

헌터 오피스의 출장소로 가는 길을 가로막지 않도록 교통 지도를 하는 경비원이 아키라에게도 말을 건다.

"미안하지만 이 근처에 장시간 주차하지 말았으면 좋겠어. 차를 타고 내리려고 잠시 멈추거나 그냥 지나가는 건 상관없지만. 그리고 기존 주차장은 이미 꽉 찼어. 일단 임시로 저쪽에 만들고 있고."

경비원은 그렇게 말하고 임시 주차장을 가리켰다. 그리고 농담하듯 웃는다.

"그리고 가르쳐 주겠는데. 유물을 수집하러 온 거라면 오늘은 추천하지 못할걸?"

때마침 그 말을 증명하듯이 유적에서 멀리 떨어진 위치에 있던 건물 하나가 무너졌다. 요란하게 치솟은 연기가 주위에 퍼진다. 유적 안에서 대규모 전투가 벌어지는 것을 확연하게 알 수 있다.

아키라가 무심코 쓴웃음을 짓는다.

"알아. 보면 알겠어."

"그렇겠지. 뭐, 조심하라고."

경비원이 떠난 뒤, 정보단말을 꺼내 다시 엘레나 일행과 연결해 보려고 했다. 그러나 안 됐다. 무심코 표정이 심각하게 어두워진다.

캐럴은 그런 아키라를 보고 자신도 정보단말을 꺼냈다.

"아키라. 안 됐어?"

"그래. 같은 유적에서는 될 줄 알았는데…… 큰일인걸."

건물 붕괴는 유적의 상황이 예상보다도 더 나쁘다는 사실을 알아보기 쉽게 증명하고 있다. 그런데도 아키라는 이 자리에 머물면서 상황을 지켜볼 마음이 없고, 하물며 도로 돌아갈 생각은 추호도 없다.

그러나 엘레나 일행과 합류하기 어렵다는 사실은 생각보다 아키라의 표정을 나쁘게 했다.

그때 아키라가 캐럴이 정보단말로 누군가와 대화하는 것을 알아챈다.

"응. 나야. 그래, 그거. 부탁했잖아? 어땠어? 그래, 알았어. 알았다고. 돈은 낼게."

그 캐럴의 얼굴이 갑자기 괴이쩍은 느낌으로 변했다.

"어? 그래? 진짜? 알았어. 시험해 볼게. 다음에 또 봐."

그리고 캐럴은 대화를 마치고, 이번에는 왠지 기묘한, 황당해하는 듯한 얼굴로 아키라를 봤다.

"아키라. 아키라의 정보단말을 내 쪽으로 연동해서 다시 한번 엘레나 씨란 사람한테 연락해 볼래?"

"어? 그럴게."

아키라는 의아하게 여기면서도 시키는 대로 자신의 정보단말을 캐럴과 연동한 다음, 다시 엘레나에게 연락을 시도했다.

"나야, 엘레나. 아키라. 꼭두새벽에 연락하게 해서 미안해. 구조 의뢰 말인데……."

연결되었다.

"어어?!"

무심코 놀라 소리친 아키라에게, 통신 너머의 엘레나도 가볍게 놀란다.

"잠깐, 아키라. 무슨 일 있니?"

"아, 아뇨. 아까부터 계속 연락했는데도 자꾸 연결되지 않았는데, 갑자기 연결되어서……."

"그랬어? 이상하네. 지금은 연결되잖아?"

"그, 그렇지만요……."

아키라가 곤혹스러워할 때, 캐럴이 아키라의 어깨를 살짝 두드려서 대화에 끼어든다.

"아키라. 자세한 이야기는 나중에 하고, 먼저 합류 방법만이라도 정해. 그러려고 일부러 여기까지 온 거잖아?"

"아, 그래. 그랬지."

그 말이 맞다고, 아키라는 엘레나에게 그 뜻을 전했다.

"알았어. 아키라는 지금 어디 있니? 아직 집이니?"

"아뇨. 이미 미하조노 시가지 유적에 있어요. 헌터 오피스 출장소가 있는 거리가 보이는 황야예요."

"그래? 빨리 왔구나. 그렇다면 지금 시카라베 쪽 사람들이 구조 대상을 그쪽으로 옮기고 있으니까, 그곳에서 시카라베랑 같이 이쪽으로 와."

"알겠습니다. 그러면 이따 볼게요."

"그래. 기다릴게. 잘 있어."

통화를 마친 아키라는 무사한 엘레나의 목소리를 들어서 안심하고, 슬쩍 한숨을 쉬었다. 그리고 자신을 미묘한 눈으로 보는 캐럴을 눈치챈다.

"아…… 뭐가 뭔지 모르겠지만, 덕분에 잘됐어."

"천만에. 나를 고용한 덕을 본 것 같아서 다행이야."

캐럴은 그럭저럭 의욕이 넘쳤다. 모종의 이유로 연락이 끊긴 엘레나 일행을 찾아서 아키라와 함께 유적 안을 수색할 줄 알았다. 그곳에서 지도상의 기량을 한껏 발휘할 작정이었다.

하지만 아무런 문제도 없이 엘레나 일행과 연락이 닿는 바람에 어떻게 보면 이것으로 아키라가 캐럴을 고용할 이유가 사라지고 말았다.

고작 이런 일로 꼭두새벽에 사람을 깨우고 일부러 고용한 거냐고, 의욕이 꺾인 탓도 있어서 캐럴은 기분이 조금 언짢았다.

아키라는 그런 것까지 깊이 알아낼 대인 소통 능력은 없다. 그래도 보통은 누구나 간단히 해결할 수 있는 문제에 굳이 캐럴을 끌어들이고 말았다는 사실 정도는 눈치챌 수 있었다. 그래서 왠지 모르게 조심스럽게 묻는다.

"저기, 캐럴. 어떻게 엘레나 씨랑 통신을 연결한 거야?"

"평범하게 연결했을 뿐이야."

"나는 안 됐는데……."

"그런 싸구려 회선으로 연결하려고 하니까 그렇지. 아키라. 아무리 그래도 그건 좀 아니야."

통신은 공짜가 아니다. 그러나 정보단말을 사면 대체로 무료 통신 서비스가 따라온다. 아키라는 지금까지 그걸로 살았다.

하지만 그런 통신은 싼 만큼 품질이 떨어진다. 모종의 이유로 일대의 통신량이 증가하면 우선되는 회선의 품질을 유지하기 위해서 가장 먼저 튕겨난다.

현재 미하조노 시가지 유적 주변에서는 막대한 통신량이 오가고 있다. 쿠가마야마 시티도, 헌터들도, 관련 기업들도, 사태의 상세한 정보를 얻으려고 방대한 양의 정보를 주고받고 있다.

보험회사도 예외는 아니다. 파견한 구조부대나 구조 대상인 계약자와의 통신 상태를 유지하기 위해 다수의 통신 경로를 사용해서 회선의 품질을 올리고 있었다.

보험회사를 거쳐서 구조 의뢰를 받은 엘레나 일행도 그 혜택으로 통신이 쉽게 끊길 일이 없다. 외부에서의 통신이라도 사용자가 적당히 비싼 요금을 내는 회선을 쓰면 문제없이 연결된다.

그런데도 통신이 연결되지 않는다면 엘레나 일행이 이미 조난 상태로, 유적 내 통신 범위 밖에 있을 위험성이 크다.

아키라에게 엘레나 일행과 통신이 연결되지 않는다는 말을 들은 캐럴은 상대의 상황을 그렇게 추측했다. 그래서 아는 정보상에게 엘레나 일행의 위치, 마지막으로 받은 구조 의뢰의 지원 장소에 관한 정보 등을 조사해 달라고 했다.

그러나 정보상은 보험회사와 엘레나 일행의 통신이 지금도 유지되고 있다고 대답했다. 이상하게 여긴 캐럴은 혹시 몰라서 아키라에게 자신이 계약한 회선으로 엘레나 일행에게 연결해 보라고 했다. 그러자 문제없이 연결되었다.

그것은 아키라가 그만큼 싸구려 회선만 썼다는 사실을 의미한다. 요금이 싼 회선으로 연결되지 않을 때는 자동으로 요금이 비싼 회선으로 전환되는 통신 프로그램이나 계약도 있으니까 여러 헌터가 그런 수단을 쓰는데, 그것조차 하지 않았다는 사실이 판명되었다.

그 설명을 캐럴에게 들은 아키라는 납득한 듯이 가볍게 고개를 끄덕였다. 하지만 한심하게 보는 시선 앞에서 얼버무리듯이 눈을 피했다.

"아키라. 상식이 부족해서 열심히 공부하고 있다고 했는데, 그렇게 모르는 게 많아선 자칫하면 목숨이 위험할걸? 정신 차려."

무지는 사람을 죽인다. 팀으로 활동하면 동료도 말려든다. 캐럴은 헌터로서 진지하게 아키라를 나무랐다.

"네……. 정신 차리겠습니다……."

아키라가 고개를 푹 숙인다. 실제로 캐럴이 아키라도 통신 회선 정도는 확인할 거라고 믿고 아키라의 회선 품질을 눈치채지 못하고 넘어갔다면, 조난하지도 않은 엘레나 일행을 찾아서 유적의 통신권 밖을 헤매다가 캐럴을 무의미하게 위험에 노출시켰을 것이다. 그런 생각에 깊이 반성한 만큼 의기소침하고 말았다.

풀이 죽은 아키라를 보고, 캐럴은 말이 조금 심했을지도 모른다고 생각했다. 명색이 파트너가 된 상대가 기운이 없어서는 헌터 활동에 차질이 생긴다며 아키라의 기운을 복돋아주기 위해 일부러 과장되게 장난치듯 활짝 웃는다.

"뭐, 어쨌든 간에 내가 잘 일해서 엘레나 씨 일행과 연락이 닿고 무사한 걸 확인한 건 맞지? 아키라, 보수를 기대할게."

그리고 장난치듯이 아키라에게 얼굴을 들이댔다.

아키라가 조금 의아해하는 표정을 짓더니 슬쩍 웃음을 터뜨린 뒤 쓴웃음을 짓는다.

"알았어. 그만큼 보수를 얹어줄게. 하지만 엊그제 일을 생각하면 나한테 줄 경호 비용이 다 까먹지 않을까?"

"글쎄?"

아키라와 캐럴이 덩달아 대담하게 웃는다. 한쪽은 의지를 드러내고, 다른 한쪽은 그 의지를 확인해서 이야기를 마무리했다.

그때 시카라베에게 연락이 온다. 합류할 거면 가설병원으로 와서 도우라는 내용이었다. 금방 가겠다고 전하고, 아키라는 차를 몰았다.

그리고 문득 생각한다.

『알파. 회선 이야기가 나와서 말인데. 알파도 몰랐어?』

『지금까지는 평범하게 연락이 됐으니까.』

『그래? 그렇구나.』

아키라는 그것으로 납득하고 이야기를 끝냈다.

알파는, 지금까지는 평범하게 연락이 됐으니까 몰랐다고는 말하지 않았다. 그렇게 해석할 수 있도록 말했을 뿐이다.

그리고 알파가 아키라에게 요구하는 것은 상식적인 위험을 회피하는 것이 아니라, 비상식적으로 덮쳐드는 위험을 타파할 실력이다.

더불어서 엘레나 일행과 합류하지 못한 탓에 아키라와 엘레나 일행의 사이가 틀어지더라도, 알파에게는 아무 문제도 없었다.

알파는 아키라에게 거짓말하지 않는다. 바꿔 말하자면, 거짓말만 아니면 뭐든지 말할 수 있다.

오늘도 알파는 아키라의 옆에서 미소를 짓고 있다.

◆

미하조노 시가지 유적의 근처 황야에는 가설병원이 있다. 여러 보험회사에서 합동으로 지은 것으로, 부상자들을 한곳에서 수용하고 있었다.

당연하지만 유료이며, 이용할 수 있는 사람은 보험 계약자뿐이다. 계약하지 않았는데 이용할 수 있는 식의 불평등은 없다.

그 가설병원 앞에 시카라베가 운전하는 장갑수송차가 섰다. 뒷문이 활짝 열리고, 여기까지 실려온 구조 대상자들이 차량에서 내린다.

경상자는 자기 힘으로, 혹은 동료에게 부축받으며 가설병원에 들어간다. 그리고 중상자는 시체 가방에 들어간 상태로 이송되었다.

시카라베가 내용물이 있는 주머니를 운반할 때, 마침 아키라 일행이 찾아왔다.

"아키라냐. 합류했으면 차량에 있는 중상자를 같이 운반…… 끄흑?!"

무심코 소리친 시카라베에게, 캐럴이 즐겁게 웃는다.

"무슨 반응이 그래. 시카라베. 오랜만이야."

"그, 그렇군."

조금 뒤늦게 토가미가 마찬가지로 시체 가방을 운반하며 나온다.

"시카라베. 무슨 일 있어…… 으흑?! 아키라?! 왜 여기 있어?"

"어? 왜긴. 너희가 부른 거 아니야?"

"그, 그런 거야?"

시카라베와 토가미는 양쪽 모두 예상하지 못한 인물이 등장해 허둥대고 있었다. 아키라도 신기하게 여긴다. 태연한 사람은 캐럴밖에 없다.

"아키라. 아무튼, 시카라베가 시키는 대로 중상자를 병원으로 운반하자."

"어? 그래. 그러자."

차량 안으로 들어가는 아키라와 캐럴을, 시카라베와 토가미는 무의식중에 눈으로 좇고 있었다. 그러나 곧바로 정신을 차리고 중상자 운반 작업으로 돌아갔다. 하지만 표정은 여전히 당혹스러운 느낌이었다.

(왜 쟤가 아키라와 같이 있지? 엘레나가 불렀나? 뭐가 어떻게 된 거야?)

(아키라가 왜 여기 있지? 게다가 저 여자의 차림새는 대체 뭐야? 왜 저런 차림을 한 여자를 데려왔어? 뭐가 어떻게 된 거야?)

영문을 모르겠다. 그렇게 느끼고, 비록 마음속이 미묘하게 달라도 시카라베와 토가미 모두 비슷한 표정을 지었다.

장갑수송차 안에서는 피 냄새가 진하게 났다. 바닥에서 좌석까지 사방이 피로 더럽혀졌다. 처참한 광경이다.

애초에 아키라와 캐럴도 상황에서 따라서는 이런 광경을 만드는 쪽이다. 전혀 아랑곳하지 않고 중상자를 운반하기 시작한다.

아키라가 긴 의자에 누운 자를 운반하려고 한다. 시체 가방에서 머리 부분이 열린 채로 들어가 있는데, 아래가 푹 꺼진 것으로 봐서 하반신이 없음을 알 수 있다. 그래서 상반신 부분을 붙잡아서 들었다.

그러자 그자가 눈을 떴다. 아키라가 무심코 움직임을 멈춘다.

"여기는 어디지……?"

"가설병원 근처야. 지금부터 그쪽으로 옮길 거고."

"그런가……. 미안하지만…… 부탁하마……."

그자는 그 말만 하고 눈을 감았다. 죽었는지, 잠들었는지, 아키라는 모른다.

그것을 본 캐럴이 웃는다.

"아키라. 죽었다고 생각해서 험하게 운반하면 안 되는걸? 의사가 아니니까 시체와 중상자를 구분할 수 없잖아?"

그 말을 들은 아키라는 예전에 쿠즈스하라 시가지 유적 진찰소에서 본 광경을 떠올렸다.

핏기가 가신 머리만 남았더라도 의사가 생사를 확인할 때까지는 중상자이며, 사망자가 아닐 가능성이 얼마든지 있다. 그것이 현대의 의료 현장이다. 구세계의 기술을 응용한 고도의 의료 기술은 생사의 경계도 점점 불분명하게 했다.

"그래야겠어. 조심할게."

자신도 황당무계한 효과를 지닌 회복약을 쓴다. 지금 와서 놀랄 일도 아니다. 아키라는 문득 그렇게 생각하면서 나머지 중상자들을 조심스럽게 운반했다.

◆

지난번과 풍경이 확 바뀐 미하조노 시가지 유적의 시내 구역을, 아키라와 캐럴이 시카라베 일행과 함께 차로 이동한다. 차량 대열의 선두는 시카라베의 장갑수송차로, 뒤로 아키라의 황야 사양 차량이 따른다.

구조 대상 중에서 비교적 긴급한 자는 운송을 마쳤다. 나머지는 아직 유적 안에 있고, 엘레나 일행은 그쪽에 남아서 구조 대상을 경호하고 있다. 빨리 합류하기 위해 서두른다.

쿠가마야마 시티의 부대와 보험회사의 부대가 유적 내부의 통행을 확보하기 위해 합동으로 도로에 있는 잔해를 철거하고 있으므로 단순히 차로 이동하는 것은 지난번보다 많이 편해졌다. 시카라베가 장갑수송차를 쓰는 것도 그런 이유다.

도시의 부대가 움직인 것은 원래의 경비 범위에서 일탈한 경비 기계가 출현한 것을 도시 측에서 그만큼 심각하게 보기 때문이다.

현시점에서는 그 일탈은 유적 내부로 한정된다. 하지만 그것을 넘어서 유적 밖으로 나갈 경우, 미하조노 시가지 유적은 지역 일대에 대량의 기계형 몬스터를 배출하는 지극히 위험한 존재가 된다. 인근 도시인 쿠가마야마 시티로서는 간과할 수 없는 사태다.

그렇게 될 위험이 있는지 없는지를 조사하고, 그러한 사태로 번졌을 때 신속하게 대처하기 위해 도시는 헌터 오피스 출장소를 임시 거점으로 삼아 그 주위를 확보해 나갔다.

현시점에서는 기계형 몬스터 무리가 출현하고 있는 세란탈 빌딩과 공장 구역 일대를 봉쇄하고, 유적의 다른 영역으로부터 격리해서 사태가 안정되기를 기다리는 계획이 있다.

도시는 그 전력을 확보하기 위해 여러 헌터 조직에도 협력을 요청했다. 당연히 도란캄도 대상이었고, 시카라베와 토가미도 도란캄의 헌터로서 참여했다.

그리고 토가미는 지금, 그러한 상황을 아키라 일행에게 전달하기 위해 장갑수송차가 아니라 아키라의 차에 타고 있었다.

차는 표면상 자동 운전으로, 실제로는 알파가 운전하고 있어서 운전석과 조수석이 모두 비었다. 아키라를 포함한 세 사람은 후방을 경계하기 위해 짐칸에 있었다.

아키라는 토가미의 이야기를, 그 내용을 지금 안 참이기도 해도 흥미롭게 듣고 있었다. 이미 알고 있던 캐럴은 슬쩍 웃으며 아키라에게 설명을 덧붙이고 있다.

그리고 토가미는 너무 당혹스러웠다.

토가미도 한창때의 소년이다. 성적인 느낌이 물씬 나는 미인이 옆에 있으면 의식하고 만다. 더군다나 그 미인이 선정적이고 눈에 확 띄는 아슬아슬한 구세계 스타일 강화복을 입었다면 눈이 저절로 그쪽으로 간다. 더불어서 각자의 위치 때문에 토가미는 시선을 자연스럽게 캐럴에게서 떼기 어려운 상태였다.

그런데도 캐럴은 본인이 자랑하는 몸을 과시하는 듯한 몸짓과 자세를 의도적으로 보여주고 있었다. 토가미도 일부러 그러는 것을 알았지만, 그렇다고 해도 뻔뻔하게 직시할 수도 없이, 결과적으로 시선을 이리저리 돌리고 있었다.

(침착해! 이런 걸로 허둥대면 어쩌려고 그래! 나는 이번 의뢰로, 나 자신을 확인할 거야! 그러기로 결심했잖아!)

토가미는 어떻게든 침착해지려고 자기 자신을 강하게 질타했다.

현재 토가미의 장비는 현상수배급 전투용으로 준비했던 탱크란튤라 토벌전 당시보다 훨씬 고성능으로 바뀌었다.

이것은 8억 오럼의 현상금이 걸린 몬스터를 고작 네 사람이 해치운 공적의 결과다. 애초에 그 공적은 명목상으로나 그런 것이지, 실제로는 아키라를 포함한 다수의 비공식 추가요원 덕분에 달성한 것이다. 그러나 명목상으로 그렇게 한 이상 도란캄도 아귀를 맞출 필요가 있어서 토가미에게 그만한 장비를 대여할 수 있는 허가를 내렸다.

이전의 토가미라면 드디어 도란캄에서 자기 실력을 인정했다고 순수하게 기뻐했을 것이다. 하지만 지금은 그럴 수 없었다. 탱크란튤라 토벌전에서 아키라와 함께 싸우다가 자존심이 똑 부러졌기 때문이다.

실제로 토가미는 도란캄의 신인 헌터치고는 정말 강했다. 반 카츠야 파벌의 기대주로 부상한 것도 그 실력이 있었기 때문이다.

원래부터 자기 실력에 자신감과 자긍심이 있고, 그것을 혹독한 환경에 사는 버팀목으로 삼았다. 그런 나머지 토가미는 선전용으로 장식된 칭찬을 순순히 받아들이고 말았다. 그 탓에 자기 실력을 과신했고, 좋든 나쁘든 건방진 태도를 보이게 되었다.

그러나 그 자신감은 이미 없다. 자기 돈으로 사려면 1억 오럼이 가뿐하게 넘어가는 고성능 장비의 대여 허가도 지금의 토가미로서는 기뻐할 수 없다.

오히려 일종의 비아냥으로, 자신은 장비만 잘 갖춘 무능력자고, 도란캄의 신인 헌터가 받는 악평을 상징한다고 스스로 인정하게 하려는 수작이 아닌가 의심했을 정도다.

그런데도 토가미는 장비를 빌렸다. 그렇게 보이는 굴욕을, 자신을 돌아보기 위해서 받아들였다. 그래서 자신이 착각이 심한 약골이라는 결과가 나와도, 지금의 토가미는 상관없었다. 그 인식을 바탕으로 다시 단련하기만 하면 될 일이기 때문이다.

자신이 끝까지 착각이 심한 약골로 있는 것은, 설령 자신감을 잃더라도 남은 자존심이 용납하지 않았다.

가슴에 품은 그 각오와 결의를 새로이 다지고, 토가미가 침착함을 되찾는다. 그리고 다시 아키라를 본다.

(여전히 강해 보이지 않는걸. 아니지, 그때보다는 강해 보이나? 음. 그래도 말이지…… 모르겠어.)

자만이 사라진 덕분에 흐릿했던 눈이 멀쩡해졌는지, 아니면 탱크란튤라 토벌전의 인상이 너무 강렬해서 강해 보이는 건지, 토가미는 판단하기 어려웠다.

(뭐, 그건 넘어가고…….)

토가미가 시선을 잠시 캐럴에게 돌렸다가 다시 아키라를 본다.

(이 자식은 이런 차림의 여자가 눈앞에 있는데도 전혀 반응하

지 않잖아. 왜지? 익숙한 거야? 그게 아니면, 아키라 정도로 강해지면 자연스럽게 의식하지 않게 되는 건가?)

최전선에서 활동하는 헌터쯤 되면 너무 아슬아슬한 수영복 같은 강화복을 입은 자를 봐도 감각이 구세계 쪽으로 치우쳐서 아무것도 느끼지 않게 된다. 토가미는 이전에 그런 이야기를 들은 것을 떠올리고, 문득 비슷한 경우가 아닐까 생각했다.

"있잖아, 아키라. 저 사람의 차림이 신경 쓰이지 않아?"

그 말을 들은 아키라는 의아한 기색으로 잠시 캐럴을 봤다. 그리고 뭔가 깨달은 듯한 반응을 보인 다음에 토가미에게 대답한다.

"뭐, 조금은 신경이 쓰이지만, 내 강화복보다 비싸고 고성능이라고 하니까 내가 이러쿵저러쿵 떠들 일은 아니야."

"그, 그래?"

허접한 장비라면 뭐라고 하겠지만, 강하다면 상관없다. 고성능이라면, 디자인이고 뭐고 알 바가 아니다. 그렇게 말하는 것이나 다름없는 아키라의 대답은 어떻게 보면 지극히 헌터다운 말이었다.

토가미는 그것을 듣고 아키라가 캐럴에게 보이는 태도를 납득하면서, 역시 상식을 뛰어넘게 강한 자는 그 상식도 어딘가 어긋났다고 어렴풋이 생각했다.

캐럴은 매혹적인 자신의 몸에 어쩔 줄 모르는 토가미의 반응을 보고, 이것이 평범한 반응이라며 만족했다. 그리고 조금 전

아키라의 대답에 가볍게 불만을 토로한다.

"조금은 신경이 쓰인다면, 조금만 더 흥미를 보여줘도 되잖아. 유혹해도 매정하고, 나한테 무슨 불만이 있어? 보통은 내가 유혹하면 어지간한 사람은 다 넘어오거든?"

"보통이 아니라서 미안하군. 나는 방해하지 않을 테니까 평범한 녀석을 유혹해."

매정한 아키라의 태도에 캐럴은 사람 마음도 모른다는 듯이 고개를 살짝 흔들었다. 그리고 아키라에게 화풀이하듯 토가미를 보고 요염하게 웃는다.

"어때? 아키라는 태도가 저런데. 싸게 해 줄까?"

"…………사양하겠어."

애써 대답해야 했지만, 토가미는 캐럴의 유혹에 저항해서 제안을 거절했다.

캐럴은 몹시 놀란 기색을 보인 뒤, 못마땅한 듯이 얼굴을 찡그렸다. 그리고 대놓고 한숨을 쉰다.

"저기…… 너까지 거절하게? 내 몸에 흥미가 없는 건 아니지? 아키라와 다르게 똑똑히 보고 있었으니까."

"부정하진 않겠지만, 거절하겠어. 당신, 그 캐럴이지? 어쩐지 시카라베가 그런 반응을 보인다 싶더라고."

조금 인상을 험하게 쓰는 토가미를 보고, 아키라가 의아한 듯이 끼어든다.

"무슨 일이 있었어?"

"미안하지만, 도란캄 내부의 일이야. 말할 수 없어."

"도란캄의 헌터가 나를 샀는데, 그 요금으로 조금 티격태격한 거야. 나를 안고서 돈이 없다고 하다니, 너무하지 않아?"

인상을 쓰는 토가미와 달리, 캐럴은 대수롭지 않다는 듯이 밝게 웃었다.

아키라가 캐럴과 토가미의 이야기를 궁금해한다.

『알파. 무슨 일이 있었을 것 같아?』

『글쎄. 모르겠는걸. 하지만 아키라는 관계없는 일이야. 없겠지……?』

다툼의 내용이 뭐든 간에 캐럴의 부업과 관계가 있다는 것만은 확실하다. 즉, 아키라가 캐럴에게 손대지 않으면 관계없는 일이다. 알파는 그런 뜻을 확실하게 담아서 미소를 지었다.

아키라도 그 정도는 아니까 확실하게 대답한다.

『없어.』

『그렇지? 아키라 옆에는 이런 미인이 항시 대기하니까. 필요 없을 거야.』

『그러게 말이다.』

만족스럽게, 뽐내듯이 웃는 알파를 보고, 아키라는 쓴웃음을 짓듯 이야기를 흘려넘겼다.

실제로, 알파는 만족했다.

아키라는 타인을 기본적으로 적 또는 적이 아닌 자로만 보며, 양쪽 모두에게 성적인 관심을 보이지 않는다. 그것은 현시점에서 알파에게 있어 좋게 작용하고 있다.

그러나 그것도 조금은 달라지기 시작했다. 큰 빚을 지고 관계가 깊어진 시즈카, 엘레나, 사라에게는 다소 삐뚤어진 반응일지라도 아키라가 나이에 걸맞은 태도를 드러내게 되었다.

예외가 자꾸 늘어나면 예외로 추가하는 기준이 느슨해진다. 예외가 아닌 이성에게 아키라가 흥미를 느낄 확률도 올라간다.

그 흥미가 아주 작은 단편일지라도, 캐럴처럼 이성을 유혹하는 데 노골적으로 특화된 존재라면 흥미가 증폭되어 촉진될 위험이 있었다. 그것은 알파에게 있어 좋지 않다.

알파는 만약을 대비해 당부했지만, 아키라에게 그런 징후가 조금도 없다는 사실에 만족했다.

『뭐, 시각과 청각만으로도 괜찮다면 내가 얼마든지 상대해 줄게. 사양하지 말고 말하렴.』

『사양하겠어.』

아키라는 그렇게 똑똑히 대꾸했다. 알파가 폭주하는 걸 보기 싫어서다. 알파도 그 말에 맞춰서 미소를 짓는다.

『여전히 매정하구나. 자, 잡담은 그만하자. 아키라. 적이야.』

『알았어.』

아키라는 의식을 전환하고, 총좌에서 CWH 대물돌격총을 빼서 단단히 겨눴다.

미하조노 시가지 유적의 시내 구역을 이동하는 아키라 일행의 양옆으로는 수많은 건물이 늘어서 있다. 그리고 그 건물 사이에서 기계형 몬스터가 출현했다. 더군다나 지상이 아니라 건물 측면을 주행하며 나타났다.

전장 1미터 정도. 타원형 몸통에 다리가 넷 달렸는데, 그 끝에 달린 구형 타이어로 건물 벽면을 질주하고 있다. 몸통 위쪽에는 포와 기총을 장비했다.

기체는 이미 아키라 일행을 포착해서, 출현하자마자 포와 기총으로 표적을 조준하려고 한다.

하지만 알파도, 알파의 서포트를 받는 아키라도, 마찬가지로 그 기체를 포착했다. 나아가 상대의 이동 경로를 계산해서 조준을 마쳤다. 그 기체는 건물 측면에서 나온 시점에 이미 아키라가 겨눈 CWH 대물돌격총의 사선에 있었다.

강력한 철갑탄이 기계형 몬스터의 몸통 부분을 관통하고, 표적을 일격에 파괴한다. 제어 장치가 파괴당해 작동을 멈춘 개체가 건물 측면에서 지면으로 낙하하고, 격돌하는 충격으로 크게 부숴져 고철로 변했다.

아키라가 움직이는 것을 보고 적이 나타났음을 알고, 자신의 정보수집기로 적의 위치까지 파악한 캐럴이 아키라의 저격에 혀를 내두른다.

"훌륭해. 역시 강하구나."

"뭐, 그렇지……."

캐럴과는 며칠 전에 같이 싸우고 이미 알파의 서포트를 포함한 실력을 보여준 적도 있다. 그래서 아키라는 긍정하는 말로 대답했다. 그러나 그 말투에 자기 실력을 뽐내는 기색은 하나도 없다.

"다음은 내 차례야."

캐럴이 총을 겨눈다. 권총치고는 너무 큰 총을 한 손으로 쥐고 시내 구역 도로의 조금 위쪽, 아직 아무것도 없는 장소에 겨눈다. 그리고 그곳에 새 기계형 몬스터가 출현하자마자 방아쇠를 당겼다.

대구경 총에서 사출된 탄환이 표적에 명중하고, 분쇄한다. 대상을 한순간에 산산조각으로 날리고, 주변에 금속 조각을 흩뿌렸다.

"오, 굉장한데."

"뭐, 나도 이 정도는 할 줄 알아."

자신은 지도상으로서 유적의 지형 정보를 조사하기 위해 어지간한 헌터보다 훨씬 성능이 좋은 정보수집기를 쓴다. 또한 상세한 시내 구역 지도도 있으니까 적의 이동 경로나 출현 장소를 예측할 수도 있다.

그것들을 전투에 활용하면 이 정도는 손쉬운 일이라고, 캐럴은 자랑하듯 말했다. 아키라는 그것을 흥미진진하게 듣고 있었다.

"지도상답게 싸우는 방식인가. 조준 보정도 그 정보수집기로 해?"

"뭐, 그런 셈이야."

"오호."

추가로 적이 나타난다. 하지만 아키라와 캐럴에게 쉽사리 격파당해 도로에 금속 조각을 뿌리기만 하고 끝났다.

『알파. 적은 얼마나 더 있어?』

『주변의 갑A24T277BW2890…… 길고 많으니까 갑A24식으로 줄일게. 주변의 갑A24식은 이게 다야.』

『그런 이름이었어? 기계의 모델 번호 같네.』

『그야 당연히 기계니까.』

『하긴 그러네.』

당연히 그렇겠다고, 아키라는 그걸로 납득하고 더 생각하지 않았다.

예전에 아키라가 싸웠던 캐논 인섹트 등의 명칭은 단순히 헌터들이 기계형 몬스터를 구별하려고 부른 것이라서, 통칭이다.

아키라가 해치운 갑A24식도 '그 기계형 몬스터'라고 부르기 불편해진 사람이 언젠가 적당히 이름을 붙인다. 그때까지는 '그 기계형 몬스터' 취급이다. 현시점에서는 이름이 없다.

갑A24식이란 약칭은 실제로 모델 번호였다.

다시 출현한 갑A24식을 아키라와 같이 해치우면서, 캐럴은 아키라의 불가사의한 부분에 관해 생각하고 있었다.

(뭐라고 할까, 아키라는 너무 뒤죽박죽이란 말이지.)

놀랄 정도로 강하지만, 회선 품질도 모를 정도로 상식이 부족하다. 아까 사격도 훌륭했지만, 마치 누구나 할 수 있는 것처럼 받아들이는 경향이 있고, 조금도 뽐내지 않는다.

그러나 자신이 비슷한 사격을 보이자 그 솜씨에 놀라 칭찬했다. 연기가 아니었다. 더불어서 정보수집기 활용에 관해 설명할 때도 흥미진진한 기색을 보였다. 그것은 아키라가 그쪽 지식이 부족하거나, 알아도 할 수 없다는 것을 의미했다.

(이렇게 이것저것 따로따로 노는 사람은 처음 봤어. 헌터로서의 역량과 지식량도, 겉으로 보이는 강함과 진짜 실력도, 자신의 실력과 타인의 실력에 대한 평가도, 전부 뒤죽박죽이잖아.)

캐럴은 그것에서 불가사의한 느낌이 들면서도 아키라에게 나쁜 인상이 없었다. 그것은 지난번 공장 구역에서 있었던 대화가 원인이다.

몬스터 무리에 습격당하는 위기 상황인데도 아키라는 상대가 방해된다고 생각하면 아무렇지도 않게 헤어지려고 했다. 그러나 경호 의뢰를 받으면 공중에서 포격에 맞아 건물 측면을 타고 내려가면서 몬스터와 싸우는 한이 있더라도 상대를 확실하게 지키려고 했다.

그런데 그 반대가 되는 일은 하지 않았다.

헌터 활동은 목숨을 건 도박이다. 그렇기에 더더욱 자신의 목숨을 걸 정도로 신용할 수 있는지가 중요해진다. 그걸 증명하긴 어렵지만, 적어도 아키라는 지난번 같은 상황에서도 캐럴을 내버리지 않고 끝까지 지켰다.

아키라가 그렇게 한 이유가 그 불가사의한 부분에 있다면, 캐럴은 그것을 받아들이고, 긍정한다.

(참, 어떤 인생을 살면 이런 아이가 되는 건지. 아키라가 내몸에 눈곱만큼도 흥미가 없는 이유도 그 부분에 있을까?)

그리고 다음으로 캐럴은 수많은 남자를 농락했다는 자존심이 있는 몸에 아키라가 흥미를 보이지 않은 것을, 그리고 자존심에 조금 상처를 준 것을, 그 불가사의한 무언가의 탓으로 돌려서 얼버무렸다. 쓴웃음을 지으면서 그 복잡한 감정을 시선에 실어 아키라에게 보낸다.

그 시선을 아키라가 알아차린다. 하지만 시선의 의미는 모른다. 조금 의아해하고, 적당히 해석한다.

"귀찮으면 쉬어도 되는데? 나는 캐럴을 지도상으로 고용했어. 억지로 싸우란 말은 안 해."

적당히 한 그 해석에 캐럴은 슬쩍 웃음을 터뜨렸다. 그리고 조금 대담하게 웃는다.

"싫어. 그렇게 해서 내 보수를 줄이려고 해도 소용없을걸? 지도상 일로는 돈을 많이 벌 수 없게 된 이상, 전력 면에서 잘 활약해서 왕창 벌어야지."

캐럴은 아키라에게 그럴 뜻이 없다는 것을 알면서 도발하려고 말했지만, 그것도 아키라는 모른다. 하지만 비슷하게 웃으며 맞받아친다.

"그래? 그러면 나도 확실하게 해치워서 캐럴의 보수를 열심히 줄여야겠어. 미안하지만, 나도 돈이 필요해."

"그래? 그러면 경쟁하자. 아키라, 또 왔어."

"좋아. 전부 내가 해치워 주겠어."

"해 볼 테면 해 봐."

차량 후방과 측면에서 십여 대의 갑A24식이 아키라 일행에게 쇄도한다. 어지간한 헌터라면 힘에 부치는 규모이며, 장갑수송차의 방어력을 의지하고 싸우지 않으면 위험하다. 그렇기에 시카라베도 일부러 장갑수송차를 준비했다.

그러나 의기양양하게 싸우는 아키라와 캐럴에게 그것들은 사격 연습용 무리에 지나지 않았다. 차례차례 분쇄당해 대량의 고철로 전락하고, 유적의 도로 위에 흩뿌려졌다.

아키라와 캐럴이 갑A24식 무리를 경쟁하면서 파괴하는 한편, 토가미도 일단은 애쓰고 있었다. 그러나 그 성과는 어중간하다.

아키라는 알파의 서포트로, 캐럴은 고성능 정보수집기 등으로, 건물 사이에서 출현하는 적의 위치를 매우 정확하게 포착하고 있다.

하지만 토가미는 똑같이 할 수 없다. 토가미가 자신의 정보수집기로 비슷하게 해 보려고 해도, 색적 정밀성에서 현저하게 차이가 난다. 그 탓에 아키라와 캐럴에 비해 조금 뒤처지고 말았다.

역시 자신은 이 정도밖에 안 되는가. 도란캄의 신인 헌터라는 좁은 세상에서 까불기만 한 것인가. 그런 생각이 토가미의 가슴을 옥죈다.

그런데도 토가미는 주저앉으려는 자신에게, 남은 의지로 저항했다. 총을 겨누고, 아키라와 캐럴의 뒤로 미룬 목표를 노리고, 격파한다.

격파한 숫자는 얼마 안 되지만, 토가미는 목적지에 도착할 때까지, 끝까지 싸웠다.

제112화 동행자들

엘레나와 사라는 미하조노 시가지 유적의 시내 구역에 무수히 늘어선 폐건물 앞에서 주위를 경계하며 시카라베 일행이 도착하길 기다렸다.

그때 건물 안에서 불안해 보이는 남자가 상황을 살피려고 얼굴을 내비쳤다. 구조 대상 중 한 명이다.

"저, 저기…… 아직 안 왔어?"

그 말을 들은 엘레나가 적당히 친절하게 대답한다.

"아직 안 왔어. 금방 올 테니까 기다려."

"그, 그래……?"

몇 번이나 비슷한 대답을 들은 남자는 불안을 털어내지 못해서 원래 자리로 돌아가려고 하지 않는다. 엘레나가 슬그머니 숨을 내쉰다.

"먼저 보낸 사람들은 벌써 가설병원에 도착했고, 장갑수송차는 이미 이쪽으로 이동 중이야. 그리고 전력이 두 사람 늘었어. 돌아오는 중에 사고가 날 위험도 줄어든 거야. 그러니까, 안심하고, 기다려."

"그, 그렇군……. 알았어."

엘레나가 슬쩍 노려본 남자는 조금 허둥대면서도 안심하고 얌전히 원래 자리로 돌아갔다.

엘레나가 한숨을 쉰다.

"거참. 저렇게 소심하면서 용케 헌터 일을 하네."

적에게 포위당한 것도 아니다. 농성할 장소도 있다. 구조가 올 가능성도 충분히 있고, 자신과 사라 같은 경호원도 딸렸다. 그런데도 저렇게 초조하면 어쩌자는 건지, 엘레나는 조금 어이가 없었다.

그런 엘레나의 따끔한 말에 사라가 쓴웃음을 띤다.

"뭐, 예상 밖의 일이 계속되면 누구나 불안해지는 법이야. 게다가 한때는 구조가 와서 기뻐했는데 조금 많다고 두고 가면 더더욱 그럴걸."

한 번에 모두를 데려가는 건 어렵다. 두 번으로 나눌 거라면 남는 쪽에 전력을 집중하는 게 안전하다. 그 생각으로 먼저 부상자만을 운송하기로 했다.

그러나 구조부대가 도착해서 한순간 긴장이 풀렸던 구조 대상자들은 그대로 방치되는 것을 강경하게 반대했다.

그래서 원래는 할 일이 아닌데도 엘레나와 사라가 남기로 했다. 원래 할 일이 아니므로, 그만큼 경호 비용을 따로 받는다.

"그래도 있지, 사라. 구조 보험이 없으면 유적에 못 들어가는 게 말이나 돼? 아니, 구조 보험을 부정하는 건 아니고, 보험을 들면 더 안전하다는 것도 알거든? 하지만 나는 그렇게 위험한 유적이라고 생각하면 애초에 발을 들여선 안 된다고 봐."

'더 갈 수 있다'는 '이미 위험하다'와 같다는 말도 있다. 물러날 타이밍을 가늠하기란 어려워서, 헌터는 종종 유적 안에서 너무 들어간 탓에 죽는다.

그 판단을 내릴 때, 무슨 일이 생겨도 구조 보험이 있으니까 괜찮다며 어설프게 판단하는 것은 위험하다. 애초에 구조 보험을 의지해야 하는 상황에 이른 시점에서 살아 돌아갈 수 없는 위기에 처한 것이다. 그 전에 죽어도 이상하지 않다.

그렇다면 구조 보험을 기대하지 않고 처음부터 물러날 타이밍을 더 일찍 잡는 게 낫다. 엘레나는 그 지론을 사라에게 설명했다.

사라가 엘레나를 달래고 고개를 슬쩍 끄덕인다.

"그러면 우리는 그 판단대로 몇 발짝 물러나자. 그러면 되잖아. 딱히 같은 팀인 것도 아니니까, 그런 판단은 사람마다 달라. 강요할 수는 없어."

"그건 그렇지만."

"게다가 오늘은 우리도 그 구조 보험으로 돈을 버는데? 함부로 말할 수는 없지 않겠어?"

"그것도 맞는 말이네. 귀찮은 상대에게 대처하는 것도 포함해서 일은 일이야. 잘해 보자."

엘레나와 사라는 그렇게 말하고 야유하듯 쓴웃음을 주고받은 다음 마음을 바로잡았다.

한편, 동부에 사는 일반인의 감각으로는 엘레나 일행도, 건물 안에 있는 구조 대상자들도, 유적이라는 사지에 제 발로 들어가는 시점에서 큰 차이가 없다.

엘레나의 지론은 유적에 발을 들이는 것을 전제로 하며, 안전의 기준을 그만큼 낮춘 헌터들의 사고방식이다.

그리고 엘레나와 사라도 헌터다. 오랫동안 헌터 활동을 하면서 몸에 밴 감각에서 벗어날 수는 없었다.

얼마 후 시카라베의 장갑수송차가 도착한다. 시카라베는 차를 폐건물 앞에 세우고 뒷문을 개방하더니 구조 대상자들 상대를 토가미에게 맡기고 본인은 엘레나 일행과 이야기하기 시작했다.

"엘레나. 상황은?"

"문제없어. 추가 시체 가방도 필요 없어."

"그런가. 그러면 얼른 짐을 싣고 출발해야겠군."

짐은 구조 대상자로 끝이 아니다. 그들이 모은 유물 등도 포함한다. 해치운 기계형 몬스터에서 비싸게 팔리는 부품까지 가져가려는 자도 있다. 그것들로 인해 늘어난 짐이 운송을 두 차례로 나눈 이유이기도 했다.

게다가 구조가 왔다고 기운을 차린 헌터들이 차의 한정된 공간에 자신의 짐을 최대한 욱여넣으려고 해서, 그것들을 싣느니마느니 실랑이를 벌이고 있다. 그 대응으로 토가미가 악전고투하고 있었다.

그 모습을 본 시카라베가 황당해한다.

"저만큼 팔팔하면 자기 힘으로 복귀하면 될 텐데. 잠시 다녀오마."

장갑수송차 내부는 탑승 인원의 한계도 포함해 시카라베의 관할이다. 적재를 신속하게 끝내기 위해 시답잖은 불만을 말하는 자를 걷어차는 일도 포함해서, 시카라베는 자리를 떴다.

다음으로 아키라가 나타난다. 엘레나 일행은 아키라를 과합성 스네이크 토벌전의 보조요원으로 부른 일로 아키라에게 마음고생을 시켰다고 생각해서, 또 불러도 거절하지 않을까 조금 불안하게 여기고 있었다.

그 아키라가 실제로 온 것을 보고, 엘레나 일행은 속으로 안도했다. 웃으며 아키라를 맞이하려고 한다.

하지만 아키라의 옆에 있는 캐럴을 보고, 무심코 표정을 굳히고 말았다.

아키라가 엘레나와 사라에게 웃으며 인사한다.

"엘레나 씨. 사라 씨. 오늘은 잘 부탁해요."

한편, 엘레나와 사라는 몹시 당혹스러웠다. 서로가 서로에게 대처를 요구하듯이 잠시 눈을 마주친 다음, 뭔가 얼버무리듯이 간신히 대답한다.

"어…… 그래. 잘 부탁해."

"아, 응. 잘 부탁할게."

아키라는 그 반응을 이상하게 여겼지만, 두 사람의 시선이 캐럴을 향한 것을 눈치채고 조금 난처한 듯이 표정을 흐렸다.

"저기, 엘레나 씨랑 연락이 안 닿았다고는 해도 역시 제가 다른 헌터를 마음대로 데려오면 문제가 있을까요? 그렇다면 우리는 따로 움직이겠는데요……."

그렇게 말하고 조금 시무룩해진 아키라를 보고, 엘레나가 황급히 대답한다.

"아니야. 그건 괜찮아. 문제없어. 그렇지, 사라?"

"어? 어어. 물론이야. 아키라. 걱정하지 마."

"그렇군요. 감사합니다."

엘레나와 사라가 웃으며 말하자 아키라는 안심해서 표정이 밝아졌다. 다만 엘레나와 사라가 뭘 문제시했는지는 전혀 이해하지 못했다.

캐럴이 한 발짝 앞으로 나서서 엘레나와 사라에게 악수를 청한다.

"캐럴이야. 잘 부탁해."

엘레나와 사라도 아키라가 보는 앞이라서 웃는 얼굴로 악수에 응했다. 하지만 그러면서 캐럴의 차림새를 더 가까이서 보게 되고, 마음속 동요가 커진다.

자신들과 친한 소년이 노골적으로 이성을 유혹하는 차림을 한 미인을, 그 복장을 조금도 신경 쓰지 않는 기색으로 데려오는 바람에 두 사람이 느끼는 혼란은 컸다.

그때 시카라베가 역전의 헌터가 위압하는 방식으로 짐 문제를 재빨리 해결하고 돌아왔다. 그리고 상황을 대충 추측한 뒤, 얽히기 싫다는 생각으로 제안한다.

"출발하마. 너희 쪽의 자세한 이야기는 돌아가고 나서 해. 계약이든 뭐든 끼어드는 이야기라면 여기서 할 필요도 없잖아."

엘레나도 일단은 차분해질 시간이 필요하다고 생각해서 그 말에 따른다.

"알았어. 가자. 아키라. 자세한 이야기는 나중에 해."

시카라베와 아키라 일행은 각자의 차로 돌아갔다.

엘레나와 사라도 자신들의 차로 향한다. 그리고 운전석과 조수석에 앉고, 다른 사람들에게 자신들의 표정이 보이지 않는 상황이 되자 속마음이 여실히 드러나 복잡한 쓴웃음을 지었다.

"엘레나……. 아무리 그래도 저건 예상하지 못했어."

"그러네……. 아키라가 저런 차림으로 다니는 사람하고 교류가 있을 줄은 몰랐어."

괜한 참견일지도 모르지만, 아키라에게 자세한 사정을 듣고, 문제가 될 것 같다면 조언 정도는 해 주는 것이 좋을지도 모른다. 엘레나는 그렇게 생각하면서 차를 몰았다.

◆

무사히 유적 밖으로 나가 구조 대상자들의 인계 작업을 마친 아키라 일행은 잠시 휴식을 취하기로 했다.

유적에 막 도착한 아키라와 캐럴과는 달리, 엘레나와 사라는 꽤 오래전부터 활동하고 있다. 탄약 등을 보충할 필요도 있었다.

시카라베 일행은 장갑수송차 정비와 청소를 이유로 아키라 일행과 갈라졌다. 도란캄의 임시 거점에 있겠다는 말을 남기고, 복잡한 분위기를 풍기는 아키라 일행과 거리를 둔다.

그 아키라 일행은 간이 식당에서 간단한 식사를 하고 있었다.

네 사람이 원형 테이블에 앉아 주문한 것이 나오기만을 기다리고 있다.

그 자리에서, 아키라는 왠지 모르게 거북한 기분이 들었다.

『알파……. 역시 캐럴을 데려온 게 실수였을까?』

『궁금하면 물어보는 게 어때?』

『아니…… 그건 이미 한 번 물어봤으니까…….』

동석한 엘레나, 사라, 캐럴은 얼굴에 웃음을 띠고 있다. 하지만 아키라는 기묘한 압박감이 들었다.

가게는 대충 포장한 바닥에 테이블과 의자를 두어서 간소하지만, 요리의 질에는 문제가 없다. 이번 유적의 소란을 돈벌이 기회로 삼은 헌터들로 성황 중이다.

그곳에 캐럴과 같은 차림을 한 사람이 있으면 당연히 그에 걸맞게 시선을 모은다. 그리고 같이 있는 엘레나 일행도 비슷한 시선을 받게 된다.

조금 생각해 보면 금방 알 일이지만, 아키라는 그 점을 지금에야 눈치챘다. 캐럴보다 더 고혹적인 차림을 한 알파가 매일 곁에 있어도 주목하는 사람이 없으니까 그런 부분을 미처 고려하지 못했던 것이다.

아키라는 실수했다고 생각하면서도 지금부터 자신과 캐럴만 자리를 옮기는 것도 이상하다고 여겨 거북함을 참고 있었다.

하지만 아키라의 생각은 부분적으로 잘못되었다. 엘레나 일행은 그런 시선을 의식하지 않고 아키라와 캐럴의 관계를 의심했다.

그리고 평소 그런 시선이 쏠리는 데 익숙한 캐럴은 주위의 시선을 의식하지 않는다. 신경이 쓰이는 것은 아키라가 엘레나와 사라를 명백하게 이성으로 의식하는 것처럼 보고 있다는 점이었다.

엘레나 일행과 캐럴이 속으로는 서로 상대에 대한 추측을 계속하면서, 겉으로는 온화하게 이야기를 진행한다.

먼저 간단한 자기소개를 마친다. 엘레나와 사라는 자신들이 팀으로 헌터 활동을 한다는 이야기를, 캐럴은 지도상 일을 한다는 등의 이야기를 했다.

그리고 아키라와 캐럴의 관계와 이번 구조 의뢰에 아키라가 캐럴을 부른 경위 등에 대한 이야기로 넘어가게 되었는데, 그것을 이야기하는 아키라의 설명은 엘레나와 사라에게는 너무나도 엉뚱하고 두서가 없게 들렸다.

"그게 말이죠……. 그래서 캐럴과는 공장 구역에서 만났고…… 이런저런 일이 있어서…… 같이 탈출한 인연도 있고, 지도상도 한다는 말을 들었으니까, 데려가면 도움이 될 것 같다는 생각이 들어서요……."

엘레나가 조금 난처한 듯이 얼굴을 찡그린다.

"아키라. 그렇게 말하면 아키라는 엊그제 처음 만나서 면식도 거의 없는 사람을 데려온 셈이 되는데……."

"그렇……겠죠……."

반론하지 못하고, 아키라는 목소리를 낮췄다.

엘레나와 사라도 아키라가 악의가 있어서 이런 것은 아니라고는 생각한다. 그러나 조금 사려가 부족하고 섣부른 행위였다고 생각했다. 사라가 부드럽게 타이르듯 말한다.

"아키라. 캐럴을 나쁘게 말할 마음은 없지만, 그쪽으로는 조심하는 게 좋아. 면식이 없는 사람을 갑자기 데려오는 바람에 트러블로 발전하는 일도 많으니까. 적어도, 그것을 방지하기 위한 중개업이 성립할 정도로는 말이지."

"죄, 죄송해요. 조심할게요."

"응. 조심하렴. 아키라도 무슨 일이 생겼을 때 '네가 책임을 져!' 라는 소리를 듣고 싶진 않잖아?"

"그렇게 될 때는 제가 데려온 거니까, 손해배상이 어쩌고저쩌고하는 이야기라면 어떻게든 제 선에서 해결하고 싶어요."

"음. 그런 생각은 조금 어리숙한걸. 서로가 무기를 가지고 있으니까, 그런 트러블이 생기면 그것만으로 끝나지 않을 위험이……."

그때까지만 해도 세상일을 어리숙하게 생각하는 순진한 아이를 타이르는 정도의 분위기였다. 하지만 아키라가 대수롭지 않게 이어서 한 말로, 그 분위기가 바뀐다.

"아, 그런 의미라면 말이죠. 캐럴이 두 분한테 해를 끼칠 때는 제가 책임을 지고 캐럴을 죽일게요."

그렇게 말한 아키라의 말투는 너무나도 자연스러웠다. 그 말에서는 결의나 각오가 느껴지지 않는다.

하지만 다른 세 사람은, 그렇기에 아키라가 진심으로 말했다는 것을 이해했다.

결의나 각오가 필요하지 않은 평범한 행위로서, 그렇게 하겠다고 말했다. 책임을 지고 돈을 내라. 책임을 지고 죽여라. 그런 두 가지 선택지 중에서 자연스럽게 후자라고 해석할 정도로, 타인을 살해하는 것을 주저하지 않는다. 아키라는 그것을 본인도 모르게 드러내고 있었다.

캐럴이 쓴웃음을 짓는다.

"아키라. 그게 본인 앞에서 할 말이야?"

"엘레나 씨랑 사라 씨한테 해를 끼칠 마음이 없다면 문제가 안 되잖아. 그게 아니라면…… 그럴 마음이 있어?"

아키라의 눈빛이 살벌해진다. 타인을 적인지 아닌지 둘 중 하나로만 보는 눈이, 상대를 적으로 보려고 하는 눈빛이었다.

그러나 캐럴은 동요하지 않는다. 부업과 얽힌 트러블로 그 정도 일에는 익숙했다. 그래서 아무렇지도 않게 떨쳐낸다.

"그게 아니거든? 있잖아, 아키라가 여기 두 사람 앞에서 마치 나한테 신신당부하듯이 그렇게 말하면 이 사람들한테 내가 그런 식으로 사전에 단단히 당부해 두지 않으면 안 될 정도로 위험한 사람이라고 선전하는 거나 다름없는데. 아키라, 그건 좀 심하지 않아?"

캐럴은 그렇게 말하고 아키라를 비난하듯 얼굴에 미소를 짙게 지었다.

아키라가 움츠러든다. 캐럴을 보는 눈도 원래대로 돌아왔다.

"아, 아니, 그런 뜻으로 말한 건……."

"그런 뜻으로 한 말이 아니라면, 말할 때 조금만 더 신경을 써

주지 않겠니? 아까 사라가 말한 것처럼, 면식이 없는 사람과는 서로가 잘 모르는 탓에 트러블이 생길 때도 있는데, 그것도 소개만 잘하면 다소 줄일 수 있거든?"

"죄, 죄송해요……."

꾸중을 듣는 아이처럼 된 아키라에게서는 살인을 조금도 망설이지 않는 위험인물의 느낌이 사라졌다. 테이블을 둘러싼 분위기도 조금씩 풀어진다.

그때 캐럴이 아키라를 옹호하듯이 엘레나와 사라에게 말하기 시작한다.

"아키라의 설명에서 엉뚱하게 들리는 부분이 있는 건, 그 부분을 설명하면 나한테 산 정보를 흘리게 되기 때문이야. 아키라와 같이 공장 구역에서 탈출했을 때, 내가 지도상으로서 정보를 팔았거든."

"아키라. 그랬니?"

엘레나가 물어보자 아키라도 캐럴이 먼저 이야기했다면 문제가 없을 것으로 보고 순순히 고개를 끄덕였다.

"네. 금액을 생각하면 섣불리 말할 정보가 아니었거든요."

"그랬구나. 그렇다면 어쩔 수 없어."

"그 정보로 아키라도 지도상인 내 실력을 인정해 줬거든? 그래서 나를 고용한 거야. 뭐, 그 실력을 선보일 기회는 금방 없어지고 말았지만."

그렇게 말하고 조금 불만스럽게 웃는 캐럴을 보고, 엘레나가 의아해한다.

"없어졌다니…… 시내 구역에서 구조 의뢰를 받아서 할 거니까, 구조 장소에 따라서는 지도상의 길 안내에 의지해야 할 일도 있을 것 같은데."

"아, 그런 게 아니라. 아키라는 당신들과 연락이 안 닿으니까 어디선가 조난한 게 아닐까 혼자 멋대로 넘겨짚고, 시내 구역을 수색하려고 나를 고용한 거야."

아무렇지도 않게 폭로당하는 바람에 아키라가 살짝 사레가 들린다. 그러자 엘레나와 사라의 시선이 아키라에게 쏠렸다.

"아키라. 그랬어?"

조금 놀라면서 물어보는 사라에게 아키라가 어떻게든 얼버무리려고 한다.

"아뇨, 그건, 말이죠……. 만에 하나를 생각해서……."

"구조하러 간 사람이 구조 대상자가 됐다고 혼자 착각한 데다가, 자기가 쓰는 싸구려 회선 때문에 연락이 안 된 것을 숨기고 싶은 마음은 알겠지만, 어설프게 얼버무려서 괜히 의심받는 것보다 순순히 인정하고 사과하는 게 나을걸?"

"……죄송합니다."

아키라는 포기하고 사과했다. 엘레나와 사라는 조금 놀랐지만, 어딘가 기쁜 눈치로 웃고는 아키라에게 고개를 들게 했다.

"괜찮아. 신경 쓰지 마. 우리를 걱정해 줘서 기뻐. 그렇지, 사라?"

"그래. 고마워. 아키라."

진짜로 신경 쓰지 않는 눈치인 엘레나와 사라의 태도를 본 아키라가 안심해서 웃는다.

캐럴은 그런 세 사람의 모습을, 주로 아키라의 태도를 흥미롭게 관찰하고 있었다.

돈을 번 헌터에게 걸맞은 요리가 깔린 테이블에서, 아키라 일행은 미하조노 시가지 유적의 상황과 다음 구조 의뢰에 관해서 이야기하고 있었다.

쿠가마야마 시티는 헌터 오피스 출장소를 중심으로 삼아 원형으로 유적 내부의 보전, 제압을 진행하고 있는데, 지난번 구조 장소는 그 원의 안쪽이었다. 엘레나가 그것을 모두에게 전한 다음에 제안한다.

"그래서 있지? 전력이 두 사람 늘어났으니까, 다음에는 제압 구역에서 벗어난 곳의 구조 의뢰를 받으려고 해. 물론 난이도는 상승하지만, 보수는 그보다 더 많아져. 그쪽 상황을 확인해 보고, 어려울 것 같으면 곧바로 철수하는 것을 전제로. 실패해도 불이익은 없으니까, 어떨까?"

"저는 상관없어요. 캐럴은?"

"괜찮아. 고용주를 따를게. 제대로 활약해서 보수를 왕창 늘려야만 하니까."

그렇게 말하고 도발하듯 웃는 캐럴에게 아키라도 기분 좋게 웃어서 맞받아친다.

"그건 어떨까? 엘레나 씨는 난이도가 올라간다고 했으니까, 캐럴의 보수는 경호 요금을 상쇄한 만큼 줄어드는 거 아니야?"

"어디 한번 두고 보라고. 지도상이라도 잘 싸울 수 있다는 걸 가르쳐 주겠어."

상황에 따라서는 책임을 지고 죽이겠다고 끔찍한 소리를 한 사람과 그 소리를 들은 사람치고는 친해 보이는 두 사람에게, 사라는 조금 복잡한 감정을 느끼면서 소박한 의문이 생겼다.

"지도상인데도 싸울 수 있구나. 내가 멋대로 상상한 거지만, 지도상은 헌터에게 사들인 지형 정보 같은 것을 편집해서 팔기만 하는 사람들인 줄 알았는데."

"나는 현지에서 직접 철저하게 조사하는 타입의 지도상이니까 말이야. 그래서 내 지도에는 어지간한 지도상한테는 살 수 없는 정보도 있어."

아키라가 납득한 듯이 고개를 슬쩍 끄덕인다.

"아하, 그래서 그런 것도 알고 제법 싸울 수도 있었던 거군."

"그런 셈이야."

캐럴은 자신만만한 태도를 보였다. 그리고 정보단말을 꺼내더니 표시 화면을 슬쩍 보고 나서 말한다.

"미안해. 잠깐 자리를 비울게."

"다음 구조 의뢰가 있을 때까지는 돌아와. 아니, 지각하면 그냥 두고 가도 되나?"

"그렇게 두지는 않을 거야."

아키라의 농담을 웃어넘기고, 캐럴은 자리에서 멀어졌다.

그 캐럴을 배웅한 아키라가 엘레나와 사라가 조금 의외라는 눈치로 자신을 보면서 조금 끙끙대는 것을 알아차렸다.

"저기…… 무슨 일이죠?"

엘레나가 아무 일도 아니라는 듯이 말한다.

"응? 아키라는 캐럴과 엊그제 처음 만났다고 했지? 그런 것치고는 무척 사이좋아 보인다고 생각했을 뿐이야."

"그래요? 딱히 그런 느낌은 없는데요."

"뭐, 나 혼자 그렇게 생각한 거야. 뭔가, 갑자기 친해질 일이라도 있었나 싶었는데, 어때?"

"친해질 일, 말인가요. 음……."

아키라는 딱히 짚이는 구석이 없었지만, 일단은 엊그제 일을 떠올려 봤다.

"굳이 말하자면…… 공장 구역에서 탈출할 때 유물이 못 쓰게 됐는데요. 캐럴이 저를 경호원으로 고용한 것도 있어서, 그만큼 보상해 주었어요. 그리고 비싼 밥을 얻어먹었고요. 맛있었어요."

그것이 이유였나 싶어서 아키라가 쓴웃음을 짓는다.

"제가 할 소리는 아니지만요. 물욕에 약하다는 소리를 들어도 부정할 수 없네요."

엘레나 일행도 얼굴을 마주 보고 쓴웃음을 지었다. 아키라는 거짓말하지 않았고, 자신들도 일단은 납득할 수 있는 내용이었다. 그리고 무엇보다도 자신들이 걱정한 것과는 전혀 관계가 없는 이유라는 점에서, 미안하다고 생각하면서도 웃었다.

의아해하는 아키라에게, 엘레나가 가벼운 투로 말한다.

"뭐, 아키라도 우리도 헌터니까. 유적에서 목숨을 건 성과에 대해 돈을 잘 주는 상대에게 호감이 생기는 건 이상하진 않아."

"그렇죠?"

그 말을 듣고 기분이 좋아진 아키라를 보고, 엘레나는 조금 미안해하는 기색으로 웃었다.

"그리고, 미안해. 솔직히 말해서, 캐럴은 저런 차림을 했잖아? 아키라가 몸에 낚였나 싶었거든."

사라도 비슷한 표정으로 말을 잇는다.

"미안해. 나도 그렇게 생각했어."

아키라는 아주 잠시 무슨 뜻인지 잘 모르겠다는 표정을 짓고 있었다. 그러나 뒤늦게 이해하고서 고개를 가로젓는다.

"아, 괜찮아요. 저는 그런 거에 걸리지 않는 편이라고 생각하는데요."

만약 자신이 그런 수법에 당하는 인간이라면, 맨살을 대담하게 드러내는 알파가 매일 곁에 있는 시점에서 엄청난 일이 벌어졌으리라. 그러니까 아니다. 아키라는 진심으로 그렇게 여겼고, 단호하게 부정했다.

그 말을 들은 사라가 짓궂게 웃는다.

"그래? 그러면 시험해 봐도 될까?"

그러고 나서 아키라의 바로 옆자리로 이동하더니, 몸과 얼굴을 아키라에게 천천히 다가가게 했다. 그러자 곧바로 아키라가 허둥대기 시작한다.

"사, 사라 씨?!"

"음. 괜찮은 느낌이 아닌데, 진짜로 괜찮아?"

아키라가 도움을 요청하듯이 엘레나를 본다. 그러나 엘레나
도 즐겁게 웃었다.

"확실히 지금 느낌으로는 괜찮을 것 같지가 않은걸. 조금 익
숙해지는 게 어떠니?"

"제발 봐주세요……."

사라는 가까이 대던 얼굴을 떨어뜨렸다. 수줍어하면서도 안
심하는 듯한 아키라의 태도를 보고, 그 캐럴한테는 보이지 않았
던 반응을 조금 재미있게, 그리고 기쁘게 느낀다. 그 탓에 미안
하다고 생각하면서도 조금 더 골탕을 먹이고 만다.

"익숙해지고 싶다면, 조금 더 협력해 줄까?"

"그만하세요."

"어라, 싫었어?"

"그런 것까지 포함해서, 그만해 주세요……."

아키라는 쑥스러움을 감출 겸, 조금 강하게 대답했다.

사라는 순순히 원래 자리로 돌아가고, 아직 조금 토라진 듯한
아키라의 모습을 엘레나와 함께 즐겁게 지켜봤다.

◆

도란캄의 임시 거점으로 돌아온 시카라베가 토가미에게 조금
강압적으로 지시한다.

"토가미! 차 내부를 청소해 둬라! 탄약과 장갑 타일도 보충하
고! 알았냐?"

건방진 대꾸를 들을 것 같아서 세게 지시한 것인데, 시카라베
로서는 뜻밖에도 토가미는 의외로 순순히 대답했다.

"…………알겠습니다."

"그, 그래……. 부탁하마."

예상이 빗나가서 기분이 이상해진 시카라베가 살짝 고개를 기
울인다. 하지만 그게 다여서, 그대로 차에서 내리고 휴식하러
갔다.

토가미는 시키는 대로 청소를 시작했다. 자신이 조금 무기력
해진 것을 알아서, 뭔가 해서 기분을 푸는 데는 딱 좋았다.

차 안은 무척 지저분했지만, 헌터 활동 중에는 흔한 일이므로
청소 도구도 고성능 물품을 갖췄다. 바닥이나 벽에 세제를 뿌리
고 가볍게 씻어내기만 했는데도 곳곳에 있던 핏자국이 쉽게 지
워졌다. 환기를 마치자 피 냄새도 완전히 가셨다.

다음으로 탄약을 보충하려고 토가미가 차에서 내리려고 했을
때, 두 소년이 차에 들어섰다. 도란캄의 신인 헌터로, 토가미와
같은 B반 사람들이다.

"야, 토가미! 시카라베는 쉬는데 너 혼자 청소하냐? 고생이
많구만."

노골적으로 무시했던 소년들의 태도에 토가미가 시시하다는
듯이 한숨을 쉰다.

"무슨 일로 왔어……?"

"깝치던 네가 쫄딱 망한 꼬라지를 구경하러 왔지. 우리도 알
거든? 현상수배급 토벌전에서 삥짓했다면서?"

"고참들한테 실력을 보여주겠다고 큰소리 뻥뻥 친 주제에, 지금은 이 모양이냐? 꼴사납긴!"

"멀쩡하게 활약하지 못하는 주제에 쪽수만 맞추려고 참가했으면서, 성과만 챙겨서 좋은 장비를 빌리고 말이야. 대가리는 잘 굴러가요."

"그게 아니면, 너처럼 금칠이 다 벗겨진 얼간이라도 그 장비만 있으면 잘 싸울 수 있다고, 어딘가의 기업에서 광고탑으로 점찍어 주기라도 했냐?"

소년들이 토가미를 신나게 조롱한다. 하지만 토가미는 아무래도 좋다는 듯한 태도를 보이고 있었다. 그대로 소년들 옆을 지나쳐 가려고 한다.

그렇게 분노하지도 않는 토가미의 태도가 소년들의 성질을 건드렸다.

"무시하지 마!"

"까불지 말라고!"

소년들이 토가미의 어깨를 붙잡고 억지로 자신들을 돌아보게 하려고 한다. 하지만 그 손은 허공을 휘적였다.

다음 순간, 소년들의 등 뒤로 한순간에 돌아간 토가미가 두 사람의 머리를 뒤에서 붙잡고, 차량의 벽에 힘차게 처박으려다가, 직전에서 멈췄다.

소년들은 그 움직임에 전혀 반응하지 못했다. 조금만 더 있었으면 자신의 머리가 차량 벽에 처박혀 으깨졌을 것이라는, 그 공포로 얼굴을 딱딱하게 굳히고 가만히 있었다.

토가미는 그 소년들의 머리 옆에 자기 머리를 대고 대수롭지 않게 말한다.

"막 청소를 끝냈단 말이지. 너희 피와 살점으로 더럽히면 또 청소해야 하잖아? 방해하지 말라고. 알았냐?"

"아, 알았어⋯⋯. 미안해."

뒤통수를 붙잡힌 상태로 소년들이 가까스로 고개를 끄덕이는 것을 느끼고, 토가미가 소년들의 머리에서 손을 뗀다. 그러자 소년들은 토가미와 천천히 거리를 벌린 다음, 분해서 자기 할 말만 남기고 도망치듯 그 자리를 이탈했다.

그 소년들의 뒷모습을 보면서 토가미가 한숨을 푹 쉰다.

"약해 빠졌어⋯⋯. 그렇군. 나는 무의식중에 저 자식들을 기준으로 보고, 내가 강하다고 설친 건가⋯⋯."

강함이란 상대적인 것이다. 어제의 자신보다 강하게, 끝없이 강하지는 그런 경지를 목표로 삼은 수행자가 아닌 이상, 어쩔 수 없이 근처에 있는 자들이 기준이 된다. 어쩔 수 없는 부분은 있었다.

토가미는 조금 우울해졌지만, 가볍게 고개를 젓고서 그 사실을 안 것만으로도 나아진 거라며 자기 자신을 타일렀다.

한편, 실제로는 그 소년들도 별로 약하지 않다. 토가미가 그 이상으로 강할 뿐이다. 또한 소년들은 자만에 빠져 방심했고, 토가미는 자신감을 과하게 잃어서 자만과 방심이 모두 사라졌다. 그 차이는 컸다.

그리고 무엇보다도 알파의 서포트를 받는 아키라가 더 강했을 뿐이다.

탱크란튤라 토벌전에서 본 아키라의 실력이 너무 충격적인 나머지, 토가미는 강함의 기준을 무의식중에 대폭 올리고 말았다.

토가미가 장갑수송차에 탄약을 보충하고 있을 때, 이번에는 사무 파벌의 간부인 미즈하가 찾아왔다. 뜻밖의 인물이 방문하는 바람에 당혹스러운 토가미에게, 미즈하가 얼굴에 친근한 미소를 띤다.

"안녕. 지금 시간 괜찮니?"

"괜찮은데요……. 무슨 일이죠?"

미즈하의 용건은, 간단히 말해서 토가미를 스카웃하는 것이었다.

도란캄의 간부는 미즈하도 포함해서 현상수배급 토벌전의 숨겨진 사정을 거의 알고 있다. 그래도 토가미가 반 카츠야 파벌의 기대주로서 대우받을 정도의 실력자란 사실은 달라지지 않는다.

그런 토가미를 끌어들이면 반 카츠야 파벌을 견제할 수 있고, 나아가 전력도 증강할 수 있다. 슬럼 출신자가 많은 B반 사람을 들이면 방벽 안쪽의 후원자들에게 반감을 살 우려가 있지만, 그 부분은 자신들이 잘 교화했다고 설명한다.

또한 충분한 실력만 있으면 B반 사람이라도 수용할 수 있음을 태도로 드러내면 반 카츠야 파벌인 B반을 회유할 수도 있다.

그러한 이유에서, 미즈하는 토가미를 끌어들이는 것이 더 이익이라고 판단했다.

"어떠니? 우리라면 너 정도 되는 사람에게 차를 청소하게 시키지 않는데? 네가 원한다고 말만 해 주면 지금 당장에라도 내가 배치를 바꿔 줄게."

좋은 제안이라고 생각하는 미즈하는 웃으며 토가미의 대답을 기다렸다. 그리고 토가미도 나쁜 제안이 아니라고 판단했다.

그러나 토가미는 고개를 가로저었다.

"죄송해요. 바로 대답하긴 어렵습니다."

미즈하가 갑자기 괴이쩍은 표정을 짓는다.

"어째서……? 대우가 불만이니? 아무리 그래도 카츠야와 동급으로 할 수는 없겠지만, 그래도 충분히 좋은 대우일 텐데?"

"아뇨, 그런 게 아니고요. 지금은 의뢰를 수행하는 중입니다. 헌터가 한 번 받은 의뢰를 도중에 내팽개치는 건 좋지 않다고 보니까요. 지금은 그쪽 일에 집중하게 해 주세요."

"그건, 이번 미하조노 시가지 유적에서 일이 끝난 다음이면 괜찮다는 말이니?"

"그것도 포함해서, 지금은 조금……. 죄송하지만, 나중에 천천히 생각하게 해 주세요."

토가미는 그렇게 말하고 정중하게 머리를 숙였다. 지나치게 자신감을 잃은 나머지 겸손한 느낌이 된 토가미는, 상대가 일단은 자신이 소속한 조직의 간부라고 생각해서 미즈하에게 고분고분한 태도를 보일 수가 있었다.

그런 토가미의 태도를, 미즈하는 호의적으로 받아들였다. 그래서 친근하게 웃는다.

"그렇다면 어쩔 수 없구나. 알았어. 천천히 생각하렴."

미즈하는 도란캄의 간부로서 소속 헌터의 평가 자료도 열람할 수 있다. 토가미의 자료에는 신인 헌터와는 일선을 그을 만큼 뛰어난 실력이 있지만, 그 실력을 과신해서 오만하다는 평가가 실려 있었다. 주된 평가자는 시카라베다.

그러나 미즈하가 본 토가미의 태도는 오히려 겸손했다.

"그러면 나는 이만 가 볼게. 아, 마음이 바뀌면 언제든지 연락하렴."

이 정도를 가지고 오만하다고 판단하는 도란캄 고참들의 평가는 잘못되었다. 역시 자신이 조직을 개혁해야 한다. 미즈하는 다시금 그렇게 생각하면서 그 자리를 떴다.

그 뒤로 토가미가 장갑수송차의 장갑 타일 자동 장전 장치에 장갑 타일을 추가하면서 아까 있었던 일을 생각한다.

토가미도 자신의 실력을 도란캄이 인정하게 하려면 미즈하의 제안을 받아들이는 편이 더 낫다는 것을 알았다. 과거에 토가미도 그러기를 희망했었다.

하지만 지금은 그 희망도 변했다. 지금 토가미가 가장 바라는 것은 자기 자신을 자랑스럽게 여길 만한 실력을 되찾는 것이다.

그러기 위해서라도, 지금은 다른 신인 헌터들과 같이 다녀서 강함의 기준을 낮출 수 없었다. 희망, 소원, 질투, 부러워하는 힘은, 그들에게 없었다.

그날 본 아키라의 실력, 그것에 필적하는 힘을 얻은 자신이 되기 위해서, 토가미는 망설이지 않았다.

제113화 구조 의뢰

휴식을 끝마친 아키라 일행은 다음 구조 의뢰를 준비하고, 그 현장을 찾아서 미하조노 시가지 유적의 시내 구역을 따라 이동하고 있었다. 다음 현장은 쿠가마야마 시티에서 유적 내부를 제압하고 있는 원형 영역의 바깥쪽이다. 시카라베도 동의한 가운데, 엘레나가 선택했다.

한동안 나아가다가 원의 경계에 도착한다. 그곳에서는 건물 사이사이에 난 도로를 커다란 간이 방벽이 차단하고 있었다. 원기둥 모양의 물체가 도로 가장자리에 설치되어 있는데, 금속판을 연결한 것이 도로 반대편까지 쭉 늘어섰다.

이 금속판은 포스 필드 아머 기능을 갖추었으며, 가벼운 포탄 정도라면 튕겨내는 방어력을 보유했다. 운반하기도 편해서, 황야나 유적 내부에 임시 거점을 만들 때 자주 사용되었다.

간이 방벽 쪽에는 경비부대가 전개 중이었다. 중장강화복을 장비한 인원, 대형 기총을 탑재한 전투 차량, 나아가 전장 6미터쯤 되는 인형 병기도 배치되어 있다.

앞으로 가야 하는 곳이 방어하는 데 이만한 전력이 필요한 장소라는 생각에 아키라는 다시 긴장감을 끌어올렸다.

그 간이 방벽을 통과하기 위해 엘레나가 경비 관계자와 이야기하고 있으며, 그 대화가 통신기를 거쳐 아키라 일행에게도 들린다.

"조심하라고. 주변 제압은 지금도 진행 중이지만, 완전 제압과는 거리가 멀다. 여기에도 덩치 큰 녀석이 이따금 쳐들어오고 있어. 구조 의뢰를 수주했으니까 실력에는 자신이 있겠지만, 제압을 마친 장소로 생각해서 다니다간 죽는다. 위험할 것 같으면 바로 돌아와."

"고마워. 조심할게."

경비 관계자가 간이 방벽을 개방한다. 아키라 일행의 차량이 그곳을 통과하자, 곧바로 간이 방벽이 폐쇄되었다.

아키라가 문득 생각난 것을 통신기에 대고 묻는다.

"엘레나 씨. 아까 제압을 마쳤다고 한 장소가 어디죠?"

"응? 아까 있던 그곳이야. 간이 방벽 저편."

"저기, 도무지 제압을 마친 것처럼 보이지 않던데요……."

아키라의 당연한 의문에 엘레나가 통신기 너머에서 씁쓸하게 대답한다.

"그래. 그건 기준의 문제라고 할까, 어지간한 헌터라면 대처할 수 있을 정도로는 제압을 마쳤다는 의미일 거야. 저길 봐봐."

엘레나가 차 밖을 손으로 가리킨다. 아키라의 일행의 정보수집기는 이미 연동을 마친 상태로, 엘레나가 가리키는 방향의 정보가 아키라에게 전송되었다.

"저건……!"

그곳에 있는 물체를 본 아키라는 놀라움을 드러냈다. 딱 봐도 강할 것 같은 대형 다각 전차가 파괴당한 상태로 지면에 나뒹굴고 있었다. 더군다나 아키라는 그것을 본 적이 있었다.

"간이 방벽은 저렇게 강력한 몬스터를 들이지 않으려고 있는 거라고 해. 도로를 봉쇄하는 것만으로 그치는 것도, 대형 몬스터의 침입을 방지하는 데는 그것으로 충분하기 때문이야."

당연하지만 그래서는 소형 경비 기계 등이 방어망의 경계에 있는 건물 내부 등을 통해서 간이 방벽의 봉쇄를 통과하고 만다. 지난번 구조 의뢰에서 아키라 일행을 공격한 기계형 몬스터도 그렇게 들어온 것이다.

그러나 대형 몬스터가 침입하는 것보다는 낫다는 판단으로 현재의 방위 체제가 성립하고 있다. 소형이라면 어지간한 헌터들도 대처할 수 있고, 애초에 배치할 수 있는 인원에도 한계가 있기 때문이다.

그런 이야기를 들으면서 아키라가 목소리를 낮춰 캐럴에게 묻는다.

"있잖아. 저건, 엊그제 우리를 공격했던 녀석하고 똑같은 거 맞지?"

"그런 것 같아. 그 시점에서 유적의 사태는 이미 움직이고 있었다는 뜻일까? 그래서 이미 공장 구역에서 탈출한 우리를, 공장 구역에서 운송 중인 기계병기가 공격했고……? 으음."

가설을 세우지만 영 감이 오지 않는다고 캐럴이 조금 끙끙댔다. 그리고 아키라가 문득 생각한다.

"그러고 보니 그건 어디로 운반하려고 했던 걸까?"

"글쎄. 아마도 세란탈 빌딩이었을 거야. 누군가가 그 건물의 방위 기계를 해치웠는데, 출입구를 확보하지도 않은 상태로 활짝 열었다고 내가 말했잖아? 어쩌면 그 방위 기계를 보충하는 용도였을지도……."

캐럴은 그만큼 추측하고, 한 가지 사실을 깨달았다. 그래서 조금 어색하게 웃는다.

"그렇다면 우리가 그걸 해치운 바람에 세란탈 빌딩이 더 오래 개방되고, 그것으로 사태가 더 나빠졌을 가능성이……. 아키라, 입 다물고 있자."

"……그래!"

너도 공범이라고 하는 것처럼 웃는 얼굴로 보는 캐럴에게 아키라도 조금 어색하게 웃으며 대답했다.

세란탈 빌딩의 방위 기계들을 파괴한 자신을 추가로 온 방위 기계가 공격 대상으로 삼은 걸지도 모른다고 생각했지만, 입을 다물었다.

◆

엘레나는 차량 대열의 선두에서 주위 색적을 실시하면서 전체를 지휘하고 있다.

현재로서는 문제가 발생하지 않았다. 몬스터의 반응은 항시 나타나지만, 그것도 듬성듬성한 수준이라서 기본적으로는 다가오지 않는다. 여러 대가 같이 습격할 때도 있지만, 소형밖에 없어서 문제없이 물리치고 있었다.

그래도 이번 구조 장소가 얼마 남지 않은 데까지 왔을 시점에서 경계를 강화한다. 이번 구조 대상은 이미 다른 헌터들이 몇 차례 구조에 실패했다. 그 전임자들이 철수한 장소가 이 근방이었다. 주의를 환기할 겸해서 전체에 연락을 돌린다.

"이쯤에서 몬스터와 마주칠 확률이 급상승할 거야. 기본적으로 단숨에 돌파할 테니까 뒤처지지 말도록 해. 아키라. 뒤쪽을 부탁해. 만약 힘들 거 같으면 무리하지 말고 일찍 말하고. 그 시점에서 철수할 거야."

"알겠습니다. 두 분도 무리하지 마시고, 조금이라도 위험할 것 같으면 곧바로 퇴각을 결정해 주세요."

"어머, 바로 돌아가면 벌어야 할 돈도 안 벌리는데? 아키라는 그래도 상관없어?"

무모함이 지나치면 죽어서 널브러진다. 하지만 너무 겁이 많으면 돈을 못 벌어서 굶어 죽는다. 헌터는 그 점을 올바르게 가늠해야 한다. 황야라고 하는 위험지대에 자진해서 발을 들이는 이상, 돈을 벌어서 돌아가지 않으면 위험을 무릅쓴 의미가 없기 때문이다.

물론 엘레나도 무모함을 용납할 마음은 없다. 물러낼 때는 물러날 줄 안다. 하지만 그것을 고려해 봐도 아키라의 발언은 소심함이 조금 과한 것 같아서, 엘레나는 일부러 조금 도발하듯이 말해 봤다.

그러나 아키라는 순순히 대답한다.

"상관없어요. 돈보다 두 분의 안전이 더 중요해요."

"그, 그래? 뭐, 괜찮아. 우리도 죽을 마음은 없으니까, 철수는 더 여유로운 기준에서 판단할 작정이야. 그러니까 아키라도 힘 내렴."

"네."

엘레나가 잠시 통신을 끈 다음에 숨을 내쉰다. 조수석에서는 사라가 의미심장한 눈치로 싱글벙글 웃었다.

"왜 웃어?"

"별일 아니야. 그냥 걱정을 참 많이 끼친 것 같아서."

"그렇다면 걱정하지 않게, 화력 담당께서 힘을 좀 쓰셔야겠네요. 사라, 앞에서 와."

차에 실린 색적 기기는 전방에서 다수의 반응이 빠르게 다가오는 것을 포착하고 있었다. 반응의 크기로 판단했을 때 적은 소형 기체이지만, 그 규모는 색적 범위만 해도 이전의 10배가 넘는다.

그러나 사라는 기죽지 않고 웃는다.

"맡겨만 달라고. 걱정할 필요가 없다고, 아키라에게 단단히 가르쳐 줘야지."

엘레나도 사라도, 아키라는 이번에 순수하게 자신들을 도우려고 미하조노 시가지 유적을 찾아왔다는 걸 안다.

아마도 구조 의뢰를 함께하자는 제안에는 단순히 헌터로서 돈을 벌려고 응했을 것이다. 그러나 자신들과 연락이 닿지 않은 시점에서 방침이 완전히 뒤바뀌었다. 그러니까 면식이 생긴 지

얼마 안 되는 캐럴을 고용하고, 아침이 오기를 기다리지 않고 출발한 것으로 추측했다.

휴식 중에 아키라와 캐럴에게 들은 이야기도 그 생각을 뒷받침하며, 아까 아키라의 대답도 그것을 증명하고 있었다.

엘레나와 사라도 아키라와 잠시 연락이 안 닿은 정도의 일로 조난 취급을 한 사실이, 나쁘게 말하자면 미숙한 사람으로 취급받은 사실이 마음에 걸리기는 했다.

하지만 그보다도 자신들의 안정을 그토록 걱정해 주었다는 사실이, 그리고 걱정하는 것으로 그치지 않고 실제로 구하러 가려고 했다는 사실이 기뻤다.

헌터 활동은 목숨을 건 도박이다. 그렇기에 더더욱 그 목숨을 어떻게 쓸지, 때로는 엄격하고 냉정해진다. 엘레나와 사라가 구조 의뢰로 사람들을 구하는 것도, 그 위험에 걸맞은 보수가 나오기 때문이다. 공짜로는 하지 않는다.

그런데도 아키라는 자신들을 구하려고 했다. 구조 의뢰가 아니라서 보수도 나오지 않는데도, 위험한 유적에 가서, 캐럴과 같은 안내인도 고용해서 자신들을 수색하려고 했다. 엘레나와 사라는 그것이 너무 고맙고, 기뻤다.

"전부 해치우려고 하면 한도 끝도 없어. 보이는 족족 해치우면서 강행돌파할 거야. 사라, 준비는 됐어?"

"언제든지 상관없어."

"좋아! 간다!"

엘레나와 사라가 투지를 키워서 선두에 선다. 엘레나가 차를 가속하고, 차에 탑재한 기총을 연사한다. 동시에 사라가 대형 총을 쏜다. 그 압도적 화력으로 전방에 있는 갑A24식 집단을 분쇄하고, 일행의 차량 대열이 지나갈 길을 강제로 뚫었다.

◆

엘레나 일행의 차량을 선두로, 시카라베의 장갑수송차, 아키라의 차로 이어지는 대열에서 아키라가 A4WM 유탄기관총을 연사한다. 무수한 유탄이 유적에 뿌려지고, 폭발하고, 갑A24식 집단을 날려 버린다.

엘레나의 지시에 따라 아키라 일행은 적 집단을 돌파하고 있다. 당연하지만 해치우지 않고 무시한 적 기체는 아키라 일행을 쫓아 차량 대열의 뒤에서 쇄도한다.

아키라는 이것에 대처해야 한다. 나아가 복귀할 때도 똑같은 일을, 그때는 구조 대상자들을 데려가면서 해야 한다.

따라서 지금 이것에 대처하지 못한다면 구조를 포기하고 방향을 틀어 복귀하는 게 낫다. 아키라도 그것을 아니까 수중에 있는 탄약의 절반을 다 쓸 작정으로 유탄을 연사했다.

애초에 전투의 상황 자체는 우세하다. 필요한 것은 적을 격파하는 것이 아니라 차량 대열에서 떨어뜨리는 것으로, 상대를 파괴하지 못해도 유탄의 폭발로 날려 버리기만 하면 된다. 유탄을 연사하는 화력에 의존하면 되는 간단한 일이었다.

현시점에서 아키라가 굳이 우려를 말하자면, 탄약 소비가 예상보다 많다는 정도다. 다시 빈 탄창을 차 밖으로 내던지고 교환한다.

『벌써 다 썼어! 빠르네!』

『확장 탄창이 아니니까. 어쩔 수 없어.』

알파가 말했듯이 유탄의 탄창은 일반적인 물건이다. 대형 탄창이지만, 유탄 자체는 크니까 금방 다 떨어지고 만다.

유탄의 확장 탄창은 다른 탄종보다 비싸서, 확장 탄창 도입을 추진하고 있는 아키라도 도저히 많이 사 모을 수 없었다. A4WM 유탄기관총을 가지고 건물 안에 진입할 때를 대비해서 소량을 샀지만, 나머지는 전부 일반 탄창이다.

그 탓에 탄창을 빈번하게 교환해야 하고, 그동안 빈틈이 생긴다. 아키라 혼자라면 한 손으로 DVTS 미니건을 들면서 교환해야 하지만, 지금은 옆에 캐럴이 있어서 문제없다. 대형 권총으로 표적을 일격에 분쇄하고, 탄창을 교환할 시간을 벌어주고 있었다.

캐럴은 적절하고 정확하게 아키라를 보조하고 있다. 유탄의 폭발에서 벗어난 적 기체를 격파함으로써 아키라의 엉성한 공격이 낳는 빈틈을 막고 있었다.

신신당부하듯이 캐럴이 웃으며 말한다.

"아키라. 너도 참 요란하게 싸우는 것 같은데, 그걸 보조하면서 꼼꼼하게 싸우는 나도 정당하게 평가해 줘야겠는걸?"

"알았어. 하지만 기본적으로 적을 막는 게 나라는 사실도 잊지 말아야 할걸?"

"교대해도 상관없는데?"

"안 돼."

각자의 활약에 따라 보수를 분배하기로 한 아키라와 캐럴이 신나게 웃으며 성과를 경쟁하고, 갑A24식 집단을 격파해 나간다.

차량 대열로 접근하는 것을 방지하려는 목적보다도 더 파괴당한 기체가 쌓인 산이, 아키라와 캐럴의 활약이 엘레나 일행의 기대를 훨씬 초월함을 알려주었다.

◆

미하조노 시가지 유적의 시내 구역에는 건물이 무수히 늘어서있다. 그 건물 중 한 건물에서, 1층 출입구를 겸한 홀에 헌터들이 눈에서 빛을 잃고 축 늘어져 있었다.

홀의 통로와 계단은 농성하는 헌터들이 근처에 있던 비품이나 파괴한 기계형 몬스터의 잔해 등으로 틀어막았다. 출입구를 봉쇄하는 데는 크게 손상된 황야 사양 차량을 썼다.

건물 자체는 튼튼하니까 이것으로 적이 침입하는 것을 방지할수 있다. 그만큼 신속한 탈출은 어려워지지만, 이 자리에 있는 모두가 적이 침입하는 것보다는 훨씬 낫다고 생각했다.

헌터들이 이곳에서 농성한 지도 벌써 40시간이 지났다. 교대로 휴식을 취하고 있지만 한계가 머지않았고, 그 표정에는 피로가 짙게 드러나 있었다.

건물 안팎에서는 대량의 갑A24식이 배회하고 있다. 더군다나 잠깐 한눈을 팔면 통로나 계단의 장해물을 제거해서 진입하려고 든다. 긴장이 풀릴 새가 없다.

탄약도 거의 다 떨어졌다. 격투전으로 이길 상대가 아니다. 탄약이 다 떨어진 뒤에 습격당하면 손쓸 방법이 없다.

실낱같은 희망을 믿고 도박에 나서서 건물 밖으로 탈출하려는 자는 이미 없다. 그것을 시도한 자는 이미 모두 죽었다.

남은 희망은 누군가가 구조하러 와 주는 것밖에 없다. 그러나 그것도 별로 기대할 수 없다. 구조부대와 몇 번 통신이 연결됐지만, 적이 너무 많아서 어렵다는 말을 남기고 돌아가 버렸다.

구조가 왔다는 환희. 그리고 그것이 허망하게 끝났을 때의 절망. 그것이 반복되면서 남겨진 자들의 기력을 송두리째 앗아갔다.

경계를 서던 헌터가 초점이 없는 눈으로 정보단말을 응시하고 있는 남자에게 말을 건다.

"뭔가 변화라도 있어……?"

대답은 없었다. 그냥 고개를 조금 흔들었다.

"그렇군……."

물어본 헌터도 아무런 진전이 없다는 것 정도는 물어본 시점에서 알고 있었다. 뭔가 변화가 있으면 물어보기도 전에 소란을 떨었을 게 뻔하기 때문이다.

그런데도 물어본 것은, 실낱같은 희망에 기대려는 마음이 드러난 것이다.

헌터들은 서서히, 그리고 확실하게, 몸과 마음 모두가 천천히 갈려 나가듯이 궁지에 몰리고 있었다.

홀에 농성 중인 헌터들은 하나의 팀이 아니라, 여러 팀이 도망치는 도중에 합류한 것이다.

그리고 공허한 눈으로 정보단말을 지켜보는 남자의 팀은 그 남자를 남기고 전멸했다. 건물 안으로 도망치는 도중에. 통로와 출입구를 봉쇄하는 동안에. 이성을 잃고 건물에서 탈출하려고 시도하다가. 총격에 맞아 즉사하고, 부상이 악화해 죽고, 적에게 에워싸여 아우성치다가 죽었다.

유일하게 살아남은 남자의 기력은 이미 바닥을 드러내고 있다. 하지만 죽음을 받아들일 정도로 달관할 수는 없다. 실낱같은 희망에 기대면서, 정보단말을 가만히 바라보고 있다.

미칠 듯이 나태하게 흐르는 시간 속에서, 꿈과 현실과 환각의 구별이 애매모호해진 의식 속에서, 통신 요청이 들어왔다.

남자는 다 망가져 가는 웃음을 띠었다. 이것이 꿈이든 환각이든 해야 할 일은 달라지지 않는다. 정보단말을 조작하고 통신 요청을 받았다.

그러자 여성의 목소리가 들려온다.

"우리는 알하인 보험에서 구조 의뢰를 위탁받은 인원이야. 당신이 코코렌스 씨가 맞을까?"

남자는 멍하니 있었다. 여성의 목소리는 남자의 귀에 닿았지만, 그 내용을 이해할 수 있는 상태가 아니었다.

"내 말이 안 들려? 코코렌스 씨의 정보단말에 연결했을 텐데,

아닌 거야? 혹시 부상 때문에 말할 수 있는 상태가 아니야? 그
렇다면 누군가 이야기할 수 있는 사람은 없어? 그쪽 상황을 알
고 싶은데."

　남자의 근처에서 경계를 서던 헌터도 여성의 목소리를 알아챘
다. 그러나 그 남자가 목소리에 반응을 보이지 않는 바람에 일
종의 시스템 음성이라고 착각했다.

　"뭐든 좋으니까 반응해 주지 않겠어? 내 말 들려? 근처까지
왔는데…… 이거, 단순히 자동 설정으로 연결된 거야?"

　그러나 시스템 음성과는 뭔가 다르다고, 경계를 서던 헌터가
괴이쩍은 표정을 짓는다.

　"미안하지만, 우리도 시체를 회수하려고 몬스터 무리를 돌파
할 마음은 없어. 반응이 없으면 전멸한 것으로 보고 복귀할 거
야. 마이크가 망가졌으면 텍스트 메시지든 총성이든 뭐든 좋으
니까 어떻게든 반응을 해 줘."

　남자도 그제야 겨우 정신을 차리려고 했다. 그러나 혼란스러
운 머리는 이것이 꿈인지 환각인지 현실인지를 고민하고 있어
서, 놀라서 허둥대면서도 멀쩡하게 대답하지 못하고 있었다.

　그때 최후 통첩이 들려온다.

　"틀렸어? 그쪽은 이미 전멸? 늦었구나. 뭐, 어쩔 수 없어. 안
타깝지만……."

　"살려줘!"

　남자와 경계를 서던 헌터는 온 힘을 다해 외쳤다.

　홀에 울려 퍼진 그 목소리가, 눈빛이 죽어가던 헌터들의 의지

를 두들겨 깨웠다. 홀이 단숨에 소란스러워진다.

이것이 마지막 기회라고, 모두가 알고 있었다.

◆

아키라 일행은 구조 대상자들이 농성 중인 빌딩 근처까지 왔다. 그 부지로 돌입하기 전에 엘레나가 통신으로 지시한다.

"시작하기 전에 다시 한번 확인할게. 부지 안으로 돌입하고 나서는 최대 10분! 시간이 안 되어도 상황에 따라서는 즉각 철수할 거야! 알았지?"

각자가 대답한다. 아키라도 똑똑히 대답했다.

"시카라베는 구조 대상을 서둘러 확보해! 생존자 수색은 필요 없어! 홀에 있는 사람이라면 생사를 따지지 않고 집어넣고 출발해!"

"알았다."

"아키라는 우리와 같이 시카라베를 엄호할 거야! 구조 대상 확보가 끝날 때까지, 계속해서 주위에 있는 적을 없애서 퇴로를 확보하겠어!"

"알겠습니다!"

"좋아! 그러면…… 시작해 보자!"

엘레나의 씩씩한 목소리와 함께 아키라 일행은 각자의 차량으로 건물 부지로 힘차게 돌입했다.

그 순간, 건물을 포위했던 대량의 갑A24식이 공격 대상을 건물 안에 있는 헌터들에서 아키라 일행으로 일제히 바꿨다.

여러 개의 다리 끝에 달린 구형 타이어를 지면과의 마찰로 연기가 날 정도로 회전시키고, 기체의 방향을 순식간에 바꾼다. 그리고 무장한 포와 기총으로 적 차량 대열의 선두에 있는 장갑수송차를 조준하고 일제히 포화를 쏟아냈다.

대량의 총탄과 포탄에 의한 대화력에 의해 시카라베의 차량에 달린 장갑 타일이 차례차례 날아간다. 그러나 이 차량은 현상수배급 토벌전에도 사용했을 정도로 튼튼해서, 그 정도로는 꿈쩍도 하지 않는다. 오히려 차에 탑재한 기총으로 맹렬하게 반격한다.

황야용 차량에 탑재한 장비인 만큼 그 연사 속도가 낳는 탄막은 농밀하다. 그리고 표적은 현상수배급 몬스터만큼 튼튼하지 않다. 압도적인 화력이 적의 장갑을 관통하는 것을 넘어 짜부라뜨리고, 적 기체를 분쇄해 나간다.

그 뒤를 아키라의 차량과 엘레나 일행의 차량이 따른다. 각자의 차량으로 돌입하고, 튼튼한 장갑수송차를 한 번 미끼로 삼아서 최대한의 화력을 적 집단에 투사한다.

아키라와 사라가 유탄으로 비를 내리게 하고, 기체 집단을 고철 덩어리로 바꿔서 날려 버린다.

캐럴은 대형 권총으로 CWH 대물돌격총의 전용탄에 버금가게 강력한 탄환을 연사하고, 적 집단을 통째로 뚫어 버린다. 그런 와중에 엘레나가 차량에 탑재한 기총으로 기계 집단을 쓸어 버린다.

그러자 새로운 갑A24식 부대가 출현한다. 하지만 아키라 일행의 치열한 공격에 의해 제대로 교전해 보지도 못한 채 반파, 전손, 분쇄당해서 기계 부품으로 변한다. 부지 안은 눈 깜짝할 사이에 강철과 포화가 지배하는 전장으로 탈바꿈했다.

농성 중인 헌터들은 그런 아키라 일행의 싸움을, 건물 출입구를 틀어막은 차량 너머로 보고 있었다.

"왔어! 진짜로 구조가 왔어! 저 무리를 상대로 여기까지 왔다고!"

"빨리 차량을 치워! 이대로 두면 나갈 수 없어! 저것들이 버티는 동안에 합류하는 거야!"

"지금 당장 부상자를 출구 근처로 옮겨! 서두르라고!"

헌터들이 허둥지둥 움직이기 시작한다. 이 기회를 놓치면 살아남을 방법이 없다고, 남은 기력과 체력을 총동원해서 작업을 진행해 나간다.

그때 장갑수송차가 건물 앞에 도착한다. 급정지하면서 차체를 힘차게 180도 돌리고, 차량 뒤쪽을 건물 출입구로 돌렸다.

그러나 건물 출입구는 아직 헌터들의 차량으로 틀어막힌 상태다. 헌터들도 서둘러서 치우려고 하고는 있지만, 이 차량은 지금까지 건물 안에 있던 헌터를 공격한 갑A24식 집단에 버텼을 만큼 튼튼하고, 그만큼 무겁다. 에너지가 떨어지기 일보 직전인 강화복의 출력으로는 금방 치우기 어렵다.

하지만 시카라베도 그것을 느긋하게 기다릴 수는 없다. 장갑수송차 뒷문을 개방해서 밖으로 나가더니, 방해되는 차량을 힘껏 걷어찬다. 가격대가 다른 고성능 강화복이 충분한 에너지로 발생시킨 충격은 헌터들이 몇 명이나 달라붙어서 움직이려고 했던 차량을 요란하게 날려 버렸다.

"5분 뒤에 출발한다! 생사를 불문하고 모두 태워!"

헌터들이 이미 출입구 근처로 옮겼던 부상자들을 차량에 태우기 시작한다. 하지만 한 남자는 다친 데가 없는데도 혼자 차에 타려고 했다.

시카라베는 그 남자를 붙잡고 차 밖으로 내던지는 것을 넘어서 아예 건물 안으로 도로 내팽개쳤다.

"헉……?! 무슨 짓이야?!"

당황한 기색으로 따지고 드는 남자를, 시카라베가 쏘아본다.

"자기 힘으로 움직일 수 있는 녀석은 나중이다. 우선은 자기 힘으로 움직일 수 없는 녀석을 먼저 태워라."

"시끄러워! 나는 살 거야!"

하지만 남자는 시카라베의 제지를 뿌리치고 필사적으로 차량 안에 비집고 들어가려고 한다.

시카라베는 슬쩍 혀를 차고 남자를 걷어차 기절시켰다. 의식을 잃고 바닥에 나자빠진 남자는 이제 자기 힘으로 움직일 수 없는 자가 되어 먼저 차에 들어가도 되는 조건을 달성했다. 하지만 시카라베가 발로 밀어내서 옆으로 치우는 바람에 뒷전이 되었다.

그것을 보고 움츠러들어 움직임을 멈춘 헌터들에게, 시카라베가 호통을 친다.

"다시 한번 말하겠다! 생사를 불문하고 모두 태워라! 시체가 됐든 머리가 없든 상관없이 모두다! 얼른 움직여!"

헌터들은 다시 움직여서 서둘러 작업을 시작했다.

시카라베가 헌터들을 장갑수송차에 태우는 동안에 아키라 일행은 건물 주위에 있던 갑A24식을 전부 해치웠다.

그 덕분에 상황에는 여유가 생겼지만, 유예가 생길 정도는 아니다. 이토록 요란하게 싸우면 주변 몬스터를 끌어들인다. 게다가 아키라 일행은 여기까지 오면서 몬스터 무리를 강행돌파했다. 느긋하게 머물고 있다간 떨쳐냈던 무리에 금방 따라잡힌다.

엘레나가 시카라베에게 연락한다.

"시카라베. 그쪽은 어때? 가능하면 1분 후에 나가고 싶은데."

"문제없다. 조금만 더 하면 끝나."

"그래. 그렇다면……."

엘레나가 그렇게 말했을 때, 추가 적이 근처에서 출현한다. 건물 내부에 있던 갑A24식이 위층 창문을 부수고 나온 것이다. 그대로 건물 측면을 타고 내려오면서 아키라 일행을 향해 포와 기총을 겨눈다.

다음 순간, 아키라가 그 기체를 격추했다. 알파의 색적으로 그 출현을 사전에 감지하고, CWH 대물돌격총으로 창문을 겨누고 있었다.

기체는 몸통 부분을 강력한 탄환에 꿰뚫려 일격에 대파해서 낙하한다. 그리고 그 아래에 있던 장갑수송차의 지붕에 격돌해

요란한 소리를 냈다.

그러나 그것으로 끝난 것이 아니다. 갑A24식은 다른 창문에서도 차례차례 튀어나오고 있다. 사라와 캐럴도 요격에 가세하지만, 모든 창문을 막기는 어려웠다.

그것을 본 엘레나가 시카라베에게 소리친다.

"……30초로 끝내!"

"알았다!"

건물 안 홀에 있는 시카라베는 바깥 상황을 모른다. 하지만 전달된 제한 시간에 의문을 드러내지 않고, 그럴 만한 상황임을 이해하고서 철수를 서두르려고 한다.

그때, 홀 통로를 틀어막았던 갑A24식의 잔해가 날아갔다. 그리고 통로 안쪽에서 파괴되지 않은 갑A24식이 출현한다. 이쪽에서도 나오기 시작한 것이다.

시카라베는 곧장 앞으로 나서서 적 기체를 총으로 쐈다. 강력한 탄환이 새로 나타난 기체를 분쇄하고, 조금 전까지 통로를 틀어막았던 기체와 똑같이 고철로 만든다. 그러나 오래는 버틸 수 없다. 다른 통로를 틀어막았던 장해물도 반대편에서 포격을 맞아 차례차례 날아가기 시작한다.

시카라베가 후퇴하면서 헌터들에게 소리친다.

"탈출한다! 서둘러!"

헌터들은 나머지 부상자들을 간신히 차량 안으로 다 옮겼다. 마지막으로 시카라베가 이미 홀에 진입한 갑A24식을 총으로 쏘면서 차량 안으로 뛰어든다.

"토가미! 출발해!"

시카라베는 그렇게 외치면서 차량 뒷문을 억지로 닫았다. 잠시 후 대량의 총탄과 포탄이 뒷문에 명중한다. 마치 그 충격에 떠밀린 것처럼, 장갑수송차는 전속력으로 그 자리에서 이탈했다.

그 타이밍에 맞춰서 아키라 일행도 탈출한다. 차로 갑A24식 집단을 피해 도주하는 것만이라면 아무 문제도 없다. 탄막을 펼치고, 화력에 의존하면서 손쉽게 이탈했다.

제114화 빚을 갚는 우선순위

현장에서 구조 대상자들을 구출한 아키라 일행이 갈 길을 서두른다. 처음 갈 때와 마찬가지로 갑A24식 집단이 습격했지만, 똑같이 처리해서 나아간다.

적의 요격을 마친 아키라가 차량 뒤쪽에서 숨을 내쉰다.

"좋아. 정리했어."

캐럴도 여유롭게 웃어 보인다.

"갈 때보다 편했어. 그나저나 아키라. 조금 물어보고 싶은데, 이 차는 아키라가 운전하지?"

"자동 운전도 있는데, 그게 왜⋯⋯?"

아키라는 조금 괴이쩍은 얼굴로 캐럴을 봤다. 그리고 캐럴은 아키라의 태도에서 숨기는 것이 있다고 금방 간파했다. 그러면서도 시치미를 뗀다.

"아니, 아키라는 진짜 대단하다고 생각해서. 자동 운전이 보조해 준다고 해도, 차를 운전하면서 몬스터를 쏘는 건 일반적으론 불가능하거든? 탁 트인 황야라면 또 모를까, 여기는 유적 안이니까."

실제로 운전하는 건 알파다. 그것을 의심하나 싶어서 아키라는 조금 불안했다. 하지만 단순한 칭찬으로 판단하고 긴장을 풀더니, 상대의 말에 맞춰서 슬쩍 웃는다.

"그래. 그 정도로 강하지 않으면 혼자 공장 구역에 안 가지."

"하긴 그래. 건물 측면을 달리면서 싸우는 것과 비교하면 간단할까?"

캐럴도 덩달아 웃으면서 대수롭지 않게 말을 잇는다.

"참고로 묻겠는데, 자동 운전의 보조 기능은 정확성이 얼마나 돼? 유적에서 정보를 취득해서 운전 성능을 올리는 거야? 비싼 차에는 그런 기능이 있다고 들었는데……."

"어? 꽤 비싼 차는 맞지만, 그런 기능은 없었을걸……."

『알파. 없지?』

『없어.』

자신의 기억에 없고, 알파에게도 물어봐서 확인했으니까, 아키라는 무의식중에 고개를 살짝 끄덕였다.

캐럴은 아무렇지도 않은 얼굴로 아키라의 반응을 주의 깊게 관찰하고 있었다. 그리고 부업으로 갈고닦은, 남자의 거짓을 꿰뚫어 보는 관찰력으로 아키라의 허와 실을 정확하게 간파했다.

(진짜인가 보네…….)

캐럴에게 중요한 것은 차에 그런 기능이 있는지가 아니다. 아키라가 유적에서 정보를 취득하고 있는가. 그리고 그렇지 않다고 판단하고, 속으로 조금 낙담했다.

(진짜로 그냥 강한 건가? 뭐, 숨기는 건 있어 보이지만, 그쪽하고는 관계가 없어 보여. 애초에 아키라가 그거라면 나를 유적 안내인으로 고용하지 않겠지…….)

유적 안에서 경이로운 색적 능력을 보이는 아키라를 의심했지만, 아무래도 잘못 짚은 것 같다. 캐럴은 그렇게 결론을 내렸다.

"캐럴. 왜 그래?"

"응? 아무것도 아니야."

캐럴은 의아해하는 아키라의 얼굴을 보고 속마음이 겉으로 드러났나 싶으면서도, 유혹하듯이 웃어서 얼버무렸다.

"아무것도 아닌 얼굴로는 보이지 않는데."

"아무것도 아니야. 하지만 궁금한 게 하나 있는데 가르쳐 줄 수 있어?"

"뭔데?"

"내 몸에는 전혀 흥미가 없으면서 엘레나랑 사라의 몸에는 흥미진진한 태도였지? 뭐가 달라? 솔직히 말해서, 얼굴도 몸도 뒤지지 않는다고 보는데."

아키라는 무심코 기침했다.

"혹시, 그 사람들은 특수한 플레이도 돼? 그런 이유야?"

"실례되는 소리를 하지 마."

"아키라한테? 그 사람들한테?"

"둘 다!"

"아, 괜찮아. 이래 보여도 입은 무겁거든? 부업에서도 신용은 중요하니까. 입을 꾹 다물 테니까 가르쳐 주지 않을래?"

아키라는 한숨을 푹 쉬고 입을 다물었다. 캐럴이 아쉬운 듯이 고개를 절레절레 흔든다. 그리하여 이 이야기는 캐럴이 바란 대로 흐지부지 넘어갔다.

그때 엘레나와 통신이 연결된다.

"아키라."

"네, 네엣?!"

조금 전까지 엘레나와 사라를 성적인 눈으로 보는지 어떤지를 이야기한 참이어서 아키라는 괜히 허둥대고 말았다.

엘레나는 아키라의 반응을 조금 이상하게 여겼지만, 곧바로 본론에 들어간다.

"음……? 후방에서 큰 반응이 다수 접근하고 있어. 아마도 대형 기체일 거야. 너희 장비로 대처하기 어렵다면 교대할 건데, 어떠니?"

『알파. 괜찮아?』

『문제없어.』

"괜찮아요."

"그래? 그렇다면 같이 요격하자. 우리도 그쪽으로 갈게."

차량 대열의 선두에 있던 엘레나 일행의 차가 옆으로 빠져서 길을 시카라베에게 내주고 아키라의 차 옆으로 왔다. 그 뒤로는 조금 거리를 두고 그대로 나란히 달린다. 사라가 대형 총을 아키라 일행에게 과시하듯이 들면서 손을 작게 흔들고 있었다.

그리고 반응의 정체가 아키라 일행의 후방에서 모습을 드러낸다. 간이 방벽을 지났을 때도 본 대형 다각 전차의 아종이다. 큰길에 널린 잔해를, 다리를 재주껏 들어서 피하며 다가오고 있다.

아키라의 확장 시야에도 그 모습이 뚜렷하게 보인다. 그 박력은 갑A24식과 차원이 다르며, 비슷한 기체를 며칠 전에 해치운 적이 있다고는 해도, 방심할 수 있는 상대가 아니다.

그리고 아키라의 시야에서 다각 전차의 포탑이 회전하고, 대구경 포가 아키라 일행을 겨눈다.

다음 순간, 그 다각 전차의 몸통 부분에 큰 구멍이 난다. 강력한 탄환이 한순간에 관통해서 기체를 크게 비틀고, 착탄의 충격이 전방을 향한 관성을 상쇄해 옆으로 날렸다. 거대한 기체가 회전력에 의해 다리가 부러지면서 유적의 도로를 나뒹군다.

놀란 아키라가 사격이 시작된 곳으로 보이는 쪽을 무심코 본다. 그곳에서 대형 다각 전차를 일격에 파괴한 사라가 뽐내듯이 웃었다.

『굉장한데……! 저걸 한 방에 해치웠어!』

『뭐, 저들도 저만한 장비가 있으니까 이번 구조 의뢰를 받은 거겠지.』

그럴 만하다고 아키라가 생각하고 있을 때, 캐럴이 말을 건다.

"아키라. 보수의 배분 말인데, 아마 이 요격이 끝나면 오늘 일은 일단락하겠지? 아키라의 지금 감각으로, 우리의 배분은 어떻게 될까?"

"그러네……."

아키라도 캐럴 덕분에 도움을 많이 받았다고 생각한다. 또한 욕심을 내서 자신의 몫을 늘릴 마음도 없다. 그러나 활약에 따라 배분한다면 불필요하게 낮출 생각도 없었다.

"7 대 3…… 아니, 8 대 2……? 그 정도일까?"

그리고 아무리 장비 덕분이라도 해치운 적의 비율을 생각하면 그 정도일 거라고, 상담할 여지를 남기면서도 잠정적인 배분율을 내놓았다.

그 말을 들은 캐럴이 대담하게 웃는다.

"그래? 그러면 더 늦기 전에 5 대 5 정도로는 만들어야겠네. 아키라, 각오해."

괴이쩍은 기색을 보이는 아키라의 앞에서 캐럴이 총의 탄창을 교환한다. 나아가 에너지 팩을 추가로 장착한다. 그리고 대형 권총을 두 손으로 단단히 잡고, 새로이 출현한 대형 다각 전차를 쐈다.

대기를 진동하며 사출된 특대급 위력의 탄환은 비록 표적을 관통하지는 않았지만, 기체를 거대한 주먹으로 후려갈긴 것처럼 심하게 변형시켜서 크게 망가뜨렸다.

아키라가 무심코 캐럴을 본다. 캐럴도 사라처럼 뽐내듯이 웃었다. 그러나 그 얼굴은 조금 뻣뻣한 감이 있었다.

"오오! 캐럴도 한 방에! 굉장한걸. 좋아. 다음엔 내가……."

"안 돼. 아키라가 나설 차례는 이제 없어."

"어?"

"5 대 5 정도로 만들겠다고 했잖아? 아키라한테는 이제부터 운전만 시킬 거야."

"아니, 그건 무리일걸…… 어……?!"

새로운 대형 기체가 출현했지만, 그것도 캐럴이 격파한다. 아키라도 CWH 대물돌격총을 겨눴지만, 유효 사거리 밖이었다. 알파의 서포트 덕분에 쏘면 맞지만, 거리에 따른 위력 감소로 한 방으로는 해치울 수 없다.

다음 표적이 출현한다. 하지만 아키라는 조준밖에 할 수 없다. 이 거리에서 쏴도 큰 의미가 없기 때문이다. 그리고 그 기체도 캐럴이 격파했다.

아키라가 허둥대기 시작한다.

"잠깐만……?! 진심이야?!"

"진심인걸. 지도상이라곤 해도, 나도 헌터야. 전투요원으로 고용된 게 아니라고 해도, 보수가 8 대 2라고 쓸모없는 취급을 받으면 말이야. 각오하라고 했지? 나도 각오했어."

다음 대형 다각 전차는 사라가 격파했다. 엘레나 일행은 아키라가 괜찮다고 대답한 것에서 일부러 캐럴에게 적을 격파하게 맡겼다고 판단하고 있다. 그래서 아키라에게 표적 격파를 양보하려고 하지 않고, 오히려 아키라 일행의 부담을 줄이고자 적극적으로 해치우려고 했다.

그 결과, 아키라는 아무것도 못 했다.

"각, 각오했다니…… 무슨 각오인데?"

왠지 모르게 조심스럽게 묻는 아키라를, 캐럴은 조금 뻣뻣하게 웃으면서 봤다.

"적자를 볼 각오. 이건…… 엄청 비싸."

대형 총이라고는 해도, 권총으로 사거리와 위력이 이렇다. 사용한 총탄은 아마도 캐럴에게 비장의 패일 것이며, 가격도 그만큼 비싸리라. 그렇게 납득하려고 했던 아키라가 정신을 차리고 허둥댄다.

"아니, 그런 각오는 필요 없잖아?!"

"필요해. 자, 아키라도 각오해."

캐럴은 애써 대담하게 웃는 얼굴로 아키라를 보고, 다음 표적을 조준했다.

아키라도 황급히 CWH 대물돌격총을 겨눈다.

『알파! 서포트를 부탁해!』

필사적인 아키라와 달리 알파는 시큰둥한 태도를 보였다.

『당연히 철저히 서포트하겠지만, 이런 사거리와 위력 차이를 뒤집는 건 나로서도 무리인걸?』

『어, 어떻게든 안 돼? 이대로 가다간 캐럴이 보수의 태반을 가져갈 건데? 돈을 못 벌면 안 되잖아?』

『그렇게 말해도 이것만큼은 어쩔 수 없어. 게다가 아키라도 적자를 각오하고 캐럴을 고용했잖아?』

『그건 그렇지만…….』

『아. 역시 그랬구나?』

알파가 조금 비난하는 눈치로 쳐다보자 아키라는 얼버무리듯이 눈을 피했다.

흑자를 볼 작정으로 행동한다. 알파에게 거짓말로 대답한 건 아니지만, 어디까지나 가능하면 그렇게 할 작정이었고, 안 되면 어쩔 수 없다고 생각한 것도 사실이었다.

『아키라. 딱히 엘레나 일행을 돕지 말라고는 말하지 않을 거고, 그걸 위한 지출도 아키라만 좋다면 얼마든지 나가도 상관없어. 하지만 채산을 무시하고 기준을 세우지 마. 알았지?』

『…………네.』

『잘 말했어. 그러면 손실을 더 줄이기 위해서, 최대한 노력해보자.』

『…………네.』

그 뒤로 알파의 서포트를 통해 분투한 아키라는 대형 다각 전차를 하나도 격파하지 못하는 것만큼은 간신히 저지했다. 그대로 요격하면서 싸우고, 간이 방벽을 지났을 즈음에 캐럴이 웃으며 다시 물어본다.

"이걸로 일단락이 됐네. 자, 아키라. 우리의 배분은 어떻게 할까?"

"……5 대 5로 해."

만족스럽게 웃는 캐럴과는 대조적으로, 아키라는 지친 얼굴로 한숨을 쉬었다.

◆

아키라 일행은 무사히 가설병원에 도착해 구조 대상자들 인계를 마쳤다. 시카라베가 텅 빈 장갑수송차 안을 손으로 가리키고 토가미에게 지시를 내린다.

"토가미! 두고 내린 물건이 없는지 안을 확인해! 나중에 청소도 해라!"

지금 말하는 두고 내린 물건이란, 깜빡하고 차에 방치한 시체나 신체 일부를 말한다. 사지를 잃은 자, 머리가 없는 자, 머리밖에 없는 자를 운반했기 때문에 잘 확인하지 않으면 신체 일부가 차 내부의 구석에 남아 있을 우려가 있었다.

"…………알겠습니다."

대답하는 데 시간이 조금 걸렸지만, 토가미는 반론이나 반항도 없이 순순히 지시에 따랐다.

그 태도를 본 시카라베는 또다시 조금 당혹스러웠지만, 두 번째인 것도 있어서 고개를 슬쩍 기울이기만 하고 마음을 바꿨다.

"엘레나. 우리는 오늘 끝난 걸로 봐도 되겠지?"

"그래. 고생했어. 그런데 아키라, 너희는 어쩔 거니?"

중간에 들어온 아키라 일행과는 달리, 엘레나 일행은 새벽녘부터 구조 의뢰를 수행 중이다. 피로와 잔탄을 고려해서 일찍마무리하기로 정했다.

그리고 아키라와 캐럴이 구조 의뢰를 계속한다면, 동행은 못해도 의뢰 정도는 중개해 줄 수는 있다고 사전에 전달했었다.

"그러네요……. 두 분이 끝낸다면 저도 끝낼까 했지만…….캐럴. 어쩔까?"

"어머, 내가 정해도 돼?"

"그래. 구조 의뢰를 속행해도 좋고, 지도상으로서 유적을 탐색하고 싶다면 그래도 좋아. 한밤중에 자는 걸 깨워서 고용했으니까 말이지. 그 정도는 같이할게."

아키라가 그렇게 말하고 나서 슬쩍 웃는다.

"다만 이제부터는 완전히 캐럴이 나를 경호원으로 고용하는 형식인데? 내 볼일은 끝났으니까."

"아하, 그런 뜻이구나. 어떻게 할까."

캐럴이 고민하는 기색을 보이자 장갑수송차 안에서 토가미가 얼굴을 내비친다.

"계속할 거라면 나도 같이 갈 수 있어. 이 차도 내 권한으로 쓰게 해 주지."

구조 의뢰를 계속하든, 지도상으로서 유적 안을 돌아보든, 장갑수송차는 도움이 된다. 파격적인 제안이다.

그러나 캐럴은 고개를 가로저었다.

"그만둘래. 오늘은 해산하자."

"그렇군……."

토가미는 아쉬운 얼굴로 장갑수송차 안으로 돌아갔다.

그 뒤, 아키라 일행은 그대로 해산했다. 엘레나 일행은 보험 회사와 할 이야기가 있고 캐럴은 개인적인 볼일로 남는다고 해서, 아키라는 혼자 먼저 미하조노 시가지 유적을 뒤로했다.

◆

토가미는 도란캄의 임시 거점으로 돌아가 장갑수송차 청소를 마쳤다. 이제는 밖에 나가서 뒷문을 닫기만 하면 될 때, 손님이 찾아왔다.

"안녕."

"너는……."

손님은 캐럴이었다. 차 안에 들어온 캐럴은 그대로 웃는 얼굴로 토가미의 옆으로 다가온다.

"무슨 일이야? 잠깐, 어떻게 들어왔지? 경비는?"

도란캄의 임시 거점은 외부인의 출입을 제한하고 있다. 더불어서 캐럴은 문제가 있어서 도란캄의 시설에 출입을 금지당했다. 그것을 아는 토가미가 의심쩍은 얼굴로 보자 캐럴이 의미심장하게 웃으며 대꾸한다.

"조금 부탁했더니 들여보내 줬어. 솔직하게 착한 아이라서 다행이야."

토가미가 혀를 차고 머리를 살짝 끌어안는다.

"그 자식들…… 뭘 하는 거야……."

임시 거점의 경비를 고참에게 맡길 수도 없어서, 그런 일은 신인 헌터가 잡무로 처리하고 있다. 그리고 현재는 B반의 신인 헌터들이 담당하고 있었다. 그것들이 유혹을 못 이기고 캐럴을 그냥 들여보냈다는 것 정도는 토가미도 쉽게 상상할 수 있었다.

캐럴이 이곳에 있는 시점에서 문제가 된다. 자칫하면 자신도 책임을 져야 할 수 있다. 또한 나가라고 해서 나갈 사람이라면 일부러 여기까지 오지 않는다. 그렇게 생각한 토가미는 캐럴이 볼일을 빨리 처리하고 얼른 돌아가게 하려고 했다.

"그래서? 무슨 일로 왔는데. 시카라베는 여기 없고, 어디 있는지도 몰라."

"아니야. 너를 만나러 왔어."

"나를? 뭘 위해서?"

"너한테 아키라에 관해 물어보려고."

"아키라에 관해서……? 딱히 나는 그 자식과 친한 게 아니니까, 물어봐도 몰라."

"하지만 탱크란튤라 토벌전에서 아키라와 같이 싸웠지? 그런 이야기를 듣고 싶어. 아키라의 실력을 잘 알 것 같은 사람한테 말이야."

토가미의 표정이 단숨에 험악해진다. 일단은 외부에 돌아다니지 않는 정보이며, 더욱이 개인적으로 이야기해도 기분이 좋지 않기 때문이다. 그러나 시치미를 떼도 소용없다고 판단한다.

"대답할 의리는 없어. 게다가 그런 이야기를 듣고 싶다면 엘레나와 사라한테 물어보면 되잖아. 아키라와 퍽 친한 것 같고, 과합성 스네이크 토벌전에서 아키라를 고용했다고 하던데. 나한테 물어보는 것보다 더 자세히 알려주지 않겠어?"

"뭐, 그렇긴 하지만……."

캐럴은 그렇게 말하면서 가슴팍의 하네스를 풀고, 토가미에게 더 다가가면서 강화 내피의 앞쪽 지퍼를 천천히 내리기 시작했다. 드러난 맨살이 토가미의 시선을 빨아들인다.

"나는 다른 사람한테 뭔가 알아낼 때, 여자보다 남자가 너 전문이야. 알지?"

요염하게 웃으면서 거리를 좁히는 캐럴의 앞에서, 토가미가 딱딱하게 굳으면서도 빨개진 얼굴로 허둥지둥 뒤로 물러난다.

토가미도 이런 수작에 넘어가면 좋게 끝날 리가 없다는 것을 과거 슬럼에서의 생활로 잘 알았다. 더불어서 캐럴이 도란캄에서 출입을 금지당한 사실이 그것을 뒷받침했다.

하지만 캐럴은 그걸 알면서도 저항하기 어려운 매력을 풍기고 있었다.

계속해서 뒷걸음질 치는 토가미가 운전석 근처로 몰린다. 더는 물러날 데가 없다.

"자, 잠깐. 뭘 알고 싶은데?! 내가 아는 거라곤 그 자식이 엄청나게 강하다는 것 정도인데? 그런 건 오늘 그 자식과 같이 싸웠으면 잘 알 거잖아?!"

"당사자에게 여러모로 자세한 이야기를 듣고 싶어. 게다가 너도 아키라를 여러모로 조사해 봤지? 탱크란튤라 토벌전이 있고 말이야."

"어, 어떻게 그걸…… 자, 잠깐. 알았어! 말할게! 그러니까 조금만 떨어져!"

개인적으로 말하기 불편하다는 것을 제외하면, 딱히 이야기하지 못할 이유는 없다. 성가신 일을 피하기 위해서라도, 토가미는 순순히 이야기해서 캐럴을 돌려보내는 쪽으로 방침을 전환한다.

하지만 캐럴은 아키라에게 자꾸 매정하게 취급당한 것도 있어서 토가미의 반응을 몹시 즐기고 있었다.

"뭐가 어때서. 즐기자. 대답할 의리는 없다며? 지금부터 잔뜩 만들어 줄게."

캐럴이 차량의 제어 장치에 손을 뻗는다. 눈앞에 있는 토가미를 응시하면서, 문을 전부 닫는 조작을 마쳤다.

토가미와 캐럴을 태운 채로, 차량 뒷문이 천천히 닫히기 시작한다. 그리고 잠시 후, 완전히 닫혔다.

캐럴이 볼일을 마치고 돌아간 후, 토가미는 임시 거점의 휴게소에서 지친 기색을 드러내고 있었다. 그곳에 시카라베가 찾아온다.

"이봐, 거점에서 네가 캐럴과 만났다고 들었다. 어떻게 된 일이지?"

"내가 부른 게 아니야. 그 자식이 멋대로 들어와서, 경비를 보던 놈들이 그냥 들여보내 준 거야. 따지려면 거기 가서 말해."

"무슨 일로 왔었지?"

"아키라에 관해서 물어보러 와서, 말해 주고 돌려보냈어."

"그걸로 끝이냐? 아무 일도 없었겠지?"

대놓고 의심하는 시카라베에게, 토가미가 울컥해서 언성을 높인다.

"없었어! 후다닥 돌려보냈어! 여기서 멍청한 짓을 해서, 장비 대여 권한이 사라지면 참을 수 없으니까."

토가미의 태도는 신인이 고참에게 보여도 될 것이 아니다. 하지만 시카라베는 불쾌해하지 않고, 뜻밖이라는 표정만 지었다.

시카라베는 아무 일도 없었냐고 물어봤지만, 실제로는 불건전한 일이 있었다고 확신했었다. 그런데도 본인은 아무 일도 없었다고 주장했다는 핑계를 만들기 위해 물어봤다.

현재 토가미는 시카라베의 밑에 들어간 형식으로 움직이고 있어서, 토가미가 문제를 일으키면 시카라베도 책임을 져야 하기 때문이다.

하지만 시카라베는 토가미의 반응에서, 진짜로 아무 일도 없었다는 것을 간파했다. 그것은 토가미가 캐럴의 유혹에 버텼다는 것을 의미하고, 정말로 예상 밖의 일이었다. 그래서 몹시 놀라면서 진심으로 칭찬한다.

"너, 제법이군."

"그런 걸로 칭찬받아도 기쁘지 않아!"

아이처럼 툴툴대는 듯한 토가미의 태도에 시카라베는 무심코 웃음을 터뜨렸다. 그리고 능글맞게 웃는다.

"아니, 뭘. 욕망의 제어도 헌터에게는 중요한데? 앞으로도 그렇게 애써 봐. 잘 있어라."

그리고 반쯤 놀리는 말을 남기고, 시카라베는 그 자리에서 떠났다.

토가미가 한숨을 쉬고 인상을 험하게 쓴다. 그것은 반쯤 일부러 그런 것이었다.

실제로 토가미는 캐럴에게 손대지 않았다. 자신의 실력을 확인하기 위해서라도 현재의 장비는 중요하며, 시시한 이유로 잃을 수는 없었다.

솔직히, 위험했다. 하지만 자신은 올바른 선택을 했다. 비록 놀리기는 했지만, 시카라베도 칭찬했다. 자신의 의지가 승리한 것이다. 그렇게 자신을 타이르고, 속에서 부글부글 끓는 것을 가라앉히고 있었다.

　그렇게 해서 토가미는 캐럴의 유혹을 거절한 것을, 아깝다는 감정을, 얼굴에 힘을 줘서 얼버무리고 있었다.

◆

　무사히 집으로 돌아온 아키라는 욕실에서 피로를 풀고 있었다. 물을 가득 채운 욕조에 목까지 푹 담그고, 쌓인 피로를 의식과 함께 목욕물에 녹여서 표정을 느슨하게 풀었다.

　알파는 언제나 그렇듯 아키라와 같이 입욕 중이다. 예술처럼 아름다운 몸을 일렁이는 수면만으로 감추고, 빛의 반사를 둘러서 그 조형을 한층 맑고 아름답게 만들고 있다.

　그러나 그만한 알몸이, 아무리 시각적인 것에 불과하더라도, 바로 옆에 있는데도 아키라의 반응은 평소처럼 지극히 밋밋하다. 알파와 처음 만났을 때의 아키라라면 넋이 나갈 정도로 정신없이 봤을 텐데, 지금은 이 모양이다.

　알파가 느닷없이 일어나 욕조 가장자리에 걸어앉는다. 가슴 계곡에 고인 물이 흘러내려 배꼽 아래와 사타구니로 떨어지자 무릎 위를 가리는 것은 구슬처럼 떨어지는 물방울과 희미한 수증기만이 남았다.

　아키라는 그것을 보고 있었다. 하지만 그것은 시야에서 큰 것이 움직이는 것을 무의식중에 눈으로 좇은 것에 불과하고, 상대가 움직임을 마치자 흥미를 잃은 듯 시선을 원래대로 돌렸다.

알파가 슬쩍 한숨을 쉰다.

『여전히 반응이 똑같구나. 아키라.』

이름이 불린 아키라가 알파를 보자 욕조에 걸터앉은 사람이 늘어나 있었다. 캐럴이다. 이성을 유혹하는 요염한 웃음을 얼굴에 띠고, 그 알몸을 아키라에게 훤히 드러내고 있다.

아름답고 아키라의 취향에 특화한 알파의 알몸과는 다르지만, 캐럴의 알몸도 불특정 다수의 욕구를 자극하는 여체의 아름다움을 골고루 갖췄다.

아키라도 캐럴 본인이 여기 있을 리가 없다는 것을 잘 안다. 알파가 자신의 시야를 확장해서 표시한 것임을 금방 이해했다.

그런데도 보통 사람이라면 시선을 떼지 않을 모습이다. 그러나 아키라는 괴이쩍은 듯이 얼굴을 찡그리기만 했다.

"알파. 뭐 하는 거야?"

『캐럴한테도 반응하지 않는구나. 그건 잘된 일이지만…….』

알파가 아키라의 확장 시야에서 욕조에 걸터앉은 사람을 두 사람 더 늘린다. 그 순간, 아키라가 크게 반응했다.

"무, 무……무슨 짓을……."

욕실에서 알몸 미녀 네 사람을 앞에 둔 아키라가 반응하는 것은 그중에서 두 사람, 엘레나와 사라다. 남성을 아찔하게 유혹하는 캐럴의 웃는 얼굴과는 다르게 아키라를 놀리는 느낌이 들면서도 부드럽게 미소를 짓고 있다.

딱딱히 굳은 아키라의 앞에서 알파가 조금 인상을 쓰고 한숨을 쉰다. 그리고 자신을 제외한 알몸을 지웠다.

『역시 엘레나와 사라한테는 반응하는구나.』

"알파! 무슨 짓이야?!"

아키라는 무심코 소리쳐 비난했다. 하지만 알파는 진지한 얼굴과 목소리로 대했다.

『있잖아, 아키라. 괜찮아? 캐럴한테는 여자보다 먹을 걸 우선한다고 했고, 정말로 그랬던 것 같았는데. 엘레나와 사라한테는 다른 걸 우선하지 않아? 그래서 편하게 유도당하고 있지 않아? 구조 의뢰, 한동안 그 사람들하고 함께할 거지?』

알파가 아키라의 눈을 들여다본다.

『앞으로도 그런 이유로 엘레나 일행을 우선할 거라면, 나도 간과할 수 없는데.』

갑자기 엘레나와 사라의 알몸을 보고 허둥대던 아키라도, 알파의 진지한 분위기에 반응해서 이미 침착함을 되찾았다. 그리고 진지하게 대답한다.

"그런 이유가 아니야. 두 사람한테 무척 신세를 졌기 때문이야. 그래서 빚이 엄청 많아. 빚을 갚지 말라는 건, 아무리 알파의 지시라도 따를 수 없어."

아키라와 알파는 그대로 진지한 얼굴로 한동안 서로를 응시했다.

그리고 알파는 아키라의 말에 거짓이나 기만이 일절 없다고 판단하고, 표정을 풀었다.

『그렇다면 됐어. 빚을 갚으려고 한다는 자각이 있다면 말이야. 미안해. 내가 잘못했어.』

아키라도 긴장을 풀고 웃는다.

"아니, 나도 잘못했어. 그리고 착각하게 한 것 같은데, 나도 딱히 두 사람과 함께라면 돈을 안 벌어도 괜찮다고 생각하진 않으니까, 돈을 벌 생각은 당연히 있어. 그건 진짜야."

『아, 괜찮아. 두 사람의 몸에 낚여서 조공하고, 재산을 탕진하고, 빚더미에 앉지만 않으면 돼.』

"괜찮대도. 내가 그렇게 한심해 보였어?"

아키라는 쓴웃음을 짓고 이야기를 흘려넘기려고 했다. 그러나 그때 알파가 의미심장하게 웃는다.

『그렇다면 오늘 사라가 달라붙었을 때 아키라가 어땠는지, 지금부터 같이 보는 건 어때?』

"…………그만둘래. 지금은 목욕 중이야."

『그래?』

아키라는 조금 어색한 웃음을 얼굴에 띠고 목욕이 끝난 뒤에 보자고 하면 어떻게 할까 생각하면서, 나머지 입욕 시간을 즐겼다.

알파는 다 알면서도 침묵했다.

◆

집으로 돌아온 엘레나가 미하조노 시가지 유적에서의 전투 기록을 다시 확인하고 있다. 긴장을 풀기 위해서 편한 차림으로 아끼는 의자에 앉아 있는데, 아까부터 조금 복잡한 표정을 짓고 끙끙대고 있었다.

사라가 그걸 의아하게 여기고 말을 건다.

"엘레나. 무슨 일 있어?"

"응? 조금. 아키라랑 같이 대형 기계형 몬스터와 싸웠잖아? 그때 기록을 다시 확인하고 있는데…… 뭔가 이상해."

"이상하다고? 기습당한 것도 아니고, 복귀하는 길이어서 잔탄을 걱정하지 않고 써서 격퇴할 수 있었고, 피해도 안 생겼고, 다 좋았던 것 같은데."

"실제로 돌아오는 길이어서 다행이었어. 숫자도 꽤 많았고, 가는 길에 마주쳤으면 무조건 철수를 택했을 거야. 그걸 격퇴했으니까 좋은 성과였어."

"그렇지? 이상할 게 없는 것 같은데……."

동의해 주었는데도 엘레나의 표정은 여전히 복잡하다. 사라는 친구의 그런 태도를 더욱 의아하게 여겼다.

"같이 보는 게 빠르겠네. 사라."

엘레나가 사라에게 확장현실 디스플레이, 프레임밖에 없는 안경처럼 생긴 기기를 던져서 건네주고, 근처 소파에 앉았다.

사라가 그것을 쓰고 엘레나의 옆에 앉는다. 그러자 두 사람의 시야가 확장되고, 엘레나가 보던 전투 기록이 입체영상처럼 삼차원으로 표시되었다.

"이건 그 전투를 위에서 내려보는 식으로 표시한 건데, 처음부터 틀 테니까 잠깐 봐봐."

표시 내용은 주위 지형 정보에 아키라 일행과 적의 반응을 추가해서 간단히 만든 것이다. 그래도 습격하는 대형 기체의 양과 그것들을 차례차례 해치우는 아키라 일행의 움직임을 파악하는 데는 충분할 만큼 정밀했다. 누가 어떤 기체를 해치웠는지도 정확하게 판별할 수 있다.

이 데이터는 보험회사 측에도 전달했다. 데이터는 해석이 이루어져 구조 의뢰의 난이도 설정과 추가 보수, 그리고 보험료 산정 등에 유용하게 쓰인다.

엘레나는 팀의 정보 수집 담당으로서 그러한 데이터를 꼼꼼하게 수집했다. 그 덕분에 보험회사 측에서 지급한 보수는 단순히 구조 의뢰만 수행했을 경우와 비교해서 할증이 많이 붙었다.

전투 기록은 모든 일행이 간이 방벽 안으로 들어갈 무렵에 끝났다. 그때까지 쭉 지켜본 사라가 슬쩍 소감을 말한다.

"그 몬스터 무리, 생각했던 것보다 많았네. 싸울 때의 감각으로는 별로 많지 않았는데……. 아키라가 그만큼 애써 준 걸까?"

사라는 그렇게 말하고 엘레나를 봤다. 그리고 상대의 표정을 보고 조금 의아한 얼굴을 한다.

"아니라고 말하고 싶은 거네."

"아키라가 애쓴 건 부정할 마음이 전혀 없지만 말이야. 그것만으로는 아귀가 맞지 않는 부분이 있어. 다시 보자. 여기, 이쯤이야. 천천히 재생할게……. 알겠어?"

사라가 엘레나의 지적에 따라서 전투 기록을 다시 보기 시작했다. 그러자 대형 다각 전차의 움직임에서 미리 지적해야 비로소 알 수 있을 만큼 어색한 부분이 몇 개나 발견되었다.

엉뚱한 곳을 공격하는 기체가 있었다. 엘레나 일행도 아키라 일행도 공격하지 않는데, 갑자기 사라진 반응도 있었다. 적이 많아서 놓치기 쉽지만, 알고 보면 명백하게 이상하다.

"엘레나. 이거, 진짜 이상한데."

"몇 군데 정도라면 데이터가 부족하거나 해석이 잘못됐다고 생각하겠는데, 이렇게 많으면 말이지. 게다가 이쪽을 봐봐."

사라가 엘레나가 지적한 곳을 천천히 보고, 눈치챈다.

"이거, 같은 편끼리 공격하는 거야? 유적의 경비 기계가?"

"우연이나 센서 고장으로는 좀처럼 보기 어려울 만큼, 확실하게 조준하고 있어. 어떻게 된 걸까?"

불가사의한 현상이긴 하지만, 그 내용 자체는 엘레나 일행에게 유리한 것이다. 따라서 엘레나와 사라도 이상하게 여겼지만, 다음 구조 의뢰 때는 조금 주의하자는 정도의 결론밖에 나오지 않았다.

유적 안은 구세계의 영역이다. 무슨 일이 일어나도 이상하지 않다. 유적에서 무슨 일이 생겨도 헌터들은 그런 인식을 전제로 생각하고 만다.

그렇기에 상상할 수도 없는 것을 상상하긴 어려웠다.

제115화 새로운 의뢰

미하조노 시가지 유적에서 구조 의뢰를 받아서 일하고 2일이 지났다. 엘레나와 사라의 예정에 맞춰 느긋하게 휴식하던 아키라에게 키바야시가 연락했다.

"안녕, 아키라. 여전히 나를 즐겁게 해 주는군."

"그런 적은 없는 걸로 기억하는데. 무슨 일이야?"

실제로 아키라는 짚이는 바가 없어서 괴이쩍게 대꾸했다.

"자각이 없나. 좋아! 앞으로도 그런 식으로 잘 부탁하마.".

흥겨운 키바야시의 목소리를 들은 아키라가 인상을 구긴다.

『알파. 뭔가 짚이는 거 있어?』

『그러네. 아키라가 건물 벽을 타고 내려오면서 싸운 게 어떤 경로로든 키바야시에게 전해진 걸지도 몰라.』

『그건가…….』

첫 번째일지 두 번째일지 모르겠지만, 다른 헌터가 봤어도 이상하지 않다. 실제로 두 번째는 레이나 일행이 목격했다.

그리고 아키라의 싸움을 보고 재미를 느낀 헌터가 정보수집기로 마침 기록한 데이터를 동료에게 퍼뜨린 결과, 키바야시에게 이르렀을지도 모른다. 아키라는 그렇게 생각하고 슬쩍 한숨을 쉬었다.

"있잖아, 키바야시. 뭘 봤는지는 모르지만, 그런 걸로 일일이 나한테 연락하지 마."

"무슨 소리야. 너한테 좋은 정보를 주려고 일부러 연락했는데? 나 나름대로 너를 편애해 주려고 말이지."

"정보?"

조금 미심쩍게 인상을 쓴 아키라에게, 키바야시가 그 내용을 말한다.

엘레나가 보험회사에 넘긴 데이터는 쿠가마야마 시티에도 넘어갔다. 그리고 그 데이터를 해석해서 대형 다각 전차가 같은 편끼리 공격한 것을 파악했다.

"그게 뭐 어떻다는 건데? 단순히 고장 난 기계형 몬스터가 근처 기체를 공격한 거잖아?"

"아니야, 아니지. 이건 그 정도의 이야기가 아니야. 자칫하면 도시 방위를 재검토하는 일로 발전할 정도로 중대한 일인데?"

데이터를 해석한 결과, 이 기계형 몬스터의 아군 공격은 센서류의 고장이 원인이 아니라, 다른 기체를 명확하게 노리고 공격했을 확률이 매우 높다는 결론이 나왔다.

이것은 해당 기계형 몬스터가 유적의 지휘 계통에서 일탈했음을 의미한다. 즉, 유적 밖으로 나갈 위험이 커진 것이다. 본래의 경비 범위를 넘어간 경비 기계의 존재도 그 우려를 키웠다.

현시점에서는 아직 유적 안의 경비 범위를 넘어간 기체밖에 확인되지 않았다. 그러나 도시 관계자들 사이에서는 시간문제라는 의견도 있었다.

"큰일이 난 건 알겠지만, 그걸 내가 알아서 무슨 이득이 있어? 뭔가 의미가 있다고 생각하기 어려운데……."

"여기까지는 지금부터 할 이야기의 경위다. 너와 직접 관계가 있는 부분을 먼저 말하자면, 내일 도시의 장기전략부에서 너에게 의뢰가 갈 거다. 내용은 미하조노 시가지 유적공장 구역의 조사다."

"뭐어?!"

쿠가마야마 시티의 장기전략부는 예전에 아키라에게 야라타전갈 소굴 제거 의뢰를 내놓은 부서다. 또한 쿠가마야마 시티에 사는 헌터는 기본적으로 이 부서의 의뢰를 거절하지 못한다. 섣불리 거절했다간 도시에 나쁜 의미로 찍히기 때문이다.

쿠즈스하라 시가지 유적 지하상가에서 고생한 것을 떠올리고, 아키라가 인상을 구긴다.

"왜, 왜 나한테…… 이봐! 키바야시! 네가 수를 쓴 건 아니겠지?!"

"아니야. 너한테 의뢰가 가는 건 단순히 네가 팀의 일원이기 때문이지. 엘레나와 시카라베한테도 똑같은 의뢰가 가서, 아마도 팀 단위로 운용될 거다. 그 캐럴인지 하는 사람도 호출되지 않을까?"

대형 다각 전차 집단을 격퇴한 팀이 있다는 사실. 더불어서 데이터를 제공한 헌터들이라는 사실. 그 부분이 결정타일 거라고, 키바야시는 어디까지나 추측이라고 단서를 단 다음 대답했다.

그리고 정식으로 의뢰가 가는 것은 오늘 밤이나 내일로, 모레나 그다음 날 정도에는 움직일 것을 희망하며, 사실상 강제될 것이라는 말도 덧붙였다.

"거절할 수 없는 의뢰야. 일찍 준비하는 게 좋을걸? 장기전략부에서 주는 의뢰니까 탄약값을 미리 주는 식별 코드 정도는 나오겠지만, 비싼 탄약은 조달하는 데도 시간이 걸릴 테니까."

"그 이야기, 진짜겠지? 평소 이용하는 가게에 비싼 탄약을 조달해 달라고 부탁한 다음에 의뢰가 취소되면 곤란한데."

"그때는 내가 돈을 대주마. 아, 식별 코드도 먼저 보내주지. 정식 의뢰가 나오기 전에 지급 처리를 마치고 싶다면 그걸 써."

정말로 식별 코드를 수신했다. 아키라가 살짝 망설이면서 의심한다.

"저기, 나한테 뭘 시키려는 거야?"

"뭐긴. 나를 즐겁게 해 줄 무언가지. 구체적인 내용은 네가 정하는 거잖아?"

네가 뭘 할지는 모른다. 하지만 나를 즐겁게 할 무리, 무식, 무모한 짓을 할 게 뻔하다. 그렇게 은연중에 말하는 키바야시의 목소리는 마음속 기대를 반영해서 무척 즐거워 보였다.

그 목소리에 담긴 즐거움에 비례하듯이, 아키라는 인상을 험하게 썼다.

사전에 정보를 제공해 준 것도, 탄약값의 선금을 대주는 것도, 아키라에게는 확실히 반가운 일이다. 하지만 그것은 단순히 키바야시가 아키라가 일으킬 소동을 자신의 입맛에 맞게 키우려고 추가 연료를 붓는 것이다.

제아무리 여러모로 둔감한 아키라도, 그 정도는 알았다.

키바야시와 이야기를 마친 아키라가 어떻게 할지 생각할 때,
엘레나에게서 연락이 왔다. 더군다나 캐럴에게서도 연락이 왔
다. 용건은 양쪽 모두 키바야시의 연락에 관해서였다.

그쪽에도 연료를 부었냐고, 아키라는 머리를 끌어안았다.

◆

아키라는 엘레나의 제안으로 시즈카의 가게에서 엘레나와 사
라를 한 번 만나기로 했다.

합류해서 시즈카도 포함해 간단히 상황을 이야기한 다음, 시
즈카가 아키라에게 받은 식별 코드를 알아본다.

복잡한 얼굴을 한 시즈카를 보고, 엘레나도 표정을 조금 굳힌
다.

"시즈카. 어땠어?"

"정말로 도시의 코드야. 더군다나 지급 한도액이 1억 오름이
나 돼."

"1억……! 그 키바야시란 사람, 권한이 무척 높은 사람인가
보구나."

엘레나가 사라와 같이 이건 웃음밖에 안 나온다는 얼굴로 아
키라를 본다.

"캐럴을 봤을 때도 놀랐지만, 아키라는 진짜 엉뚱한 사람과

연줄이 있구나."

"그건 저도 이런저런 일이 있어서요. 그래서 엘레나 씨, 이걸
어떻게 할까요……."

어디까지나 보수에서 미리 떼어주는 것이다. 사용한 만큼 나
중에 보수에서 뺀다. 그러나 윤택한 탄약 사정이 팀의 안전에
공헌할 것은 틀림없다.

엘레나도 조금 망설이다가 결단한다.

"감사히 잘 쓰자. 도움이 되는 건 사실이니까. 일단 도시에서
정식 의뢰가 오면 내가 대표로 보수에서 떼는 게 아니라 도시에
서 부담할 수 없는지 협상해 볼게. 아키라. 그러면 되겠니?"

"네. 부탁할게요."

"좋아. 그러면 단단히 준비해 볼까. 시즈카. 조달은 잘 부탁할
게."

시즈카가 쓴웃음을 짓는다.

"알았어. 장사꾼이라면 기뻐해야 할 일이지만, 조금 복잡해.
아키라. 무리하면 안 된다? 엘레나, 사라, 아키라를 잘 챙길 거
지?"

"알았어요."

"뭐, 어떻게든 할게."

"괜찮아. 맡겨만 둬."

아키라, 엘레나, 사라는 일행은 웃으며 대답했다. 그 모습을
본 시즈카도 안심해서 아키라 일행의 준비를 거들었다.

그날 밤, 실제로 쿠가마야마 시티의 장기전략부에서 아키라 일행에게 의뢰가 왔다. 의뢰 내용은 키바야시가 사전에 전한 것과 같았다.

◆

미하조노 시가지 유적의 공장 구역의 인접한 황야에 쿠가마야마 시티에서 조성하는 임시 거점이 지어지고 있다. 현지에서 조립할 수 있는 대형 건물을 세워 간이 방벽을 둘러치고 만든 간소한 곳이지만, 유적 조사부대의 전초기지로서는 충분한 대체물이다.

부지 안에는 중장강화복과 전투 차량, 인형 병기도 다수 배치되었다. 그러나 이것들은 현시점에서 전초기지 방위용이며, 공장 구역에 대한 대규모 투입은 예정에 없다.

그 대신에 공장 구역에 들어가는 건 고용된 헌터들이다. 그 일원인 아키라는 엘레나 일행과 같이 기지 안의 한 방에서 의뢰에 관한 설명을 듣고 있었다. 시카라베 일행과 캐럴과도 이미 합류한 상태다.

아키라 일행이 쉬는 동안에도 미하조노 시가지 유적의 상황은 변하고 있었다.

이번 소란의 원인은 본래의 경비 범위를 넘어간 기계형 몬스터, 혹은 유적 전역을 경비 범위로 삼는 새로운 경비 기계다. 따라서 그 출현 범위를 제압함으로써 소란을 잠재우는 것을 생각하고 있다.

그 출현 장소로 판단되는 것은 시내 구역의 세란탈 빌딩과 공장 구역에 있는 공장이다.

세란탈 빌딩 쪽은 이미 그 주변을 간이 방벽으로 완전히 봉쇄하고 있다. 이로써 시내 구역의 사태는 수습 단계로 넘어가고 있었다.

그러나 공장 구역 쪽은 그러지 못한다. 출현 장소인 공장이 어딘지 판명되지 않았고, 공장 구역 전체를 간이 방벽으로 에워싸는 것은 현실적이지 않기 때문이다. 따라서 해당 기계형 몬스터의 제조 장소, 혹은 출현 장소를 찾는 것부터 시작해야 한다.

아키라 일행이 할 일은 두 가지다. 출현 장소의 조사와 그 조사를 위해 진입했다가 귀환하지 않은 자들의 구조다.

그 설명을 담당 직원에게 들으면서 관련 자료를 열람하던 엘레나의 인상이 험해진다.

"저기, 생환율이 50퍼센트 이하인데?"

"현시점의 귀환율이다. 죽었다고 확정된 건 아니다. 공장 구역은 건물이 밀집해 농성하기 좋은 장소도 많다. 구조가 제때 이루어질 인원도 많겠지. 그들을 구해줘라."

"그렇다고 해도, 그런 장소에 돌진시킬 셈이야?"

"철수 판단에 관해선 너희에게 전달했다. 위험하다고 판단되면 물러나고, 그렇게 판단한 정보를 가지고 돌아오길 바란다."

"그러지 못했으니까 미귀환자가 속출한 거잖아?"

"그렇긴 하지. 너희는 다르길 기대하마."

팀의 안전을 최대한 유지하고 싶은 엘레나와 그 위험한 의뢰를 시켜야 하는 담당자 사이에서는 조금 팽팽한 긴장감이 흘렀다.

　그때 아키라가 문득 생각한다.

　"있잖아. 밖에 전차나 인형 병기가 서 있는데, 그건 공장 구역 탐색에 못 써?"

　"미안하지만, 쓸 수 없다."

　"안 되는 거야? 그야 공장 안에는 못 들어가겠지만, 그 부지라면 들어갈 것 같은데⋯⋯."

　직원은 처음에 아키라의 질문을 도시에 대한 야유로 받아들여 언짢은 듯 인상을 찡그렸다. 하지만 아키라의 분위기에서 진짜로 소박한 의문으로 물어본 것임을 깨닫고는, 멋쩍은 표정을 지었다.

　그리고 하는 수 없다는 기색으로 사용할 수 없는 이유를 추가로 설명한다.

　"그건 쿠가마야마 시티의 도시방위대 부대라서 말이지? 간단히 투입할 수는 없다. 적어도 내 권한으로는 무리다. 그렇다면 누가 투입을 판단할 수 있을까. 그건 더 윗분들이고, 그 윗분들은 왜 투입하지 않냐면⋯⋯."

　직원은 그때 잠시 말하기 불편한 듯 말을 끊었다. 그리고 다시 말을 잇는다.

　"뭐, 아마도, 위에서는 저렇게 덩치가 큰 것을 투입해서 공장 구역을 자극하기 싫은 거겠지."

유적에는 시간이 지나면서 유물이 다시 생기는 장소가 여럿 있다. 그리고 쿠가마야마 시티와 가까운 유적에 보충되는 유물이 제조되는 곳은 미하조노 시가지 유적의 공장 구역으로 추정되고 있다.

그 공장 구역에 대량의 전차와 인형 병기 부대를 투입하면 유적의 경비 시스템이 민감하게 반응할 위험이 있었다.

헌터라면 다소 숫자가 많더라도 무단 침입자나 도둑 정도로 취급할 테지만, 전장 6미터가 넘는 인형 병기로 구성된 부대라면 명확한 침공으로 판단해서 유적의 경비도 그게 걸맞게 전환될 우려가 있다.

또한 그런 이유로 평소 단순한 유물을 제조하던 공장이 경비 강화 차원에서 경비 기계를 제조하기 시작할 수도 있다고 추정된다. 나아가 그것들과 인형 병기가 치열하게 교전한 결과, 공장 구역이 파괴되어 유물 생산이 멈추고, 쿠가마야마 시티 주변, 혹은 인근 일대에서 유물 보충이 연쇄적으로 정지할 우려도 있다.

당연하지만 쿠가마야마 시티의 경제에 치명적인 영향을 준다. 그것을 생각하면 인형 병기를 포함한 대형 병기의 투입은 신중해질 필요가 있었다.

그런 사정도 있어서, 그것이 전부 괜한 걱정일지라도 도시는 이번 사태를 최대한 온건하게 처리하고 싶었다. 공장 구역을 건드리는 것도 기계형 몬스터를 제조하는 공장만 봉쇄하거나 한정적인 파괴로만 끝내고 싶었다.

"아마도 그런 사정도 있어서 인형 병기를 못 쓰니까 그 대신에 헌터를 투입하는 거겠지. 이렇게 말하긴 뭐하지만…… 비용도 인형 병기 부대를 투입하는 것보다 저렴하니까."

직원은 그러한 사정을 설명한 다음, 아키라를 타이르듯이 말을 잇는다.

"그래도 너희에게 주는 보수는 파격적으로 할증했을 거다. 인형 병기 부대의 운용비보다는 싸니까 통 크게 얹었을 텐데? 그러니까 꼭 좀, 부탁하마."

그리고 간청하듯이 머리를 살짝 숙였다.

"게다가 너희는 대형 기계형 몬스터 무리를 격퇴하고 구조 의뢰를 성공시켰다면서? 그렇게 대단한 자들이 이건 무리라고 해서 철수할 정도면 위에서도 대처 방법을 다시 생각할 거다. 위험할 것 같으면 바로 철수해서 그 정보를 가져와 줘. 알았지?"

의문을 해소한 아키라는 납득한 듯이 고개를 끄덕였다. 그 모습을 본 엘레나와 캐럴이 쓴웃음을 흘린다.

다른 사람은 아키라와 다르게 일일이 설명해 주지 않아도 사정을 알고, 그런데도 직원에게 불만을 드러냈다. 하지만 무지한 아키라의 반응에 독기가 살짝 빠졌다. 또한 직원에 대해서도 상황을 설명할 뿐 권한이 있는 게 아니라는 사실을 새삼스레 깨달았다.

엘레나가 분위기를 바꾸려고 활기차게 말한다.

"알았어. 시세의 두 배를 넘어서는 보수가 나왔으니까, 할 수 있는 만큼 해 보자."

"미안해. 부탁하마. 공장 구역의 지도도 준비했다. 공장 구역 전체는 아니지만 잘 활용해 줘."

직원도 가슴을 쓸어내렸다. 그리고 다음으로 공장 구역 탐색자에게 줄 자료 등을 설명하기 시작했다.

◆

아키라 일행은 걸어서 공장 구역 앞에 왔다. 모두가 준비를 단단히 마쳤다.

특히 아키라는 서포트 암을 활용해서 CWH 대물돌격총, DVTS 미니건, A4WM 유탄기관총과 함께 그 탄약까지 운반하고 있다. 유물 수집이 목적이 아니라서 아직 여유가 있지만, 다른 사람들은 조금 놀란 눈치로 봤다.

갑A24식의 잔해가 대량으로 널린 공장 앞에서 엘레나가 팀 리더로서 말한다.

"자, 지금부터 공장 구역에 들어가는데. 다시 확인해 볼게."

아키라 일행의 팀은, 아키라와 캐럴, 엘레나와 사라, 시카라베와 토가미, 이렇게 세 팀의 합동으로, 엘레나 팀 아래에 다른 팀이 붙는 형태다.

이것은 보험회사가 의뢰주인 구조 의뢰를 도시의 장기전략부에서 덧씌우고, 어느 팀이 주도하는지를 도란캄 내부의 파벌 다툼과 엮이게 하기 싫은 시카라베가 그쪽 협상을 도란캄에서 분리한 결과였다.

이로써 전체 지휘는 엘레나가 하게 되었다. 아키라는 다른 의견이 없고, 캐럴은 아키라에게 고용된 형식으로 계속하는 것이므로 참견하지 않았다.

"공장 구역에 들어가면 퇴로를 확보하면서 구조 대상이 농성하고 있을 법한 곳을 돌아다닐 거야. 조사도 하지만 미귀환자 구조를 중시해. 계약자를 구출하는 데 성공하면 보험회사에서 별도로 보수를 준다고 했으니까, 그쪽으로도 돈을 벌어 보자."

기본적으로 엘레나 일행은 대열 중앙에서 색적과 정보 수집을 실시하고, 아키라 일행과 시카라베 일행은 전열이나 후방을 담당한다.

"시카라베. 앞과 뒤, 어느 쪽을 맡고 싶어?"

"응? 그렇군……."

시카라베가 토가미를 힐끗 본다. 토가미는 진지한 얼굴로 조용히 있었다.

엘레나의 질문은 시카라베가 앞과 뒤 중에서 어느 쪽이 토가미를 원호하기 쉬운지를 묻는 의미도 포함하며, 시카라베 일행도 그 뜻을 이해했다.

다음으로 시카라베는 아키라를 힐끗 봤다. 아키라는 의미를 몰라서 시카라베가 자신을 본 것을 의아하게 여기고 있었다.

"엘레나. 우리는 앞이다."

"알았어. 그러면 아키라한테는 뒤를 부탁할게."

"알겠어요."

토가미는 한 차례 이를 악문 다음, 천천히 숨을 쉬고 자신을 진정시켰다. 자신이 걸리적거려서 전진하지 못하거나, 후퇴하지 못하거나, 둘 중에 뭐가 나을지를 비교해 봤을 때 전자를 선택한 것이라고, 토가미는 눈치챘다.

그 뒤로 자기 위치에 간 아키라 일행은, 모두의 정보수집기가 잘 연동했는지와 단거리 통신이 정상적으로 연결되는지를 확인했다.

현재 공장 구역에서는 소규모 통신 장애가 발생하고 있었다. 전초기지와의 통신도 어려운 상태가 계속되어 헌터들의 귀환율을 낮추는 요인이 되기도 했다.

그래도 단거리 통신이라면 문제없다. 아키라 일행은 최소한 팀 내의 통신만이라도 유지할 수 있도록 통신 출력을 조정했다.

"좋아. 문제없지? 그러면 가 보자."

엘레나의 호령에 따라, 아키라 일행은 공장 구역으로 진입했다.

공장 구역 내부는 아키라가 이전에 왔을 때와 확연하게 달라졌다. 기계형 몬스터의 잔해가 사방에 있고, 장소에 따라서는 통로를 가로막을 정도로 널브러져 있다.

핏자국도 금방 눈에 들어온다. 여기서 싸운 헌터들의 것이다. 피로 심하게 얼룩진 바닥과 벽이 주위에 널브러진 경비 기계의 잔해와 함께 아키라 일행에게 전투가 얼마나 격렬했는지를 상상하게 했다.

그러나 헌터들의 시체는 전혀 보이지 않는다. 아키라는 그것을 조금 이상하게 여겼지만, 구조부대가 시체만이라도 가져갔을 것으로 생각해서 별로 신경 쓰지 않았다.

탐색 자체는 순조롭게 진행 중이다. 이것은 전열에 있는 토가미가 애쓴 덕분이다. 짐짝이 되지 않기 위해서, 자신의 실력을 확인하기 위해서, 토가미는 온 힘을 다하고 있었다.

방과 통로를 신속하게 정확하게 제압한다. 벽의 재질 등으로 인해 정보수집기로는 그 너머를 충분히 알아볼 수 없는 장소에서는 소형 정보수집 단말을 던지거나 쏴서 국지적인 색적을 실시한 다음 방심하지 않고 돌입한다.

약한 경비 기계라면 토가미만으로 해치운다. 적의 무력화 또는 무력화 확인을 철저하게 마친다. 토가미의 움직임은 팀 행동의 모범이라고 할 만큼 충실했다.

시카라베의 채점은 충분히 합격점이다. 굳이 결점을 들자면 초반부터 그래서는 체력과 정신력이 오래 못 버틴다는 정도다.

한편, 시카라베는 그것을 알면서도 일부러 토가미를 말리지 않았다. 싸울 수 있는 상태를 장시간 유지하는 기량도 일종의 실력이다. 토가미가 그 기량이 부족하고 피로 때문에 움직임이 둔해진 탓에 팀 전체의 행동을 저해한다면, 그것을 이유로 팀에서 빼면 된다고 생각했기 때문이다.

자신의 실력을 증명하려고 토가미가 이동을 서두르는 바람에 전체의 움직임도 조금 빨라졌다. 그 속도에 따라가지 못하는 자에게는 당연히 부담이 커진다. 그게 아키라다. 평소 활동과 훈련은 모두 단독행동을 기본으로 해서, 팀 행동에는 익숙하지 않은 탓에 더욱 힘들었다.

조금 힘들어하는 아키라를 본 사라가 걱정한다.

"아키라. 괜찮아. 조금 천천히 가는 게 나을까?"

그러나 아키라는 반쯤 허세로 웃으며 고개를 가로저었다.

"아뇨. 괜찮아요. 제가 발목을 잡는 게 아니라면 말이에요."

"그렇게 말하진 않지만…… 힘들면 언제든지 말해."

"네."

사라는 아키라의 솔직한 대답을 듣고 일단 안심했다. 그래도 만약을 대비해 엘레나에게 시선을 돌린다.

그것을 본 엘레나는 오히려 팀의 이동 속도를 높였다.

무리해서 억지로 따라가려는 상태로는 피로가 빨리 쌓이고, 급작스러운 사태에 대응하는 능력이 심하게 떨어진다. 또한 시즈카도 아키라를 잘 부탁한다고 했다. 괜히 무리하게 시킬 마음은 없다.

아키라가 진짜로 무리하지 않는 거라면 팀의 이동 속도를 조금 높여도 다소 힘들고, 조금 뒤처지는 정도로 그친다. 그러나 이미 무리하고 있는 거라면 대폭으로 뒤처질 것이다.

엘레나는 그렇게 생각하고 아키라가 진짜로 무리하지 않는지를 확인하려고 했다.

그 결과, 아키라는 조금도 뒤처지지 않았다. 여전히 조금 힘든 기색을 보이지만, 전체의 이동 속도를 올려도 느끼는 부담이 달라지지 않는다고도 판단할 수 있다.

엘레나는 그렇다면 이건 어떨까 하는 마음에 속도를 더 높였다. 시카라베도 너무 빠른 게 아닐까 생각할 정도였다.

그런데도 아키라는 전혀 뒤처지지 않았다. 뒤를 지키는 일도 빈틈없다. 후방에 출현한 기계형 몬스터에도 즉각 대응해서 여유롭게 격파했다.

그런 아키라를 보고 같이 뒤를 지키던 캐럴이 가볍게 놀란다.

"아키라. 얼굴은 무척 힘들어 보이는데, 사실은 의외로 여유로워?"

아키라가 조금 힘들어 보이는 표정에 쓴웃음을 섞는다.

"똑바로 일하지 않으면 캐럴이 보수를 다 가져가니까……."

"어머, 나한테 맡기고 쉬어도 되는데?"

"싫어. 너야말로 쉬어도 되는데?"

"싫어."

아키라와 캐럴은 서로 대담하게 웃고, 그래도 문제없이 후방을 맡는다.

그런 두 사람의 모습을 보고, 엘레나와 사라는 서로 얼굴을 보고 쓴웃음을 지었다.

"엘레나. 아키라 말인데…… 괜찮을 것 같아."

"더 빨라지면 우리가 먼저 뒤처지겠어. 괜히 걱정했나 봐."

이상하게도 실력이 부족한 것처럼 느끼는 일이 많은 아키라도, 생각해 보면 과합성 스네이크 토벌전에서 그만큼 대활약했다. 아키라에게는 그렇게 느끼게 하는 무언가가 있을 뿐이고, 단순히 그것에 현혹되는 자신들이 미숙한 것이리라. 엘레나와 사라는 그렇게 판단하고 아키라를 불필요하게 걱정하는 것을 그만뒀다.

실제로는 엘레나와 사라의 감각이 올바르다. 이미 아키라는 빠듯했다. 자기 힘으로는 대폭 뒤처졌을 것이다.

하지만 아키라에게는 알파의 서포트가 있다. 부족한 실력은 알파의 서포트로 문제없이 보충할 수 있다. 이동 속도가 빨라져도 서포트를 포함한 실력에서 서포트가 차지하는 비중이 커질 뿐, 다른 사람이 보는 아키라의 실력에는 변화가 없었다.

그리고 손해를 본 사람이 나타난다. 토가미다.

토가미는 온 힘을 다해서 자기 채점으로는 만점인 이동 속도로 나아가고 있었다. 그럴 때 두 번이나 속도를 더 높이라는 지시가 나온다. 더군다나 아무도 불평하지 않고, 다른 사람들은 평범하게 대응하고 있다.

이렇게 해도 느린 걸까. 자신은 짐짝만 되는 걸까. 그런 감정이 마음을 후비는 가운데, 토가미는 그래도 죽을힘을 다해 어떻게든 걸음을 옮기려고 했다.

그때 시카라베가 지시한다.

"토가미. 더 천천히 가라."

"괜찮아! 할 수 있어!"

토가미는 무심코 그렇게 반박했다. 그것은 남은 의지를 토해 내는 듯한 목소리였다. 하지만 거의 한계인 것은 본인도 잘 알았고, 이동 속도를 낮추는 이유를 거절하는 것이 악수인 것도 이해했다.

그래도 토가미는 괜찮다고 한번 내뱉은 말을 물리지 않았다.

그러나 그때 시카라베가 쏘아보고, 엄격하게 말한다.

"네 상태를 물어본 적은 없다. 지시에 안 따르면 뭉갠다."

너를 배려해서 지시한 게 아니다. 그렇게 명시하면서 토가미도 침착함을 되찾고, 얌전히 지시에 따랐다.

불온한 낌새에 엘레나가 조금 경계하는 모습을 보인다.

"시카라베. 무슨 일이야?"

"엘레나. 전방을 더 강하게 뒤져 봐. 내 정보수집기로는 거리가 있어서 그런지 정밀성이 떨어져."

"알았어."

엘레나는 팀의 정보 수집 담당으로서 다른 사람보다 한 단계 높은 색적 능력을 보유하고 있다. 지금까지는 그 색적 범위를 원형으로 퍼뜨렸는데, 우선 범위를 전방으로 돌렸다. 그리고 인상을 찡그린다.

"반응 다수. 이쪽으로 오네. 조금 많아."

전방에서 몬스터로 추정되는 다수의 반응이 다가오고 있었다. 상대의 이동 속도에서 판단하면 이미 뿌리칠 수 없는 상황이다. 그러나 엘레나는 동요하지 않는다.

"조금 물러나서 요격하자."

적은 많지만, 문제는 없다. 그것을 알기 쉽게 드러낸 엘레나의 태도에 아키라 일행도 침착하게 자리를 잡았다.

지금 아키라 일행이 있는 장소는 계층 구조인 공장 내부, 좌우폭이 있고 앞뒤로도 넓은 실내다. 그곳에는 파괴되어 이미 정지한 제조 기계류가 다수 늘어서 있었다. 그러한 장해물에 몸을 숨기면서 몬스터 무리의 접근에 대비한다.

엘레나는 기습을 방지하기 위해 넓게 퍼뜨렸던 정보 수집 범위와 정밀성을 일시적으로 전방에 편중시켰다. 이로써 범위 내 정보 수집 정밀성은 극적으로 상승하고, 몬스터의 대략적인 위치밖에 모르던 상태에서 정확한 위치와 형상까지 식별할 수 있는 상태로 변했다.

나아가 엘레나는 기계형 몬스터의 형상에서 상대의 무장을 예상하고, 적의 위치에 맞춰 공격 범위를 산출한 다음에 그 해석 결과를 팀 전체에 전송했다. 요격 준비는 완벽하다.

그리고 적 몬스터 집단이 안쪽에서 출현한다. 전장 1미터쯤 되는 다각 기계 집단이 방해되는 물건이 널린 바닥이 아니라 천장을 질주해서 단숨에 거리를 좁힌다.

하지만 그 적성 기계류의 돌진은 농밀한 탄막에 저지당했다. 착탄의 충격으로 분쇄된 기계 부품이 흩날려 파도처럼 뒤로 전달된다.

지난번에 대형 다각 전차 집단을 격퇴한 아키라 일행이다. 그것에 비하면 소형 정도밖에 안 되는 기체의 무리는 천장을 뒤덮을 정도의 양이라도 문제가 없다. 화력으로 뭉개기 시작한다.

아키라는 A4WM 유탄기관총의 연사력을 살려 구석구석 뿌린다. 직격한 표적을 분쇄하고, 나아가 주위 기체를 폭풍으로 날려서 천장에서 떨어뜨린다.

바닥에는 걸리적거리는 것이 사방에 널렸다. 적 기체가 여러 개의 다리로 재주껏 피하며 다니는 데도 한도가 있다. 진군 속도는 극적으로 떨어졌다.

유탄을 피하고 간신히 천장에 붙어 있는 기체들은 사라가 화끈한 탄막을 뒤집어씌운다.

확장 탄창의 경이로운 장탄량이 낳는 총탄의 태풍은 한 발 한 발의 위력이 일반적인 총탄보다 강하다. 지난번에 시즈카의 가게에서 탄약류를 조달할 때 키바야시의 식별 코드를 써서 시즈카에게 비싸고 성능이 좋은 탄약을 준비하게 했다.

그래도 모든 적을 해치울 수 없다. 다각 기계의 무리는 모두 비슷하게 생겼지만, 성능까지 똑같지는 않았다. 다른 기체와 비교해서 극단적으로 튼튼한 개체가 아키라와 사라의 탄막을 버티고 튀어나온다.

하지만 그 개체도 아키라 일행의 적수는 되지 않았다. 그 개체는 엘레나의 색적으로 사전에 식별되었고, 탄막을 빠져나온 직후 캐럴에 의해 격추되었다.

대형 다각 전차조차 격파하는 탄환은 다른 소형 기체보다 몇 단계 정도 튼튼한 장갑을 손쉽게 돌파했다. 대상은 한 방에 대파하고, 기체의 잔해가 쌓인 산에 추가되었다.

천장이 아니라 벽을 달리는 기체도 있다. 바닥의 장해물을 뛰어넘어 다가오는 기체도 있다. 하지만 그것들도 시카라베 일행이 격파해 나간다. 시카라베의 실력이면 아무 문제가 없고, 토가미도 고성능 장비의 도움을 받았다고는 하나 어떻게든 대응했다.

그러한 상황과 함께 미리 요격에 적합한 장소에서 대기한 것도 있어서, 아키라 일행의 우세는 달라지지 않았다.

제116화 목숨을 구한 자

　전투가 계속된다. 아키라 일행의 우세는 변함이 없지만, 적의 증원도 끝나지 않는다. 계속해서 불어나고 있다. 아키라는 조금 진저리가 났다.

　『알파. 이건 언제쯤 끝나?』

　『그건 나도 몰라. 상대의 재고도 무한정은 아니겠지만, 여기가 저 경비 기계들을 생산하는 거점이라면 간단히 바닥나지는 않을 거야.』

　『그래서 유적에 기계형 몬스터가 득실거리는 거군. 이게 구조 의뢰가 아니라서 다행이야.』

　당연하지만 구조 의뢰의 보수는 기본적으로 구조 대상을 구출했는지로 정해진다. 도중에 몬스터를 엄청나게 많이 해치운다고 해서 보수가 늘어나는 게 아니다.

　보수를 주는 것은 의뢰주인 보험회사지만, 그 돈이 나오는 곳은 구조 대상자가 납부한 보험료다. 적이 예상보다 많아서 탄약값이 많이 들었다고 협상해도, 늘어나는 보수에는 한도가 있다.

　하지만 이번 의뢰는 도시에서 공장 구역을 조사하는 것이 주된 목적이다. 이번 소란을 멈추기 위해서 기계형 몬스터 제거를 권장하며, 격파 보수도 빠짐없이 나온다. 탄약값 탓에 적자를 볼 걱정은 하지 않아도 된다.

그 덕분에 아키라도 값비싼 유탄용 확장 탄창을 거리낌 없이 사용할 수 있지만, 이토록 적이 많으면 지겨워질 수밖에 없다.

생물형 몬스터라면 상대가 도망치는 것도 다소 기대할 수 있지만, 적은 기계형 몬스터. 이토록 많이 해치워도 혼란에 빠지지 않고, 통솔이 흐트러지지 않고, 자신의 완전한 파손조차 전혀 두려워하지 않으며 기계적으로 덤벼든다.

진짜로 경비 기계의 재고가 다 떨어질 때까지 싸워야 할 듯한 상황에 아키라는 슬쩍 한숨을 쉬었다.

그때 엘레나가 통신으로 지시를 내린다.

"일단 물러나자. 한도 끝도 없어. 전초기지로 돌아가자."

그러자 이어서 시카라베가 괴이쩍은 투로 말한다.

"그래도 되겠어? 아직 조사도 별로 안 했는데? 잔탄에도 여유가 있을 것 같다만……."

"조사는 적의 물량이 상정을 대폭 넘어간다는 정보를 가져가는 걸로 치자. 조사하는 걸 의식하다가 잔탄이 절반 이하가 됐으니까 슬슬 복귀하자고 할 때는 이미 돌이킬 수 없을 거야."

"그것도 그렇군. 알았어. 복귀하지."

"좋아. 천천히 물러나자. 우리가 우세한 건 변함없어. 침착하게, 쓸어 버리면서 돌아가자."

이유야 어쨌든 후퇴한다는 사실에는 변함이 없다. 팀의 사기가 그 사실에 악영향을 받지 않도록, 엘레나가 활기찬 투로 지시를 내렸다.

하지만 토가미는 조금 분한 눈치로 인상을 구기고 있었다. 아직 자기 실력을 스스로 인정할 무언가를 해내지 못했기 때문이다. 그리고 그러지 못하고 복귀하면 역시 자신은 그 정도밖에 안 된다는 사실이 확정될 것 같아서 초조함에 시달리고 있었다.

그때 제삼자의 목소리가 울려 퍼진다.

"도와주세요! 제발!"

그 목소리는 단거리 범용 통신을 거쳐 모두에게 전해졌다. 아키라 일행이 놀라는 가운데, 엘레나가 냉정하게 응답한다.

"넌 누구야? 어디서 말하고 있어? 단거리 통신 같은데, 근처에 있어? 위치정보를 전송해 줄래? 여기선 네 위치를 파악할 수 없어!"

"알겠어요! 바로 보낼게요! 잠깐 기다려 주세요!"

지도가 딸린 위치정보를 전송받는다. 지도는 전초기지 직원이 아키라 일행에게도 제공한 것으로, 상대도 역시 공장 구역의 조사에 동원된 헌터임을 나타내고 있었다.

엘레나가 얼굴을 찡그린다. 상대의 위치는 조금 앞에 있는 방 안이다. 그 방은 다른 통로와 연결되어서, 그쪽에서 온 것으로 추측할 수 있다. 또한 같이 전송된 정보를 믿을 경우, 그 통로도 기계형 몬스터의 반응으로 가득 차 있었다.

그리고 그 통로 쪽에서 탈출할 수 없는 이상, 아키라 일행이 있는 안쪽에서 나갈 필요가 생기는데, 그것도 문제다. 방의 위치는 아키라 일행과 기계형 몬스터 무리가 공방전을 벌이는 전선의, 기계형 몬스터의 진영 쪽이다.

즉, 아키라 일행이 통신 상대를 구출하려면 그 전선을 더 밀어야 한다. 아키라 일행이 우세하다고는 하나, 전선을 뒤로 물리는 건 쉬워도 앞으로 미는 건 어렵다.

더불어서 전선을 밀려면 요격에 유리한 지형을 버리고 전진할 필요가 생긴다. 더군다나 지금은 적의 물량에 밀려서 철수를 결정한 직후다.

유감이지만, 버린다. 엘레나의 머릿속에 그 선택지가 떠오를 정도로는, 대상을 구출하기 어려운 상황이었다.

"원호할 테니까, 어떻게든 여기까지 올 수 없어? 그 위치는 이쪽에서 직접 도우러 가기 어려운데……."

"무, 무리예요! 여기까지 온 것도 진짜 아슬아슬해서……."

마치 그 대답을 긍정하듯 통신 너머에서 무수한 총성이 울려 퍼졌다.

엘레나가 더욱 고민한다. 구조도 업무의 일부고, 그 위험을 허용하는 것도 의뢰의 일부지만, 한도가 있다. 팀 전체의 안전을 책임지는 리더로서, 경솔하게 판단할 수 없었다.

그때 토가미가 소리친다.

"내가 가겠어! 원호해 줘!"

이것이 자신의 실력을 증명할 마지막 기회다. 그렇게 무의식 중에 생각하고 만 토가미는 과도하게 의욕을 내고 있었다.

엘레나가 1초 기다린다. 그리고 시카라베가 부정하지 않는 것을 보고 도란캄은 앞으로 발생할 피해도 포함해서 허용했다고 판단한다. 다음으로 아키라를 본다. 아키라는 가볍게 고개를 끄덕여 보였다.

그래서 엘레나는 결단했다.

"알았어! 모두가 토가미를 원호! 전선을 밀어서 대상을 구출할게! 신속하게, 하지만 조바심을 내지 말고 전진해! 알았지!"

"라저!"

"당신! 우리가 갈 때까지 어떻게든 버텨!"

"아, 알겠습니다!"

"좋아! 전진!"

아키라 일행이 화력을 집중해서 토가미를 원호하는 형태로 전선을 밀어낸다. 일시적으로 한층 격렬해진 포화가 사선상의 물체를 분쇄하고, 구조 대상이 있는 방으로 가는 길을 만들었다.

◆

토가미가 죽을힘을 다해 돌진한다. 총탄이 자신의 바로 옆을 지나가는 소리도 잡음으로 치부하고, 공포를 의지로 깔아뭉개며 용맹 과감하게 전진한다.

무릅써야 하는 위험과 얻을 수 있는 이익. 그걸 잘못 가늠한 헌터는 황야에 휩쓸려 죽는다.

설령 헌터가 아닐지라도, 전장에서, 길가에서, 뒷골목에서, 잘못된 선택의 결과로써 숨을 거둔다.

토가미도 슬럼 출신으로서, 그 정도는 알았다.

하지만 얻을 수 있는 이익에 눈이 멀었다. 자신들의 리더가 상대의 구출을 고민할 정도의 상황에서 그 곤란을 돌파해 상대를 구출할 수 있다면, 분명 스스로 자랑할 수 있는 자신을 되찾을 수 있다. 그것이 손을 뻗으면 이루어질 장소에 있다. 그것은 토가미에게 너무 눈부셨다.

그것을 붙잡으려고 도박에 나설 정도로는.

아키라 일행의 원호, 그리고 토가미 자신의 노력도 있어서, 토가미는 기계형 몬스터 무리라는 곤경을 타파하고, 구출 대상이 있는 방 앞에 도착한다. 이제는 문을 부수고 상대를 구출하면 끝이다. 그 생각이 토가미의 표정을 느슨하게 풀었다.

토가미는 두 가지 실수를 했다. 하나는 너무 서두르는 바람에 실내 확인을 소홀히 했다는 것. 그리고 나머지 하나는 방을 끼고 반대편, 통로 쪽 적이 안에 있는 자가 막고 있다고 지레짐작한 것이다.

문을 걷어차고 방 안에 들어간 토가미의 눈에 들어온 것은 바닥에 쓰러진 여성과 이미 자신에게 총구를 겨눈 기계형 몬스터였다.

그 총구와 토가미의 눈이 마주친다. 피할 수 없다. 그 이해가 토가미의 체감시간을 늘린다. 그러나 그것은 토가미에게 그 죽음을 더욱 잘 이해시키는 것 말고 다른 효과가 없었다.

총성이 울린다. 토가미의 도박은 실패했다.

사출된 총탄은 토가미에게 총구를 돌린 기계형 몬스터를 한 방에 대파시켰다.

"어······?"

피할 수 없다고 생각했던 죽음의 운명이 뒤집히면서, 토가미는 아주 짧은 시간 동안 넋을 놓았다. 그때 뒤에서 노성을 뒤집어쓴다.

"서둘러서 데리고 탈출해!"

그것은 아키라의 목소리였다. 기계형 몬스터를 격파한 것도 아키라다. 토가미의 후방에서 CWH 대물돌격총으로 강력한 탄환을 쐈다. 추가로 연사해서 실내에 있는 다른 다각 기계를 격파, 견제한다.

정신을 차린 토가미가 몸을 낮춰서 실내로 잽싸게 들어가고, 여성을 잡아서 반쯤 질질 끌듯이 밖으로 나간다. 그 직후, 아키라는 재빨리 능숙하게 A4WM 유탄기관총으로 바꾼 뒤, 대량의 유탄을 실내에 날리고 토가미에 이어서 방에서 이탈했다.

폭풍이 빠져나갈 곳이 극단적으로 부족한 장소에서 유탄이 일제히 폭발한다. 압축된 충격파가 그곳에 있던 다각 기계들을 산산조각으로 날려 버리고, 그 파편을 폭풍과 함께 방 출입구로 토했다.

토가미가 후방의 폭발음을 들으면서 여성을 끌어안고 달린다. 그 얼굴은 분통하게 일그러져 있었다.

"빌어먹을……."

죽지 않았다. 여성도 구출했다. 하지만 도박은 실패했다.

자기 힘으로 해낸 일이 아니다. 위험한 상황에서 아키라에게 도움을 받은 성과이며, 아키라가 도와주지 않았다면 죽었다. 그래서는 토가미가 자신을 긍정할 수 없다.

토가미는, 스스로 자랑스럽게 여기는 자신을 되찾고 싶었다. 그 마음에 시달리면서, 토가미는 분한 듯이 달렸다.

여성을 구출한 아키라 일행은 이곳에 더 머물 이유가 없다. 아키라 일행은 엘레나의 지휘를 따라서 침착하게 철수했다.

◆

아직 공장 구역 안이지만, 일단 안전한 장소로 물러났을 즈음에 아키라 일행이 숨을 고른다. 구출한 여성은 그곳에서 일행에게 머리를 숙였다.

"정말 감사합니다. 덕분에 죽지 않았습니다."

"아니…… 무사해서 다행이야……."

여성은 직접 자신을 구한 토가미에게 주로 고마움을 전했다. 하지만 의기소침한 토가미는 그 말을 순순히 받아들이지 못하고, 말하기 거북한 느낌으로 대답하고 있었다.

엘레나는 표정이 조금 딱딱했다.

"그래서 모니카 씨. 어째서 당신 혼자만 있어? 다른 사람은?"

"그, 그건……."

여성은 아키라가 이전에 공장 구역에서 만난 모니카였다. 그 모니카가 어물거리고 있을 때, 캐럴이 활기찬 투로 끼어든다.

"엘레나. 자세한 이야기는 전초기지에 복귀하고 나서 하자. 흩어진 동료가 농성할 만한 곳을 아니까 지금부터 구하러 가자는 말을 들어도, 우리도 곤란하잖아?"

"…………그것도 맞는 말이네. 일단은 복귀하자."

엘레나가 이야기를 마무리하고 팀에 다시 이동을 지시했다. 왠지 모르게 몰래 안도한 한숨을 쉬는 모니카를 보고, 시카라베가 미심쩍은 눈치를 보인다.

캐럴이 웃으며 아키라의 어깨를 두드린다.

"아키라. 거점으로 돌아갈 때까지 긴장 풀지 말고 뒤를 잘 지키자."

"응? 그래."

그 흐름으로 아키라는 캐럴과 같이 계속해서 후방을 지키게 되었다. 일행은 시카라베와 토가미를 선두로, 엘레나와 사라, 모니카, 아키라와 캐럴 순서로 대열을 짜 다시 전초기지를 향한다.

복귀하는 도중, 캐럴은 잡담할 정도의 여유를 보이면서 모니카를 자주 화제로 삼았다. 그렇게 해서 아키라의 시선을 자연스럽게 모니카에게 향하게 한 것을, 아키라는 눈치채지 못했다.

◆

아키라 일행은 무사히 전초기지로 돌아왔다. 엘레나가 귀환했다는 내용으로 연락하자, 곧바로 담당 직원이 나타났다.

"우선, 무사히 돌아와서 다행이군. 그런데 조금 일찍 복귀한 것 같은데. 문제가 발생했나?"

"그래. 그리고 구조 대상을 한 명 구출했어."

"오! 그랬군! 그렇다면 바로 정보를……."

엘레나가 팀의 리더로서 정보를 공유하는 가운데, 모니카는 안절부절못하는 기색을 보였다. 그리고 정보수집기로 모은 데이터를 전달하는 단계에서는 수상쩍은 낌새마저 보였다.

그런 모니카의 태도를 본 직원도 조금 괴이쩍은 기색을 드러낸다.

"미안하지만, 우리는 자네가 자네의 팀 사람들과 떨어진 상황도 파악할 필요가 있다. 떠올리기 싫은 참상의 기록일지라도, 제공해 줬으면 하는군."

"…………알겠습니다."

모니카는 체념한 듯이 머리를 숙이고 데이터를 제공했다.

직원이 그 데이터를 간단히 해석하면서 이야기를 들으려고 한다. 하지만 그 내용물을 열람했을 때, 갑자기 인상을 험하게 쓰고 모니카를 노려봤다.

"넌…… 다른 사람들을 버리고 도망쳤군?"

모니카가 주춤거리며 몸을 확 젖힌다. 하지만 반론하지는 않았다.

보고가 끝난 아키라 일행은 탄약 보급을 마쳤다는 이유로 바로 출발하지 않고, 그렇다고 해서 오늘은 이걸로 끝낼 수도 없어서, 시설 안에서 길게 휴식을 취하고 있었다.

직원과 헌터들을 위해 개방한 휴게실에서. 아키라는 엘레나, 사라, 캐럴과 같은 테이블을 에워싸고 잡담하고 있다.

엘레나는 복잡한 표정을 지었다.

"솔직히 말해서, 저 사람을 이해하지 못할 것도 없어."

그렇게 말하고 엘레나가 시선을 구석으로 돌린다. 그곳에는 구석 테이블에 혼자 앉은 모니카가 있었다.

"뭐…… 하긴, 그렇죠."

아키라도 모니카를 힐끗 보고 가볍게 동의했다. 이것은 단순히 엘레나에게 맞장구를 친 게 아니라, 진심으로 그렇게 여긴 것이다.

아키라 일행의 뇌리에 직원에게 비난받고 무심코 언성을 높인 모니카의 말이 떠오른다.

그러면 그렇게 많은 몬스터를 상대로 뭘 어쩌면 되는데요?! 버리지 말고, 같이 싸우다가 죽으라고 말하고 싶나요?! 웃기지 말아요! 나는 평범한 지도상이라고요?! 평소엔 숨어서 정보를 수집한다고요! 힘만 믿고 돌진하는 무능한 바보가 아니라고요! 싸울 수 있을 리가…… 없잖아요…….

반대로 직원을 비난하듯 악을 쓰던 모니카는, 나중에는 주저앉아 무릎을 꿇고, 헐떡이는 소리밖에 내지 못했다.

이기적으로 들리기도 하는 그 변명, 그렇게라도 말하지 않으면 죄책감에 무너질 듯한 마음을 억지로 버티게 한 듯했다. 그런데도 마지막에는 버티지 못해서 주저앉았다.

그 광경을 떠올린 아키라도 복잡한 얼굴을 한다.

"자기가 원해서 받은 일이라면 모르겠지만, 이번에는 다르니까요……."

헌터 활동은 목숨을 건 도박이다. 당연하지만 헌터가 받는 의뢰는 죽을 위험이 포함된다. 물론 의뢰주도 그 전제로 의뢰를 발주하고 있다. 그렇기에 죽기 싫다는 이유로 헌터가 받은 의뢰를 내팽개치는 것은 눈총을 사는 행위다.

그러나 그것도 자기 의지로 의뢰를 받았다는 전제 조건이 필요하다.

도시 장기전략부의 의뢰라고 하는, 사실상 거부권이 없는 의뢰. 면식도 거의 없는 사람들과 팀을 짜야 하는 데다가, 일이니까 죽을 위험을 감수하라고 하면 의뢰에 성실하고 싶은 마음도 싹 가신다. 아키라도 그 점은 동의할 수 있었다.

사라도 조금 복잡한 얼굴을 하지만, 캐럴은 아무렇지도 않게 웃고 있다. 아키라는 그게 조금 의아했다.

"캐럴은 왠지 태연하네. 전에 같이 일하던 사람인데, 원래 그런 거야?"

"원래 그런 거잖아? 나라도 거절하지 못할 의뢰를 강요해 놓고서 프로 정신을 기대하면 곤란해. 게다가 처음 봐서 신용할 수 없는 사람들끼리 팀을 짜게 하더라도, 멀쩡하게 운영하면 잘 굴러가. 이번 일은 그 조정을 게을리한 도시 측의 실수 아니야?"

"뭐, 그렇지만……."

그 생각도 아키라는 이해할 수 있다. 그리고 엘레나 일행과 캐럴이 보이는 태도의 차이는 각자가 무의식중에 생각하는 당연함의 차이, 윤리관의 차이라고도 어렴풋이 느꼈다. 자신이 서 있는 곳이 굳이 따지자면 캐럴에 더 가깝다는 것도 포함해서.

그때 캐럴이 아키라에게 웃으며 말한다.

"그러니까 처음 본 사이인데도 나를 버리지 않고 구해준 아키라와는 앞으로도 좋은 관계를 잘 유지하고 싶어. 아키라가 또 구해주길 바라고, 아키라한테 죽기도 싫으니까."

"경호는 보수에 달렸어."

"나머지 하나는?"

"내가 책임지고 캐럴을 죽여야 하는 사태가 생기지 않게 조심해."

"그렇다면 문제없네."

"그렇다면 좋겠는데 말이야."

"괜찮아."

아키라와 캐럴은 슬쩍 농담하듯 이야기했다. 하지만 그 내용에는 농담이 하나도 없다. 아키라는 필요하다면 캐럴을 책임지고 죽일 작정이며, 캐럴도 그것을 안다.

엘레나와 사라도 그것을 안다. 하지만 아키라와 캐럴처럼 웃을 수는 없다.

신용이란 타인과 상호적으로 쌓는 법. 그만큼 그 신용의 가치는 무겁다.

타인이란 신용할 수 없는 법. 그만큼 그 예외인 신용할 수 있는 자의 가치는 무겁다.

전혀 다른 가치관을 지닌 자들은, 같은 테이블을 사이에 두고 앉고서도 그 사고방식과 사상의 차이를 얼굴에 드러냈다.

방구석 테이블에 혼자 앉은 모니카. 그 표정은 어둡다. 우울하게 한숨을 쉬는 그 모습은 보는 사람에게 그 마음속을 쉽게 상상하게 했다.

토가미는 그런 모니카의 모습을, 조금 떨어진 테이블에서 보고 있었다. 그리고 자신의 마음속을 드러내듯 복잡한 얼굴로 슬쩍 한숨을 쉬고, 마음을 추스르듯 표정을 평소대로 돌리고 일어섰다.

그대로 자판기에서 마실 것을 사고, 그것을 가지고 모니카가 있는 테이블에 가서 방금 산 음료를 모니카의 앞에 둔다.

그것을 눈치챈 모니카가 푹 숙인 얼굴을 들었다. 토가미와 모니카의 눈이 마주친다. 그리고 잠시 뜸을 들인 후, 토가미가 입을 열었다.

"그 뭐냐. 너도 이런저런 일이 있었겠지만 말이야. 너는 목숨을 건졌으니까, 그것만은 기뻐하라고."

진심으로 의아한 표정을 지은 모니카에게, 토가미는 씁쓸한 얼굴로 말한다.

"이래 보여도 나는 목숨을 걸고 너를 구했어. 그런 네가 목숨을 건지고도 기뻐하지 않으면, 나로서도, 조금, 뭐, 그런 거야."

"고맙습니다……."

억지로 힘낸 느낌이지만, 모니카는 웃으며 토가미에게 머리를 숙였다.

토가미는 쑥스러운 느낌을 얼버무리듯이 표정을 굳혔다. 그리고 그대로 원래 자리로 돌아간다.

테이블로 돌아온 토가미는 같잖은 짓을 했다며 쓴웃음을 지었다. 그러나 그 덕분에 자기 힘으로 모니카를 구한 게 아니라는 사실을 얼버무려서 조금은 마음이 편해졌다.

모니카는 그런 토가미를 보고 있었다. 그리고 진심으로 웃고 있었다.

◆

휴식을 마친 아키라 일행이 다시 미하조노 시가지 유적의 공장 구역으로 출발한다.

그 팀 편성에 조금 변동이 있었다. 우선 모니카, 레이나, 시오리, 카나에가 추가되었다. 그리고 중장강화복 2기, 헥스와 하운드가 동반한다.

주목적도 공장 구역의 조사가 아니라 미귀환 조난자들을 구조하는 것으로 변경되었다. 모니카에게 얻은 정보로, 다수의 헌터가 지금도 농성 중일 가능성이 커졌기 때문이다.

도시 측이 헌터들에게 사전에 공장 구역의 지도를 제공한 이유는 그것을 사용해서 조사를 쉽게 하는 목적 말고도 예상하지 못한 사태, 예를 들어 대량의 몬스터가 습격해 승산이 없는 상황에서 헌터들을 같은 장소로 모으기 쉽게 하는 것도 있었다.

동료와 떨어진 경우에도, 사전에 합류 지점을 정하면 합류하기 쉽다. 거기까지 가면 누군가 있을지도 모른다면 희망을 믿기도 쉽다.

구조하는 쪽도 미귀환자를 수색하기 위해 공장 구역 내부를 마구잡이로 찾는 것보다 특정 장소나 그 주위에 한정해서 찾는 것이 더 효율적으로 구조할 수 있다.

그런 이유로 배포된 지도에는 농성하는 데 적합한 장소가 여러 군데 실려 있었다. 지금 아키라 일행이 가는 곳은 그중 하나인 A89 지점이다. 그리고 모니카는 그 안내인으로서 동행하고 있다.

모니카의 동행을 결정한 것은 도시 측이다. 팀을 버리고 혼자 도망친 모니카를 어떻게 처리할지 고민하던 도시 측에서, 그 대처를 포함해 사태를 온건히 해결하려고 한 것이었다.

모니카의 행동은 계약 위반에 해당한다. 하지만 사실상 강제로 받아야 하는 의뢰를 내팽개쳤다고 극형에 처했다간 헌터들이 크게 반발할 것이다. 이런 소문은 금방 퍼지는 법이다. 설령 도시와 적대하는 한이 있더라도 의뢰를 거부하는 자가 속출하게 될 것이다.

그러나 무죄 방면은 불가능하다. 그래서 도망친 곳으로 다시 가게 했다. 혼자 도망쳐도 원래 전장으로 돌려보내진다는 억지력을 목적으로 한 조치다.

이것은 명분을 챙기기 위한 것이기도 하다. 혼자 도망쳤지만, 그것이 구조를 요청하려는 방편이었다고 하면 버림받은 헌터들의 반감도 어느 정도는 억누를 수 있기 때문이다.

또한 도시의 의뢰를 내팽개친 자가 있었지만, 경솔한 이유로 그런 것이 아니라 동료들을 구하기 위한 고뇌 어린 결단이었다고 함으로써 도시의 위엄을 지키는 의도도 있다.

그런 이유로 모니카는 아키라 일행과 동행하게 되었지만, 이 결정에는 엘레나가 강하게 난색을 드러냈다.

엘레나도 모니카가 한 짓은 이해할 수 있다. 하지만 동료를 버린 자를 팀원으로 동행하게 하는 것은 감정적인 이유로도, 팀 리더의 위기관리 측면에서도, 받아들이기 어려운 부분이었다.

그러나 엘레나로서도 도시의 요구를 그냥 싫다는 말로 거부하기 어렵다. 그래서 대책을 내놓는다.

혼자 도망칠 정도로 명백하게 팀에서 짐짝이 되는 인물을 넣으면 전력 면에서 불안해진다. 굳이 넣고 싶다면 그것을 보충할 수 있는 인원을, 상대에게 경위를 설명한 다음에 준비해 주었으면 한다. 그렇게 요구했다.

그런 인원은 도시에서도 단시간에 준비하기 어려우리라. 게다가 정당한 요구다. 이걸로 이 요구는 무산될 것이다. 엘레나는 그렇게 판단했었다.

그 판단이 옳았음을 증명하듯, 엘레나의 요구를 들은 도시 직원은 복잡한 얼굴로 검토하겠다고 대답한 뒤, 협상 자리에서 잠시 자리를 비웠다.

하지만 엘레나의 예상을 뒤집고, 도시는 추가 인원을 데려왔다. 그것이 레이나 일행이었다.

쿠가마야마 시티의 요청이기도 해서, 도란캄은 미하조노 시가지 유적에서 발생한 소란을 수습하는 작전에 적극적으로 가담 중이다. 다른 의뢰로 원정을 떠난 자가 없는 한, 소속 헌터들에게 작전 참가를 강력히 요구했다.

당연하지만 레이나에게도 참가를 요구했다. 하지만 시오리는 레이나의 안전을 생각해 어떻게든 이유를 대서 거절했다.

그러나 참가를 요구하는 압력이 서서히 강해진다. 급기야 도란캄에서의 제명까지 암시하게 되었다. 레이나 일행은 사정이 있어서 도란캄에 소속할 필요가 있었기에 시오리도 결단할 수밖에 없었다.

도란캄이 주된 전장으로 삼은 곳은 미하조노 시가지 유적의 시내 구역이다. 세란탈 빌딩 주변 봉쇄도 카츠야의 부대를 파견해서 깊이 관여하고 있다.

그러나 시오리에게 세란탈 빌딩은 그 아키라조차 가기를 꺼렸던 위험지대다. 그런 장소에 레이나를 보내는 것은 허용할 수 없다. 하지만 공장 구역에서도 치열한 전투가 벌어지고 있다는 소문이 있어서, 그쪽도 어렵다.

어쩌면 좋을지 고민하는 시오리에게 도시 측에서 도란캄을 거쳐 아키라 일행의 팀에 참가할 것을 요청했다. 시오리는 그 경위를 듣고 얼굴을 찡그렸지만, 아키라조차 가기를 꺼린 장소와 그 아키라 본인이 있는 장소 중에서 하나라는 선택지 중 후자를 선택했다.

새로운 팀은 아키라와 캐럴, 엘레나와 사라, 시카라베와 토가미, 이렇게 3팀 합동이다. 여기에 모니카와 레이나 일행이 더해지지만, 3팀 합동 구성은 그대로 간다. 레이나 일행은 도란캄 소속의 팀으로서 시카라베 팀에 들어갔다.

그리고 모니카는 아키라 팀에 들어갔다. 이것은 징벌의 의미도 포함된다. 아키라에게 고용된 형식으로 있는 캐럴이 필요하다면 아키라가 죽이겠다고 명언한 사실을 아는 도시 측에서 같은 조건으로 모니카를 추가한 것이다.

아키라는 모니카에게도 캐럴과 똑같이, 만약 엘레나 일행에게 해를 끼친다면 책임을 지고 죽이겠다고 명언했다. 모니카는 겁먹은 얼굴로 고개를 끄덕였다.

동반하는 중장강화복 2기는 별개로 친다. 강력한 화기를 보유하긴 했어도 그 덩치 때문에 공장 안으로 들어갈 수 없다. 그래서 밖에서 같이 이동하면서 아키라 일행을 A89 지점이 있는 건물 근처로 보내는 것이 일이다.

A89 지점에 얼마나 많은 헌터가 있을지 모르고, 적의 규모도 불확실하다. 미귀환 조난자들을 아키라 일행만으로 전초기지까지 보내기 어려울 수도 있다. 그래도 건물 밖까지 간다면 그나마 나을 거라며, 공장 밖 전투는 중장강화복이 맡기로 했다.

그리고 중장강화복 2기의 화력으로도 목적지 건물에 도달할 수 없을 만큼 적이 강력하다면 작전을 근본적으로 수정해야 한다.

너무 강력한 전력을 파견해서 공장 구역을 자극하는 것을 막을 수 있도록 아슬아슬하게 전력을 환산한 결과가 중장강화복

2기, 헥스와 하운드였다.

지난번보다 규모가 많이 커진 팀으로, 아키라 일행은 전초기지를 출발했다.

◆

아키라 일행이 전초기지를 나서고 얼마 후, 심하게 다친 헌터가 기지 근처에 나타난다. 피투성이로, 한 팔이 떨어졌으며, 이미 자기 힘으로는 걸을 수 없는 몸을 동작 불량 상태에 처한 강화복으로 겨우 지탱하면서 간신히 도착한 상태였다.

그것을 알아본 경비가 당장에라도 쓰러질 것 같은 헌터에게 서둘러 달려간다.

"이봐! 괜찮아?! 정신 차려! 여기는 F4 지점! 공장 구역에서 탈출한 것으로 추정되는 부상자 발견! 생명이 위급하다!"

경비는 응급처치를 하면서 연락했다. 얼마 후 도착한 응급부대가 그 남자 헌터를 기지로 운송한다.

운송 중, 남자는 금방이라도 끊길 듯한 의식으로 주위 사람들에게 호소했다.

"그 여자가…… 그년이 동료를……."

"말하지 마! 상처가 벌어져!"

남자는 피를 토하면서도 필사적으로 호소하고 있었다. 하지만 심각한 부상 탓에 의식이 몽롱해지고, 나아가 다 죽어가는 목소리여서 제대로 전달되지 않았다.

"그 지도상이…… 우리를……."

계속해서 말하려는 남자를 말리려고, 의료반의 한 사람이 가까스로 들리는 단어에서 내용을 추측했다.

"모니카란 지도상 때문에 다수의 사상자가 발생한 건 우리도 파악했다! 그걸 말하는 건가?"

그 말을 들은 남자는 희미하게 웃었다. 그리고 안도해서 긴장이 풀리자 그대로 의식을 잃었다.

전초기지에서 사태 수습을 담당하던 직원이 부하로부터 방금 후송된 헌터에 관해 보고받고 있다.

"그래서 그자의 용태는 어떻지?"

"생명에는 지장이 없습니다. 다만 부상이 심각해서 의식이 돌아오려면 시간이 걸릴 것 같다고 합니다."

"그렇군. 일단은 무사해서 다행이라고 치자. 귀중한 생환자다. 절대로 죽게 하지 마. 의식이 돌아오면 그자에게 이야기를 들어봐라. 다른 생존자의 정보가 있을지도 몰라."

"알겠습니다."

부하가 나간 뒤, 직원은 올라온 보고서를 보고 고개를 조금 갸우뚱한다.

"초기 보고는 F4 지점의 경비에서…… F1 지점이 아닌가? 어째서?"

귀환 루트를 공장 구역에서 전초기지를 향한 최단 거리로 잡을 경우, 남자는 F4 지점이 아니라 F1 지점에서 발견되어야 한다. 모종의 이유로 중간에 루트를 다소 변경하더라도, F4 지점은 안 된다.

F4 지점에서 처음 발견되려면 귀환 루트를 극단적으로 변경할 필요가 있다. 사전에 제공한 지도의 범위를 대폭 우회할 정도로 변경이 필요해지는 것이다.

직원은 그것을 기이하게 여겼지만, 남자의 용태에 문제가 없다는 보고를 받았기에 그 사정을 포함해서 남자가 정신을 차린 뒤에 물어보면 된다고 판단했다.

제117화 엉망진창

　아키라 일행은 다수의 헌터가 농성했을 것으로 추정되는 A89 지점을 목표로 공장 구역을 나아가고 있었다.

　동반하는 중장강화복 2기가 진입할 수 없는 건물 내부를 피하는 까닭에 조금 멀리 돌아가는 이동 루트다. 하지만 이동 자체는 지극히 순조롭다. 마주치는 적을 중장강화복의 강력한 화기로 분쇄하며 유유하게 걸음을 옮기고 있었다.

　헥스의 오른팔에는 대구경 기총이 달렸다. 기체가 짊어진 거대한 탄창에서 공급하는 총탄을 사용해서 태풍 같은 탄막을 뿌릴 수 있다. 소형 다각 기계의 무리가 그 태풍에 휩쓸려 순식간에 날아갔다.

　하운드의 왼팔에는 대포가 달렸다. 옥외라서 지난번에 아키라 일행을 습격한 대형 다각 전차 등과도 마주쳤지만, 하운드의 대포를 맞고 모조리 요란하게 폭발했다.

　그런 중장강화복 2기의 활약상을 보고, 아키라가 탄성을 내뱉는다.

　"음. 굉장해. 이러니까 간단히 출격시킬 수 없는 거구나."

　"일단은 도시 방위용 기체니까요. 저 정도는 할 줄 알아야 쓰지 않겠슴까?"

"아하, 그렇군."

친근하다고 보기 어려운 아키라의 태도를, 카나에는 전혀 신경 쓰지 않았다. 아키라가 미심쩍게 봐도 오히려 장난치듯이 웃으며 대꾸한다.

"오? 아키라 소년. 내 몸을 자꾸 보는데, 흥미진진함까? 청춘이네요."

"아니야."

"감추지 않아도 되는데요? 저는 신경 쓰지 않으니 말임다."

"아니야. 감추는 게 아니야."

"그렇습까. 저런 차림을 한 여자를 데리고 다니니까, 감출 수 없겠지 말임다."

이건 당연히 캐럴을 말하는 것으로, 아키라도 그 점을 지적하면 반론할 수 없었다.

"그건 상관없어. 그나저나 카나에는 왜 무장하지 않았어? 총은 없어?"

"아, 저, 총은 별로라서 말임다."

"아니, 별로라도…… 그런 문제야?"

아키라는 더욱 미심쩍게 보지만, 카나에는 전혀 아랑곳하지 않는다.

"괜찮습다. 그 증거로 아씨나 누님도 뭐라고 안 하잖습까?"

그건 그냥 말해 봐야 소용없다고 여기는 게 아닐까? 아키라는 그렇게 생각했지만, 말하는 건 그만뒀다.

또한 적어도 그토록 레이나를 걱정하는 시오리가 억지로 총을 들게 하지 않을 정도로는 싸울 수 있겠다고 마음을 고쳐먹고, 괜히 참견하는 것을 피했다.

"뭐, 일만 똑바로 하면 돼."

"그쪽도 걱정할 거 없슴다. 이래 봬도 일은 철저히 하니까요. 진지하게 일하면 실수해도 된다는 식으로 어설픈 대우는 받지 않슴다."

"하긴……."

그렇기에 카나에는 이런 태도가 용납된다. 그것은 카나에가 그만한 성과를 내고, 그만한 실력을 보유했다는 증거다. 아키라는 그렇게 여기고 카나에의 설명에 설득력을 느꼈다.

"아, 일단 말해 두겠는데요. 내 일은 아씨를 경호하는 거니까 말임다. 아키라 소년의 일을 돕는 건 기대하지 않는 게 좋슴다. 이해해 주길 바라요."

실제로 카나에는 스스로 본인이 레이나의 경호원이며, 구조 작업을 돕지 않고, 필요하다면 다른 모두를 버리는 한이 있더라도 레이나를 데리고 도망치겠다고 선언했다.

"그 부분은 엘레나 씨가 받아들였으니까, 내가 뭐라고 할 마음은 없어."

그리고 엘레나도 그것을 허용했다.

레이나 일행은 세 사람이 한 사람 전력으로 취급된다. 카나에를 빼도 두 사람이지만, 시오리도 궁극적으로는 카나에와 똑같은 입장이다. 그리고 레이나의 실력은 다른 자들에 비해 한 단계 떨어진다. 그런 레이나와 시오리, 카나에를 합쳐서 종합적으로 전력 1인분으로 쳤다.

이것은 계약상으로도 전력 1인분으로 환산하는 것을 의미한다. 따라서 보수도 1인분이다.

시오리는 레이나와 같이 평범하게 싸우고, 카나에도 레이나를 지키기 위해 싸운다. 레이나 자신을 포함해서 세 사람의 종합적 전력은 아무리 아키라 일행을 기준으로 봐도 1인분을 넘는다. 따라서 레이나 일행은 손해를 보는 일인 셈이다.

엘레나도 그 설명을 듣고 마음에 걸리는 부분이 있었지만, 전력이 늘어난다는 점에는 변함이 없고, 기대치를 넘는 전력을 얻었다는 점에서 일단 납득했다.

또한 시오리와 카나에를 시카라베 팀의 일원으로 침으로써, 뭔가 문제가 생겼을 때는 시카라베가, 다시 말해 도란캄에서 책임을 지게 된다. 그래서 엘레나도 인정할 수밖에 없었다.

아키라는 이전에 시오리와 싸운 적도 있어서 시오리가 얼마나 강한지 안다. 그러니까 레이나와 카나에가 끼더라도 시오리의 가입을 환영할 수 있었다. 게다가 엘레나가 허용했다면 카나에가 게으름을 피워도 불평할 수 없었다.

"뭐, 마음대로 해. 그리고 우리를 버리는 건 자유지만, 나나 엘레나 씨네를 미끼로 쓰면 죽이겠어."

"알겠슴다."

아키라가 경고해도 카나에는 웃으며 대답했다. 그래서 아키라는 경고가 올바르게 전해졌다고 해석했다.

실제로 경고는 올바르게 전해졌다. 그러나 그때 아키라와 사

투를 벌이는 것도 재미있겠다고 카나에가 생각한 것은 아키라
도 도저히 예상하지 못했다.

◆

레이나는 긴장을 풀면 그대로 축 숙여서 바닥에 떨어질 것만
같은 머리를 이를 악물고 버텨서 간신히 세웠다. 우울한 기분으
로 꽉 채운 머리는 너무 무겁고, 그것을 의지로 버티는 탓에 매
우 언짢은 표정을 짓고 있다.

하지만 그것은 허세에 불과하다. 팀에서 자기 혼자 짐짝이라
는 생각을, 레이나는 아슬아슬하게 버티고 있었다.

레이나가 토가미의 시선을 눈치챘다. 그리고 그 시선에서 단
순히 보는 것과는 다른 느낌을 받아서 무심코 불쾌한 눈으로 토
가미를 봤다.

"뭘 봐……?"

"아, 아니. 아무것도 아니야."

"…………그래?"

레이나는 이를 악물고 짤막하게만 대답했다.

여기서 감정에 몸을 맡기고 소리치면 과거의 자신으로 돌아가
고 만다. 결과를 상상해 보지도 않고 아키라에게 대들고, 그 탓
에 아키라와 시오리를 사투 직전의 상황으로 몰고 간 얼간이로
돌아가고 만다. 그건 싫다는 마음으로 자제했다.

그래도 강한 자제심이 필요한 원인이 사라진 건 아니다. 레이

나는 천천히 심호흡하고 끓어오른 감정을 차분하게 가라앉힌다.

(진정해. 내가 방해만 된다는 사실은 무슨 말을 해도 변하지 않아. 그러니까 우선은 그걸 받아들이는 거야.)

레이나는 자신을 보는 토가미의 시선을, 걸리적거리는 자에 대한 비난으로 넘겨짚었다.

(위에서 지시했다고는 해도, 왜 이런 애송이를 지키면서 싸워야 하냐고 생각하는 거겠지. 하지만 그렇게 생각하는 것도 어쩔 수 없어.)

고래고래 소리를 질러도 상황은 호전되지 않는다. 불필요하게 언성을 높일 기력은, 현재 상황을 바꿀 의지로 바꿔야만 한다. 레이나는 그렇게 자신을 타이르고, 의지를 키워나간다.

(그러니까 갚아줄 거야. 설령 방해만 되더라도, 할 수 있는 일을 최대한 할 거야. 경호는 필요 없었다고, 먼저 그렇게 생각하게 하자. 그것이 지금 상황에서 내가 할 수 있는 최선이야. 해 보는 거야!)

레이나가 기운을 북돋운다. 자신의 표정에서 언짢음을 몰아내고, 얼굴에 의지를 채웠다.

하지만 그 의지는 조금 헛돌고 말았다.

중장강화복 2기는 지난번에 아키라 일행을 철수하게 한 대량의 기계형 몬스터 등을 상대하기 위해 동반한 것으로, 아키라 일행을 경호하는 게 아니다. 또한 적이 많으면 조금은 흘리는 일도 생긴다.

애초에 소량의 적은 아키라 일행이 직접 대처할 수 있고, 일행도 그런 인식으로 움직이고 있다. 그것은 레이나도 마찬가지다.

그러나 레이나는 기운을 북돋는 데 의식이 지나치게 치우친 나머지, 주위 경계를 소홀히 하고 말았다.

그리고 마침 그때, 레이나의 옆에서 동반한 중장강화복 기체가 놓친 일부, 어중간하게 파손되어 기능부전 상태에 빠진 다각 기계가 널브러져 있었다. 나아가 불운하게도 그 기체가 일시적으로 기능을 회복하고, 재가동하여 레이나에게 총구를 겨누려고 한다.

레이나도 그것을 깨달았다. 하지만 반응이 치명적으로 늦어졌다.

(아차……!)

레이나도 눈치챈 순간에 적에게 총구를 돌리려고 했다. 그러나 그래서는 이미 늦는다고, 레이나 자신이 이해하고 있었다.

그리고 그 한순간으로 이미 늦었다고 인식할 정도의 뛰어난 재능이 증명하듯, 레이나의 회피와 반격은 제때 이루어지지 않았다.

하지만 레이나는 문제없이 살 수 있었다. 레이나를 공격하려던 기체를, 한순간에 그 위로 도약한 카나에가 짓밟았기 때문이다.

카나에는 경호 일을 마치고 아무 일도 없었던 것처럼 아키라가 있는 곳으로 돌아간다.

"아까 하던 이야기를 마저 하자면, 누님이 아씨를 너무 오냐

오냐하니까 우리도 유적에서…….”

“아니, 돌아오지 말고 레이나의 곁에 있으라고. 위험하지 않았어?”

“아뇨아뇨. 아키라 소년, 무슨 말을 하는 겁니까. 여유롭게 갔잖아요? 누님도 뭐라 안 했습니다. 제가 똑바로 일하는지 확인하려고 누님이 일부러 요격을 늦출 정도로 여유롭습다.”

카나에는 능글맞게 웃었다. 아키라는 레이나를 힐끗 보고, 레이나의 곁에 시오리가 대기하는 것을 봤다. 그래서 그런가 하고 그냥 넘어갔다.

그 대화는 레이나의 귀에도 들렸다. 레이나가 무심코 시오리를 본다. 직접 말로 물어보지 않아서, 시오리는 침묵으로 답했다.

실제로, 시오리는 일부러 가만히 있었다. 레이나가 자기 힘으로 대처할 수 있으면 그걸로 상관없다. 카나에가 늦을 것 같으면 자신이 대처하고, 그것을 근거로 더 성실하게 일하라고 카나에를 질책한다. 그럴 작정이었다.

안 그러면 아까 같은 기계형 몬스터 따위는 레이나가 알아차리기 전에 시오리가 파괴했다.

레이나는 자신의 실태에 분노해 몸을 떨었다. 경호는 필요 없다. 우선 그렇게 생각하게 한다. 그렇게 결심한 순간에 그 기회를 엉망진창으로 망친 자신의 어리석음에 분노하고, 충격받고 말았다.

우울한 기분이 더 추가되어, 레이나의 머리가 더욱 무거워졌다. 그래도 레이나는 고개를 들어 앞을 봤다. 이 정도의 일로는 좌절하지 않는다. 그렇게 자신을 타이르고, 이를 악물었다.

◆

레이나는 토가미를 오해했지만, 본인은 그럴 마음이 없었다. 물론 팀 전체의 실력으로 판단하면 레이나가 거치적거리는 것도 어쩔 수 없다고 여겼지만, 레이나에게 불만이나 불쾌감은 없었다.

오히려 다른 의미로는 호감이 생겼다. 그것은 자신과 레이나만 팀에서 짐짝 취급이라는 친근감에서 비롯했다.

만약 레이나가 건방지게 굴었다면 실력도 없어서 경호원을 데리고 팀에 낀 주제에 태도가 그게 뭐냐고, 토가미도 불쾌했을 것이다.

그러나 레이나에게 그런 낌새는 조금도 없다. 오히려 그 반대다. 본인이 원해서 팀에 낀 것도 아니고, 본인은 짐짝이라는 사실을 알면서도 나름대로 최선을 다하려고 한다. 그렇게 일종의 비장한 결의마저 느껴졌다. 토가미는 그런 레이나의 처지를 자신과 비슷하게 여기고 있었다.

그래서 무심코 레이나를 봤는데, 들켜서 매섭게 눈총을 사고 말았다. 토가미도 레이나의 심정은 모른다. 멋대로 해석해서 쓴 웃음을 짓는다.

(미움받는걸……. 뭐, 당연한가. 나는 원래 그런 놈이니까.)

실제로 이전의 토가미는 레이나가 싫었다. 자신과 똑같은 도란캄의 신인 헌터지만, 레이나는 기숙사가 아니라 방벽 안쪽에서 살고, 메이드도 대동하고 있다. 헌터 활동을 우습게 본다며 무의식중에 불쾌함을 느꼈다.

그러나 그런 사소한 일은, 지금의 토가미와는 상관이 없었다. 과거 자신감이 넘치던 자기 자신을 되찾느라 바빠서 타인의 경제적 여건을 신경 쓸 여유가 없기 때문이다.

그것으로 무의식중에 있던 편견이 사라진다. 그러자 토가미도 레이나를 냉정하게 볼 수 있게 되었다.

지나친 자신감이 낳은 오만을 떨쳐낸 눈으로 본 레이나는 경호원을 데리고 오락 삼아 헌터 활동을 하는 역겨운 부자가 아니라, 뭔가에 저항하려고 필사적으로 애쓰는 평범한 소녀였다.

(방벽 안쪽에 사니까 부자인 건 확실해. 하지만 뭐, 그럴 사정이 있는 거겠지.)

레이나 일행의 동행이 정해진 뒤, 시카라베는 토가미에게 비밀리에 레이나를 경호하라고 지시했다.

그렇게 지시한 이유 정도는 토가미도 헤아릴 수 있다. 레이나가 안전해질수록 시오리가 레이나의 경호에 쓰는 힘이 줄어들고, 토가미가 레이나를 지키는 데 집중하는 것을 빼도 팀 전체의 효율이 올라가기 때문이다.

아무리 합리적인 지시라도 역겨운 부자를 지키는 내용이라면 토가미도 불만이 생긴다. 하지만 지금의 레이나를 지키는 데는 딱히 불만이 없었다. 오히려 더 힘내고 싶은 마음마저 생겼다.

자신이 레이나를 단단히 보호함으로써 시오리가 마음껏 싸울 수 있게 된다면, 그것도 확실한 성과다. 명확하게 급이 높은 실력자인 시오리에게, 레이나의 경호를 맡겨도 문제없다고 실력을 인정받는 셈이다. 토가미는 그렇게 생각해서 레이나를 잘 지키려고 기운을 북돋웠다.

하지만 기운을 북돋운다고 해서 어떻게 될 일도 아니다. 갑자기 나타나 레이나를 노린 기계형 몬스터에, 토가미는 즉각 반응하지 못했다.

그리고 그것을 격퇴한 카나에도, 레이나를 감싸는 위치에 있던 시오리도, 토가미를 전혀 비난하지 않았다. 시카라베도 작게 한숨만 쉬고 아무 말도 하지 않았다.

그것이 토가미에게 충격을 준다. 자신의 실수를, 실수로 평가받지도 못했다는 사실이 마음을 후빈다.

그래도 토가미는 좌절하지 않았다.

(아직이야! 나는 아직, 나를 다 확인하지 않았어……!)

토가미가 남은 의지로 앞을 본다. 가령 자신이 짐짝일지라도, 걸음을 멈출 이유는 되지 않는다. 그 강한 마음으로, 걸음을 멈추지 않았다.

◆

아키라 일행은 목적지, 편의상 A동으로 명명한 공장에 도착했다.

엘레나가 건물의 물자 출입구 부근에서 내부를 향해 유도기를 쏴서 기동한다. 그러자 안에서 기계형 몬스터가 속속 튀어나왔다.

여기서 적을 끌어내지 않고 아키라 일행이 공장 안에서 이 무리와 마주칠 경우, 탄약을 대량으로 소비해서 다음에 있을 탐색이 어려워진다.

하지만 지금은 아직 중장강화복 2기가 곁에 있다. 소탕을 부탁해서, 압도적인 화력으로 고철로 된 산을 양산하게 했다.

얼마 후 적의 증원이 멈춘다. 엘레나는 유도기를 또 쏘고, 안에서 추가로 적이 출현하지 않는지를 확인했다.

"좋아. 괜찮은 것 같아."

엘레나가 헥스와 하운드를 본다.

"그러면 우리는 다녀올게. 우리가 돌아올 때까지 여기를 확보해 줘."

엘레나가 말을 걸자 헥스와 하운드가 외부 마이크로 응답한다.

"알았다. 맡겨라."

"위험해지면 바로 돌아와. 안에서 큰 놈이 덤벼도, 여기까지 도망치면 우리가 날려 버리마."

"그때는 꼭 부탁할게."

엘레나는 가볍게 웃고 그렇게 대답한 다음, 팀 리더로서 아키라 일행을 본다.

"이제부터는 A동에 진입해서 A89 지점으로 갈 거야. 건물 내부의 적은 꽤 줄였을 테지만, 긴장을 풀지 마. 지도도 있지만 너무 믿으면 안 돼. 뭔가 이유가 생겨서 통로가 봉쇄되었을 가능성도 있어. 충분히 주의해. 알았지?"

힘껏 고개를 끄덕인 아키라를 시작으로 다른 팀원들도 알았다는 뜻으로 반응했다. 엘레나도 만족스럽게 고개를 끄덕인다.

"좋아! 그러면 출발하자!"

엘레나의 호령에 맞춰 아키라 일행은 공장 안으로 돌입했다.

A동의 내부는 전투의 흔적이 사방에 있지만, 그것을 제외하면 멀쩡한 상태를 유지하고 있었다. 이것은 이 공장이 현재도 가동 중이며, 자동 수복 기능 등도 작동한다는 것을 의미한다. 아키라 일행은 서두르면서도 신중하게 나아간다.

그 도중에 시카라베는 조금 복잡한 눈치로 신음했다. 엘레나가 그것을 괴이쩍게 여긴다.

"시카라베. 무슨 일 있어?"

"아니, 시체가 하나도 보이지 않는 것 같아서 말이다."

"정말 그러네. 나도 조금 신경이 쓰였어."

엘레나도 같이 끙끙대는 것을 보고, 이번에는 아키라가 의아하게 여긴다.

"저기, 엘레나 씨. 그게 그렇게 신경 쓸 일인가요? 이 유적은 아직 가동 중이니까, 저는 공장의 자동 청소 장치가 치운 줄 알았는데요……."

시카라베가 끼어들어 보충한다.

"그렇게 생각할 수도 있다. 하지만 뭔가 아니라는 느낌이 든

단 말이지. 나도, 엘레나도."

핏자국은 자주 눈에 띄었다. 파괴당한 기계형 몬스터의 파편도 굴러다닌다. 벽에는 총탄 자국도 있다. 그것으로 미루어 보면 여기서 헌터들이 싸운 건 확실하다.

그리고 출혈량으로 봐서 중상자도 많았을 것으로 예상할 수 있다. 사망자가 발생했어도 이상하지 않다.

그러나 시체가 하나도 안 보인다. 너무 부자연스럽다.

"뭐, 나도 상황을 설명할 방법은 생각할 수 있다. 네가 말한 대로 유적의 자동 청소 시스템이 청소했을지도 모르지. 혹은 사망자를 동료가 어떻게든 모두 운반했을지도 몰라. 이유는 이것저것 생각해 볼 수 있지만……."

그 설명에 대한 반론도 떠오른다. 자동 청소 시스템은 왜 인간의 시체만 치우고 핏자국은 지우지 않았는가. 상황은 모니카가 팀을 버리고 도망칠 정도로 심각했을 텐데. 그렇다면 사망자를 전부 운반하는 것도 불가능하지 않나. 그렇게 얼마든지 생각할 수 있다.

그리고 그런 설명도 똑같이 반론할 수 있다. 가능성은 얼마든지 있다.

그러나 하나같이 감이 안 온다. 정말 그럴까 싶은 생각만 든다. 자신의 감이, 그건 아니라고 말한다. 그것이 시카라베를 신음하게 했다.

엘레나도 같은 이유로 끙끙댔다. 리더인 이상, 그냥 신기하다고 넘어갈 수는 없다.

그러나 팀 리더로서는 그 정도 이유로 철수를 결정할 수 없다. 신경이 쓰이고, 이상한 느낌이 들지만, 퇴각할 이유로는 너무 약하기 때문이다.

적어도 A89 지점의 상황과 거기서 구조 대상자들이 진짜로 농성 중인지는 확인해야 했다.

엘레나가 그것들을 아키라에게 이야기한 다음, 자연스럽게 묻는다.

"있잖아, 아키라. 너는 뭔가 신경 쓰이는 게 없니?"

"제가요? 아뇨, 딱히……."

"그렇구나……."

그냥 고개를 젓는 아키라를 보고, 엘레나가 슬며시 안도한다.

아키라는 쿠즈스하라 시가지 유적 지하상가에서, 야라타 전갈이 벽으로 의태한 것을 간파했다. 또한 지하에 파묻힌 요노즈카역 유적을 찾아냈다. 그런 아키라가 아무렇게도 여기지 않는다. 그렇다면 자신이 느낀 우려도 괜한 걱정이리라.

그렇게 판단한 엘레나는 조금 불가사의한 상황임을 인정하면서도 추측을 중단하고 그대로 전진하기로 했다.

◆

공장 안을 나아가는 아키라 일행을, 통로를 틀어막은 격벽이 가로막았다. 안내인으로 동행하던 모니카가 다른 길을 제안하지만, 엘레나는 난색을 드러냈다.

"그 루트로 가면 너무 돌아가는데, 다른 길은 없어?"

"아쉽지만……."

"그래? 뭔가 일이 생기면 밖에서 대기하는 중장강화복과 곧바로 합류할 수 있게 되도록 최단 거리로 이동하고 싶었는데, 어쩔 수 없구나."

그때 카나에가 끼어든다.

"때려 부수고 가면 되지 않습까?"

"간단히 부서지면 말이야. 가동 중인 유적의 벽인걸? 그렇게 쉽게 부술 순 없어. 애쓰면 부술 수야 있겠지만, 그러려고 탄약을 소비하는 건 좀."

"아하. 그렇다면 제가 해 보겠습다."

카나에는 그렇게 말하고 격벽 앞에 섰다. 그리고 오른팔을 뒤로 확 젖힌 자세를 잡는다.

다음 순간, 강화 내피가 낳은 신체 능력이 완전히 실린 주먹이 격벽에 꽂힌다. 그 일격이, 어지간한 강화복을 뛰어넘는 출력을 탁월한 격투 기술로 일점에 집중시킨 충격이, 구세계의 기술로 만들어진 벽의 강도를 웃돌았다.

접촉면에서 빛이 튄다. 그것은 충격변환광이며, 이 격벽이 포스 필드 아머로 지켜진다는 증거다. 카나에의 일격은 그 방어력조차 꿰뚫고, 격벽을 분쇄했다.

엘레나가 그 위력에 놀라고, 동시에 의아하게 여긴다.

"굉장하구나. 그런데 괜찮겠어? 계약에서 우리 일은 안 돕는다고 했잖아?"

"무슨 일이 생겼을 때 제가 할 일은 아씨를 업고 도망치는 거니까 말임다. 그때 방해될 것을 미리 부쉈을 뿐임다."

"그랬구나. 아무튼 고마워."

아무튼 장해물이 사라진 건 사실이다. 아키라 일행은 처음에 정한 이동 루트를 유지하고 이동했다.

아키라가 걸으면서 아까 본 광경을 떠올린다.

『있잖아, 알파. 아까 카나에가 벽을 부순 그거, 나도 할 수 있을까?』

『현시점에서, 라는 의미에서 묻는 거라면 불가능해.』

『알파가 서포트해도?』

『장비 성능이 다르니까. 게다가 저 사람의 장비에는 격투전용 안티 포스 필드 아머 기능이 있어. 아키라의 강화복에는 없는 기능이야. 아무리 내 서포트라도, 처음부터 없는 기능을 추가하는 건 불가능해.』

『그렇구나. 내 장비도 아직 멀었다는 뜻인가.』

『그런 셈이야. 이 정도로 만족하지 말고, 더 좋은 장비를 구해야 해.』

반쯤 허물어진 상태라고는 해도, 아키라는 황야에 남은 건물을 강화복의 신체 능력으로 무너뜨린 적이 있었다. 그런 아키라가 못 하는 일을 카나에는 쉽게 해치웠다.

그러니까 총도 안 들고 유적에 가는 거라고 납득하면서 아키라는 장비의 중요성을 재확인했다.

한동안 이동하자 다시 격벽이 아키라 일행의 앞길을 가로막았다. 다시 카나에를 의지하려는 엘레나에게 모니카가 참견하고 나선다.

"저기, 아무리 그래도 이걸 때려서 부수는 건 어려울 것 같은데요?"

모니카가 지적한 대로, 다음 격벽은 앞선 것보다도 튼튼해 보였다. 벽의 외관과 포스 필드 아머의 출력이 반드시 일치하는 것은 아니지만, 두꺼운 금속 문은 보기만 해도 튼튼할 것 같다.

카나에가 격벽을 톡톡 두드린다.

"정말로 저번보다 튼튼해 보이는데요."

"그렇죠? 그러니까 이번엔 우회를……."

그때 이번에는 시오리가 앞으로 나선다.

"그렇다면 이번엔 제가 하죠. 카나에가 계약에 없는 일을 계속하게 둘 수는 없으니까요."

시오리는 그렇게 말하고 벽 앞에 서더니 칼을 쥐고 발도 자세를 취한다. 그리고 칼집에서 힘차게 칼을 뽑았다.

참격이 벽을 스친다. 순식간에 겹겹이 벽을 달리고, 격벽에 빛줄기를, 충격변환광의 궤적을 그렸다.

마침내 빛이 사라진다. 얼핏 봐서는 격벽에 변화가 없다. 그러나 시오리가 납도를 마치자, 칼부림을 맞은 벽이 베인 것을 뒤늦게 알아챈 것처럼 미끄러지고, 그대로 무너졌다.

아키라가 살짝 감탄하고 말한다.

"오, 굉장해. 어? 그 칼, 혹시, 구세계 물건이야?"

"아니요. 현대의 물건입니다."

"현대의 물건인가……."

날붙이라도 사거리라는 단어를 적용할 수 있는 구세계의 칼과는 다르지만, 절삭력 자체는 그것에 필적하는 시오리의 칼에 아키라가 흥미를 드러낸다.

"그렇다면 나도 마음만 먹으면 살 수 있을까?"

"이것 자체는 시판하지 않으므로 어려울 겁니다."

"아, 그렇구나."

"하오나 동급의 성능을 지닌 제품이라면 시중에서도 판매합니다."

"아하……."

다음 장비를 조달할 때는 구매를 고려해 봐도 좋겠다. 아키라는 그렇게 생각하면서 조각난 격벽의 깔끔한 절단면을 흥미롭게 보고 있었다.

모니카도 똑같은 것을 보고 있었다. 그 눈빛이 한순간 몹시 험악해졌다.

◆

앞을 가로막는 격벽을 없애면서 공장 안을 나아간 아키라 일행이 A89 지점에 도착한다. 그곳은 공장에 있는 창고였다. 농성하기는 좋지만, 적 부대가 통로를 틀어막으면 탈출하기도 어려워져서 구조부대가 구출하는 것을 전제로 한 피난 장소다.

통로는 폐쇄되었고, 바닥에는 다각 기계의 잔해밖에 없다. 그리고 시체도 안 보인다.

아키라 일행이 경계하면서 창고 문을 연다. 하지만 그 안에는 구조를 기다리는 헌터들이 없었다. 그곳에는 파괴당한 다각 기계의 잔해와 부서진 개인 휴대용 간이 방벽, 그리고 바닥에 널브러진 헌터들이 있었다.

엘레나가 안타까운 듯이 얼굴을 찡그린다.

"이미 늦었나 보네……. 유감이야."

시카라베도 낙담을 얼굴에 드러냈다. 하지만 곧바로 마음을 바꾼다.

"토가미. 일단 모두 생사를 확인해라. 살짝 건드리거나 말을 거는 정도면 된다. 가사 모드인 녀석들이라면 그걸로 정신이 들지도 모른다."

"알겠습니다."

"아무도 정신을 차리지 않으면 운반할 준비다. 이번에는 시체가 있으니까 안에 중상자가 있을지도 모른다."

토가미가 작업하는 것을 보고, 레이나도 거들려고 했다. 하지만 카나에가 어깨를 잡고 제지한다. 그래서 레이나가 돌아보자 카나에는 평소처럼 웃고, 시오리는 미안한 표정을 지었다.

"아가씨. 제가 하겠습니다. 그러니 죄송하지만……."

시오리와 카나에가 레이나를 제지한 것은 이전에 비슷한 상황에서 레이나를 인질로 잡힌 적이 있기 때문이다. 그것은 레이나가 쓰러진 남자를 불쌍하게 여겨서 일으켜 주려고 부주의하게 다가간 결과였다.

물론, 지금과 그때는 상황이 아주 다르다. 두 사람의 태도는 너무 민감한 것이다. 그래도 레이나는 그 실수를 저지른 자로서 얌전히 지시에 따랐다.

"응……. 알았어. 부탁할게."

레이나가 카나에의 곁으로 가고, 그 대신에 시오리가 토가미를 도우러 간다.

그 옆에서, 모니카는 헌터들을 보고 놀랐다. 무의식중에 중얼거린다.

"왜……."

그 말을 들은 아키라가 의아하게 여긴다.

"왜? 뭐가 이상해?"

"아뇨…… 왜 인원이 이것밖에 안 되나 싶어서요……. 저들을 버리고 도망친 제가 할 말은 아니지만, 상황은 그렇게 심각하지 않았을 거예요. 희생이 있었어도, 절반 이상은 A89 지점으로 도망쳤을 줄 알았어요."

"아하, 그랬구나. 그렇다면 다른 피난 장소로 도망친 거 아닐까?"

"그러네요. 그럴 것 같아요……."

모니카는 그렇게 말하고 억지로 웃는 것처럼 조금 슬픈 표정을 지었다.

창고 안에서 검증이 계속된다. 생존자는 아직 못 찾았다.

엘레나는 다음 행동을 어떻게 할지 고민했다. 시카라베가 제안한 대로 이곳에 있는 헌터들을 생사를 따지지 않고 데려가는 선택지도 있다. 하지만 다른 피난 장소에 가 본다는 선택지도 있었다.

(뭐가 좋을까? 전투 없이 여기까지 왔으니까 남은 탄약은 충분해. 아마도 시체일 저들을 운반하는 것보다, 다른 생존자들을 찾는 게 나을까?)

자신들은 이 A89 지점에 올 때까지, 필시 사상자가 발생할 정도로 격전이 벌어졌을 흔적을 사방에서 목격했는데도 시체를 전혀 보지 못한 기묘한 상황이 이어졌다.

그러나 이 A89 지점에서 겨우, 안타까운 결과이기는 하지만 그 시체를 찾았다. 상황만 봐서는 이곳의 헌터들은 여기를 습격한 기계형 몬스터들과 싸우다가 죽었을 것으로 판단할 수 있다.

그렇다면 지금까지 시체를 발견하지 못한 것은 다른 사람들이 다른 피난 장소로 간신히 도망쳤기 때문일 가능성이 커진다.

그렇다면 그쪽을 구조하러 가는 게 낫지 않을까? 그 생각이 엘레나의 마음속에서 커졌다.

(구할 수만 있다면 구하고 싶은데……. 모니카와 상담해서 다음 탐색 장소를 정하는 게 좋을까? 전초기지와 통신을 연결해서 판단을 구하고 싶지만, 연결이 안 된단 말이지.)

A동 앞까지 동행한 중장강화복 2기는 전초기지와의 통신 중계기 역할도 했다. 이로써 공장 구역에서 발생한 소규모 통신 장애 속에서도 전초기지와 중장강화복과의 통신은 유지되고 있었다.

그리고 아키라 일행도 공장 안에서 그 중장강화복까지는 어떻게든 통신이 유지되어서, 그들을 거쳐서 전초기지와 연락이 닿을 터였다. 실제로 도중까지는 연결되었다.

하지만 그것도 아키라 일행이 A89 지점 근처에 진출한 언저리에서 연결이 끊겼다.

(유적 안이니까 어쩔 수 없다고는 해도, 도중까지 연결됐으니까 조금 낙관적으로 생각했어. 그래도 그때는 물러날 상황이 아니었는데…….)

엘레나는 그쯤에서 지금 후회해도 소용없다며 고개를 살짝 흔들어 마음을 바꿨다.

그때였다. 토가미가 소리친다.

"정신을 차린 녀석이 있어!"

엘레나는 서둘러 그곳으로 달려갔다. 아키라 일행도 그 뒤를 따른다.

하지만 모니카만은 몹시 놀란 얼굴로, 그리고 조금 험한 표정을 짓고 서 있었다.

눈을 뜬 남자, 이지오는 의체 사용자로, 가슴부터 아래의 몸과 왼쪽 팔이 없었다. 말을 걸어서 정신을 차리게 했지만, 상황을 전혀 몰라서 곤혹스러운 기색을 보인다.

"여, 여기는……?"

"괜찮아. 안심해. 구하러 왔어."

엘레나는 웃어서 상대를 안심시키고 상황을 간단히 설명했다. 그것을 들은 이지오도 침착함을 되찾은 듯이 표정을 푼다.

"그랬군……. 고마워. 가사 모드도 얼마나 유지될지 몰랐으니까. 덕분에 살았어."

"천만에. 이 상태로 한동안 이야기할 수 있어? 무슨 일이 있었는지, 다른 생존자가 있을 장소가 있는지 알려주면 좋겠어."

"알았어. 우리는 A동을 조사하러 파견된 부대인데……."

이지오는 그렇게 이야기를 시작하다가 눈을 부릅뜨며 말을 멈췄다. 그리고 겁먹은 듯이 표정을 굳힌다.

"왜 그래? 괜찮아?"

"어……어째서 저것이……?! 설마 너희, 저 녀석의 동료냐?!"

이지오가 보는 곳에는 모니카가 서 있었다. 시카라베가 그 점에서 추측해서 이지오를 달랜다.

"진정해. 저 여자가 너희를 버린 건 우리도 안다. 저 여자가 팀에 있는 건, 그 벌로 여기까지 안내를 시켰기 때문이다."

하지만 이지오는 더욱 당황할 뿐이다.

"버렸다고?! 넌, 무슨 소리를……."

"아닌가? 그렇다면 무슨 일이……."

시카라베도 괴이쩍은 표정을 짓는다. 서로가 영문을 알 수 없지만, 그래도 자신들과 상대의 인식이 뭔가 치명적으로 엇갈렸다는 사실만큼은 알았다.

엘레나도 경계심을 얼굴에 드러내면서 남자에게 진지하게 묻는다.

"저 사람을 아는 거지? 무슨 일이 있었어?"

"저, 저 녀석은…… 저것이……!"

이지오는 남은 오른팔로 모니카를 가리키면서 대답했다.

◆

전초기지의 의무실에 빈사 상태로 후송된 남자 헌터가 의식을 되찾았다. 그 보고를 들은 담당 직원이 남자에게 이야기를 듣고 있다.

"무사해서 참 다행이군. 일어난 직후에 미안하지만, 이야기를 듣고 싶다. 빈사인 자네를 억지로 깨울 정도는 아니라고 해도, 정신을 차리자마자 물어보고 싶을 정도로는 우리도 정보가 부족해서 말이지."

"그래, 알았어. 아, 하지만 그 전에 하나 가르쳐 줘. 그 모니카란 녀석은 어떻게 됐지? 그 녀석의 정보는 이미 전해진 게 맞지……?"

남자는 의식이 몽롱해진 상태로 운송될 때 그것만큼은 확인한 기억이 있었다.

"그래. 우리도 파악하고 있다."

"그렇군……. 다행이야……."

남자는 안도하며 숨을 길게 내쉬었다.

"그래서? 그 녀석은 어떻게 됐지?"

"그녀는 지금 A동 구조부대에 껴서 현지로 안내 중이다."

"…………어?"

남자의 짧은 말은, 그 속마음을 적절하게 드러냈다.

직원이 남자의 태도를 이상하게 여기면서도 계속 설명한다.

"안내는 징벌의 의미를 겸한다. 팀을 버리고 혼자 도망쳐도 똑같은 곳으로 돌아간다는 것을 본보기로 삼은 것이지. 왜 그러지……?"

혼란에 빠진 남자는 그 말을 듣고, 공포에 질린 것처럼 몸을 떨었다. 그리고 소리친다.

"아니야! 그 녀석은 우리를 버린 게 아니야! 우리 동료를, 그 여자가 죽였다고!"

"뭐라고?!"

직원이 무심코 지른 소리는, 그 이야기가 얼마나 예상을 벗어났는지를 잘 알려주고 있었다.

◆

공장 구역의 A89 지점에서 농성 중으로 추정되는 헌터들을 구하러 현지로 간 아키라 일행이 그곳에 있던 생존자 이지오에게 예상을 벗어난 이야기를 듣는다.

"저, 저 녀석은…… 저것이……! 저것이 우리를 공격했어! 우리를 버린 게 아니야! 여기 몬스터와 같이 우리를 죽이려고 했다고!"

아키라 일행이 무심코 모니카를 본다. 모니카는 몹시 놀란 기색을 보였지만, 곧바로 고개를 절레절레 저었다.

"네……? 아니에요! 그런 짓은 안 했어요! 아무리 제가 당신들을 버리고 도망쳤다고 해도, 그런 거짓말은 너무해요!"

그곳에는 딱 봐도 예상하지 못한 누명을 뒤집어써서 당황한 자가 있었다.

엘레나의 인상이 험악해진다. 팀의 리더로서 대처해야 하지만, 어떻게 할지 고민한다.

(연기로는 보이지 않아……. 이게 연기라면 진짜 대단한걸. 게다가 상대는 거짓말할 동기가 있어. 모니카에게 배신당해서 죽을 뻔했으니까, 원한이 있겠지.)

엘레나가 추측을 전개한다.

애초에 자신들은 도시 직원의 지적으로 모니카가 다른 헌터들을 버린 것을 알았다. 그 근거는 모니카가 제공한 데이터이며, 그것을 도시 측에서 해석한 결과다. 그리고 그 데이터는 정보수집기가 수집한 데이터다. 객관성은 크다. 적어도, 지금 여기서 말싸움하는 것보다는 확실하다.

(그야 그 데이터는 모니카가 제공한 거지만, 그런 데이터를 고치긴 어려울 거야. 단순히 데이터를 망가뜨리는 것과는 차원이 달라.)

자신은 불가능하다. 엘레나는 그렇게 생각하면서도 계속해서 추측한다.

(그런 데이터를 잘 다루는 지도상이라면 가능할까? 그렇다고 도시의 검증을 속일 정도로 고칠 수가 있을까? 설령 그 정도의 기술력이 있다면, 애초에 다른 헌터를 버린 기록을 남기지 않을

텐데?)

모종의 이유로 데이터를 의도적으로 개조했다고 의심할 수도 있다. 하지만 의심하기 위해서 의심하기 시작하면 얼마든지 가능한 것도 사실이다.

(저 사람은 모니카가 여기의 몬스터와 같이 자신들을 죽이려고 했다고 했는데, 우리가 모니카를 구출했을 때는 그 경비 기계 집단이 공격했단 말이지. 으음…….)

이지오의 설명과 자신들의 상황이 일치하지 않는다. 엘레나는 오히려 그것을 의문으로 여겼다. 기계형 몬스터와 함께 싸우는 일은 일반적으로 있을 수 없기 때문이다. 그래서 무의식중에 의심하는 눈으로 이지오를 봤다.

"네가 한 이야기에 증거가 있어?"

이지오가 딱 봐도 초조해하는 얼굴을 보인다.

"즈, 증거라고 해도…… 진짜야! 거짓말이 아니야!"

"정보수집기의 데이터가 있으면 보여줄 수 있을까? 계약상 도시에 데이터 소유권이 있으니까 도시의 허가가 없으면 줄 수 없다거나, 팀의 기밀 정보가 포함되니까 무리라거나, 사적인 정보라서 안 된다는 이유도 있을 테니까, 강요할 순 없지만……."

이유가 뭐든 증거가 될 것을 제시해 주지 않는다면 네가 하는 말을 믿을 수 없다. 은연중에 그런 말을 들은 이지오가 인상을 쓰고 한숨을 쉰다.

"미안하지만, 데이터는 줄 수 없어……. 하지만 내가 한 말은 사실이야. 믿으라고는 안 하겠지만, 충고는 했다."

그렇게 말하면 엘레나도 더 추궁하기 어렵다. 불안 요소가 늘어난 상황에 걱정이 커진다.

그 대화에 끼어드는 자가 있었다. 아키라다.

"왜 못 주는데?"

아키라의 말투는 마치 소박한 의문을 드러내는 것처럼 가벼워서, 긴장감이 다소 부족했다. 적어도 자기 팀의 사람을 증거도 없이 갑자기 규탄한 자를 향한 분위기는 아니다.

그래서 이지오도 조금 기분이 이상해지면서도, 그런 것도 모르냐는 태도로 질문에 대답한다.

"이래 봬도 성실하게 일하는 헌터라서 말이다. 그야 데이터를 주면 믿어 줄지도 모르지. 반대로 주지 않으면 잠재적 적대자로 찍혀서 이 자리에 방치되고 죽을지도 몰라."

그리고 이지오가 힘을 줘서 말한다.

"하지만 나는 그 정도의 리스크로 정보를 누설할 마음이 없어. 목숨이 아까워서 뭐든 술술 떠드는 삼류 미만의 쓰레기들과 나를 동급으로 보지 말라고."

"오호."

아키라는 납득과 감탄을 얼굴과 목소리에 드러내고 고개를 끄덕였다.

그 아키라의 태도를 보고, 이지오는 더욱 기분이 이상해졌다. 기묘하게 멋쩍은 기색으로 설명을 보탠다.

"뭐, 이유를 보태자면, 데이터를 줘서 신용해 준다는 보장도 없으니까 말이다. 정보수집기의 로그 상태가 나빠서, 조사했는데도 잘 모를 수도 있지. 그 리스크를 고려해서도 데이터를 줄 마음이 안 생긴다는 거다."

아키라는 또 납득한 듯이 고개를 끄덕였다.

왠지 초짜 같은 티를 팍팍 내는 아키라의 태도에 엘레나 일행도 쓴웃음을 흘리고 있다.

토가미는 조금 황당해하는 얼굴을 했다. 그 정도 일도 물어봐야 이해할 수 있냐고 생각하고, 아키라에 대한 질투와 부러움과도 같은 복잡한 감정을 잠시 잊었다.

하지만 그렇게 조금 풀어진 분위기도 아키라가 진지한 표정을 지으면서 곧바로 사라졌다.

"확인할게. 모니카가 습격했다는 말은 사실이야? 대답해 줘."

"……사실이야."

아키라의 진지한 태도에 이지오도 진지하게 대답했다.

『알파.』

『아마도 진심일 거야. 의체 사용자니까 반드시 그렇다고 할 수는 없지만.』

『그렇군.』

아키라가 모니카에게 시선을 돌린다. 눈빛에는 이미 모니카를 향한 경계심이 드러나 있었다.

"확인할게. 이 녀석을 습격하지 않았다는 말이 사실이야? 대답해 줘."

"잠깐만요! 그 사람의 말을 믿는 건가요?! 데이터를 안 준다면, 처음부터 그런 데이터가 없을 게 뻔한데……."

"대답해 줘."

아키라에게 진지한 투로 말을 끊자 모니카는 잠시 입을 다물었다. 그리고 진지한 얼굴로 똑똑히 대답한다.

"그런 적 없어요."

『알파.』

『거짓말이야.』

알파의 대답을 들은 순간, 모니카를 보는 아키라의 눈이 적을 보는 눈으로 바뀌었다.

"거짓말인가……."

그리고 동시에 아키라의 분위기도 수상한 자를 향한 경계에서 적을 향한 경계로, 싸우기 직전으로 바뀌었다.

모니카가 한 발짝 물러나서 고개를 절레절레 젓는다.

"자, 잠깐만요! 왜 거짓말이라고 단정하는 거죠?! 거짓말이 아니에요! 진짜예요!"

아키라는 모니카의 호소를 무시했다. 그 대신에 마지막 확인을 시작한다.

"다시 확인하겠어. 너는 우리 적이야? 대답해."

대답하지 않으면 긍정한 것으로 본다. 그렇게 일일이 말할 것도 없이, 아키라는 그런 뉘앙스로 말하고 있었다.

아키라가 여기에 혼자 있었으면 이런 질문도 필요하지 않았다. 모니카는 자신들에게 거짓말을 하고 다른 헌터들을 공격했지만, 적은 아닐지도 모른다. 그렇듯 거의 있을 수가 없는 작은 가능성을, 아키라는 본래 확인하지 않는다.

그렇게 원래는 불필요한 확인 작업이 추가된 것은 아키라가 엘레나 일행과 한 팀으로 움직이기 때문이다. 방아쇠를 당기는 아키라의 손이, 적대자를 주저하지 않고 간단히 쏴 죽이는 손이, 지금은 아주 조금이나마 신중해졌다.

그 덕분에 아직 총에 맞지 않은 모니카가 겁에 질린 얼굴로 도움을 요청하러 엘레나 일행을 본다. 그 비통한 표정은 연기처럼 보이지 않았다. 관계가 없는 제삼자가 사전 정보 없이 보면 무심코 달려가서 도와줄 듯했다.

하지만 엘레나와 사라는 그런 모니카에게 명확한 경계심을 드러내고 있다. 엘레나 일행은 아키라의 분위기에서 이전에도 느꼈던 무언가가, 쿠즈스하라 시가지 유적 지하상가에서 야라타전갈의 의태를 간파했을 적에 아키라에게 있었던 무언가와 동일한 것이, 이유를 설명할 수 없는 절대적인 근거로써 모니카의 거짓말을 간파했다고 짐작했다.

그리고 엘레나 일행은 모니카의 호소보다 아키라를 믿었다. 그 시점에서 엘레나 일행도 모니카를 적으로 봤다.

모니카는 그런 엘레나 일행의 태도를 봐서 옹호를 기대할 수 없다고 판단하고, 도움을 요청하는 시선을 다른 자에게, 이번에는 레이나 일행에게로 돌린다.

하지만 레이나와 시오리도 모니카에게 경계심을 드러내고 있다. 레이나는 이전에 어느 수상한 인물과 싸운 아키라를 믿지 않는 바람에 사실은 유물 강탈범이었던 그 남자에게 인질로 잡힌 적이 있었다. 그리고 시오리와 같이 죽을 뻔했다.

그 과거가 레이나 일행에게 이 자리에서 아키라와 적대하는 자를 편들게 하지 않았다. 최소한 중립이다. 어느 쪽이든 간에 모니카를 옹호할 수는 없다.

모니카가 시선을 이리저리 돌린다. 하지만 시카라베도 모니카를 옹호할 작정은 없다. 엘레나의 팀 지휘에 따르는 형태인 이상, 그 결정에 참견할 마음은 없었다.

토가미는 개인적으로 아키라를 말려도 좋았다. 토가미는 아키라가 아무런 근거도 없이 단순한 감으로 모니카를 적대시한 것처럼 보였기 때문이다. 타인의 감을 근거로 다른 타인을 심판할 만큼, 토가미는 오만하지 않았다.

그러나 토가미는 시카라베의 밑에서 움직이고 있다. 그 시카라베가 침묵하는 이상, 토가미는 아키라의 판단을 적극적으로 긍정하지 않는 의미로 침묵하는 게 한계였다.

모니카가 겁에 질린 얼굴로 구원을 바라듯이 시선을 이리저리 돌린다. 그리고 어디를 봐도 아군이 없다고 판단하자, 마침내 체념했다.

그 순간, 모니카의 얼굴에서 공포가 사라졌다. 귀찮아하는 얼굴로 한숨을 쉬고, 불만을 드러낸다.

"아, 진짜, 아주 엉망진창이에요. 그러니까 잘 청소하라고 부탁했는데…… 거참…….."

자백이나 다름없는 그 말로, 모니카는 명확하게 아키라 일행의 적이 되었다.

제118화 배신자의 고용주

명확하게 적이 된 모니카를 아키라 일행이 매섭게 쏘아본다. 하지만 모니카는 태연자약했다.

"거참, 잘 청소했으면 더 깊숙이 유인할 수 있었는데, 이 정도 뒷정리도 못 한다니. 뭐, 공장의 관리 시스템 수준으로는, 그 정도도 생각할 수 없는 거겠죠."

몹시 신경 쓰이는 말이 들렸지만, 엘레나는 일단 그 흥미를 뒷전으로 돌렸다. 그 대신에 다른 걸 묻는다.

"일단 물어는 볼게. 왜 이들을 공격했어?"

"그게 제 일이에요. 이래 봬도 저도 성실하게 일하는 헌터라고요."

"일이라……."

엘레나는 모니카의 대답을 듣고 쿠가마야마 시티와 적대하는 다른 도시에서 유적 공략의 방해 공작을 의뢰했을지도 모른다고 생각했다. 적어도 고용주가 있다고 판단한 것이다.

그때 토가미가 언성을 높인다.

"웃기지 마! 강도질이나 하는 녀석이 성실한 헌터라고 지껄이지 말라고!"

토가미는 모니카의 단독 범행으로 판단했다. 유적에서 헌터를 습격해서 소지품을 파는, 양심을 황야에 버린 자, 흔한 강도라고 생각한 것이다. 그리고 그것을 멀쩡한 헌터 활동이라고 말한 모니카에게 분노를 느꼈다.

하지만 모니카는 아랑곳하지 않고 웃는다.

"강도가 아니에요. 경비예요. 불법 침입자를 제거하는 번듯한 일이라고요. 도란캄의 헌터라면 경비 임무 정도는 경험해 본 적이 있을 텐데요? 그거랑 똑같아요. 고용주가 다를 뿐이죠."

미처 이해하지 못한 자들이 괴이쩍은 표정을 짓는 가운데, 엘레나는 눈치챘다.

"너는…… 유적이 고용한 거야?"

모니카가 자랑스럽게 웃는다.

"그런 거예요. 정확하게는 공장의 관리 시스템, 이지만요."

대화에 따라갈 수 없어서 혼란에 빠진 토가미가 무심코 끼어든다.

"잠깐! 그러면 왜 내가 구출하러 갔을 때 여기 경비 기계가 습격한 거야?!"

모니카가 의아한 듯이 토가미를 비웃는다.

"습격당한 적은 없는데요. 그건 제가 데려온 거니까요."

"뭐……?!"

"진짜 전혀 눈치채지 못했던 건가요? 저를 구하러 당신이 방에 들어왔을 때, 그 경비 기계는 제가 아니라 당신에게 총구를 돌렸는데? 그 방에는 제가 먼저 있었는데?"

토가미의 뇌리에 그때의 광경이 떠오른다. 그 지적을 듣고 보니, 모니카가 멀쩡한 상태로 바닥에 쓰러진 건 이상했다.

"저는 당신이 그걸 지적하면 어쩔까 싶어서 변명을 많이 생각해 놨거든요? 헛수고가 되었지만요."

가장 먼저 자신이 눈치채지 못했다. 그 후회를 분노로 바꾼 토가미가 모니카를 노려본다. 자신들을 죽이려고 한 자를 목숨을 걸고 구했다는 사실이 토가미의 분노를 키웠다.

그런데도 모니카는 여유롭게 웃고 있었다. 그리고 시선을 캐럴에게 돌린다.

"솔직히 말해서, 캐럴 씨는 눈치챘죠? 그래서 저를 구한 다음에 계속해서 제 뒤쪽에 자리를 잡은 거잖아요?"

캐럴도 여유롭게 웃으며 대꾸한다.

"뭐, 의심은 했어. 의심병에 걸린 게 아니라서 유감이지만."

"어떻게 눈치챘는지 물어봐도 될까요? 그때 캐럴 씨에게 들킬 만한 요소는 없었을 텐데요."

"이유는 많아. 가장 큰 이유는 아키라와 처음 만난 날에 네가 죽지 않은 거야."

"어? 그건 좀 심하지 않아요? 그 이전에, 어떻게 그런 걸로 알 수 있죠? 제가 할 말은 아니지만, 제 연기는 완벽했을 텐데요."

"그야 그런 상황에서 네가 안 죽으면 이상하잖아."

캐럴이 아키라와 만난 날, 캐럴은 대량의 기계형 몬스터와 마주쳐 모니카와 떨어졌다. 재회한 뒤, 모니카는 비밀 탈출 루트를 써서 탈출했다고 설명했다.

하지만 아무리 생각해도 그건 이상하다. 비밀 탈출 루트가 진짜로 있더라도 캐럴이 상정한 모니카의 실력으로는 그만큼 많은 몬스터를 상대하면서 그 탈출 루트에 도달하는 것은 불가능하기 때문이다.

만약 그것을 가능케 하는 실력을 모니카가 숨기고 있었더라도, 애초에 캐럴과 떨어지는 것 자체가 이상하다. 그만한 실력이 있다면 몬스터를 충분히 물리쳤을 것이다. 적어도 캐럴과 분단되는 상황은 생기지 않는다.

그렇다면 그 상황에서 모니카가 죽지 않은 이유는, 애초에 본인이 습격자와 한패였다고 하면 앞뒤가 맞는다.

캐럴이 그것을 지적하고 웃는다.

"뭐, 말은 그렇게 해도 전부 억측이고, 유적이 너를 고용했다는 식의 황당무계한 추측은 아무한테도 말하지 않았어. 그래서 만약을 대비해 경계만이라도 한 거야."

"아하, 그랬군요. 그건 다음부터 조심해야겠네요……."

모니카가 거기까지 말했을 때, 시오리와 카나에는 이미 모니카와 거리를 다 좁혔다.

동부는 총과 같은 강력한 원거리 공격이 석권하는 세계다. 그렇기에 그 세계에서 일부러 접근전에 나서는 자들의 실력은 그 사거리의 불리함을 뒤집을 만큼 탁월했다.

메이드로서 주인의 경호도 수행하는 시오리와 카나에는 그러한 고도의 접근전 기술도 수련했다. 시오리는 레이나를 향한 충성심으로, 카나에는 자신의 취향으로 그 기량을 연마하고, 이미 달인의 영역에 도달했다. 총의 사거리에서 전투를 시작한 상태에서 적의 코앞에 도달해 일격을 날릴 정도로.

시오리의 칼집은 측변을 개폐할 수 있는 구조다. 이로써 칼을 칼집에서 수직으로 빼는 일 없이 옆으로 뽑아서 그대로 상대를 벨 수 있다.

포스 필드 아머로 보강하는 칼날은 금속도 쉽게 절단할 정도로 예리하며, 안티 포스 필드 아머 기능도 갖췄다. 나아가 별도의 에너지 팩에서 추가 에너지를 주입함으로써 예리함과 강도를 끌어올릴 수 있다.

자루는 발도 직전까지 칼날을 보호하고, 납도 때 칼날에 에너지를 항시 주입함으로써 발도 직후의 위력을 향상시킨다. 더불어서 발도 시 자루의 에너지로 칼날을 가속시켜 참격의 속도도 상승시킨다.

카나에의 건틀릿에도 동등한 기능이, 포스 필드 아머를 통한 보강, 안티 포스 필드 아머 기능이 있다.

그렇듯 안 그래도 강력한 장비를 쓴 공격을, 강화복의 신체 능력과 연마된 전투기술로 위력을 더 키운다. 이로써 설령 강철을 넘어서는 강도를 지닌 상대라도 베고, 가르고, 깨고, 부수는 일격이 된다.

시오리와 카나에는 캐럴이 대화로 모니카의 주의를 돌리는 동안에 서 있는 위치를 조금씩 옮기고 있었다. 그리고 모니카에게 단숨에 일격을 가할 거리로 접근한 다음, 눈짓도 교환하지 않고서 동시에 모니카를 습격했다.

강화 내피의 출력을 총동원해서 바닥을 박찬 초속은 바람이 없는 대기를 상대적으로 폭풍처럼 바꿀 만큼 빠르다. 그 초속을 칼날과 주먹에 실어서, 시오리와 카나에가 혼신의 일격을 날린다.

다음 순간, 창고 안에서 강렬한 충격변환광이 터지고, 모니카의 모습을 지웠다.

그 빛이 사라졌을 때, 그 자리에 캐럴보다도 디자인이 아슬아슬한 강화복을 입고 여유롭게 웃는 모니카가 모습을 드러냈다.

시오리의 칼과 카나에의 주먹은 모니카에게 도달하기 전에 보이지 않는 벽에 충돌한 것처럼 공중에서 멈춰 있었다.

두 사람의 공격을 막아낸 것은 역장 장벽으로 불리는, 모니카를 구체 모양으로 감싸듯이 펼쳐진 전개식 포스 필드 아머였다.

시오리와 카나에가 지금도 그 벽면에 칼과 주먹을 대고 있어서, 접촉면에서 희미한 충격변환광이 발생하고 있다.

그 빛은 주위에 튀지 않고 포스 필드 실드의 표면에 퍼져, 기하학 문양에 덮인 투명한 구체를 드러나게 했다.

모니카가 시오리와 카나에를 보고 조롱하듯 웃는다.

"혹시 제가 멍 때리고 서 있기만 한 줄 알았나요? 그럴 리가 없잖아요."

시오리와 카나에는 그런 식으로 조금도 어설프게 생각하지 않는다.

적이라는 사실이 드러난 뒤의 모니카는 방심하는 것처럼 명확한 여유가 느껴졌다. 그것은 아키라 일행을 모두 적으로 돌려도 문제없이 승리할 수 있다는 자신감이 드러난 것이다. 따라서 그만한 실력을 감추고 있었다고 추측할 수 있다.

그렇기에 두 사람은 모니카를 위험하게 보고, 이 자리에서 온 힘을 다해 죽이려고 했다. 모니카의 여유가 방심하는 것과 동일한 의미일 때, 제아무리 강한 힘을 숨기고 있더라도 그 힘을 완전히 발휘하기 전에, 신속하고 확실하게 죽이려고 했다.

원래라면 레이나의 안전을 위해 둘 중 하나는 레이나의 곁에 남겨야 하는 것을, 그 일시적인 위험을 허용해서 두 사람이 한꺼번에 덤벼들 정도로, 그렇게 해야 결과적으로 레이나의 안전을 유지할 수 있다고 판단할 정도로, 시오리와 카나에는 온 힘을 다해 모니카를 죽이려고 했다.

그런데도 모니카를 죽이지 못했다. 그 놀라움이 두 사람의 얼굴에 가득 드러난다.

공장의 격벽을 격파했을 때보다 더 높은 출력을 냈고, 나아가 안티 포스 필드 아머 기능을 사용한 일격이다. 그리고 포스 필드 실드는 평범한 금속판을 포스 필드 아머로 강화했을 때보다 강도가 떨어진다. 그런데도 막혔다는 것은, 상대의 포스 필드 실드 출력이 그만큼 높다는 뜻이다.

상대가 그만한 힘을 숨기고 있었다는 사실에 시오리는 인상을 험하게 쓰고, 카나에는 재밌다는 듯이 웃는다. 그리고 양쪽 모두 투지를 잃지 않고, 모니카의 말을 귓전으로 흘리며 연달아 공격을 퍼부었다.

하지만 전부 막힌다. 하나같이 단단한 기계형 몬스터조차 쉽게 양단하고 분쇄하는 위력을 지녔지만, 빛나는 얇은 유리막 같은 장벽을 돌파하지 못한다.

모니카가 대놓고 깔보듯이 웃는다.

"소용없어요! 안 통해요!"

그런데도 공격을 멈추지 않는 두 사람에게, 모니카가 허리춤에 찬 총을, 개인 휴대용 레이저건을 힘차게 뽑아서 겨눴다. 실탄을 쏘는 형태가 아닌 총구가 시오리와 카나에를 조준한다.

그 직후, 공중에서 착탄음이 울리고, 충격변환광이 튀었다.

쏜 것은 아키라와 캐럴이다. 포스 필드 실드에 막혔지만, 그 방어가 없었더라면 모니카의 얼굴에 직격하는 탄도였다.

당연하지만 모니카는 멀쩡하다. 하지만 그 웃는 얼굴은 조금 뻣뻣해졌다.

모니카가 사용하는 포스 필드 실드는 밖에서 안으로 가는 공격을 막고, 안에서 밖으로 가는 공격을 그냥 통과시킬 만큼 편리한 구조가 아니다. 따라서 외부의 적을 쏠 때는 그 순간만 실드를 제거할 필요가 있다.

그 순간을 노린 것을 알아채고, 모니카가 표정을 굳혔다.

솟아오른 공포를 혀를 차서 얼버무리고, 모니카가 웃으면서 뒤로 훌쩍 날아간다. 도약이 아니라 실제로 비행이며, 그대로 뒤에 있는 문을 꿰뚫듯이 파괴하고 창고에서 탈출하더니, 통로를 날아서 이탈했다.

"당신들은 나중에 처리하겠어요! 금방 돌아올 거예요!"

모니카는 창고에 있는 아키라 일행에게 통신으로 그렇게 말하고, 일행의 색적 범위에서 모습을 감췄다.

사태가 정신없이 돌아가는 창고 안에서, 그 변화에 따라가지 못하는 자는 넋을 잃고, 대응한 자의 태반은 험악한 표정을 짓고 있었다.

아키라가 모니카의 모습을 떠올린다.

『알파. 그 녀석의 강화복 말인데, 그건 구세계 스타일이야?』

『아니야. 그건 구세계의 물건이야. 그 포스 필드 실드 기능도 포함해서.』

『그렇군…….』

그러니까 시오리와 카나에가 모니카를 죽이지 못했다고 납득하면서 아키라는 얼굴을 찡그렸다.

사태 파악과 다음 행동을 생각하느라 몇 초를 쓴 엘레나가 지시를 내린다.

"철수를 전제로, 왔을 때의 루트와는 반대 방향으로 이동할 거야. 시카라베, 이 사람을 부탁해도 될까?"

"알았다."

시카라베가 진지한 얼굴로 이지오를 본다.

"목부터 위만 있으면 얼마나 버티지?"

"완전 가사 모드로 48시간 정도야. 그때는 자체적으로 각성할 수 없게 되는데…… 알았어. 머리만 가져가도 돼. 꼭 깨워주라고."

"꼭 깨워주마. 우리가 무사히 탈출할 수 있다면 말이지만."

"기대하겠어."

이지오가 쓴웃음을 짓고 눈을 감는다. 그리고 전혀 반응하지 않게 되었다.

시카라베가 이지오의 목을 어떻게 자를지 고민할 때, 시오리가 곁으로 다가온다.

"제가 베죠."

멋지게 한 번 베서 이지오의 목을 절단한다. 시카라베는 생존할 수 있는 최소한의 상태가 된 이지오를 들고는 그대로 토가미에게 건넸다.

그동안 캐럴이 엘레나에게 제안한다.

"탈출 루트라면 나한테 좋은 생각이 있어. 지난번에 내가 아키라랑 같이 공장 구역에서 탈출했을 때 쓴 루트야. 어때?"

"알았어. 안내를 부탁할게. 좋아. 출발하자."

엘레나의 지시로 팀이 이동하기 시작하는 가운데, 건네받은 머리를 들고 반쯤 멍하니 서 있던 토가미가 허둥지둥 말을 꺼낸다.

"잠깐만 기다려 줘! 나머지는 어쩔 거야?! 왜 철수하는데?! 그 사람을 추적하지 않아도 돼?! 게다가……."

급변하는 사태, 영문을 모를 상황, 그것들로 인해 생긴 곤혹과 혼란이 설명과 납득을 요구해서, 토가미가 자꾸 말하게 했다.

하지만 그것을 시카라베의 노성이 가로막는다.

"나중에 해! 너 하나 납득하자고 귀한 시간을 쓰게 하지 마!"

시카라베의 질타는 위협의 영역에 이르렀다. 토가미가 불만을 말할 여유도 없이 입을 다문다.

그때 아키라가 엘레나에게 부탁한다.

"이동하는 중이라도 상관없으니까, 상황을 설명해 주실 수 있을까요? 아마도 제가 가장 상황을 이해하지 못하는 것 같으니까요."

"좋아. 이동하면서 할게. 가자."

엘레나가 모두를 보채서 출발한다. 창고를 나선 아키라 일행은 캐럴을 앞장세워서 공장 구역을 이동했다.

◆

공장 내부의 통로를, 모니카가 날아간다. 강화복과 일체인 추진 장치에서 그 추진력을 토해내는 고에너지가 통로의 공중에 빛의 궤적을 그린다.

그 모니카의 얼굴은 조금 불쾌한 기색으로 일그러졌다.

"저딴 것들은 금방 죽일 수 있어요. 단순히 먼저 통신을 끝장내려는 거예요."

속에서 나온 불평을 중얼거린 모니카의 얼굴에는 아까만 해도 있었던 절대적인 여유가 없다.

물러난 게 아니다. 도망친 게 아니다. 이건 합리적으로 행동한 결과다. 그렇게 변명하듯 자신을 긍정하는 감정이 모니카의 얼굴에 일그러진 웃음을 띠게 한다.

등에 멘 배낭이 터진다. 그 안에서 나온 기계가 변형해서 레이저포가 되고, 투명한 서포트 암에 결합한 것처럼 등에 고정되었다.

"진심으로 하면 순식간에 끝나요! 현대 장비를 쓰는 것들은 싹 쓸어 주겠어요!"

구세계 장비를 드러낸 모니카는 그 말을 증명하고자 전속력으로 밖을 향해 날아갔다.

A동 밖에서 아키라 일행의 귀환을 기다리던 헥스와 하운드가 공장 안에서 빠르게 접근하는 반응을 포착한다.

"무척 빠르군. 반응이 흔들리는데…… 날고 있어? 돌입한 부대는 아니군."

"부대에서 귀환한다는 연락은 없다. 몬스터로 가정한다. 요격 준비."

"라저."

중장강화복 2기가 두 팔에 달린 무장을 반응이 있는 쪽으로 돌린다. 그리고 탑재된 색적 기기로 대상을, 구세계 장비로 몸을 감싼 모니카를 포착했다.

"저 녀석은……!"

"쏴!"

연락도 없는 고속 접근, 나아가 레이저포를 겨누고 있다. 그 시점에서 충분히 적으로 판단할 수 있었다.

중장강화복 2기가 모든 화력을 모니카에게 퍼붓는다. 발사된 탄막은 어지간한 몬스터라면 무리 단위로 가루로 만들 위력을 지녔다. 예기치 못한 사태에 대한 경계심이 헥스와 하운드가 아무런 주저도 없이 최대 화력을 선택하게 했다.

하지만 그 사격의 폭풍도, 포스 필드 실드의 출력을 한계치로 끌어올린 모니카에게는 통하지 않았다.

"안 통해요!"

통로에 충격변환광을 뿌리면서, 모니카가 흉악하게 웃는다. 나아가 레이저포의 조준을 중장강화복 2기에 맞춘다. 이동 중에 에너지 충전을 마친 포구에서 빛이 흘러나왔다.

"날아가 버려!"

모니카가 그렇게 외치자 동시에 포스 필드 실드가 해제되고, 레이저포에서 강렬한 빛줄기가 날아간다. 그것은 농밀한 탄막을 삭제하면서 직진하고, 중장강화복 2기를 집어삼켰다.

그 빛이 사그라지자 대파한 중장강화복이 지면에 불타 그을린 지면에 쓰러져 있었다. 헥스, 하운드 모두 탑승자는 즉사했다.

A동에서 나온 모니카가 그 기체 위에 내려선다. 도시 방위용 기체를 손쉽게 격파한 실감이 모니카의 얼굴에 생사여탈권을 쥔 자의 웃음을 다시 만들었다.

"당연해요……. 이게 당연해요! 제가 승리하는 건 당연해요!"

한동안 기뻐서 소리를 지르던 모니카가 만족하고 숨을 내쉰다. 그리고 여유를 되찾은 얼굴로 다시 날아오르고, 파괴당해 아래에 나뒹구는 중장강화복을 내려다봤다.

"이걸로 전초기지와 통신할 수 없게 되었군요. 자, 갑니다!"

모니카가 의기양양하게 A동에 돌입한다. 아키라 일행을 따라잡고, 자신의 장비 성능을 의심하게 한 자들을 몰살하기 위해 공장 내부의 통로를 빠르게, 신나게 나아갔다.

◆

아키라는 일행과 같이 공장 구역을 이동하면서 상황설명을 듣고 있었다.

이동하면서 통신기를 통해 설명하는 것이므로 느긋하게 멈춰서 설명하는 것보다 소비하는 시간이 적다. 그래도 원래는 불필요한 설명에 힘을 쓴다는 사실에는 변함이 없다.

그것을 알면서도 엘레나가 아키라에게 상황을 설명하기로 한 것은 아키라가 상황을 정확하게 파악함으로써 아키라가 지닌 일종의 감이, 모니카의 배신을 결정적으로 간파한 무언가가 더 정확하게 움직일 것으로 기대했기 때문이다.

필요하다면 다른 사람들에게 보충하게 하면서 차근차근 설명해 나간다.

시오리와 카나에가 모니카를 죽이지 못한 시점에서 모니카의 장비가 매우 고성능인 것은 확실하다. 그리고 강화복의 디자인과 함께 공장의 관리 시스템에 고용되었다는 이야기에서, 그 장비는 관리 시스템이 제공한 물건, 다시 말해 구세계 물건일 확률이 매우 높다.

또한 모니카가 사라진 방향으로 봐서, A동 밖에서 대기 중인 중장강화복 2기를 해치우러 갔을 것으로 예상할 수 있다. 전초기지와의 통신 중계기를 겸한 기체를 파괴하면 모니카의 배신이 도시에 들킬 위험이 줄어들기 때문이다.

자신들은 나중에 처리하겠다. 금방 돌아오겠다. 그 말만 봐도 모니카가 자신들을 몰살할 작정인 것은 확실하다.

그것도 자신들이 공장 구역에서 탈출하기 전에, 더 정확하게는 전초기지와의 통신이 가능해지는 위치로 이동하기 전에 죽일 작정이다. 이것은 먼저 중계기를 파괴하러 간 것으로 추측할 수 있다.

아마도 모니카는 자신들을 몰살한 다음에 혼자 전초기지로 돌아가 자신만이 살아남았다고 뻔뻔하게 대답할 심산이다.

다른 자를 버리고 도망쳤다는 전과는 또 똑같은 짓을 했으리라는 의심을 낳는다. 그 의심이 실제로는 모니카가 직접 자신들을 죽였다는 진실을 감춘다.

헌터들의 시체를 현장에서 이동시킨 것은 공장의 경비 기계이며, 모니카가 지시했을 것으로 추정된다. 그 이유는 두 가지 있다. 하나는 시체를 숨겨서 헌터들을 공장에서 더 깊은 곳으로 유인하기 위해서. 나머지 하나는 시체에 있는 정보수집기를 조사하지 못하게 하려고.

정보수집기 기록의 정밀성은 사용자에 따라 다르다. 애초에 기록하지 않는 자도 있다. 하지만 여러 시체에서 기록을 수집하면 사망 당시의 상황을 더 정확하게 해석할 수 있다. 거기에 배신을 확정하는 증거가 있으면 모니카의 입장이 치명적으로 나빠진다.

그래서 시체와 한꺼번에 정리했다. 정보수집기만 망가지는 것도 이상하기 때문이다. 시체와 함께 처리하면 유적의 청소 기계가 청소했거나 다른 장소로 도망쳤다고 판단할 가능성이 커진다. 그리고 유일한 생존자인 모니카의 정보수집기에 있는 기록의 가치를 키울 수 있기도 하다.

또한 모니카의 말과 행동에서는 자신들을 공장의 깊은 곳으로 유도하려는 의도가 보였다. 그것은 공장 안 어딘가에 모니카를 유리하게 하는 요소가 존재함을 의미한다. 이것은 모니카가 시체를 숨기고 예상되는 구조 대상자의 농성 위치를 공장 구역의 깊은 곳으로 유도하려는 공작과도 일치한다.

모니카가 사용한 포스 필드 실드의 강도는 시오리와 카나에의 안티 포스 필드 아머 기능에 버틸 만큼 높았다. 당연하지만 사용하기만 해도 에너지가 많이 필요하다. 시오리와 카나에의 공격을 연달아 맞으면 소비하는 에너지가 급속도로 늘어난다.

그런데도 처음에 모니카가 여유를 부린 것을 보면, 모니카의 장비 에너지는 거의 무한하다고 추측할 수 있다. 즉, 모니카를 고용한 공장에서 항시 공급할 가능성이 있다.

그렇다면 모니카의 장비는 공장에서 빌려준 물건일 확률이 높아진다. 공장의 경비 업무를 위탁했을 때 빌려주는 비품이다. 그리고 그 비품은 공장 구역 안에서만 사용할 수 있고, 고용주의 공장 내부에서만 에너지 공급이 이루어진다. 혹은 그 주변이 아니면 에너지 공급 효율이 떨어질 가능성도 있다.

이것은 미하조노 시가지 유적의 시내 구역과 유적 밖에서 모니카가 활약하지 않은 것으로도 판단할 수 있다. 구세계의 장비를 장소에 구애받지 않고 완전히 사용할 수 있다면 헌터로서 확실하게 활약할 수 있기 때문이다.

그러한 점에서 모니카가 유도하려고 한 곳은 그 에너지 공급 효율이 가장 좋은 장소일 것으로 추측할 수 있다.

이탈한 모니카를 추적하지 않는 이유는, 쫓아가면 불리해질 위험이 커지기 때문이다. 모니카에게 유리한 장소로 유인당할 가능성도 생각할 수 있다.

모니카가 자신들의 예상대로 중장강화복 2기를 해치우러 갔다고 해도, 자신들과 그들이 모니카를 협공할 수는 없을 것이다. 그만큼 모니카는 빠르게, 그리고 아마도 단시간에 상대를 해치울 것이다. 협공은 불가능하다.

반대로 헥스와 하운드만으로 모니카를 물리칠 수 있다면 문제가 안 된다. 나중에 시간을 들여서 연락하면 될 일이다.

적어도 자신들과 중장강화복 기체만으로 모니카를 협공해서 아슬아슬하게 물리칠 수 있는 상황이 될 확률은 낮다고 생각했다.

엘레나는 그러한 이유에서 모니카와 최대한 거리를 벌리면서 공장 구역을 신속하게 탈출하기로 했다. 그리고 이지오의 관리를 시카라베에게 내던졌다.

다른 시체까지 운반할 여력은 없다. 그 시체가 사실은 중상자라도 말이다. 명확한 생존자인 이지오도 전력 면에서는 전혀 기대할 수 없으므로 완전한 짐짝. 그 이지오를 데려갈 여력이 없다면, 유감이지만 두고 갈 수밖에 없었다.

그리고 시카라베는 머리만 챙겨간다면 허용 범위라고 판단했다. 이지오도 그것을 이해하고, 받아들였다.

시카라베가 이지오를 토가미에게 넘긴 것은, 시카라베가 토가미를 팀의 적극적인 전투 요원으로 보지 않고, 토가미가 이지오의 머리를 운반해도 팀 전체의 전력이 조금밖에 떨어지지 않는다고 생각했기 때문이다.

그래서 레이나의 경호도 부탁하고 있다. 이지오의 머리가 방해되어서 잘 싸우지 못하더라도 영향을 별로 주지 않는다.

그렇게 생각하면 이지오의 머리를 토가미가 아니라 레이나에게 줘야 하지만, 레이나는 시카라베 팀이 아니라 레이나 팀, 굳이 말하자면 시오리 팀 인원이므로, 시카라베는 레이나가 아니라 토가미에게 줬다.

캐럴이 탈출 루트로 예전에 아키라와 같이 공장 구역에서 탈출한 방법을 제안한 것은, 모니카가 유적의 공장에 고용된 것이 확정되었기 때문이다.

그 컨테이너 터미널은 공장 구역의 물류 운송 요충지이며, 공장 구역에서 생산한 물자를 실은 컨테이너가 무수히 많다.

모니카는 고용된 신분이라고는 해도 공장 측 인간이다. 자칫하면 싸우다가 그 물자에 피해를 줄 수 있다는 이유로 공격을 주저할지도 모른다. 또한 컨테이너에 피해가 발생하는 공격이 처음부터 불가능할 가능성도 있다. 모니카의 장비가 공장에서 빌려준 물품이라면 그런 안전장치가 있어도 이상하지 않다.

그리고 자신들은 주위의 피해를 아랑곳하지 않고 공격할 수 있다. 컨테이너를 방패로 삼을 수도 있다. 도망치든 싸우든 간에 다른 장소보다는 유리해진다.

아키라는 그러한 설명을 처음부터 끝까지 들었다. 이지오의 머리 취급은 시카라베가 침묵해서 생략되었다. 애초에 토가미도 어렴풋이 그렇게 알고 있었다.

설명을 끝낸 엘레나가 묻는다.

"아키라. 추측이 듬뿍 섞였지만, 상황은 이런 느낌이야. 너는 어떻게 생각해? 그건 아닌 것 같다거나 하는 게 있어?"

어떻게 생각하냐고 물어봐도, 아키라는 하나같이 엘레나가 알려주고 나서야 비로소 깨달은 것밖에 없다. 내용을 파악하는 것이 한계였다. 그래서 알파에게 도움을 요청한다.

『알파. 어떻게 생각해?』

『타당한 추측일 거야.』

지금의 아키라로선 추측의 옳고 그름을 논리적으로 검증할 능력이 없다. 알파의 대답을 곧이곧대로 받아들인다.

"맞는 거 같아요. 아, 그냥 그렇게 생각한 거지만요."

"그래? 그렇다면 서둘러서 탈출하자."

엘레나는 웃고 대답하면서 속으로 안도했다. 설명한 내용은 가정에 가정을 거듭한 것으로, 치명적인 오류가 있을 가능성도 충분히 있었다.

그러나 아키라는 그냥, 다시 말해 아키라가 감이라고 하는 무언가로 그 내용을 긍정했다. 그렇다면 대체로 맞는 것이리라. 그렇게 엘레나도 자신의 추측에 대한 불안을 불식했다.

그때 아키라가 문득 생각한다.

"캐럴. 지금 와서 할 소리는 아니지만, 그 탈출 루트라도 괜찮겠어? 정보료 의미에서 말이야. 거기로 탈출하는 것 자체는 불만이 없어."

"이런 상황이니까. 어쩔 수 없어. 아키라가 모두의 정보료를 대신 부담해 준다면 환영하겠는걸?"

"아니, 그건 좀."

그 말을 들은 엘레나가 쓴웃음을 짓고 끼어든다.

"아키라. 캐럴. 그런 이야기는 나중에 천천히 하자. 우선 살아남고 나서."

"그러네요. 서두르죠."

"그러네. 그러면 나중에 천천히."

아키라 일행은 이야기를 중단하고 갈 길을 서둘렀다.

◆

아키라 일행이 공장 구역의 컨테이너 터미널을 목표로 공장 내부를 나아간다. 주위가 깔끔한 것은 이 공장이 현재도 작동 중이라는 증거다. 즉, 여기가 모니카를 고용한 공장일 가능성도 있다.

하지만 우회할 수는 없다. 우회하면 멀리 돌아가야 하기 때문이다. 그리고 모니카가 어느 공장에 고용되었는지는 아키라 일행도 모른다. 무시하고 갈 수밖에 없었다.

그 도중에 아키라는 조금 복잡한 얼굴을 했다. 그것을 알파가 지적한다.

『아키라. 무슨 일 있니?』

『아, 조금. 있잖아, 알파. 엘레나 씨가 가르쳐 준 거 말인데, 헌터라면 그 정도는 눈치채야 정상일까?』

모니카의 배신이 발각되고, 모니카가 그 자리에서 이탈하고, 엘레나가 이동 지시를 내리기 전까지, 그 짧은 시간에 엘레나는 아키라에게 설명한 내용을 전부 추측했다. 시카라베, 시오리, 카나에, 캐럴도 비슷한 정도로 추측을 마쳤으니까 엘레나의 지시에 끼어들지 않았다.

그것을 이해한 아키라는 몹시 놀랐다. 자신이 생각이 깊은 편이라고는 조금도 생각하지 않지만, 그래도 사람이 그만큼 생각할 수 있다는 사실에 충격을 받았다.

알파가 대수롭지 않게 대답한다.

『눈치챈 내용을 언어화한 것은 더 나중이라도, 막연하게 눈치채긴 했겠지. 그래서 지시한 내용에 문제가 없었던 거야.』

『그렇구나…….』

『뭐, 엘레나도 시카라베도 역전의 헌터니까, 그런 통찰력을 갈고닦을 기회는 많았을 거야. 표현을 바꾸자면, 부대를 지휘하는 자로서 유능하려면 그 정도는 당연히 할 줄 알아야 하는 걸

지도 몰라.」

『아하, 그런 거구나. 굉장하네…….』

어찌 됐든 실력 차이가 확연하게 드러났다는 것은 변함이 없다. 아키라는 납득하면서 자신의 미숙함에 조금 충격을 받았다.

알파가 조금 뽐내듯이 웃는다.

『아키라에게는 내 서포트가 있으니까. 아키라가 다소 잘못 판단해도 내 서포트로 어떻게든 사태를 극복했으니까 그런 통찰력을 연마할 기회가 적었어도 어쩔 수 없어.』

『그래, 그랬지. 지금도 도와줘서 고마워.』

단순한 자랑으로 여긴 아키라는 슬쩍 쓴웃음을 짓고 흘려넘겼다. 하지만 알파의 다음 대답을 듣고 표정이 딱딱해진다.

『천만에 말씀, 이라고 말하고 싶은 참이지만. 아키라, 나는 지금부터 한동안 자리를 비울 거야.』

"뭐어……?!"

아키라는 무심코 속마음을 입 밖으로 꺼냈다. 그것을 들은 엘레나가 반응한다.

"아키라. 무슨 일 있니?"

"아, 아뇨. 아무 일도 없어요."

"그래……?"

어떻게든 태연한 척했다고 생각하면서, 아키라는 눈을 부릅뜨고 아직 보이는 알파에게 시선을 돌렸다.

『알파! 잠깐만! 진심이야?! 이런 상황에서?!』

그러자 알파가 진지한 얼굴로 대답한다.

『진심이야. 그리고 이런 상황이니까 그래. 그 상황을 어떻게든 하려고 잠시 멀어지는 거야.』

그렇게 말하면 아키라도 싫다고 할 수 없었다. 이런 상황에서 자신의 서포트를 일시적으로 끊어서 할 만한 의미가 있으리라. 그렇게 저절로 판단할 만큼 알고 지낸 사이이기 때문이다.

그리고 구체적으로 무엇을 할 작정인지 자세히 물어봐도 알파가 돌아오는 데 걸릴 시간을 불필요하게 늘리기만 한다고 생각했다. 그래서 아무것도 묻지 않고 각오를 다진다.

『알았어. 일찍 돌아올 거지?』

『노력할게. 아키라, 힘내.』

알파는 그렇게 말하고 웃어서 아키라를 달랜 뒤, 그대로 아키라의 시야에서 모습을 감췄다.

동시에 알파의 서포트에 따른 강화복의 동작 보조도 사라졌다. 갑자기 아키라의 자세가 흐트러진다. 그것은 아키라 자신의 역량으로 곧장 회복할 수준이었지만, 아키라의 표정은 그것이 무언가 치명적인 것으로 여기게 할 만큼 험해졌다.

진지한 얼굴로 숨을 들이마시고, 내쉰다. 아키라는 그렇게 해서 자신을 침착하게 하고, 얼굴에서 불필요한 긴장감을 지웠다. 그러나 적절하다고 보기에는 너무 강한 긴장과 다른 사람이 보면 임전 태세로만 느껴지는 분위기는 남았다.

엘레나가 아키라의 변화를 눈치챘다.

"아키라? 무슨 일 있니?"

알파의 서포트가 사라졌다고 대답할 수 없는 아키라가 적절한 변명을 찾다가 대답이 늦어진다. 그런 아키라의 태도에 엘레나가 경계를 강화하고, 다른 자들도 경계 태세를 보였다.

그리고 그때, 알파의 서포트 없이 싸워야 해서 불필요하게 민감해진 아키라가, 그 예민함으로 후방에서 뭔가의 기척을 포착했다.

아키라는 그것에 과다하게 반응했다. 반사적으로 A4WM 유탄기관총을 그쪽으로 겨누고, 확장 탄창의 이점을 충분히 활용해서 가장 빠른 연사 설정으로 유탄을 쐈다.

대량의 유탄이 통로 저편으로 날아간다. 그리고 폭풍이 빠져나갈 장소가 한정되는 통로 공간에서 단숨에 폭발했다.

그 충격은 탁 트인 곳이라면 상하좌우로 퍼졌을 것이다. 하지만 구세계에서 만든 튼튼한 통로가 그것을 막는다. 그 결과 압축된 폭풍이 통로 전체를 내달렸다.

그 폭풍은 통로 저편, 원근법의 소실점 부근에서 폭발했음에도 아키라 일행에게도 도달했다. 그 폭풍으로 두 발이 바닥에서 떨어져 뒤로 날아가려고 한다.

그런 아키라를 마침 날아가는 곳에 있던 캐럴이 끌어안았다. 그리고 여유롭게 웃으며 말을 건다.

"아키라. 괜찮아?"

"그래. 고마워……."

굳이 말하자면 '실수했다'라는 표정을 짓고, 아키라는 감사를 표했다.

엘레나가 인상을 쓰고 폭연이 남은 통로 너머를 본다. 똑같은 곳을 보고, 시카라베가 괴이쩍은 투로 말한다.

"엘레나. 그 녀석이 있었나?"

"있었을 것 같지만……."

그것은 엘레나도 모니카의 존재를 확인하지 못했지만, 아키라가 봤다면 있었을 것이라는 의미다. 그리고 있었을 것 같다는 부분은 있다고 단언할 수 없으니까 아키라의 긴장이 폭발한 것을 부정할 수 없다는 의미이기도 했다.

진짜로 모니카가 있었는지 확인하고자 엘레나는 정보수집기 기록을 자세히 확인하기 시작했다. 하지만 그 확인 작업이 끝나기 전에 대답이 먼저 찾아왔다. 모니카가 통신으로 연락한 것이다.

"소용없어요! 그런 건 통하지 않습니다!"

의기양양한 모니카의 웃음소리는 절대적인 여유를 여실히 느끼게 했다.

"있었나 보네."

"그렇군."

엘레나는 상대의 동향을 탐색하기 위해서 모니카와의 통신을 일부러 유지하고 있었다. 물론 모니카에게는 자신들의 정보가 전해지지 않게 설정해서 아키라 일행의 대화는 모니카에게 들리지 않는다. 모니카가 일방적으로 떠들 뿐이다.

"밖에서 기다리던 것들은 파괴했습니다! 이제 당신들만 남았어요! 지원군은 못 부를걸요?"

승리 선언에 가깝게 조롱하는 목소리를 들으면서, 엘레나는 표정을 더욱 굳힌다.

모니카의 발언에서 자신의 추측이 옳았음을 다시 확인할 수 있었다는 것은, 앞으로 있을 모니카의 행동을 예측하기 쉬워졌다는 의미에서 환영할 수 있다.

하지만 모니카의 이동 속도가 너무 빨랐다. A89 지점에서 중장강화복의 대기 위치까지 가고, 거기서 다시 아까 아키라의 공격이 유의미했던 지점까지 벌써 다가왔다. 그 놀라움은 엘레나의 표정을 굳히기 충분했다.

(…………이걸로 상대의 방어력도 어느 정도 판명됐어. 그것만큼은 기뻐하자.)

승리를 확신하는 모니카의 목소리는 부상이 전혀 없음을 알려준다. 그러나 엘레나의 색적 범위에 모니카가 없다는 것은 아키라의 공격으로 모니카가 멀리 날아갔거나, 아키라의 공격을 경계해서 엘레나의 색적 범위 밖으로 잠시 대기하고 있음을 의미한다.

그것은 아키라 일행의 공격이 모니카에게 통한다는 뜻이다. 그것이 남은 에너지를 조금 아까워할 정도일지라도, 적어도 모니카의 포스 필드 실드는 무적이거나 무제한이지 않다. 그 사실은 엘레나 일행에게 충분한 가치가 있는 정보였다.

시카라베가 복잡한 얼굴로 아키라를 본다.
(내 감은 그게 아니라고 말하는데 말이지……)

아키라는 모니카를 알아차리고 공격했는가? 자신의 감은 그 것을 부정했지만, 아키라가 자신의 감을 흐트러뜨리는 존재라 는 것도 시카라베는 알고 있었다. 더군다나 실제로 모니카는 있 었다.

그 현실에 시카라베는 속으로 꿍꿍대며 한숨을 쉬었다. 하지 만 그건 그거라고 곧바로 생각을 바꾸고, 통로 저편으로 총을 겨눈다.

정보수집기와 연동한 조준기로 폭발의 영향으로 정보 수집 정 밀성이 대폭 저하된 통로 내부에 색적을 실시한다. 적은 보이지 않는다. 보이는 것은 사람이 없는 통로와 옆길, 그리고 길이 꺾 이는 쪽의 벽밖에 없다.

(없군. 그 말과 행동, 성격으로 봐서는 몰래 숨어서 싸울 속셈 은 없을 텐데. 너무 멀리 날아갔거나, 에너지를 보급하려고 잠 시 물러났나? 그렇다면 시간을 벌어서 잘된 일이지만…….)

그때, 조준기 너머의 시야가 갑자기 막혔다. 통로의 격벽이 멀리서부터 차례차례 고속으로 닫히기 시작한 것이다. 그것은 통로를 따라 계속되었다. 그리고 마침 격벽이 아키라 일행의 사 이에도 있어서, 그대로 일행을 분단했다.

큰일이다. 아키라가 그렇게 생각했을 때는 이미 엘레나 일행 과 분단되었다. 격벽으로 달려가 무심코 주먹으로 친다. 하지만 꿈쩍도 하지 않는 소리만 나고, 아키라로선 어떻게 할 방법이 없었다.

그러나 그때 건너편에서 시오리의 목소리가 들려온다.

"아키라 님. 위험하니 벽에서 물러나 주십시오."

아키라가 황급히 격벽에서 떨어진다. 그러자 벽에 참격의 선이 생기고, 그 일부가 벽에서 떨어졌다. 나아가 카나에가 그 부분을 걷어차 길을 텄다.

구멍 너머에 있는 엘레나 일행을 본 아키라가 안도한다.

(그랬지. 두 사람이 벽을 부술 수 있었어. 다행이야.)

아키라는 안심하고 벽 너머로 돌아가려고 했지만, 오히려 엘레나 일행이 이쪽으로 들어왔다. 후방을 지키는 위치에 있던 아키라는 전열 위치에서 팀 전체를 안내하던 캐럴이 있는 데까지 날아간 상태여서, 진행 방향은 아키라가 있는 쪽이었다.

마지막에 들어온 시카라베가 복잡한 얼굴로 아키라를 본다.

"이 격벽은 아마도 공장 안에서 모종의 재해가 발생했을 때 그 피해를 다른 구역으로 퍼뜨리지 않기 위한 것이겠지. 쉽게는 작동하지 않을 거다. 그 정도의 폭발이 아니라면 말이지."

대량의 유탄을 값비싼 확장 탄창을 비울 기세로 쏴대고, 통로의 한 점에 집중시켜 폭파함으로써 겨우 기동했다.

잘못 조준하고 근처에서 폭발했다면, 자칫하면 아키라 일행도 피해를 봤을 것이다. 그 정도로 아슬아슬하고, 사용한 유탄의 양도 절묘했다.

"격벽이 내려온 덕분에 그 녀석이 쫓아오기도 어려워졌다. 그 녀석도 고용주의 시설을 파괴하는 건 주저할지도 모르지. 벽을 부수려고 해도 시간과 에너지를 소비할 거다. 뭐, 고용주에게 열어 달라고 부탁할지도 모르지만, 그래도 그 녀석이 접근하는 것을 미리 알려주겠지."

그렇구나. 그렇게 납득한 기색을 보인 아키라를 시카라베가 미심쩍게 본다.

"너는 그것까지 계산하고 쏜 거냐?"

"어? 그건 아닌데……."

아키라는 반사적으로 쐈다. 시카라베의 설명을 듣기 전에는 실수했다고 생각했으며, 결과적으로는 잘됐다며 안도했을 정도였다.

"그렇겠지……."

시카라베는 그 대답으로 이야기를 마쳤다. 그러나 얼굴은 여전히 복잡해 보였다.

계산한 것이 아니라면 우연이다. 아키라도 아니라고 했다. 그렇다면 전부 우연일까? 자신의 감은 아니라고 대답했다.

그렇다면 어디까지가 계산한 것이고, 어디까지가 우연일까? 우연으로 보기 어려운 부분은 계산한 결과일까? 계산한 게 아니라고, 아키라가 거짓말한 걸까? 자신의 감은 그게 아니라고 대답했다.

그게 아니라면 대체 무엇인가. 자신의 감은 잘못된 것인가. 도무지 종잡을 수 없게 된 자신의 감에, 시카라베가 한숨을 쉰다.

유능하기에 눈치채는 사소한 위화감. 거기에서 도출되는 모순. 그것이 시카라베를 고뇌하게 했다.

어떻게 보면 아직 무능한 축에 속하는 아키라는 그런 시카라베의 모습을 보고 의아해했다. 그때 엘레나가 이동을 지시한다. 그래서 아키라도 시카라베도 마음을 바꾸고 갈 길을 서둘렀다.

◆

모니카가 격벽 앞에서 혀를 찬다.

"거참…… 나를 고용할 정도로 유연하게 판단할 수 있다면, 조금만 더 융통성을 발휘해 달라고요."

모니카를 고용한 관리 시스템은 공장 구역 전체의 관리 인격이 아니다. 어디까지나 한 공장의 관리 시스템이며, 그 기준에서 유연한 판단이 가능할 뿐이다.

그렇기에 모니카는 그 관리 시스템의 어중간한 판단에 비집고 들어갈 수 있다. 그러나 그만큼 그 어중간한 판단 탓에 곤란해질 때도 있다.

격벽을 열어줄 수 없냐고 부탁하자 시스템 사정으로 불가능하다는 답변을 들었다. 하지만 진짜로 불가능한지는 사실 의심스럽다. 해석을 비틀면 시스템 사정이 변화해서 가능해질 가능성은 있다. 그리고 과거에는 그런 일이 실제로 가능했다.

그러나 지금은 그럴 시간이 없다. 그래서 격벽을 부숴도 되냐고 물어보자 기물 파손은 인정할 수 없다는 답변을 들었다. 격벽을 파괴하지 않으면 모니카가 갇힌 채로 있어야 하는데도 말이다.

이전에도 비슷한 일이 있었다. 그때 모니카는 하는 수 없이 벽을 부수고 탈출했는데, 손해배상 청구가 오면 지불해야 한다는 경고를 받았다.

그러나 모니카는 이미 멀쩡한 관리 기능을 상실한 공장에서 그런 청구가 올 수가 없으며, 또한 자신을 고용한 관리 시스템은 실제로 그런 통지가 와도 외면할 정도의 유연성을 지니고 있음을 알았다.

"하는 수 없군요. 뭐, 이번에도 괜찮겠죠. 부수고 갑시다."

모니카가 레이저포 출력을 조정해서 격벽을 부순다. 최대 출력으로 날릴 수도 있지만, 에너지를 낭비한다. 또한 설비를 불필요하게 부순 탓에 고용주가 불평하는 것도 피하고 싶었다.

그동안 꽤 침착해진 머리로 아키라 일행의 행동을 추측한다.

(그나저나…… 왜 그런 곳에 있죠? 그쪽에는 컨테이너 터미널밖에 없는데……. 공장 구역에서 탈출할 루트로는 생각하기 어려워요. 캐럴이 있으니까 길을 헤맬 일은 없을 텐데요…….)

지난번 습격에서 캐럴이 살아남은 것은 아키라의 전투 능력 덕분이며, 그 힘으로 기계형 몬스터 무리를 강행 돌파했기 때문이다. 모니카는 그렇게 여기고 있어서 컨테이너 터미널이 탈출 루트가 된다는 사실을 몰랐다.

(저와 어떻게든 거리를 벌리려고, 제가 질러갈 수 있는 탈출 루트를 피해 멀리 돌아가고 있는 걸까요? 아니면 그쪽에 비밀 탈출 루트가 있다거나?)

그러나 생각이 미치면 상상할 여지는 있었다.

(설마, 컨테이너에 타고 탈출할 작정인가요? 그런 게 가능해요? 아니, 가능하다고 해도, 괴담의 기반이 된 그걸 탄다고요? 그건 어떻게 되든지 죽을 뿐인데요…….)

그리고 자신의 장비에 대한 과도한 자신감이 생각을 촉발한다.

"저와 싸우는 것보다는 죽지 않을 가능성이 있다고 생각해서 도박에 나섰다……? 있을 법해요. 귀찮아지네요."

마침 그때 모니카는 눈앞에 있는 격벽을 다 부쉈다. 하지만 그 너머에는 다른 격벽이 있다. 다 아는 사실이었지만, 모니카는 얼굴을 찡그렸다.

걸리적거리는 격벽을 파괴하는 동안에 캐럴 일행이 도망치는 게 아닐까? 그렇게 생각한 모니카가 한층 인상을 구긴다.

"한번 부탁해 볼까요……."

밀져야 본전. 모니카는 그렇게 생각하면서 캐럴 일행을 놓치지 않기 위해 그 방해 공작을 고용주에게 요청했다. 그리고 살짝 놀랐다.

"이게 되나요……. 융통성의 경향을 진짜 모르겠군요."

인간이 아닌 고용주의 기묘한 판단 기준. 그것에 모니카는 한숨을 쉬었다.

제119화 움직이는 시체

아키라 일행이 컨테이너 터미널에 도착했다. 처음 보는 자들은 공장 구역 안에 갑자기 나타난 대규모 컨테이너 터미널의 경치에 놀랐다.

시카라베가 주위를 슬쩍 둘러본 다음에 캐럴을 조금 미심쩍게 본다.

"그래서? 여기서 어떻게 하면 공장 구역에서 탈출하지? 그 녀석한테 절대로 들키지 않는 안전한 샛길이라도 있나?"

"아니야. 컨테이너가 많이 있잖아? 그걸 타고 운반하게 하는 거야."

캐럴은 그렇게 말하고 모두에게 조금 자세한 설명을 마쳤다. 그러자 시카라베가 질색한 표정을 짓는다.

"진짜냐……. 괜찮은 거 맞아? 그건 그 괴담의 출처잖아?"

"안전한 컨테이너를 잘 골라서 타면 괜찮아. 잘못된 컨테이너를 타면 괴담처럼 끝나겠지만. 아, 고르는 방법은 비밀이거든?"

캐럴은 그렇게 말하고 뽐내듯이 웃었다. 시카라베가 슬쩍 한숨을 쉰다.

"알아. 유료라는 거지? 그 협상은 나중에 하라고. 얼른 컨테이너를 골라."

타고 갈 컨테이너를 고르는 캐럴을 따라서 아키라 일행이 컨테이너 터미널 안을 나아간다.

『알파. 그 괴담은…….』

아키라는 그렇게 물어보려다가 그만뒀다. 당연하지만 대답은 없다.

(그랬지……. 야단났어. 여기까지 와서 긴장이 풀렸나?)

알파는 아직 돌아오지 않았다. 그리고 알파의 서포트 없이 싸워야 한다는 긴장이 아키라를 몹시 피폐해지게 했다.

그 피로 때문에 과도한 긴장은 오히려 진정됐지만, 이번에는 집중력이 떨어지기 시작했다.

알파가 모습을 감춘 뒤에도 전투가 몇 번 발생했지만, 소량의 약한 경비 기계밖에 없어서 간단하게 무찔렀다. 그것도 아키라의 정신이 느슨해지는 것을 조장했다.

(정신 차려. 진정하고, 냉정해져. 하지만 긴장은 풀지 마. 방심하면 죽는 상황은 달라지지 않았어. 애초에 여기는 유적 안이잖아?)

알파의 서포트는 정말 믿음직하다. 하지만 그 알파가 항상 곁에 있는 것을 당연히 여긴 폐해가 아키라의 긴장과 이완의 균형을 망가뜨렸다.

그때 사라가 말을 건다.

"아키라. 괜찮아?"

"아, 그래요. 괜찮아요."

"그래? 무리하지 말라고 말하기 힘든 상황이지만, 우리도 있으니까 너 혼자서 전부 해결하려고 생각하지 않아도 되는걸? 뭐, 우리를 못 믿겠다면 또 모르겠지만."

사라가 농담하듯 웃으며 말하자 아키라는 무의식중에 쓸데없이 부담을 느끼는 자신을 깨달았다. 조금 마음이 편해져서 웃으며 대답한다.

"그렇지 않아요. 믿을게요."

"나만 믿어. 뭐, 그렇게 말하는 나도 색적은 엘레나만 믿지만."

그렇게 이야기가 넘어와서 엘레나가 슬쩍 웃는다.

"그래, 그래. 나만 믿어."

"대답이 너무 건성이지 않아?"

"그 정도로 당연하다는 뜻이야."

이런 상황에서 웃는 엘레나와 사라의 모습은 방심이 아니라 마음의 여유를 드러낸 것이다. 곤란한 상황에서도 서로 돕고, 힘을 보태서 여유를 만들고 있다. 그 여유는 언제나 혼자 상황에 대처할 수밖에 없는 자, 그렇다고 착각하는 자는 얻을 수 없다. 아키라도 그걸 어렴풋이 알았다.

과거에는 얻을 수 없었다. 알파와 만나고 나서는 알파에게 얻었다. 그 알파가 지금은 없다.

하지만 지금은 얻어도 괜찮으리라. 아키라는 무의식중에 그렇게 생각하고, 좋은 의미로 긴장을 풀었다.

그 뒤로 아키라 일행은 캐럴의 안내에 따라 어느 한 컨테이너 앞까지 왔다.

그 컨테이너는 금속 재질이고, 소형 전차 정도는 여유롭게 적재할 정도로 큰데, 단단히 닫혀 있었다. 더군다나 손잡이나 버튼처럼 문을 여닫는 부분이 어디에도 보이지 않았다.

그러나 캐럴이 문 앞에 서고 다른 사람에게는 보이지 않게 손을 움직여 조작하자 문이 간단히 열렸다.

토가미가 무심코 묻는다.

"저기, 어떻게 연 거야?"

"응? 비밀이야."

"아, 유료랬지? 얼마야?"

"2000만 오럼이야."

"2000만?!"

너무 큰 금액에 놀라는 토가미에게, 캐럴이 요염하게 미소를 짓는다.

"사고 싶으면 언제든지 말해 줘. 그러면 2000만 오럼의 덤으로 이쪽도 서비스해 줄게."

그렇게 말한 캐럴은 자기 몸을 가리키면서 야릇하게 웃었다.

몸이 굳은 토가미를 힐끗 보고, 다른 사람들은 컨테이너 안으로 들어간다. 그리고 시카라베가 토가미의 어깨를 두드린다.

"충고하겠는데, 그만둬라."

"그런 돈은 없어……."

"돈이 있어도 말이다."

토가미는 뭐라고 형언할 수 없이 험악해진 시카라베의 얼굴을 보고, 그것이 진심 어린 충고임을 이해했다.

모두가 들어간 참에 캐럴이 컨테이너의 문을 닫는다. 그러자 컨테이너의 벽이 유리처럼 투명해지고, 바깥 경치가 보이게 되었다.

놀라는 엘레나 일행에게 캐럴이 설명한다.

"안심해. 밖에서는 안 보여. 광학 위장 같은 거야."

엘레나가 정보수집기로 주위를 조사한다. 광학 기기를 이용한 색적도 문제없이 기능했다.

"이거면 색적도 괜찮을 것 같아. 있잖아, 캐럴. 너무 우리한테 편리하게 만들어진 것 같은데…… 여기 컨테이너는 전부 이런 식이야?"

"아니야. 이렇게 만들어진 컨테이너를 내가 잘 고른 거야."

"그걸 고르는 방법도 2000만 오럼에 포함되는 거야?"

"그런 셈이야. 그만한 가치는 있지? 다음 협상을 기대할게."

"살살 부탁할게."

그렇게 말하고 캐럴이 엘레나와 협상자끼리 웃음을 주고받을 때, 시오리가 끼어든다.

"말씀 도중에 실례합니다. 그래서 이 컨테이너는 언제 여기를 출발하는 걸까요?"

"앞으로 10분 정도면 출발할 거야. 서두르고 싶은 마음은 이해하지만, 유적의 사정에 따른 거니까 나도 바꿀 수 없어."

"알겠습니다."

앞으로 10분. 그렇게 생각하고 아키라 일행은 계속 기다렸다.

10분은 짧은 시간이지만, 헛되이 보낼 수는 없다. 아키라 일행은 그 시간에 휴식했다. 다음을 대비하기 위해 각자 몸과 마음을 정비한다.

아키라가 바닥에 앉아 탄창과 에너지 팩을 교환하면서 한숨을 길게 쉰다.

(알파, 늦는걸. 뭘 하는 거지.)

금방 돌아올 줄 알았던 알파는 아직 돌아오지 않았다. 이 상황을 해결하기 위해서라고 했지만, 일찍 돌아왔으면 했다.

그때 캐럴이 아키라의 옆에 앉아 웃으며 말을 건다.

"그렇게 한숨을 쉬지 않아도 괜찮아. 그때도 잘 돌아갔잖아?"

그런 이유로 한숨을 쉰 건 아니지만, 위로해 주는 건 알았다. 아키라가 슬쩍 쓴웃음을 짓는다.

"그런가? 그때도 고생한 것 같은데."

캐럴이 노골적으로 눈을 돌린다. 아키라도 캐럴이 농담으로 그랬다는 것을 그 호들갑스러운 행동으로 쉽게 이해했다.

그리고 호들갑스러운 그 태도도 자신을 배려한 것이란 사실도 지금의 아키라는 어렴풋이 눈치챌 수 있었다. 시선을 되돌린 캐럴과 같이 가볍게 웃는다.

"그리고 보니 캐럴은 시카라베한테 괴담처럼 끝난다는 소리를 했는데, 이 컨테이너와 무슨 관계가 있어?"

"몰랐어? 예전에 말하지 않았던가? 미하조노 시가지 유적에서 꽤 유명한 괴담인데……."

유적 안에서 아무것도 없는 장소에 조금 열린 보이지 않는 문이 나타난다. 그 틈새로 보이는 대량의 유물. 하지만 절대로 들어가서는 안 된다. 들어가면 문이 닫히고, 두 번 다시 돌아올 수 없게 된다.

'어디론가 사라지는 문'으로 불리는 이 괴담은 단순한 괴담으로 웃어넘기질 못할 만큼의 희생자가 실제로 발생했다.

그 이야기를 들은 아키라는 조금 생각하고 깨달았다.

"아하, 그런 거군. 광학 위장 컨테이너의 문이 열려서 안에 있는 화물이 보인 거야. 그래서 짐을 뒤지던 사이에 컨테이너가 이동하고, 끌려간 건가."

"아마도 말이야. 괴담이니까 정확하게는 알 수 없지만, 아마도 컨테이너에 무단 침입자가 타면 구세계의 수용소 같은 데로 그대로 끌려가는 시스템이 아닐까?"

캐럴은 웃으며 말했지만, 아키라는 떨떠름한 표정을 지었다.

"우리는 그런 걸 탄 거야? 괜찮은 거 맞아?"

"잘 골랐으니까 괜찮아. 실제로 지난번에도 괜찮았잖아?"

캐럴이 조용히 덧붙인다.

"일단은 최대한 튼튼한 컨테이너를 골랐어. 지난번처럼 공중에서 공격당해도 이번에는 괜찮을걸?"

"그, 그렇구나……."

아키라는 그렇게 대답하면서도 표정을 조금 굳혔다. 알파의 서포트 없이 고층 건물의 측면을 따라 내려가는 건 도저히 할 수 없었다.

아키라 일행이 컨테이너에 탄 지 20분이 지났다. 10분 정도의 감각에서는 시간이 꽤 지났다. 하지만 컨테이너는 여전히 그 자리에 머물고 있다.

캐럴이 표정을 굳히고 고개를 갸우뚱한다.

"이상해……. 아무리 그래도 이렇게 오래 기다려도 출발하지 않는다니……."

예상 밖의 사태가 발생했음을 알리는 말에 다른 사람들도 경계심을 끌어올린다. 그리고 밖을 보고 괴이쩍은 듯이 신음하던 아키라가 입을 연다.

"있잖아, 캐럴. 우리가 지난번에 여기서 탈출했을 때는 다른 컨테이너가 여기 반입되거나, 밖으로 반출되거나 했지? 그런 컨테이너가 지금은 하나도 안 보이는데, 원래 그런 거야?"

캐럴은 놀라서 밖을 둘러보고 아키라의 말을 확인했다. 그리고 표정이 몹시 험악해진다.

"말도 안 돼……! 설마, 유적의 배송 시스템이 정지했어?!"

그때 마치 그 말에 대답한 것처럼 모니카가 통신으로 말했다.

"거기 있는 거죠? 소용없어요! 컨테이너 운송은 정지시켰습니다! 이젠 탈출할 수 없어요! 유감이군요!"

의기양양한 모니카의 목소리가 컨테이너 안에서 울린다.

"전율해 주세요! 무서워하세요! 아니면 어디 한번 저항해 보겠습니까? 소용없어요! 알고 있죠? 당신들의 공격은 통하지 않아요!"

아키라, 토가미, 레이나 같은 신인들이 놀라고, 초조해하고,

당황하는 가운데, 다른 어른들은 오히려 침착함을 되찾았다.

그리고 시카라베가 엘레나에게 묻는다.

"엘레나. 모니카를 찾아낼 수 있겠어?"

"잠깐만 있어 봐………… 찾았어."

컨테이너 터미널을 높이 에워싼 벽. 모니카는 그 벽 위쪽에 있는 통로 가장자리에 서 있었다. 수많은 컨테이너가 늘어서서 어디에 적이 숨어 있어도 이상하지 않은 이 장소에서, 당당하게 자기 모습을 드러낸 모니카는 얼마든지 쏴 보라고 하는 여유가 넘쳤다.

시카라베도 정보수집기의 연동 기능으로 모니카의 위치를 확인한다.

"있군. 저긴가. 엘레나 저 녀석의 통신이 닿는 범위는 이 컨테이너 터미널 전체를 커버할 것 같나?"

"아니, 여기는 넓고 장해물도 많으니까 기껏해야 5분의 1일 거야."

"그렇군."

시카라베가 숨을 크게 내쉬고 그 자리의 분위기를 조정한다.

"그렇다면 앞으로 어떻게 할지 생각하기 위해서라도 우선 모두의 인식을 맞춰 볼까. 저 녀석이 하는 말이 얼마나 공갈이고, 얼마나 도발일 것 같지?"

"글쎄. 아마도……."

엘레나가 그렇게 대답하기 시작했을 때, 질문의 의미조차 파악하지 못해서 따라가지 못한 아키라, 토가미, 레이나가 동시에 설명을 원하는 눈으로 엘레나와 시카라베를 봤다.

엘레나와 시카라베가 서로 눈을 마주친다. 엘레나는 쓴웃음을 짓고, 시카라베는 하는 수 없다는 얼굴로 가볍게 고개를 끄덕였다.

공장 구역의 컨테이너 운송이 멈춘 것은 사실이다. 그것에 모니카가 관여한 것도 사실이다. 그러나 단순히 경비원으로 고용된 모니카에게 그럴 권한이 있을 것으로 보긴 어렵다.

아마도 고용주인 공장의 관리 시스템에 요청해서 일시적으로 멈추게 했을 것이다. 즉, 탈출할 수 없다는 것은 거짓말. 이대로 기다리면 운송이 재개되어 탈출할 가능성이 크다.

애초에 자신들이 여기 있는 것을 모니카가 진짜로 알고 있을지도 의심스럽다.

공장 안에 있을 때는 모니카가 정확하게 쫓아왔으니까 아마도 모종의 방법으로 자신들의 위치를 파악하고 있었을 것이다. 그리고 지금도 자신들의 위치를 정확하게 파악했다면 곧바로 공격하면 될 일이다.

그러지 않는다는 것은 자신들의 정확한 위치를 모르거나, 위치는 알아도 컨테이너를 부수지 못해 공격할 수 없다는 뜻이다.

또한 아마도 모니카는 공장 안에 있는 상대의 위치를 모종의 방법으로 파악하는 것만 가능할 것이다. 그것으로 상대가 공장 안에 없다고 판단하고, 소거법에 따라 이 컨테이너 터미널에 있다고 생각했을 것이다.

그러나 그래서는 자신들이 모니카가 모르는 비밀 지하통로 같은 곳을 거쳐 탈출했을 때 완전히 놓치고 만다.

즉, 모니카가 모습을 드러내 공격해 보라고 도발하는 것은 방어에 절대적인 자신감이 있어서 그런 것이 아니라, 일부러 공격하게 유도해서 자신들의 위치를 파악하기 위함이거나 혹은 컨테이너 밖으로 유도하기 위함이며, 어느 쪽이든 간에 자신들의 반응을 끌어내 상대가 여기 있음을 확인하려는 목적이 있다고 생각할 수 있다.

그렇다면 자신들이 이대로 잠자코 기다려서 반응하지 않으면 진짜로 상대가 여기에 있는지 의심한 모니카가 다른 장소를 뒤지러 갈 가능성도 생긴다. 기다리는 사이에 운송 시스템이 가동하기 시작하는 것도 기대할 수 있다.

"그렇다면 현재로서는 대기가 정답이라고, 나는 그렇게 생각하는데. 어떻지?"

그렇게 설명한 시카라베에게 엘레나도 동의한다.

"대체로 찬성해. 그리고 모니카가 아까부터 장소를 옮겨서 비슷한 말을 하고 있어. 아마도 통신 범위에 우리가 없다고 생각해서 장소를 바꿔 가면서 시험해 보는 거겠지."

"그게 공갈이 아니라면, 역시 우리의 정확한 위치는 파악하지 못했다고 생각해도 되겠군."

"아마도."

토가미는 겨우 이해한 듯한 얼굴을 했다. 여기까지 필사적으로 도망쳐 겨우 탈출하려는 차에 그 탈출 수단이 막혀서 궁지에 몰렸다고 생각한 상황이, 사실은 아직 살아날 길이 남았다는 것을 알고 안심했다는 속마음이 표정에 드러나 있었다.

그런 토가미를 보고 시카라베가 한숨을 쉰다.

"토가미. 너도 조금은 스스로 눈치채라. 만약 네가 현상수배급 토벌에서 활약해서, 그 공적으로 큰 부대를 이끌게 된다면 그런 판단은 네가 해야 할 텐데?"

과거에 바란 미래에 있을 일을 지적당해서, 토가미는 말문이 막혔다.

"아니면 너는 그 판단을 윗선에 떠넘길 셈이냐? 그럴 때 네 윗선은 그 사무 놈들인데? 황야에도 나간 적이 없는 그것들의 어설픈 판단에 너와 동료들의 목숨을 맡길 작정이냐?"

시카라베의 동료였던 쿠로사와가 도란캄을 나간 것은 이대로 가다간 언젠가는 도란캄 소속의 모든 헌터가 그렇게 될 수 있다고 생각했기 때문이기도 했다. 거기에 말려들지 않으려고 쿠로사와는 도란캄에서 이탈했고, 그렇게 두지 않으려고 시카라베는 남았다.

고개를 푹 숙인 토가미의 옆에서 그런 판단을 남에게 떠넘긴 자들이 미묘한 얼굴로 눈을 돌리고 있다. 아키라, 레이나, 사라, 이렇게 세 사람이다. 아키라는 알파에게, 레이나는 시오리에게, 사라는 엘레나에게, 때로는 자기 목숨을 맡길 정도로 적극적으로, 완전히 판단을 떠넘기고 있다.

그런데도 토가미처럼 고개를 숙이지 않는 건, 각자가 상대를 신뢰하기 때문이다. 아키라와 사라는 쓴웃음만 짓고 넘어가지만, 레이나는 고개를 조금 숙였다. 그것은 시오리에게 의지하는 자신의 실력 부족을 한탄한 것이다.

엘레나가 아키라 일행의 낌새를 알아채고 쓴웃음을 짓는다.

"시카라베. 이런 상황이니까 도란캄의 내부 사정 이야기는 나중에 해 주겠어?"

"어이쿠, 미안하군. 그래서 말인데, 어쩔 거지?"

"그러네……."

엘레나가 진지한 얼굴로 결단한다.

"기다리자."

리더의 결단에 따라 아키라 일행과 모니카의 인내심 대결이 시작되었다.

◆

모니카는 컨테이너 터미널 안을 이동하면서 조바심을 내기 시작했다.

시카라베의 예상대로 모니카는 아키라 일행의 정확한 위치를 몰랐다. 공장 안을 이동하던 아키라 일행의 이동 경로를 추적해서 아마도 이 컨테이너 터미널에 있을 것으로 예상했을 뿐이다.

그래서 운송 시스템이 멈췄다고 통신으로 전달함으로써 다른 탈출 루트를 찾으려고 하는 아키라 일행을 끄집어내려고 했다.

그러나 그 아키라 일행은 좀처럼 움직임이 없다. 그것이 모니카를 다급하게 한다.

운송 시스템 정지는 일시적인 것이다. 언젠가는 다시 가동한다. 하지만 운반되는 컨테이너 안에 아키라 일행이 있을지도 모른다며 그것들을 일일이 격추할 수도 없다. 모니카도 자신을 고용한 공장의 관리 시스템이 그것을 도저히 허용할 리가 없다고 본다.

그리고 여기에 자신이 모르는 비밀 통로가 있고, 아키라 일행은 그것을 써서 이미 탈출했을 것으로도 생각할 수 있다. 그 경우, 아키라 일행의 움직임이 조금도 없는 것도 앞뒤가 맞는다. 이미 이곳에 없다면 아무리 뒤져도 있을 리가 없다.

어느 쪽도 전부 모니카를 초조하게 한다. 그리고 모니카를 더 초조하게 하는 사태가 발생했다. 비가 오기 시작한 것이다.

"비……?! 큰일이야……!"

모니카의 얼굴에서 여유가 완전히 사라졌다. 하지만 그것은 극단적인 선택지를 모니카가 허용하게 하는 이유가 되었다.

모니카가 관리 시스템에 연락해서 새로운 요청을 전한다. 그 요청은 통과되었다.

◆

아키라 일행의 컨테이너에 비가 내린다. 그 빗발이 점점 강해진다.

한동안 밖을 보던 아키라가 복잡한 얼굴을 한 엘레나를 알아챈다.

"엘레나 씨. 무슨 일 있나요?"

"응? 비가 오잖아? 이걸 어쩔까 해서."

"어쩌긴요. 지금은 기다릴 수밖에……."

"응. 그런 선택지도 있기는 한데……."

엘레나는 아키라의 태도에서 이야기의 전제가 되는 지식이 부족하다는 것을 눈치채고, 그 부분부터 설명하기 시작했다.

동부에 내리는 비는 그 정도의 차이는 있더라도 무색 안개의 요소를 포함할 때가 많다. 상공에 짙게 깔린 안개가 빗물에 섞여 내리는 것이라고 일컬어진다.

따라서 비가 오는 날에는 헌터 활동을 중지하는 일이 많다. 안 그래도 빗발로 시야가 나빠지는 데다가 짙은 무색 안개의 영향으로 색적, 총의 위력, 사거리 등에도 지장이 생기기 때문이다. 강력한 몬스터와 가까운 거리에서 전투하는 상황에 처할 위험이 큰 날에 일부러 헌터 활동에 전념하는 자는 소수다.

하지만 반대로 말하자면 적의 사거리와 색적 범위도 극단적으로 떨어진다. 몹시 강하고 색적 범위도 넓은 몬스터만 배회하는 위험한 유적에 일부러 비가 쏟아지는 날에 도전해서 성과를 거두는 자도 적게나마 존재한다.

그리고 이 비도 생각하기 따라서는 아키라 일행의 편이 된다.

비의 영향이 공장 내부에도 퍼지면 모니카의 색적에서 벗어날 가능성이 커진다. 중장강화복을 해치운 강력한 장비도 위력과 사거리가 떨어진다. 빗속에서는 포스 필드 실드도 알아보기 쉬워진다. 도망치는 처지인 아키라 일행에게 유리한 요소도 많다.

하지만 비가 내리는 것에는 아키라 일행을 불리하게 하는 요소도 있다.

아키라 일행은 공장 구역에서 탈출하려고 하지만, 엄밀하게는 전초기지와 통신이 연결되는 위치로 이동하면 된다. 중계기를 겸한 중장강화복과 통신이 끊기는 바람에 다른 새로운 부대가 조사에 나섰을 가능성도 있다. 그들과의 통신이라도 상관없다.

그렇게 하면 기지 측에 상황이 전해져 지원군을 부를 수도 있다. 유적에 고용되어 헌터들을 죽이고 다니는 배신자가 발생했다. 지원군은 얼마든지 기대할 수 있다. 비만 안 내리면 도망쳐야 하는 거리가 예상보다 짧을 가능성이 있었다.

그러나 비가 내리는 영향으로 통신 상태가 열악하다. 전초기지의 지척까지 가지 않으면 전혀 연결되지 않을 우려도 있다. 그것은 아키라 일행을 죽여서 사태를 쉬쉬하려는 모니카의 시간적 유예를 늘렸다.

그것들을 고려해서 엘레나는 어떻게 할지 생각하고 있었다.

"아마도 말이지? 모니카가 우리의 위치를 파악하는 건 지금도 잘 기능하는 공장 내부만이고, 이미 폐허가 된 장소는 어려울 거야."

"하긴 그럴지도 모르겠네요."

"응. 그래서 그렇다면 위치가 다소 들켜도 그곳까지 강행 돌파하는 것도 한 방법이라고 생각하는데, 그래도 괜찮을지 생각하는 부분도 있어서, 어떻게 하면 좋을지 생각하고 있는 거야."

그것을 들은 아키라는 납득한 듯이 고개를 끄덕였다.

"그래서 말인데. 아키라는 어떻게 생각해?"

"어? 저, 저요? 죄송해요. 모르겠어요."

"그렇구나."

엘레나는 솔직하게 대답한 아키라의 태도에서 이번에는 아키라의 감이 움직이지 않았다고 판단했다.

시카라베는 엘레나의 이야기를 흥미롭게 듣는 아키라를 괴이쩍게 보고 있었다.

(그런 것도 모르나. 지식량이 헌터로서는 초짜나 다름없군. 하지만 그런데도 이렇게 강하다. 대체 어떻게 된 거지. 아니지…… 오히려 그게 이 녀석이 강한 비결인가?)

지식은 곧 힘이다. 올바른 지식이 올바른 선택으로 이끌고, 궁지를 멀어지게 해서 효율적인 승리를 낳는다.

아키라에게는 그 지식이 없다. 따라서 올바른 선택도 할 수 없다. 그것은 아키라에게 궁지를 불러오고, 죽을 고비로 이끈다.

그런데도 아키라는 살아남았다. 잘못된 선택이 낳은 절망적 상황을 성장의 양식으로 삼고, 자신을 연마하고 단련했다.

죽을 고비를 돌파하는 것만큼 본인을 잘 단련하는 것은 없다. 탱크란튤라 토벌전에서 보인 무모함을 당연하게 받아들여 태연하게 실행하는 감각. 그 감각이 몸에 밸 정도로 죽을 고비를 돌파해 온 자라면 그만큼 강해져도 이상하지 않을까?

시카라베는 그렇게 생각하고 아키라의 강함을 납득할 뻔했다. 하지만 곧바로 고개를 젓는다.

(그렇다면 아무리 꼬마라도 그렇게 강해진 녀석은 절대로 약하게 보이지 않는단 말이지. 대체 어떻게 되어 먹은 거야…….)

자신의 감을 꼬이게 하는 자를 자꾸 보면 그 감을 더 신용하지 못하게 될 것 같다. 그렇게 여긴 시카라베는 자신의 감을 꼬이게 하지 않는 자에게 눈을 돌렸다. 토가미다. 그리고 가볍게 고개를 끄덕인다.

(이 녀석의 실력은…… 뭐, 꼬마치고는 강하지 않나? 주변 녀석들에 비하면 나쁘지 않아. 요 며칠은 건방진 구석도 없었으니까.)

자신의 감을 꼬이게 하지 않는 자에게, 비록 무시하는 느낌이기는 하나 사적인 감정을 넣지 않고 그 실력을 인정했다. 그리고 최근의 태도를 고려해서 조금이나마 점수를 더 줬다.

토가미는 조금 우울한 기분을 느끼면서 밖을 보고 있었다.

시카라베의 질타로 숙였던 머리는 다시 멀쩡하게 세웠다. 기가 죽어 봤자 강해질 수 없다. 그렇게 자신을 타일러서 들게 했다. 현재의 정신 상태가 토가미의 능력을 떨어뜨릴 일은 없다.

하지만 능력을 더 끌어내는 일도 없다. 과거에 토가미가 지녔던 과도한 자신감은 전체적으로 악영향이 더 컸지만, 토가미의 실력을 끌어올리는 것이기도 했다.

지금, 토가미가 그것을 되찾으면 악영향 없이 토가미의 실력을 끌어올릴 수 있다. 그러나 그것은 너무 어려웠다.

그때 시오리가 말을 건다.

"토가미 님. 잠시 괜찮으십니까?"

"아, 무슨 일이죠?"

"이지오 님의 경호 말인데, 괜찮으시다면 이쪽에서 담당하겠습니다. 어떻습니까?"

머리만 남은 이지오는 시카라베의 지시로 토가미가 운반하고 있다. 그것은 시카라베가 주력 전투 요원으로 보지 않는다는 증거이기도 하지만, 토가미가 지키는 쪽이라는 증거이기도 하다.

그 경호 임무를 넘기면 자신은 진짜로 지켜줘야 하는 쪽이 되지 않을까. 그런 마음이 토가미를 주저하게 한다. 하지만 시카라베가 레이나의 경호도 맡긴 것을 떠올리고 넘기기로 했다.

"알겠습니다. 부탁합니다."

시오리는 이지오를 건네받고 인사한 다음 멀어졌다.

아마도 이지오는 레이나에게 넘어가리라. 그 정도는 토가미도 알았다.

그것을 받은 레이나는 어떻게 할까. 자신을 지키는 쪽으로 삼기 위한 위안으로 삼을까. 아니면 같이 지켜줘야 하는 쪽으로 남을까. 토가미는 그렇게 생각하다가 알아도 소용없다고 마음을 바꾸고 더는 생각하지 않았다.

그리고 마음속 우울함을 조금 무겁게 만들고 다시 밖을 본다. 그 순간, 토가미는 무기력해진 가슴속을 한순간 잊고 표정을 굳혔다.

"이봐! 밖에 누가 있어! 사람이 많아!"

토가미가 보는 곳에서는 사람들의 형상이 몰아치는 빗발에 섞여 컨테이너 터미널 안을 배회하고 있었다.

토가미가 광학 기기밖에 쓰지 못하는 상태로 색적을 계속해서 시행하던 엘레나보다 그 사람들의 형상을 먼저 눈치챈 것은 거센 빗발의 영향과 우연의 산물이다.

그래도 지적하면 엘레나가 광범위에 걸쳐 정확하게 조사할 수 있다. 짧은 시간에 조사를 마친 엘레나는 놀라움을 드러냈다.

"정말로 있어. 비 때문에 정확하게는 모르겠지만, 인원이 꽤 돼. 어딘가로 이동하려고…… 아니, 퍼지려고 하나?"

시카라베도 복잡한 얼굴로 신음한다.

"새로이 파견된 조사부대인가? 아니지, 그런 것치고는 너무 많군……. 게다가 우리한테도 연락이 없다. 낌새가 이상한데."

사라도 딱딱한 표정을 지었다.

"우리에게 연락이 없는 건 통신 장애의 영향일지도 몰라. 하지만 저건 부대 행동으로 보이지 않고, 이 주변을 조사하는 느낌도 아니야."

아군일 가능성도 있기는 있지만, 의심스럽다. 엘레나 일행의 의견은 그걸로 통일되었다.

원래라면 곧바로 다가가 자세히 조사해야 하지만, 지금 컨테이너에서 나가면 자신들의 위치와 존재가 모니카에게 들킬 확률이 높아진다. 그래서 컨테이너에서 나가지 않고 조사하기로 했다. 각자의 정보수집기와 눈으로 사람의 형상을 주시한다.

그것은 점점 늘어나 컨테이너 터미널 내부에 골고루 퍼졌다. 컨테이너 터미널 자체가 몹시 넓어서 얼핏 봐서는 드문드문 있는 것처럼 보인다. 그러나 전체 숫자는 확인한 것만 해도 이미 100을 넘었다.

그리고 아키라가 눈치챈다. 알파가 개조해서 해석 능력이 향상된 정보수집기가 거센 비바람에 흐릿해진 인간의 형상을 선명하게 띄운 덕분이다.

"엘레나 씨……. 저건, 아마도 적이에요. 적어도 아군은 아니에요."

다른 사람도 정보수집기의 연동 기능으로 전송된 영상에서 아키라가 무엇을 보고 그렇게 판단했는지 이해했다.

레이나가 겁에 질려 표정을 굳힌다.

"시체가 걸어 다니고 있어……."

슬럼 출신이라서 시체를 보는 일에 익숙한 토가미도 그 광경에 인상이 험해졌다.

"어떻게 된 일이야……."

그 시체들 일부는 안색이 나쁘거나, 피부에 생기가 없거나, 이마에 총을 맞았거나 하는 식으로 알아보기 어려운 점에서 생사를 구분할 필요가 전혀 없는 상태다. 머리가 반쯤 날아갔거나, 머리가 완전히 터졌거나. 그렇게 알아보기 쉬운 모습으로 걸어 다니고 있었다.

헬멧을 쓴 자도 있다. 그러나 실드 부분에 구멍이 뻥 뚫린 상태를 보면 그 내용물이 멀쩡한 상태가 아닐 것은 확실하다. 더군다나 헬멧은 강화복에 고정되어 본래의 위치에서 조금 어긋난 위치를 유지하고 있었다.

아키라도 인상을 험하게 쓴다.

"저건 누가 움직이는 거지?"

토가미는 놀라서 무심코 아키라를 봤다.

"잠깐만, 누가 저걸 움직인다는 거야?"

"아니, 본인은 죽었으니까 누군가가 움직이지 않으면 움직일 리가 없잖아?"

"그야 그렇지만……."

잘 얼버무렸다고, 아키라는 속으로 안도하며 한숨을 쉬었다.

알파가 자신의 강화복을 자주 조작하는 아키라는 착용자가 아닌 자가 강화복을 움직이는 것을 일반적으로 여기는 감각이 있어서 저절로 그렇게 생각하고 말았다.

하지만 토가미의 반응에서 그것이 조금 이상한 사고방식임을 깨닫고 어떻게든 얼버무렸다.

시카라베도 곧장 그렇게 판단하지 않았다. 하지만 지적을 들어서 납득하고, 그 방향으로 깊이 추측해 나간다.

"아마도 조작 권한을 타인에게 줄 수 있는 타입의 강화복이겠지. 같이 팀으로 일하는 녀석들이 꽤 쓴다. 기절한 사람이 생겨도 짊어지고 도망치는 수고를 덜 수 있고, 사망자가 발생해도 전력 저하를 어느 정도는 막을 수 있다. 뭐, 자기 몸을 남이 멋대로 움직이는 거니까, 그래도 좋을 만큼의 신뢰를 전제로 하는 이야기지만……."

그렇게 말하다가 시카라베는 고개를 가로저었다.

"뭐, 저건 아니겠지."

캐럴도 쓴웃음을 짓고 동의한다.

"어딜 봐도 아니야. 게다가 저 사람들은 공장 구역에서 죽은 헌터일걸. 모니카가 처리해서 공장 안에서 사라진 시체일 거야."

"그렇겠지. 그 녀석들이 모니카에게 강화복의 조작 권한을 줄리가 없고, 애초에 비가 이렇게 내리는데? 이렇게 통신 상태가 엉망인 곳에서 원격 조작은 불가능하다."

시카라베가 한숨을 쉰다.

"미하조노 시가지 유적에서 죽은 헌터는 동료를 찾아 다시 일어서고, 유적을 배회하며 다른 헌터를 덮친다…… 같은 괴담이 있었는데, 그건 시내 구역의 괴담이다. 여기는 공장 구역인데? 제발 봐달라고."

단순히 망자가 일어난 거라면 몬스터 사냥용 총으로 분쇄하면 된다. 죽은 자가 움직이는 것이 조금 무서울 뿐, 아무런 위협이 되지 않는다.

하지만 이 움직이는 망자들은 공장 구역을 조사하러 왔던 헌터들이어서 단단히 무장했다. 더군다나 총을 겨누고 있는 개체의 움직임을 봐서는 문제없이 사용할 수 있을 것으로 보인다. 골치 아픈 존재였다.

그리고 사태가 더 움직인다. 모니카의 움직임이 변화한 것이다. 컨테이너 터미널 안을 도약해서 무언가를 찾듯이 날아다니고 있다. 그리고 아키라 일행의 근처에 쌓인 컨테이너 위에 서더니 주위를 둘러보기 시작했다.

아키라 일행은 그런 모니카를 경계하면서 보고 있었다. 가까이 왔지만, 우연히 온 것이다. 자신들의 위치를 대충 파악한 모니카가 자세히 조사하러 온 게 아니다. 그렇게 생각하면서도 혹시나 하는 불안을 느끼며 상대가 어떻게 나서는지 가만히 지켜본다.

그리고 사태가 결정적으로 움직였다. 주위를 둘러보던 모니카가 아키라 일행이 있는 곳으로 시선을 돌린다. 그리고 희미하게 웃으면서 아키라 일행이 있는 컨테이너를 레이저포로 겨눴다.

들킬 리가 없다. 그렇게 생각하고 자신 있게 이 컨테이너를 택한 캐럴이 예상 밖의 사태에 무심코 소리친다.

"말도 안 돼?! 들켰어?! 왜?!"

아키라도 모니카의 행동이 일종의 공갈로는 보이지 않았다. 에너지를 충전하면서 레이저포의 포구에서 흘러나오기 시작한 빛을 보고 초조해한다.

아키라의 머릿속에 지난번 현상수배급 소동에서 본 광경이 떠올랐다. 강력한 레이저포가 20억 오럼의 현상금이 걸린 몬스터를 날려 버린 때의 광경이다.

"캐럴…… 저걸 맞아도…… 이 컨테이너는 버틸까?"

캐럴이 딱딱하게 쓴웃음을 짓는다.

"몰라……."

그 말을 듣고, 엘레나가 바로 결단했다.

"탈출하겠어! 캐럴! 컨테이너를 개방해!"

캐럴이 컨테이너 문으로 뛰어가 서둘러 문을 연다. 아키라, 사라, 시카라베는 컨테이너에서 나간 직후에 모니카를 공격할 수 있게 뛰면서 총을 겨눈다.

하지만 시오리와 카나에는 그 자리에 남았다.

"카나에."

"알겠습니다."

카나에는 레이나를 붙잡고 막았다. 아키라 일행을 따라가려고 하던 레이나가 억지로 붙들리는 바람에 자세가 흐트러진다. 그것을 보고 놀란 토가미가 무심코 걸음을 멈춘다.

그리고 시오리는 모니카를 향해 발도 자세를 취했다.

모니카가 레이저포를 쏜다. 방출된 빛의 파동이 농밀한 에너지의 격류가 되어서 거칠게 몰아친다. 그 격류의 위력은 중장강화복 2기를 손쉽게 격파한 때를 초월했다.

그와 동시에 시오리가 발도한다. 그 일격에는 자루와 칼집 양쪽의 에너지 팩을 소진하고 칼날을 송두리째 붕괴시킬 정도의 에너지가 주입되어 있었다.

휘둘리면서 동시에 붕괴한 칼날이 강력한 에너지를 띤 입자로 변화하면서도, 그것을 감싸는 단단한 포스 필드 아머에 의해 흩어지지 않고 참격의 파동을 띤 빛줄기를 한데 모은 거대한 빛의 칼날이 된다.

다음 순간, 아키라 일행이 있던 컨테이너를 정말로 있었는지 의심할 정도로 손쉽게 벤 빛의 칼날과 구세계의 레이저포에서 방출된 빛의 파동이 격돌했다.

그 접촉 지점에서 발생한 충격이 빗방울을 대량으로 날리며 눈에 보인다. 구체 모양을 한 파괴의 덩어리가 그 일대를 집어삼켰다.

제120화 분단의 영향

아주 잠깐이지만 기절했던 아키라가 눈을 뜬다. 의식이 없는 사이 입에 들어온 빗물과 피를 같이 토한 다음 황급히 몸을 일으켰다.

(뭐지⋯⋯?! 무슨 일이 있었지⋯⋯?!)

상황을 파악하지 못해서 머릿속이 혼란에 빠졌을 때 몸이 격통과 뻣뻣한 움직임으로 대처할 것을 보챈다. 아키라는 상황 파악을 뒷전으로 하고 회복약을 꺼내 입을 가득 채우듯 복용했다.

회복약의 효과가 온몸에 퍼지고 전투에 지장이 없을 정도로 회복하려면 시간이 조금 걸린다. 아키라는 비를 맞으면서 회복하기를 기다리고, 심호흡을 거듭해 침착함을 찾으면서 천천히 상황을 파악해 보기 시작한다.

(그래. 모니카야. 그 녀석이 우리를 쏘려고 했어. 그래서 컨테이너에서 탈출하려고 하다가⋯⋯ 폭발? 날아갔어? 음.)

아키라는 자세한 부분까지 기억을 떠올리려고 조금 끙끙댔지만, 무슨 일이 일어났는지 하는 추측은 거기서 중단했다. 그리고 그것보다도 지금 상황이 어떤지를 서둘러 파악하고자 주위를 둘러본다.

(엘레나 씨네는 없어. 우리가 숨었던 컨테이너도⋯⋯ 없군.

잔해도 보이지 않는 걸 보면, 그 주변은 아니라는 뜻인가. 나는 그렇게 멀리 날아간 건가? 어쩐지 몸이 아프더라.)

다음으로 장비를 확인한다. 강화복은 문제없음. 총도 전부 있다. 무심코 안도하는 숨을 내쉰다.

"좋아. 총은 있고, 회복약도 효과를 보기 시작했어. 이제는 엘레나 씨네와 합류해서 앞으로 어떻게 할지를 물어봐야……."

그렇게 말하고 움직이려던 아키라는 한 걸음도 떼지 못한 채 표정을 굳히고 우뚝 선다. 빗속에서 모니카가 나타나 다가오고 있었다.

비에 젖은 아키라와 다르게 모니카는 거의 젖지 않았다. 원래라면 눈으로 인식하기 어려운 포스 필드 실드가 쏟아지는 빗방울에 윤곽을 드러내 모니카를 중심으로 한 구체 모양의 공간을 만들고 있었다.

빗소리 때문에 서로에게 목소리가 닿지 않는다. 하지만 현재의 통신 환경에서도 단거리 통신이 닿는 위치에서 모니카가 웃으며 통신을 연결한다.

"그런 걸로 제가 죽을 줄 알았나요? 안 통해요."

여유로운 그 목소리를 듣고, 아키라는 조금 망설인 다음에 통신을 연결한다.

"그래? 하나도 안 통했다고 허세를 부리고 싶은 거잖아? 그러니까 내 앞에 나타난 거야. 나는 그런 걸 흉내도 못 내니까. 안 그래?"

모니카에게 무슨 일이 있었는지는 아키라도 모른다. 하지만 상대의 말에서 자신들이 어지간해서는 해치울 수 있다고 여길 정도의 공격을 당했다고 판단해 말을 맞췄다. 그리고 이야기하는 동안 무슨 일이 있었는지 떠보면서 기억을 더듬었다.

"그렇게 생각하고 싶으면 얼마든지 그래도 되는데요? 지금의 당신은 고작해야 현실 도피밖에 할 수 없으니까요."

"그 말을 그대로 돌려주겠어."

아키라가 모니카에게 총을 겨누지 않은 것은 정신을 차린 직후라서 의식이 전투 감각으로 완전히 전환하지 않은 참에 모니카가 갑자기 나타나 놀라서 경직했기 때문이다.

그래도 모니카가 총을 겨눴다면 반격한다는 의식이 작동했을 것이다. 하지만 모니카는 얼핏 보면 무방비한 것처럼 평범하게 다가왔다. 그것은 단순히 여유를 드러낸 것이지만, 아키라가 상대에게 총을 겨눌 계기를 앗아갔다.

"어떻게 우리가 있는 곳을 알았지? 잘 숨었고, 컨테이너는 그렇게 많았는데. 대충 찍어서 맞을 리가 없어. 왜지?"

그리고 모니카의 낌새를 눈치챈 다음에는 전투가 시작되는 것을 늦추려고 일부러 총을 겨누지 않았다.

상대는 자신과 이야기하고 싶다. 기습해서 단숨에 죽이는 승리로는 만족할 수 없다. 상대에게 패배를 인식하게 하고 승리를 만끽하고 싶다. 절대적인 우위가 낳은 욕심, 방심이 있다. 아키라는 그렇게 판단하고 대화를 계속하려고 했다.

"아뇨. 대충 찍었는데 맞았어요."

"거짓말! 나는 봤어! 그 컨테이너는 안에서 밖이 보인다고! 너는 주위를 둘러보고 쏠 컨테이너를 찾고 있었어! 절대로 뭔가 방법이 있었을 거야! 대답해!"

대화를 질질 끌어서 최대한 시간을 번다. 그러기 위해서 아키라는 필사적으로 이야기를 계속하려고 했다.

모니카가 필사적인 아키라의 얼굴을 보고 웃는다.

"아뇨. 진짜로 대충 찍었어요. 그건 '어느 것을 고를까요'란 거죠. 완전 대박이 걸렸어요."

사실 모니카는 대충 찍어서 쏜 게 아니었다.

비가 내리는 영향으로 아키라 일행을 놓칠 확률이 대폭 상승한 것에 초조해진 모니카는 컨테이너 파괴를 저지르기로 했다.

자칫하면 그 탓에 공장의 관리 시스템이 해고할 우려도 있다. 하지만 어차피 아키라 일행이 도망쳐서 자신의 배신이 도시 측에 들키면 똑같이 파멸이라고 각오를 다졌다.

그래도 아키라 일행이 숨었을 컨테이너를 마구잡이로 부술 수는 없다. 컨테이너의 피해가 적으면 침입자를 놓치지 않기 위해서 불가피한 손실이었다고 고용주를 잘 구슬릴 가능성이 있었기 때문이다.

그러기 위해서라도 파괴하는 컨테이너를 최대한 줄이고 싶은 모니카는 가장 튼튼해 보이는 컨테이너를 노리기로 했다. 그 컨테이너를 부수는 모습을 촬영하고 송신해서 아키라 일행에게 숨어도 소용없다는 것을 알리면 컨테이너에서 나올지도 모르기 때문이다.

그 컨테이너 안에 아키라 일행이 있던 것은 모니카에게 진짜로 단순한 우연이다. 캐럴이 튼튼함을 기준으로 컨테이너를 고른 것도 모니카는 몰랐다.

아키라는 그렇게 허실이 섞인 이야기의 진위를 간파할 수 없다. 진짜로 운 나쁘게 걸렸다고 생각해서 놀라움을 드러낸다.

"그, 그럴 수가……."

모니카는 그렇게 놀라는 아키라의 얼굴을, 빗줄기 때문에 맨눈으로는 보기 어려운 표정을, 정보수집기로 확대 표시해서 뚜렷하게 보고 있었다. 어쩔 줄 몰라서 일그러뜨리는 그 얼굴을 만족스럽게, 유쾌하게 비웃는다.

"당신들이 숨은 컨테이너를 찾아낼 때까지 부술 작정이었는데, 설마 한 번에 찾을 줄은 몰라서 저도 놀랐어요. 여기까지 도망친 당신들의 운도 마침내 바닥이 난 것 같군요."

불운을 지적하는 바람에 아키라의 표정이 더욱 일그러졌다.

그 반응에 모니카는 조롱하는 웃음을 더욱 짙게 드러냈다. 마지막 일격처럼 말을 잇는다.

"아, 일단 가르쳐 드리죠. 시간을 끌어도 소용없어요."

"헉?!"

알아보기 쉬운 아키라의 반응, 진심 어린 경악은 모니카를 더 즐겁게 했다. 더 알려주고, 그 얼굴을 패배로 더 물들이고 싶다며 입이 가벼워진다.

"하나! 아무리 기다려도 운송 시스템은 재개하지 않아요! 재개하면 다른 컨테이너를 타자는 생각은 통하지 않습니다!"

"재개하지 않는다는 증거가 어디 있어!"

자포자기해서 반박하는 듯한 아키라의 외침을 모니카가 무시한다.

"둘! 시간을 끌어도 당신을 도우러 올 사람은 없어요! 그 시체들은 제가 움직이는 거예요! 양도 많고요! 당신의 동료는 그걸 상대하느라 빠듯해요! 당신을 도울 여유는 없습니다!"

"그걸 네가……?! 거짓말! 그런 게 가능할 리가……."

모니카는 그것도 무시했다. 그 대신에 지금까지 등 뒤에 숨겼던 레이저포를 앞으로 내보내 아키라에게 똑똑히 보여준다. 그래서 아키라도 무심코 말을 멈췄다.

"셋. 이 레이저포. 위력은 굉장한데 에너지를 충전하는 데 시간이 걸리는 게 흠이죠. 그만큼 시간을 들이면 위력도 커지지만요. 지금은 충전 중입니다."

완전히 험악해진 아키라의 얼굴을 보고, 모니카가 비웃는다.

"알겠습니까? 시간은 내 편이에요."

첫 번째는 거짓말이다. 운송 시스템 정지는 일시적인 것이다. 기다리면 회복한다.

두 번째는 반은 진짜고 반은 거짓이다. 모니카는 그것을 공장의 관리 시스템에 요청했을 뿐, 모니카가 헌터들의 시체를 조작하는 건 아니다. 관리 시스템에서 가능하다는 것을 안 것도 이번 일과는 관계가 없는 일 때문이다.

시체 조작을 요청한 이유도 컨테이너 터미널에 움직이는 시체들의 부대를 배치하면 그것에 반응한 아키라 일행을 찾기 쉬워질 것으로 생각했기 때문이다. 일단 아키라 일행을 공격해 달라고도 요청했지만, 아키라와 분단된 자들을 막을 수 있을지는 미지수였다.

세 번째는 진짜다. 하지만 그것은 시간이 지난다고 모니카가 유리해지는 것을 보장하는 것이 아니다.

그러나 아키라는 그 진위를 간파할 수 없다. 더군다나 레이저 포라고 하는 물증과 함께 제시된 세 번째 이유가 다른 것도 진실이지 아닐까 하는 의심을 아키라에게 심었다.

그것이 아키라를 움츠러들게 했다. 다리가 무의식중에 아주 조금이나마 뒤로 물러났다.

그것을 알아챈 모니카는 말싸움에서 승리한 것을 만족했다. 그것이 다음 승리, 상대를 죽이는 승리에 대한 욕망을 키워나간다.

"그러면 이만, 슬슬 죽어 주겠어요?"

마음이 후퇴로 기운 아키라가 반사적으로 뒤로 뛴다. 그와 동시에 A4WM 유탄기관총을 모니카에게 연사했다.

모니카의 포스 필드 실드에 수많은 유탄이 명중하고, 폭발한다. 그래도 모니카의 얼굴에선 웃음이 전혀 가시지 않았다.

◆

엘레나와 사라는 컨테이너 터미널 안을 달리며 시체들의 부대와 싸우고 있었다.

"사라! 오른쪽!"

"알았어!"

사라가 달리면서 총을 겨누고 쏘기 시작한다. 엘레나의 원호로 조준 보정을 받는 탄환이 표적을 향해 정확하고 빠르게 날아간다.

강력한 총탄이 빗줄기를 관통한다. 탄두에서 발생한 충격파로 빗방울을 털어내 그 궤적을 공중에 뚜렷하게 그리며 표적인 시체의 강화복에 명중했다.

피탄하면서 강화복의 제어 장치가 손상되고, 시체를 억지로 움직이던 강화복이 정지한다. 동력원을 잃은 시체는 평범하게 움직이지 않는 시체가 되어 쓰러졌다.

"다음은 왼쪽!"

"거참, 많네!"

빗방울에 포함된 무색 안개 성분 때문에 엘레나의 정보수집기도 색적 범위가 격감한 상태다. 그러나 색적 자체가 불가능해진 건 아니다.

또한 색적에 지장이 생긴 건 적도 똑같다. 실력자가 그 기량을 모조리 투입하면 적보다 일찍 상대의 위치를 정확하게 파악할 수 있는 것도 변함없다. 색적 능력의 상대적인 감소는 작은 수준으로 그친다.

그리고 지형 정보는 한 번 조사하면 변하지 않는다. 무수히 늘어서고 쌓인 컨테이너의 위치를 파악하기만 하면 유리한 지형에 진을 치고 효율적으로 싸울 수 있다.

엘레나는 그것을 구사해서 최대한 사라를 원호하고 있었다.

적과 자신들의 색적 능력 차이를 살리고, 자신들만이 상대의 위치를 파악할 수 있는 지형과 거리를 유지한다. 그리고 사라의 화력으로 때린다. 그 연계는 주위의 상태를 파악하기 몹시 어려운 상황에서도 효과적으로 기능하고, 머릿수 차이에 따른 엘레나 일행과 시체들의 부대의 전력 차이를 뒤집었다.

그 덕분에 엘레나 일행은 한정적인 상황에서나마 우위를 유지하고 있었다. 그러나 적을 모조리 쓸어 버릴 정도의 우세는 아니어서, 다른 사람들을 찾으러 가기 어려운 상태가 계속되고 있었다.

아키라 일행은 모니카와 시오리의 공격으로 발생한 폭발로 뿔뿔이 흩어진 위치로 날아갔다.

에너지의 격류는 빛의 칼날에 베여 흩어진 덕분에 위력이 약해졌고, 더불어서 무색 안개를 포함한 호우의 영향으로 위력이 한층 떨어졌다. 그 덕분에 그만한 폭발이 있었는데도 아키라 일행은 날아가는 정도의 피해로 그쳤다.

엘레나와 사라는 조금 떨어진 장소에 있는 컨테이너에 부딪히는 것으로 끝났다. 부상은 작고, 손실되거나 파손된 장비도 없었다.

그 자리에서 곧바로 합류한 엘레나와 사라는 서둘러서 다른 사람들과 합류하려고 했지만, 시체들의 부대에 습격당해 지금도 합류하지 못한 채로 싸우고 있다.

"저기, 엘레나. 다른 사람들은 괜찮을까?"

"우리도 살았으니까, 괜찮을 거야."

사라도 엘레나의 대답이 단순한 위로임을 알았다. 하지만 사기를 유지하려고 일부러 밝게 웃는다.

"그래. 괜찮을 거야. 그 정도로 죽으면 아키라도 과합성 스네이크 토벌전에서 진즉에 가루가 되었을걸."

엘레나도 사라에게 맞춰 일부러 밝게 웃었다.

"그래. 뭐, 그걸 기준으로 보는 건 좀 아닐 것 같지만."

"하지만 그것에 비하면 대수로운 상대가 아니잖아? 조금 많지만, 별로 크지도 않고."

"그러네. 그러면 사라, 얼른 정리하고 모두와 합류하자! 우리끼리 거의 다 처리하면 어딘가에 있을 아키라를 원호하는 일도 될 거야!"

"알았어! 싹 날려 주겠어!"

엘레나와 사라가 투지를 키우고 공세를 강화한다. 마치 그것에 호응하듯이 주위에서 시체들의 부대가 모이기 시작했지만, 그것은 오히려 엘레나 일행의 격파수를 늘리고 움직이지 않는 시체의 산을 늘리는 데 일조했다.

◆

시체들의 부대를 상대로 시오리가 칼을 휘두르고, 카나에가 주먹을 휘둘러 맞서 싸운다.

무색 안개를 포함한 비가 색적 범위를 좁히고, 총의 위력과 사거리를 떨어뜨리고 있다. 그것은 두 사람이 격투전을 하기 적합한 거리였다.

그 거리에서 싸우는 근거리 전투에 특화한 훈련을 받은 자에게 이미 죽을 정도로 총탄과 충격을 받은 강화복과 총이 손상된 망자는 대항하기 어렵다. 시오리가 양단하고, 카나에가 걷어차서 차례차례 격파해 나간다.

하지만 전체적으로 보면 시오리 일행은 열세다. 그 원인은 레이나와 토가미였다.

레이나 일행은 시오리와 카나에가 억지로 연 컨테이너에서 농성 중이다. 하지만 시체들의 부대라도 움직이지 않는 표적에 탄막을 퍼붓는 정도라면 쉽다. 언젠가는 부서진다.

그러나 레이나와 토가미의 실력으로는 시오리와 카나에와 같이 컨테이너의 밖에서 싸울 수 없다. 현재로서는 시오리와 카나에가 컨테이너 주위의 적을 계속해서 해치울 수밖에 없다.

하지만 현상 유지는 파멸을 늦추는 것에 불과한 것도 알았다.

카나에가 가볍게 말한다.

"누님. 슬슬 결단하는 게 좋을 것 같은데요?"

"알아요……. 하지만……."

시오리는 험하게 일그러진 얼굴로, 차마 결단하지 못했다.

두 사람의 머릿속에 있는 최적해, 현재 상황을 뒤집을 수단은 레이나와 토가미가 한동안 자기 힘으로 애쓰게 하고, 자신들은 지금 당장 모니카를 죽이러 가는 것이었다.

모니카는 현재 심각하게 다쳤을 가능성이 있었다.

자신들이 숨은 컨테이너를 쐈을 때, 모니카는 당당하게 모습을 드러냈다. 방어력에 절대적인 자신감이 있어서 그랬을지도 모르지만, 공장 안에서 두 사람에게 공격받았을 때 잠시 물러난 것을 생각하면 포스 필드 실드의 방어력은 생각보다 단단하지 않을 가능성도 있었다.

그렇다면 모니카는 그 컨테이너를 다른 이유로 우연히 쏜 것으로 추측할 수도 있다. 그 경우, 모니카는 자신들의 공격을 상정하지 않아서 비를 피하는 정도의 출력으로만 포스 필드 실드를 사용해 시오리가 날린 빛의 칼날을 정통으로 맞았을 가능성이 있었다.

그렇다면 모니카가 그 손실을 회복하기 전에 죽이러 가면 높은 확률로 숨통을 끊을 수 있다. 그리고 모니카만 죽이면 사태는 단숨에 개선된다. 상황으로 봐서 시체들의 부대도 모니카의 짓일 것이다. 모니카를 죽이면 멈출 확률이 높다.

시오리가 그것을 알면서도 움직이지 않는 것은 자신들이 모니카를 채 죽이기 전에 레이나가 죽을 확률도 높기 때문이다. 머릿속에 떠오른 최선의 수를 차마 실행하지 못할 정도로. 그것이 최선임을 알면서도 레이나의 죽음이 머리를 스쳐서 주저하고 말았다.

그 결과, 시오리는 타협했다. 주위에 모인 숫자만이라도 시체들의 부대를 해치워 레이나의 부담을 최대한 낮춘 다음에 모니카를 죽이러 간다는 차선책을 택했다.

하지만 주위의 적을 계속해서 해치워도 다음 병력이 출현한다. 컨테이너 터미널 안에 퍼졌던 시체들의 부대가 이 주변에 모이는 바람에 오히려 레이나가 있는 컨테이너 주변의 적이 늘어난 것처럼 느껴졌다.

최선의 수가 차선의 수로, 그리고 악수로 바뀌기 시작했다. 카나에는 그것을 느끼고 일단은 경고했지만, 시오리의 결단은 늦어지고 있었다.

"뭐, 저는 상관없지만요. 여차하면 아씨를 짊어지고 도망치면 되니까 말임다. 아, 일단 할 만큼은 해 보겠는데요. 그때는 아마 아씨가 죽을 검다. 그건 양해해 주세요."

원래라면 시오리를 격노하게 할 폭언이다. 하지만 지금은 그 것보다도 당장 둘이서 모니카를 죽이러 가는 것이 결과적으로 레이나가 살 확률이 더 높다는 뜻으로 한 조언이다. 그래서 시오리도 화낼 수가 없었다.

그리고 그런 소리를 들어서는 시오리도 비장한 각오를 할 수밖에 없었다.

"알았어. 가자."

"오, 겨우 말임까? 잘됐슴다. 시체를 걷어차도 시시하니까 말임다."

"하지만 일단은 아가씨에게 말씀을 드려야 해."

"알았슴다. 그러면 서둘러서 돌아가야…… 아, 이미 늦었을지도 모름다."

그렇게 말하고 카나에는 한쪽으로 시선을 돌렸다. 비 때문에 잘 보이지 않고 정보수집기의 색적 범위 밖이지만, 카나에는 그 너머에서 이쪽으로 오는 다수의 기척을 감지했다.

시오리도 방향을 가리키고 지적하면 그 기척의 일부 정도는 감지할 수 있다. 적의 숫자를 이해하고 인상을 험하게 썼다.

"다른 곳에서 싸우던 누군가가 죽어서 그것들이 이쪽으로 온 걸까요."

그것들의 기척은 레이나와 토가미가 있는 컨테이너 쪽으로 움직이고 있었다. 시오리가 레이나가 있는 곳으로 서두른다.

자신들이 잠시 이탈하는 것을 전하려는 게 아니라는 것 정도는 카나에도 알 수 있다. 슬쩍 한숨을 쉬고 뒤를 따랐다.

카나에의 예상은 반만 맞았다. 새롭게 나타난 집단은 정말로 다른 사람이 상대하고 있었지만, 그 본인은 아직 살아있었다.

시카라베가 후퇴하면서 시체들의 부대에 총탄을 퍼붓는다. 강화복을 파괴당한 시체가 바닥에 쓰러지지만, 뒤에서 그것을 밟고 시카라베에게 쇄도한다.

"제기랄! 아무리 그래도 너무 많아! 이게 시내 구역의 괴담과 관계가 있다면, 설마 그쪽에서 죽은 놈들도 섞인 건가?"

기계형 몬스터 대군과의 전투를 상정해서 대용량 확장 탄창을 준비했지만, 그런데도 총탄이 바닥나는 것을 상상할 정도로 많은 적에게, 시카라베도 초조함을 짙게 드러내고 있었다.

그때 시체들의 부대에 컨테이너가 힘차게 날아들었다. 대량의 시체가 휘말려 사지가 절단되며 날아간다.

나아가 빛의 칼날이 시체들을 한꺼번에 양단했다. 위아래로 쪼개진 시체가 쓰러지고 다시는 움직이지 않게 된다.

"고전 중임까? 돕겠슴다."

"원호하겠습니다. 이쪽으로 오시죠."

시오리와 카나에의 통신을 듣고, 시카라베는 무심코 안도하는 한숨을 쉬었다.

열세에 처했다고는 하나, 시카라베 혼자서 어떻게든 상대할 수 있을 수준이다. 그 와중에 시오리와 카나에가 가세하면 단숨에 우세가 된다. 얼마 지나지 않아 새로운 부대는 전멸했다.

시카라베가 숨을 내쉰다.

"덕분에 살았다. 겨우 합류했군. 다른 녀석들은?"

"아씨랑 토가미 소년만 저쪽에 있슴다."

"그런가. 그렇다면 저 시체들의 목적은 역시 우리를 분단하는 거겠군."

"아, 역시 그렇게 생각함까?"

일행이 레이나와 토가미가 있는 곳으로 가면서 이야기한다.

"그래. 나를 포위한 것들의 포위망이 편중되었더군. 반은 감이지만, 그건 나를 어딘가로 몰아넣으려는 게 아니라 어딘가에서 멀어지게 하려는 느낌이 더 강했으니까."

단순한 추측이라고 단서를 달면서, 시카라베가 자신들이 처한 상황을 이야기한다.

시체들의 부대는 모니카의 지휘로 움직이고 있다. 아마도 모니카의 포스 필드 실드에는 자신들의 공격을 동시에 전부 막을 정도의 방어력이 없을 것이다. 그러니까 자신들을 분단해서 각개격파 하려고 한다. 그리고 지금 여기에 없는 누군가를 습격하는 중이다.

"가능하면 지원하러 가고 싶고, 장소도 나를 멀어지게 하려는 방향이라고 예상할 수 있지만…… 적의 압력이 너무 강해서 무리였다. 뭐, 아까도 봤다시피 나 혼자 도망치는 게 한계였으니까."

시카라베의 이야기를 들은 시오리가 표정을 굳힌다. 그 내용은 자신들의 추측을 보충하는 것으로, 최선의 수를 실행하지 못한 대가를 의미했다.

모니카가 다른 사람들을 전부 해치우면 시오리와 카나에는 레이나를 지키면서 시체들의 부대와 모니카를 동시에 상대하는 상황에 처한다. 당연히 승률은 격감한다. 그것은 레이나의 죽음을 의미한다.

레이나를 향한 시오리의 충성심이 업무적이고, 혹은 기계적인 것이었다면 시오리는 확률만을 중시해서 최선의 수를 망설임 없이 곧바로 실행했을 것이다.

하지만 그러지 못했다. 그것이 좋든 나쁘든 지금 상황을 만들었다.

그렇듯 새로운 상황에서 시오리는 새로운 수단을, 이번에는 망설임 없이 실행했다. 시카라베를 데리고 레이나와 토가미가 있는 곳으로 돌아가 시카라베, 토가미, 레이나에게 진지한 얼굴로 의뢰한다.

"당신들에게 아가씨의 경호를 의뢰합니다. 서면은 없지만, 이것은 도란캄에 대한 정식 의뢰입니다. 보수에 관해서는 추후 협상하겠지만, 성실하게 대응할 것을 약속합니다."

토가미와 레이나가 그 의도를 이해하지 못해서 얼떨떨한 표정을 짓는 가운데, 시카라베가 똑똑히 대답한다.

"알았다. 도란캄의 헌터로서 정식으로 받아들이마."

그리고 슬쩍 웃었다.

"아, 이 녀석들한테는 내가 설명하마. 얼른 가."

시오리가 시카라베에게 인사하고 달리기 시작한다.

"그러면 뒷일은 잘 부탁하겠슴다."

카나에도 가볍게 말하고 시오리의 뒤를 따랐다.

살짝 혼란에 빠진 토가미와 레이나를, 시카라베가 진지한 얼굴로 본다.

"먼저 말해 두마. 토가미. 너는 내 밑에 있다. 거부할 수 없고, 불평할 수도 없다. 죽을힘을 다해라. 레이나. 너는 뭐, 마음대로 해라. 나는 너에게 시오리의 의뢰를 강제할 권한이 없으니까 말이다. 하지만 우리를 방해하진 마라. 알았나?"

시카라베는 그렇게 먼저 말한 뒤, 레이나와 토가미에게 상황을 설명하기 시작했다.

◆

아키라는 방어하느라 급급한 상태로, 계속해서 도망치고 있었다.

집중해서 체감시간을 조작해 시간의 흐름을 느리게 하고, 모니카의 공격을 일찍 감지해서 아슬아슬하게 회피한다. 그리고 A4WM 유탄기관총을 연사한다.

어지간한 기계형 몬스터는 가볍게 날려 버리는 폭발이 모니카를 휩싼다. 그러나 포스 필드 실드가 지키는 모니카에게는 생채기 하나 나지 않는다.

애초에 아키라도 이걸로 모니카를 해치울 수 있다고는 여기지 않는다. 폭풍으로 상대를 날리는 것. 폭발을 포스 필드 실드로 막는 동안에는 상대도 자신을 공격할 수 없다는 것. 그런 것들을 기대해서 한 행동이다.

그러나 그 기대도 잘 이루어지지 않는다. 모니카를 한 차례 멈추게 한 공장 내부의 통로와는 다르게 여기는 야외다. 폭풍은 주위에 퍼져서 압력이 약해진다. 나아가 무색 안개를 포함한 비 때문에 위력이 줄어든다. 따라서 모니카의 걸음을 조금 멈추는 정도의 효과밖에 없다.

모니카의 사격도 막는 포스 필드 실드도 쏠 때만 해제하면 된다. 유탄을 끊임없이 정확하게 쏜다면 또 모를까, 아키라는 도망치면서 알파의 서포트에 따른 조준 보정 없이 싸우고 있다. 그래서 모니카가 사격할 여유는 충분히 있었다. 모니카의 레이저건에서 발사된 광선이 아키라의 옆을 스치고 지나가 피부와 장비를 태운다.

"그렇게 열심히 도망쳐서 어쩔 거죠? 고통받는 시간만 늘어날 텐데요? 아, 알겠습니다! 충전한 레이저포라면 한 방에 가루가 되니까 고통받지 않고 죽을 수 있다고 생각하는 거군요! 괜찮아요! 안심해 주세요! 이쪽 총이라도 잘 맞으면 한 방에 뇌까지 탑니다! 한순간에 말이죠!"

통신으로 들리는 모니카의 신난 목소리를 한 귀로 흘리며 아키라는 좌우지간 시간을 벌려고 하염없이 도망치고 있었다.

아무리 시간을 끌어도 소용없다. 오히려 자신이 유리해질 뿐이다. 모니카는 그렇게 말했지만, 아키라는 그 근거를 믿어도 시간을 끄는 것이 소용없는 짓이라고는 생각하지 않았다.

동료들은 시체들의 부대에 대응하는 것이 한계여서 아키라를 도울 여유가 없다. 아키라는 그 설명을 믿고서 엘레나 일행은 자신이 도우러 가야 할 정도로 궁지에 몰린 상황이 아니라고 판단하고, 오히려 안심했다.

그리고 시간이 지날수록 레이저포의 위력이 강해지는 것도 아키라는 신경 쓰지 않았다. 상대가 그러려고 전투를 질질 끄는 거라면 오히려 환영할 수 있었다. 그동안 알파가 돌아오기만 하면 이길 수 있다고 생각했기 때문이다.

그렇기에 더더욱 아키라는 온 힘을 다해 시간을 끌었다. 알파만 돌아오면 된다. 그런 마음으로 필사적으로 애쓰고 있었다.

그러나 알파는 아직 아키라의 시야에 돌아오지 않았다.

『알파! 아직 멀었어?!』

무심코 불러도 대답이 없다. 이미 몇 번이고 불러 봤는데도 결과는 똑같았다. 그때마다 아키라의 초조함이 커진다.

모니카가 쏜 광선이 허공을 태운다. 사선에 있는 빗방울을 증발시켜 그 탄도를 드러낸다. 그것을 정통으로 맞으면 어떻게 될지를 아키라가 상상하게 한다.

『알파! 아직 멀었어?!』

무의식중에 상상하고 만 결과가 아키라를 겁먹게 하고, 초조하게 하고, 집중력을 떨어뜨린다. 그 탓에 아슬아슬한 회피가 빈발하고 아키라의 평정심을 서서히 앗아간다.

『알파! 아직 멀었냐고?!』

대답은 없다. 아키라는 궁지에 몰리고 있었다.

"정말 애쓰는군요! 하지만 슬슬 한계가 아닐까요?"

지금까지는 무시했던 모니카의 말에 정신이 팔릴 정도로는 한계였다.

"알 수 있는걸요? 집중이 흐트러졌어요. 그 움직임을 보면 확실하게 알 수 있거든요?"

흘려넘길 수 없게 된 아키라의 귀에 모니카의 말이 닿는다.

"저한테 속은 채로 죽으면 이렇게 고생하지 않는데, 참 바보로군요."

한순간, 아키라는 멍한 표정을 지었다. 이어지는 모니카의 말도 귀에 들이지 않고, 들은 말을 머릿속으로 곱씹는다.

(속았다고……?)

사소한 의문의 답을 알아낸 것처럼 아키라가 조금 놀란 표정을 짓는다.

(아, 그랬지. 나는, 속았구나.)

지금의 아키라에게서는 초조함과 공포가 전부 사라졌다. 그리고 차분해진, 공백처럼 고요해진 마음이 있었다.

(저 녀석은 나를 속였어.)

아키라 자신도 신기하게 여길 정도로, 이제야 비로소 속았다는 실감이 들었다.

모니카의 배신이 발각됐을 때는 정신없는 상황이 계속되었다. 그 직후에는 엘레나의 지시로 곧장 이동했다. 그 뒤에는 알파가 모습을 감춰서 다른 의미로 정신없는 바람에 쓸데없는 생각을 할 여유가 없었다.

그것들이 모니카의 배신을, 지금에 이를 때까지 아키라가 생각하지 못하게 했다.

(나를 속이고, 나와 엘레나 씨네를 죽이려고 하는 거야.)

실감이 아키라의 안에서 퍼져 나간다.

단순히 아키라를 속이려고 한 자라면 쿠즈스하라 시가지 유적 지하상가에서도 있었다. 그러나 알파 덕분에 곧바로 그 거짓을 간파해서, 속았다는 느낌은 별로 없었다.

하지만 모니카는 아키라 일행을 한 번 완전히 속이고, 팀에 끼고, 나아가 아키라 일행을 죽이려고 한다. 속았다는 실감은 그만큼 어둡고, 깊고, 강하게 아키라의 마음을 채웠다.

(저 녀석은, 나를, 속였어.)

아키라의 얼굴에서 표정이 사라진다. 속에서 끓어오른 감정이 시꺼멓게 되어 눈에 차오른다.

지금까지 아키라의 행동 방침은 엘레나의 지시에 따라 철수하는 것이었다. 알파가 모습을 감추는 바람에 시간을 끄는 것이 추가되었다.

그것들이 아키라에게서 사라진다. 그러자 도망치려고, 시간을 끌려고 달리던 아키라의 다리도 멈췄다.

그 자리에 멈춘 아키라가 뒤돌아선다. 행동 방침은 다시 쓰이고, 고정되었다.

죽이자.

그 단순명쾌한 의지를 긍정한 아키라는 시꺼먼 의지로 형태를 갖춘 가면과도 같은 얼굴로, 적을 향해 달려갔다.

제121화 살의가 옮겨가는 과정

　도망치는 아키라를 쫓는 모니카가 예상보다 번거롭게 하는 상대에게 표정을 조금 굳힌다.

　(성가시군요……. 지난번에 캐럴을 공장 구역에서 탈출시킨 상대니까 얕잡아볼 마음은 없었는데, 너무 쉽게 생각했나 보군요.)

　죽여야 하는 상대는 아키라만 있는 게 아니다. 레이저포를 사용할 것처럼 암시했지만, 그것은 아키라가 아니라 다른 사람을 날려 버릴 때, 특히 시오리와 카나에처럼 자신을 위협할 수 있는 자를 죽이는 데 쓰고 싶었다.

　아키라에게는 통하지 않은 척했지만, 시오리가 날린 빛의 칼날을 맞은 모니카는 그럭저럭 타격을 입었다.

　육체의 부상은 회복약으로 완치했지만, 파손된 장비는 고칠 수 없다. 자동으로 사용된 포스 필드 실드가 에너지를 대량으로 소비하는 바람에 강화복의 출력도 떨어졌다. 추진 장치에도 문제가 생겨서 지금은 날 수 없다. 사실은 만약을 대비해 한 번 물러나고 싶을 정도였다.

　그러나 그동안 아키라 일행이 도망치면 본전도 못 찾는다. 모니카는 더 물러날 데가 없다.

(죽은 헌터들을 모은 건 제가 생각해도 똑똑한 판단이었어요. 그걸로 죽으면 좋고, 소모했을 때 제가 죽여도 좋죠. 시간을 들여서 안전하게 죽여요.)

모니카는 공장 구역의 특정 범위에서는 장비 에너지를 원격으로 보급할 수 있다. 도망치는 아키라의 공격을 맞고도 태연한 것은 그 자동 회복으로 포스 필드 실드가 사용하는 에너지를 보충할 수 있기 때문이다.

그래도 곧바로 전부 회복하는 수준에는 못 미친다. 공장 구역이기는 해도 고용된 공장의 부지가 아니라서 회복량도 적다. 레이저건에 쓰는 에너지와 레이저포에 충전할 에너지도 필요하다.

그래도 서서히 회복하는 건 사실이며, 그것이 모니카를 여유롭게 했다.

그때 아키라가 먼저 다가오는 반응이 나타난다. 궁지에 몰려 자포자기해서 오는 것으로 여기고, 모니카는 유쾌하게 비웃었다. 단말마 같은 그 자폭 공격을 비웃으면서 쏴 죽이려고 기다린다. 그리고 아키라가 컨테이너의 모퉁이에서 튀어나왔다.

그 아키라를 본 순간, 모니카는 경직하고 말았다.

그곳에는 궁지에 몰려 자포자기한 자가 없었다. 얼굴에서 감정을 떼어낸 표정을 지은 인간이 시꺼먼 의지가 농축된 두 눈으로 모니카를 보고, 흘러나오는 살의로 주위를 덧칠하면서 쇄도하고 있었다.

움찔한 모니카가 움직임을 멈춘다. 그것은 고작 1초에도 못

미치는 짧은 시간이었지만, 강화복을 입은 인간의 신체 능력을 완전히 활용한 속도 앞에서는 너무 길었다.

모니카가 의식과 함께 동작을 멈춘 사이, 아키라는 거리를 다 좁혔다. DVTS 미니건의 총구를 포스 필드 실드에 들이대고 연사한다.

총구가 토해내는 총탄이 포스 필드 실드에 맞고, 튕겨 나간다. 착탄 지점에서 요란하게 튀는 무수한 충격변환광을 움츠러 든 마음으로 목격한 모니카가 무심코 포스 필드 실드의 강도를 높이고 만다.

이로써 강도가 더 올라간 포스 필드 실드는 지척에서 연사되는 대량의 총탄을 손쉽게 막았다. 모니카에게는 한 발도 맞지 않는다.

그 사실이 모니카의 경직을 풀었다. 조금 어색하고 살짝 떨리기는 했지만, 웃으며 소리친다.

"하……하하! 소용없어요! 통하지 않는다고 했……."

하지만 그 목소리도 아키라와 눈이 마주친 순간에 멈췄다.

죽인다. 그렇게 단순명쾌한 의지가 물리적인 살상력이 있을 듯한 시선을 통해 모니카에게 꽂힌다.

죽는다. 자신의 죽음을 확정 사항으로 들이대는 살기에 꿰뚫린 모니카는 깨지는 포스 필드 실드를 상상하고 탄막을 뒤집어써서 가루가 되는 자신을 연상하고 말았다.

모니카의 포스 필드 실드는 적의 공격에 맞춰 출력을 자동으로 조정하는 기능을 갖췄다. 그 기능이 현재의 출력이 아키라의 사격에 과도하다고 판단해서 에너지 낭비를 막고자 출력을 낮추기 시작한다.

모니카는 그것을 반사적으로 막았다.

(이 살기! 게다가 지금껏 도망치기만 하던 것에서 돌변한 행동과 태도로 미루어 봐서, 이건 이판사판으로 하는 자폭 공격이 아니군요! 저를 죽일 수 있는 무언가가, 적어도 상대가 그렇게 여기는 비장의 패가 있을 거예요! 포스 필드 실드의 출력은 낮출 수 없어요!)

그 판단은 타당하다. 상대가 지닌 비장의 패를 맞고 나서 출력을 올려도 의미가 없다. 실제로 시오리는 비장의 패를 가지고 있어서, 그것을 쓰는 바람에 모니카는 위험할 뻔했다.

하지만 그 판단에 이른 근거는 모니카가 눈앞의 공포에 대해 자신의 절대적인 안전을 최대한 유지하고 싶기 때문이다.

출력을 낮추면 그만큼 포스 필드 실드가 약해진다. 그 방어가 돌파당해 죽을 확률이 높아진다. 지금의 모니카는 그것을 허용할 여유가 없었다.

아키라에게는 비장의 패가 있다. 이렇게까지 하는 걸 보면 확실하다.

그러니까 포스 필드 실드의 출력을 낮출 수는 없다.

그런 모니카의 추측과 판단은 나중에 덧붙인 것으로, 객관적으로 생각하면 에너지 낭비에 불과한 것임을 알면서도 그 출력을 낮추지 못하는 자기 자신을 속이는 방편이자, 핑계였다.

아키라와 모니카의 전력 차이는 원래라면 두 사람의 장비 성능이 근본적으로 다른 만큼 절망적이다. 아키라는 아무리 발악해도 모니카에게 생채기 하나 낼 수 없다.

하지만 승패는 장비의 성능만으로 갈리는 게 아니다. 아키라의 정신에서 흘러나온 살의가 아키라의 뒤에서 밀어준다. 그 살기를 뒤집어쓴 모니카가 겁먹고 밀려난다. 그것으로 종합적인 전력 차이가 좁혀지고 있었다.

모니카가 레이저건을 아키라에게 겨눈다. 지금 상태로는 사이에 포스 필드 실드가 있어서 쏠 수 없지만, 한순간만 해제해서 재빨리 쏘면 아키라를 충분히 죽일 수 있다.

상대도 그것을 아니까 피하려고 하리라. 그 움직임에 맞춰 일단 거리를 벌리자. 이대로 밀착해서는 위험하다. 그렇게 여기고 한 행동이었다.

하지만 아키라는 피하기는커녕 레이저건의 총구에 DVTS 미니건의 총구를 맞췄다. 그리고 그대로 계속해서 사격한다.

포스 필드 실드에 대고 쏘는 바람에 총 자체에 주는 부하도 급증하며, 사격 반동이 아키라의 발을 뒤로 밀어낸다. 아키라는 그것을 강화복의 신체 능력을 이용해 무식하게 상쇄하고, 밀려난 만큼 전진했다.

그동안에도 아키라는 모니카를 말없이 응시했다. 그 시선이 모니카의 머리에 망상과 환청과도 같은 목소리를 낳는다.

쏴라. 그 레이저건을 지금 당장 쏴라. 그러기 위해서 이 포스 필드 실드를 해제해라. 그러면 너를 쏠 수 있다. 방해되는 벽을 치워라. 지금 당장 치워라.

내가, 너를, 죽이게 해라.

그것이 망상이든 환청이든, 한번 듣고 만 모니카는 사격을 위해 포스 필드 실드를 해제할 수 없었다.

그 대신에 모니카는 뒤로 훌쩍 뛰었다. 눈앞에 있는 공포에서 도망치려고 물리적으로 거리를 벌리려고 했다.

아키라도 모니카를 쫓아서 바닥을 박차며 상대가 크게 움직인 탓에 조준이 흐트러진 DVTS 미니건을 모니카에게 다시 겨눈다.

그때 DVTS 미니건의 연사가 멈췄다.

시간 감각이 모순을 느낄 정도로 빠르게 이루어진 전투 속, 그것에 의식을 돌릴 수 있는 두 사람이 표정을 바꾼다.

아키라는 놀란 듯한 얼굴로 시선을 DVTS 미니건에 돌렸다. 모니카가 그것을 보고 비웃는다.

(총탄이 떨어졌군요……! 그토록 쏴대면 당연해요! 탄창을 교환하게 두진 않겠어요!)

모니카는 곧바로 레이저건을 아키라에게 겨눴다. 포스 필드 실드도 동시에 해제했다. 이제는 쏴서 죽이기만 하면 끝. 그래야 할 터였다.

그때 아키라가 대형 총을 힘껏 집어던진다. 포스 필드 실드를 다시 사용하면 레이저건을 쏠 수 없게 된다. 모니카는 포스 필드 실드로 막을 필요도 없다고 판단해서 몸을 살짝 틀어서 피하려고 한다.

(빈총을 던지는 게 마지막 수단입니까! 꼴사납군요! 어……?!)

모니카가 놀란다. 집어던졌을 DVTS 미니건을, 아키라는 아직 들고 있었다.

(어떻게 된 거죠?! 그건 던졌을 텐데⋯⋯?!)

아키라가 던진 것은 DVTS 미니건이 아니라 A4WM 유탄기관총이었다. 그리고 모니카를 더 놀라게 하는 사태가 이어진다. DVTS 미니건이 다시 총탄을 쏘기 시작한 것이다. 비록 그 사선은 모니카에게서 벗어났지만, 모니카를 경악하게 하기에는 충분했다.

(아뿔싸! 이건 총탄을 다 쓴 척한 거예요! 제가 포스 필드 실드를 해제하게 하려는 함정이었어요! 곧바로 방어를⋯⋯!)

아키라가 DVTS 미니건을 쏘면서 그 총구를 모니카에게 돌린다. 하지만 모니카가 더 빨랐다. 사출된 총탄은 다시 사용한 포스 필드 실드에 전부 막혔다.

(늦지 않았어요. 그런 발악으로 저를 죽일 수 있다고⋯⋯.)

그런 모니카의 생각을, 포스 필드 실드 안쪽에서 울린 소리가 흐트러뜨린다. 그것은 A4WM 유탄기관총의 발포음이었다. 무수히 많은 유탄이 발사되고, 폭발하지 않은 채, 구체 모양을 한 실드 안쪽에 머무르고 있다.

(무슨 일이 있었지⋯⋯?! 그래! 포스 필드 실드를 사용할 때 안쪽에 있었으니까⋯⋯!)

한순간의 공방 속, 모니카에게는 단순히 내던진 것에 불과한 그 총은 의식에서 사라져 있었다.

그리고 모니카는 포스 필드 실드를 황급히 다시 사용하려고

한 탓에 때마침 그곳에 있었던 A4WM 유탄기관총을 실드 안쪽에 집어넣고 말았다.

주인의 손을 떠난 A4WM 유탄기관총이 유탄을 자동으로 쏜 것은 장착한 확장 부품, 총을 자동 고정포대로 바꾸는 기능이다. 설정에 따라서 방아쇠를 당기기만 하는 몹시 간소한 기능이지만, 잘 작동했다.

모니카도 그것까지는 모른다. 하지만 지금의 모니카에게는 아무래도 좋은 일이다. 중요한 것은 지금도 차례차례 사출되어 포스 필드 실드 안쪽에 머문 유탄이었다.

(폭발하지 않아? 왜? 시한식 유탄이라서? 아니, 그것보다는 이 거리에 이 양이, 더군다나 밀폐 공간! 큰일이에요! 포스 필드 실드를 해제해야…….)

그때 모니카는 더욱 놀라운 것을 봤다. 시야에서 아키라가 DVTS 미니건을 버린 것이다.

(어떻게 된 일이죠? 이 유탄이 함정이라면, 저를 계속 쏴서 포스 필드 실드를 해제하지 못하게 막을 텐데…….)

밀폐 공간이 튼튼할수록 그 안쪽에서 일어난 폭발의 위력은 급증한다. 그 벽을 최대한 단단하게 만들기 위해 아키라는 자신을 계속해서 쏘리라. 그렇게 생각한 순간에 그것을 부정당한 만큼 모니카의 놀라움은 컸다.

(설마 이번에는 진짜로 총탄을 다 써서…….? 아니, 그럴 리가…….)

그리고 그 모니카의 판단을, 총탄을 다 썼을 리가 없다, 이번에는 속지 않는다는 생각을 긍정하듯이 아키라가 다음 행동에 나선다. CWH 대물돌격총을 두 손으로 단단히 쥐고 겨눈 것이다.

(아뿔싸! 이게 진짜! 이 사람의 비장의 패!)

CWH 대물돌격총, DVTS 미니건, A4WM 유탄기관총 중에서 한 방의 위력이 가장 센 탄환을 쏠 수 있는 것은 CWH 대물돌격총이다.

그리고 그것들을 한 손으로 가뿐하게 다룰 수 있는 자가 지금은 두 손으로 단단히 쥐고 겨냥하고 있다. 그것은 비장의 패가 있다는 의심과 맞물려 그렇게라도 하지 않으면 제대로 쏠 수 없을 정도로 반동이 큰 탄을 쏘려는 것이라고 모니카가 판단하게 했다.

아마도 그 비장의 패는 한 번밖에 쏠 수 없다. 한 발만 준비했거나, 사격 반동을 총이 견디지 못하거나.

폭발하지 않는 대량의 유탄은 그쪽으로 의식을 돌리기 위한 것. 더불어서 유탄으로 상대의 시야를 가려서 사격의 순간을 알리지 않으려는 것. 그리고 무엇보다 사격 때 포스 필드 실드를 해제하게 하려는 것.

상대의 모든 행동은 이러한 한판승부에서 승리하기 위한 작전이었다. 자칫하면 자신에게서 도망치던 때부터 그 작전을 시작했을 것이다.

그렇게 판단한 모니카는 포스 필드 실드의 출력을 오히려 한 계치까지 올렸다. 다음 사격을 막기만 하면 비장의 패를 잃은 아키라는 더 어쩔 수가 없다. 그렇게 생각한 것이다.

(제가 이겼어요! 마지막까지 다 간파했어요!)

모니카는 승리를 확신하고 소리 높여 웃었다.

아키라가 방아쇠를 당긴다. 사출된 총탄은 최대 강도를 띤 포스 필드 실드에 너무나도 쉽사리 막혔다.

그것은 그 탄이 비장의 패가 아닌 평범한 탄임을 알려줬다.

"…………어?"

너무나도 예상을 벗어난 그 결과에 모니카가 짤막한 소리를 냈다. 그리고 동시에 포스 필드 실드 안쪽을 가득 채운 유탄이 일제히 폭발했다.

폭풍에 의해 날아간 아키라가 컨테이너에 격돌한다. 잠시 컨테이너 벽에 박힌 다음, 떨어져서 지면과 충돌했다.

쓰러진 채로 신음하던 아키라가 비틀비틀 일어선다. 크게 숨을 쉰 얼굴은 조금 험악하기는 해도 평범한 표정으로 돌아와 있었다.

"좋아. 이번에는 기절하지 않았어."

그래도 몸은 아파 죽겠다고 비명을 지르고 있다. 아키라는 그 호소를 달래고자 다시 회복약을 입에 가득 넣었다.

"저 녀석은…… 어떻게 됐지……?"

주위를 살피자 모니카는 떨어진 곳에 널브러져 있었다. 포스 필드 실드로 비를 막지 않고 드러누운 채로 비를 맞고 있다. 가만히 지켜보지만, 꿈쩍도 하지 않는다. 그 근처에는 크게 손상된 레이저포도 굴러다녔다.

"죽었나? 뭐, 시체가 멀쩡하게 남은 것만으로도 대단해. 저 녀석의 장비는 구세계에서 만든 거지? 역시나 구세계 물건. 튼튼한걸."

아키라는 안심해서 웃고, 다음으로 쓴웃음을 지었다.

"나 혼자 어떻게든 됐나…… 뭐, 생각해 보면 커다란 몬스터가 삼켰을 때도 어떻게든 됐지. 너무 초조해할 필요는 없었나."

그때 아키라는 뒤늦게 자신이 빈손임을 깨달았다. 주위를 다시 살펴본다. CWH 대물돌격총은 못 찾았지만, DVTS 미니건은 찾았다. A4WM 유탄기관총은 찾더라도 사용할 수 없는 상태일 거라며 포기했다.

아무튼 DVTS 미니건을 주우러 가려다가 문득 생각나서 잠시 시험해 본다.

『알파.』

대답은 없었다. 아키라가 한숨을 쉰다.

"거참, 이 상황을 해결하려고 멀어진 거 아니었어? 나 혼자서 어떻게든 했는데? 뭐, 엄밀하게는 무사히 귀환할 때까지니까, 아직 끝난 게 아니지만."

알파가 돌아오면 이번에는 조금 불평해도 되리라. 아키라는 그렇게 생각하면서 다시 DVTS 미니건을 회수하려고 했다.

그리고 멈춘다. 이어서 심각한 얼굴로 옆을 봤다.

그곳에는 모니카가 서 있었다.

(그럴 수가. 죽였을 텐데? 시체가 다시 일어났나? 아니야. 그런 것보다……!)

경악하면서 생긴 경직. 혼란스러운 머리로 하는 추측. 그런 것에 시간을 낭비한 아키라는 정신이 든 순간에 자신이 지금 아무런 무기가 없다는 사실을 깨닫고 달리기 시작했다.

하지만 DVTS 미니건이 있는 곳에 도착하기 전에 모니카가 추월해서 걷어차였다. 막으려고 했지만, 상대와의 신체 능력 차이로 멀리 날아간다.

요란하게 날아간 곳에서 아키라가 가까스로 자세를 바로잡는다. 그동안 모니카는 걸어서 DVTS 미니건이 있는 곳으로 가서 그것을 짓밟고, 아키라를 보며 즐겁게 웃었다. 그리고는 다른 방향을 가리켰다.

"당신의 나머지 총은 저쪽에 있습니다. 가지러 갈래요? 보내지 않을 거지만요."

모니카의 웃는 얼굴에는 명확한 분노가 있었다. 그와 동시에 그 분노를 해소할 수 있다는 기쁨이 넘쳤다.

"방금 발차기도 그냥 맞았고, 이 총도 쉽게 파괴할 수 있었습니다. 그렇다면 함정은 더 없나 보네요. 다행이에요. 이제 안심하고 죽일 수 있습니다."

그대로 모니카가 아키라를 향해 걷기 시작한다.

"아까 공격은 참 훌륭했습니다. 뭐부터 작전이었는지는 모르겠지만, 완전히 속아 넘어갔군요. 혹시 제가 당신을 속였다고 앙갚음한 건가요?"

아키라는 모니카에게 맞서 싸우려는 것처럼 그 자리에 남아 있었다. 후퇴해도 승산은 없다. 고작 그 정도의 생각에 의지하고 숨을 고르면서 서 있었다.

"사실은 죽지 않아서 제가 더 놀랐어요. 솔직히 말해 일방적으로 죽이고 상대의 공격도 포스 필드 실드만으로 막아서 강화복 자체의 방어력은 저도 정확하게 파악하지 않았거든요. 역시나 구세계에서 만든 물건. 튼튼하군요. 뭐, 총과 레이저포는 부서졌지만요."

아키라 자신도 놀랄 정도로 작전이 잘 풀렸다. 우연히, 혹은 행운을 아군으로 삼아 희박한 확률에서 승리를 끌어냈다.

반대로 모니카는 몇 번이고 선택을 잘못했다. 얼마 안 되는 시간에 몇 번이나 놀라고, 판단에 몰리고, 대처가 늦어지고, 예상을 잘못했다.

그런데도 아키라와 모니카의 승패는 뒤집히지 않았다.

"이만 잘 가세요."

아키라의 앞으로 온 모니카가 손날을 날린다. 아키라는 한계까지 집중해서 저항했다. 지금도 떨어지는 빗방울이 멈춘 것처럼 보이는 체감시간 속에서, 막아도 방어가 통째로 뚫리는 일격을 피해 반격하려고 했다.

하지만 상대의 공격을 인식할 수 있어도 그것을 피할 수 있는지는 별개다.

피할 수 없다.

시간이 몹시 천천히 흐르는 듯한 모순된 감각 속에서, 아키라는 끔찍하게 느린 자신의 움직임에서 그렇게 깨달았다.

다음 순간, 모니카는 머리에 피탄하고, 그 충격에 날아갔다.

"어⋯⋯?"

아키라가 멍하니 있는 동안에 모니카가 몇 번이고 총탄에 맞는다. 그때마다 충격으로 날아간다.

아키라는 혼란에 빠진 상태로 총탄이 날아든 곳을 봤다. 그러자 그쪽에서 캐럴이 나타난다. 웃는 얼굴로 모니카를 쏘면서 아키라의 곁으로 다가오더니, 탄창이 빌 때까지 모니카를 쏜 다음에 가벼운 투로 입을 열었다.

"좋아. 죽였어. 아키라, 괜찮아?"

"어⋯⋯? 그, 그래. 어찌어찌⋯⋯."

"그래? 무사해서 다행이야. 아, 이거 주웠어. 받아."

캐럴이 건네는 CWH 대물돌격총을 본 아키라가 머뭇거리면서도 고마움을 전한다.

"아, 저기⋯⋯ 고마워. 덕분에 살았어."

"신경 쓰지 마. 팀이잖아?"

"그, 그랬지⋯⋯."

사태를 미처 이해하지 못해서 혼란에 빠졌던 아키라가 머릿속을 정리해서 조금씩 상황을 파악했다. 그리고 한 가지 사실을 깨닫고 무심코 인상을 썼다.

"잠깐만. 캐럴, 너⋯⋯ 나를 미끼로 썼지?"

캐럴은 아키라가 비난하는 눈으로 봐도 전혀 기죽지 않았다.

"썼어. 미안해. 하지만 그렇게 안 하면 모니카를 못 죽이잖아? 방어도 튼튼한 데다가 무지막지하게 경계했으니까."

"그럴지도 모르지만⋯⋯."

"아무튼, 같이 조금만 더 철저하게 모니카를 쏘자. 움직이는 시체에 모니카가 끼면 귀찮아지잖아?"

"그래야겠지……."

그렇게 대답하면서도 속이 불편한 아키라에게, 캐럴이 빈 탄창을 교환하면서 미안하다는 듯이 웃는다.

"우리의 보수는 서로의 활약에 따라 분배하기로 약속했지? 미끼가 된 것도 포함해서 아키라는 잔뜩 활약했어. 나도 그만큼 양보할 테니까 봐줘."

아키라는 작게 한숨을 내쉬고 마지못한 기색으로 고개를 슬쩍 끄덕였다.

자신을 미끼로 쓴 것을 솔직하게 인정하고, 사과하고, 그럴 수밖에 없었던 이유를 설명해서 일단은 납득했다. 그리고 지금은 그럴 때가 아니라고 말하고, 보수도 대폭 양보할 뜻을 제시했다. 캐럴의 그런 간이 협상을 통해 아키라의 판단은 불만은 있지만 아무튼 상관없다는 수준에 그쳤다.

일단은 무사히 귀환하자. 이러쿵저러쿵 떠드는 건 전부 끝난 다음에 하자. 아키라는 자신을 그렇게 타이르면서 의식을 전환하려고 한다.

그때 갑자기 캐럴이 아키라의 손을 잡고 그 자리에서 온 힘을 다해 이탈하기 시작했다.

"이봐! 왜 그래!"

아키라가 무심코 본 캐럴의 얼굴에는 조금 전까지의 웃음이 없다. 표정이 몹시 딱딱하다.

"이게 말이 돼……? 안티 포스 필드 아머탄을 한 탄창 전부 퍼부었는데?"

"설마……."

"쓰러진 곳에 없었어! 걔가, 아직 살아있어! 아키라! 잠시 후 퇴하자! 미안하지만 아마도 빈사 상태일 테니까 숨통을 끊으러 가자고 해도 난 싫어!"

아키라는 캐럴에게 반쯤 끌려가듯 옮겨지면서 자신을 미끼로 써서라도 모니카를 죽이려고 한 캐럴의 판단이 옳았음을 이해 했다.

그리고 그런데도 숨통을 끊지 못했다는 사실에 경악했다.

"모니카를 죽이는 건, 가능하면 팀 모두가, 하다못해 아무나 합류한 다음에 하자! 알았지?"

"그동안 그 녀석이 도망치면?"

"도망칠 정도의 부상이라면 기뻐할 거야. 그동안 모두와 합류 해서, 공장 안을 강행돌파해서 탈출하는 거야."

"반대로, 쫓아오면?"

"그러니까 잠시 후퇴해서 다른 사람들과 합류하려고 하는 거 잖아?"

그 공격을 맞아도 모니카가 도망치기는커녕 죽이려고 쫓아올 만큼 팔팔하다면 아마도 둘만으로는 숨통을 끊을 수 없다. 오히 려 자신들이 죽는다.

"그렇군. 서두르자."

아키라와 캐럴이 서둘러 움직인다. 아키라와 모니카의 승패는 뒤집히지 않았다. 하지만 아키라 일행과 모니카의 승패는 아직 정해지지 않았다. 지금은 그 결과를 승리로 만들기 위해 달렸다.

죽을 뻔했다는 실감이 모니카의 안에서 격렬한 감정을 낳았다.

"역시…… 함정이었잖아요……. 제 예상은 옳았어요……."

모니카는 대비하고 있었다. 아키라를 죽이려고 하면서 강화복의 포스 필드 아머를 한계까지 강화했다. 예상해서 그런 것이 아니라 아키라에게 된통 당하는 바람에 생긴 과도한 의심이 낳은 결과지만, 아무튼 모니카는 살아남았다.

"비장의 패 정도는…… 저한테도 있거든요?"

하지만 그것을 쓰면 모니카의 장래에 치명적인 영향을 줄 우려가 있었다. 그래서 지금까지는 쓰지 않았다. 고작 돈을 벌려고 써도 되는 것이 아니었다.

그것을 모니카는 사용했다. 착용 중인 강화복이 모니카의 몸을 침식하기 시작한다. 착용이 아니라 동화해 나간다.

저지르고 말았다는 마음으로 자조하듯 웃던 모니카가 얼굴에서 웃음기를 지웠다.

"죽여 주겠어."

안전한 곳에서 약자를 일방적으로 죽이는 사냥이 아니라 자신의 목숨을 걸고 싸우는 사투에, 모니카는 비로소 발을 들였다.

◆

　시카라베는 토가미와 레이나를 데리고 도망치고 있었다.

　시체들의 목적은 적의 분단, 모니카가 교전하는 자를 지원하지 못하게 방해하는 것이다. 따라서 컨테이너에서 농성하는 것보다도 모니카로부터 멀어지듯이 이동하는 것이 포위망이 편중되어 더 싸우기 편하다. 레이나 일행과 합류할 때까지 혼자 싸웠던 시카라베가 죽지 않은 이유이기도 하다.

　기본적으로 시카라베가 싸우고, 토가미는 레이나의 경호에 주력하고 있다.

　그리고 레이나는 분통한 얼굴로 두 사람과 동행하고 있었다.

　시오리는 시카라베 일행에게 레이나의 경호를 의뢰했다. 도란캄을 통해 헌터인 세 사람에게 의뢰를 냈다.

　시카라베는 그 의미를 잘 알았다.

　시오리는 시카라베와 토가미가 양심과 인간성을 이유로 레이나를 지키는 것을 기대하지 않는다. 그렇기에 의뢰받은 헌터의 성실함을 기대했다.

　이지오는 의심받아 방치되어 죽더라도 자신이 헌터라는 이유로 정보를 넘기지 않았다. 아키라는 받은 의뢰에 성실하게 임하려다가 시오리와 사투를 벌이기 직전까지 다퉜다.

　그렇듯 의뢰에 대한 성실함으로써 레이나를 지키게 하려고 시오리는 도란캄에 정식 의뢰를 냈다. 조직에 속한 자가 받는 속박, 멀쩡한 헌터가 의뢰에 보이는 성실함, 그 양쪽을 기대했다.

시카라베는 그것을 이해하고 의뢰를 받았다. 그리고 최대한 성실하게 일했다. 그런 탓도 있어서 토가미에게 하는 질타도 조금 엄격해졌다.

"토가미! 레이나를 앞에 내보내지 마! 방패 일도 똑바로 못 하냐! 똑바로 일해! 최소한 너는 레이나를 감싸고 먼저 죽어라!"

토가미는 묵묵히 레이나를 자신의 등 뒤로 보냈다. 토가미가 진심으로 애쓰는 것은 그 얼굴만 봐도 알 수 있다. 하지만 상황은 그 노력으로 메꿀 수 있을 만큼 녹록하지 않고, 실력이 부족한 탓도 있어서 시카라베에 빈번하게 야단맞고 있었다.

그리고 시카라베는 레이나에게는 주의를 주지 않는다. 자신들과는 다르게 레이나는 시오리의 의뢰를 받지 않았다고 생각하기 때문이다.

그것이 레이나를 고통스럽게 한다. 레이나에게 시오리의 의뢰는 두 가지 의미가 있었다. 자기 몸은 알아서 지켜라. 얌전히 보호받아라. 그 두 가지다.

그리고 두 가지 의미로 나누고 마는 것이 레이나의 한계이기도 했다. 자기 자신을 지키기 위해 경호해 주는 사람이 자신을 지키기 쉽게 최대한 노력한다. 그 하나의 의미만으로도 충분했지만, 그러지 못하는 탓에 레이나가 무심코 참견한다.

"나, 나도 싸울 수 있어!"

이 말이 단순한 화풀이임을, 레이나도 잘 알았다. 말하고 나서 후회한다. 그리고 토가미의 얼굴을 보고, 비난하는 시선을 상상하고, 더욱 후회했다.

하지만 토가미의 시선은 레이나를 비난하는 게 아니었다.

"내가…… 그렇게 한심해?"

앞에 있어도 방해만 된다. 방패로도 못 쓴다. 스스로 싸우는 게 훨씬 낫다. 경호 대상이 그렇게 여길 정도로 자신은 한심한 것일까. 자신감을 잃고 좌절하기 직전인 토가미는 레이나의 말을 그렇게 받아들이고 말았다.

부정해 줘. 무의식중에 바라는 마음이 토가미의 눈에 짙게 드러났다.

레이나는 그런 토가미와 자신을 겹쳐서 봤다. 그리고 조용히 대답한다.

"아니야."

"그렇군. 그렇다면 물러나 줘. 뭐, 최소한의 일은 할 거야. 그 정도는 내가 하게 해 줘."

"알았어. 미안해……."

"됐어. 일이니까."

토가미와 레이나는 침착함을 되찾고, 보호하고 보호받는 사이면서도 힘을 합쳐 상황에 저항해 나갔다.

토가미와 레이나가 올바르게 연계하기 시작한 덕분에 시카라베의 부담도 가벼워진다. 그러나 상황이 조금 개선되어도 전체적인 흐름은 달라지지 않는다. 시카라베의 초조함도 조금씩 커진다.

"큰일이군……. 슬슬 탄약이 빠듯한 상황인데……."

시체들의 부대도 무장하고 있다. 최악의 경우, 해치운 시체에서 탄약을 빼앗아서 싸울 작정이지만, 그런 수고를 들이는 것은 사양하고 싶었다.

그리고 그럴 필요가 없어진다. 다른 방향에서 날아든 사격이 시체들을 격파한다. 그쪽을 보자 엘레나와 사라가 있었다. 엘레나가 곧바로 통신을 연결한다.

"겨우 합류했어. 그쪽 상황은 어때?"

"어떻게든 버티는 참이다. 아무튼 주위 녀석들을 처리하고 나서 이쪽으로 와 줘. 자세한 이야기는 그때 하지."

"알았어."

엘레나 일행이 전력에 추가되면서 국지전인 상황은 단숨에 우세해졌다. 시카라베가 한숨을 쉰다.

"이걸로 이쪽은 문제가 없나. 이제는 저쪽이 어떻게 될지가 문제군."

시오리와 카나에가 모니카를 해치우고 돌아온다. 혹은 두 사람이 역으로 당해서 모니카가 습격한다. 시카라베는 전자이길 빌면서 싸워 나갔다.

◆

아키라와 캐럴은 상상을 초월하는 모니카의 강인함에 잠시 후퇴하기로 한 다음, 다른 사람들과 합류하고자 컨테이너 터미널을 달리고 있었다.

그러나 합류할 수 있을지는 운에 달렸다. 동료들이 있는 장소는 알 수 없다. 비가 내리면서 통신 장애가 계속되는 바람에 연락할 수도 없다. 애초에 살아있다는 보장도 없다.

아키라도 그건 안다. 하지만 지금은 살아있다고 믿고서 달리고 있었다.

"캐럴. 엘레나 씨네는 찾을 수 있겠어? 뭔가 반응은……."

"안됐지만 지금까진 없어."

"그런가……."

모니카와 통신이 연결된 것처럼, 빗속에서도 어느 정도 가까이 가면 단거리 통신이 연결된다. 지금은 그 통신 범위에 누군가가 있기를 기대하고 달릴 수밖에 없었다.

그때 시체들의 부대가 나타난다. 아키라는 무심코 얼굴을 찡그렸다.

"더럽게 바쁠 때……!"

"아키라. 반대로 생각해. 다른 사람들은 아마 저것들과 싸우고 있을 거야. 즉, 저것들의 건너편에 있을 가능성이 커."

"그렇구나! 좋아! 해치우고 가자!"

아키라가 기운을 낸다. 하지만 그것도 헛수고가 되었다. 두 사람이 해치우기도 전에 시체들이 반대쪽에서 베이고, 걷어차여서 날아간다. 반대편에서 돌파한 것은 시오리와 카나에였다.

"오! 아키라 소년! 살아있었슴까?"

"멋대로 죽이지 마. 뭐, 실제로 죽을 뻔했지만 말이야."

그대로 통신으로 대화하면서 함께 시체들의 부대와 싸운다.

"아키라 님. 상대는 그 모니카입니까? 이겼습니까?"

"졌어. 캐럴이 안 도와줬으면 죽었을 거야."

"그래서 우리는 모니카를 피해서 도망치던 중이었어. 예상보다 훨씬 강해. 미안하지만 도와줄 수 없을까?"

"알겠슴다! 아키라 소년이 죽을 뻔한 상대! 기대되네요!"

"마음대로 싸워 봐."

아키라 일행은 싸우면서 기본적인 상황설명을 마쳤다. 그리고 동시에 주위에 있는 시체들의 부대도 전멸시켰다.

"좋슴다! 연습은 끝났슴다!"

"연습?"

아키라가 괴이쩍은 얼굴로 카나에를 보자 카나에가 시선으로 한 방향을 가리켰다.

카나에를 제외한 모두가 그쪽을 주시한다. 각자의 정보수집기가 그 방향의 해석 처리를 우선하고, 연동 기능으로 색적 정밀성이 높아진다.

그러자 아키라의 표정이 단숨에 험악해졌다.

"쫓아왔나……!"

빗발 너머, 원래라면 기척을 감지하기도 어려운 저편에서 모니카가 접근하고 있었다.

캐럴도 모니카가 얼마나 강한지 경험한 만큼 인상을 팍 쓴다. 시오리도 아키라 일행의 반응에서 적이 얼마나 강한지 추측하고 경계를 한층 강화한다.

카나에만이 즐겁게 웃었다.

"캬, 누님을 꺾은 아키라 소년이 도망칠 정도의 상대와 아씨를 지키면서 싸우지 않아서 다행이네요! 일찍 출발한 게 정답이었습다!"

"그러네⋯⋯."

시오리는 얼굴을 실룩거리면서도 어떻게든 그렇게 대답해서 자신을 억눌렀다. 자기 자신을 침착하게 하려고 숨을 크게 내쉰 다음, 진지한 얼굴로 아키라와 캐럴에게 머리를 숙인다.

"아키라 님. 캐럴 님. 죄송하지만 지원을 부탁드립니다."

"알았어. 완벽하진 않지만 할 수 있는 만큼 해 볼게."

"괜찮아. 처음부터 그럴 작정이었거든. 지기만 하는 건 싫으니까."

아키라는 진지한 얼굴로, 캐럴은 웃는 얼굴로 대답했다.

시오리가 자세를 바로잡고 두 사람에게 인사한다. 그리고 모니카를 향해 달려갔다.

"그러면 원호를 부탁함. 아, 알아서 잘 피할 테니까 신경 쓰지 말고 쏴도 됨다."

그 말을 남기고, 카나에도 웃으며 시오리를 따랐다.

"우리도 해 볼까."

"그래."

이번에는 4 대 1. 그래도 자신들이 유리하다는 보장은 없다. 그러나 그것을 알면서도 아키라와 캐럴은 서로의 투지를 드러내듯 웃고, 따로따로 저격하기 위해 좌우로 나뉘어서 뛰어갔다.

제122화 판단 기준

빗속을 달리는 모니카에게, 그 비에 몸을 숨긴 시오리가 쇄도한다. 수평 베기. 모니카는 반사적으로 뒤로 뛰어서 피하려고 하지만 이미 늦어서, 그 칼날은 모니카의 몸에 도달했다.

하지만 베지 못한다. 쇳덩어리를 평범한 나이프로 그은 듯 칼날이 미끄러진다.

모니카는 태세를 바로잡으려고 했다. 그때 카나에가 나타나 날아차기를 날린다. 눈앞에 쇄도하는 발차기를 본 모니카가 황급히 두 손으로 막으려고 하지만 이미 늦어서, 온몸의 힘이 실린 일격이 모니카의 얼굴에 꽂혔다.

하지만 모니카는 쓰러지지 않는다. 발차기의 충격으로 몸 전체가 뒤로 밀리면서도 그 신체 능력을 이용해 억지로 기세를 막았다.

그리고 모니카가 반격한다. 그것은 시오리와 카나에를 향해 힘껏 팔을 휘두르기만 한 조잡한 공격이었다. 하지만 빠르고, 더군다나 손끝보다 멀리 떨어진 빗방울도 가를 정도였다. 빛나는 손, 그 손가락마다 사거리가 긴 레이저건으로 쏜 것처럼 빛의 칼날이 뻗었다.

시오리와 카나에는 그 공격에 재빨리 반응하고, 나아가 모니카의 예비동작을 간파해서 문제없이 회피했다. 그대로 모니카의 앞길을 가로막듯이 선다.

그런 두 사람을 모니카가 무표정하게 본다. 분노가 너무 치솟아 반대로 얼굴에서 감정이 가신 듯 어둡고 고요한 표정이었다.

"당신들이었군요. 방해하지 않는다면 나중에 처리해 주겠는데요?"

그 목소리에서는 살기가 느껴지지 않는다. 그러나 그것은 걸리적거리는 쓰레기를 발로 치우는 데 일일이 살기를 드러내지 않는다는 정도의 이유다.

시오리가 얼굴을 한층 험악하게 바꾼다. 살려 보내겠다는 게 아니라 죽이는 순서를 나중으로 미룰 뿐. 방해하지 않는다면 보내주겠다고 거짓말하지도 않는다. 그런 모니카의 말과 행동에서 확실한 살의와 함께 자신들 따위는 간단히 죽일 수 있다는 자신감을 느끼고 경계를 한층 강화했다.

하지만 카나에는 여전히 즐거운 기색으로 웃기만 한다.

"괜찮습다. 지금부터 댁이 죽고 그걸로 끝이니까요."

"그렇군요. 그렇다면, 죽어."

모니카가 움직인다. 시오리와 카나에도 덩달아 움직인다. 서로 거리를 좁히고, 서로 죽음을 바라고, 그것을 실현하는 의지를 담아 자신의 무기를 휘두른다. 사나운 폭풍과도 같은 그 공방은 지금도 쏟아지는 빗방울을 공격의 여파만으로 세 사람의 주위에서 날려 버렸다.

시오리와 카나에가 그 공방 속에서 맞기만 하면 일격으로 죽을 수 있는 공격을 피하면서 생각한다.

(이 사람의 움직임은 완전히 초심자. 접근전은 익숙하지 않아요. 그런데도 나와 카나에와의 기습에는 반응했습니다. 움직임도 빠르고, 더군다나 단단해요. 미숙한 접근전 기술을 보충하고도 남는 기본 신체 능력. 성가시군요.)

(걷어찬 느낌으로 봐서는 머리를 얇은 포스 필드 실드로 덮은 게 아니라 피부에 포스 필드 아머를 입은 느낌이네요. 누님의 공격도 포스 필드 실드로 막지 않고 회피하려고 했으니까, 그쪽은 더 쓸 수 없는 느낌일까요?)

벤다. 튕긴다. 때린다. 비틀거리지도 않는다. 시오리와 카나에는 상대의 미숙한 접근전 기술을 노리고 공격을 맞힌다. 하지만 효과가 거의 없다.

반대로 모니카의 공격은 시오리와 카나에에게 전혀 명중하지 않는다. 그러나 일격이라도 맞으면 치명적이라는 사실은 공격의 여파만으로 퍼지는 파괴만 봐도 확실하다.

그래도 그 공격이 느리다면 시오리와 카나에도 맞을 일이 절대로 없다고 여유를 가질 수 있다. 하지만 경이적인 모니카의 신체 능력으로 날아드는 공격은 매우 빨라서, 두 사람은 상대의 미숙한 기량으로 인해 예비동작이 많은 공격을 사전에 감지함으로써 가까스로 피했다.

그 공방의 내용이 현저하게 한쪽으로 치우쳤다고는 해도 종합적으로 호각으로 싸우는 가운데, 처음으로 부상으로 볼 만한 상처가 생긴 자가 나타난다. 그것은 모니카였지만, 상처를 입힌 것은 시오리나 카나에가 아니었다.

미간에 피탄한 모니카가 그 충격으로 넘어진다. 곧바로 일어났지만, 피탄 부분에서 난 피가 얼굴을 칠한다. 비가 그 피를 씻어내 격노한 모니카의 얼굴이 드러났다.

그 시선은 멀리 떨어진 컨테이너에서 모니카를 저격하는 아키라를 향했다.

"거기 있습니까!"

모니카는 아키라가 있는 곳으로 가고자 시오리와 카나에를 무시하고 뛰려고 했다. 하지만 그때 카나에가 얼굴에 발차기를 꽂아 억지로 멈추게 한다.

"갈 수 없습다."

나아가 시오리도 상대의 발목을 잡을 목적으로 모니카를 벤다. 그 틈에 아키라는 모니카의 시야에서 모습을 감췄다.

모니카가 격노의 대상을 시오리와 카나에로 바꾸고 덮쳐든다. 힘만 믿고 휘두르는 공격의 위력이 강해지고, 속도가 빨라진다. 스치기만 했는데도 컨테이너를 찢어발기고, 지면을 가르고, 멀리 있는 빗방울을 날리면서 비를 양단했다.

시오리와 카나에가 그 공격을 헤집고 들어간다. 공격하는 동작이 더 커져서 피하기 쉬워진 것은 적의 움직임이 더욱 빨라진 것으로 상쇄되고, 맞으면 치명상이라는 부분만 강화되었다.

그래도 시오리와 카나에는 상황이 자신들의 우세로 기울었다고 판단하고 한층 투지를 키웠다.

◆

모니카를 저격한 아키라가 이동하면서 인상을 험하게 쓴다.

"맞았는데…… 겨우 그 정도인가!"

원거리 저격. 더군다나 표적은 고속으로 격전을 벌이는 상황. 자칫 잘못하면 아군을 쏠 상황에서 아키라는 한계까지 집중해 간신히 총탄을 모니카에게 명중시켰다.

총탄은 캐럴에게 빌린 안티 포스 필드 아머탄이다. 지금의 아키라는 이보다 강한 총탄을 쏠 수 없다. 그런데도 상대를 넘어 뜨리는 것이 한계였고, 더군다나 모니카는 곧바로 일어나 전혀 통하지 않는 듯 싸움을 계속하고 있다.

시오리와 카나에에게 잘못 쏠 위험을 생각하면 더 쏴도 오히려 방해되지 않을까? 아키라가 그렇게 여기고 다음 저격을 망설이고 있을 때, 카나에가 통신으로 재촉한다.

"아키라 소년! 어서 다음을 쏴 주지 않겠슴까? 너무 늦어요!"

"아니, 쏴도 너희한테 맞을 것 같아. 게다가 맞아도 통하는 것 같지 않고……."

"오사는 신경 쓰지 않아도 됨다! 이쪽에서 알아서 피할 테니까 괜찮슴다! 신호도 필요 없슴다! 그러니까 팍팍 쐈으면 좋겠슴다!"

망설이는 아키라에게 시오리도 재촉한다.

"아키라 님. 캐럴 님. 여러분의 지원 사격이 없으면 어떻게 되든 끝장입니다. 그러니 사양하지 말고 해 주시기를 바랍니다."

나아가 캐럴도 재촉한다.

"아키라. 시키는 대로 쏘자. 나랑 아키라도 가만히 구경만 하려고 여기 있는 게 아니잖아? 안 쏘면 저들의 노력이 헛수고가 돼."

"알았어! 잘 피하라고!"

아키라는 각오를 다져서 위치를 잡고, 집중하고, 다시 모니카를 저격했다. 이번에도 정확히 명중시켰다.

그러나 결과는 지난번보다 나빴다. 모니카는 피탄하고도 넘어지지 않았다. 다른 장소에서 캐럴도 사격하지만, 결과는 비슷하다. 그래도 아키라와 캐럴은 계속해서 쐈다.

표적은 멀고, 빠르게 움직이고 있다. 더군다나 지금은 알파의 서포트가 없다. 자기 실력으로 조준하고 있다. 전부 명중하지는 않아서 빗나갈 때도 많다. 언제 두 사람이 맞아도 이상하지 않다. 그렇게 불안을 느끼면서도, 그것을 집중력으로 바꿔 최대한 저격을 계속한다.

그리고 아키라는 눈치챘다.

"진짜로 알아서 피하네. 굉장한걸······."

시오리와 카나에는 아키라와 캐럴의 사격을 알아서 피하면서 모니카와 싸웠다. 신호조차 없는데도 사격하는 순간을 파악하고, 사선을 간파한 듯한 움직임을 아키라에게 보여줬다.

아키라는 놀라움을 감추지 못했다. 그리고 실력이 떨어지는 자가 괜히 걱정해서 공격을 주저한 것에 슬쩍 쓴웃음을 짓는다.

"괜한 걱정이었나. 좋아. 다음이다!"

기운을 차린 아키라가 괜한 걱정을 한 만큼의 집중력을 저격의 연사 속도와 정확성으로 다시 돌린다. 그리고 치열하게 사격을 계속했다.

◆

　아키라 일행의 지원 사격을 받는 시오리와 카나에가 모니카에게 더욱 맹공을 퍼붓는다. 두 사람의 추측대로, 상황은 우세로 크게 기울고 있었다.

　단순한 위력이라면 아키라의 사격보다 시오리와 카나에가 더 강하다. 그런데도 두 사람의 공격은 모니카에게 통하지 않고, 아키라의 저격은 모니카에게 상처를 입혔다.

　그것으로 시오리와 카나에는 모니카의 포스 필드 아머의 대응력이 자신들의 공격을 막는 것이 한계라고 판단했다.

　포스 필드 아머는 기본적으로 출력을 높일수록 강해진다. 또한 출력 장치에서 떨어진 위치에서 작용하는 포스 필드 실드와는 다르게 비교적 그 출력을 특정 부위만 강화하기 쉽다.

　그 출력을 세밀하게 조정하면 착탄 지점만, 나아가 착탄 순간만 출력을 한계까지 올려 탄막의 폭풍을 뒤집어써도 에너지를 조금만 써서 막을 수 있다.

　애초에 그건 이론상 그렇다는 뜻이며, 그것을 실현하려면 적의 공격을 예지와 동등한 수준으로 사전에 완벽하게 인식할 필요가 있다.

당연하지만 모니카는 그럴 수 없다. 그래도 자신의 정보수집기로 주위 상태를 파악하면 그 정보 수집 능력이 허용하는 한계 범위에서 비슷하게 할 수는 있다.

　모니카의 장비는 구세계에서 만든 것이다. 그 성능은 뛰어나서, 시오리와 카나에의 공격을 인식하는 정도는 가능했다.

　그러나 모니카는 아키라의 저격에 맞고, 상처를 입었다. 시오리와 카나에는 그 이유를 아키라의 저격이 모니카의 정보 수집 능력을 넘어서기 때문이라고 판단했다.

　그리고 그 추측이 옳았음을 증명하듯, 모니카는 아키라와 캐럴의 지원 사격이 시작된 뒤로 시오리와 카나에에게 밀리고 있었다.

　시오리가 참격을 날린다. 모니카의 몸에 도달한 칼날은 그 표면에서 미끄러지지만, 명확한 상처 자국을 남겼다.

　카나에가 발차기를 날린다. 상대의 자세를 무너뜨린 확실한 감각이 카나에에게 전해졌다.

　모니카가 반격을 시도한다. 그 낌새를 감지한 시오리와 카나에는 좌우로 흩어져서 회피행동을 취했다.

　그러나 그 행동이 너무 일찍 이루어진 모니카는 회피행동 중인 두 사람의 움직임을 예측할 수 있었다. 이미 움직이기 시작한 탓에 연이은 회피가 어려워진 두 사람에게 통렬한 일격을 먹이려고 한다.

　하지만 그 모니카에게 아키라와 캐럴이 날린 총탄이 명중했다. 그 충격으로 자세가 무너진 모니카에게 시오리와 카나에가 추가 공격을 넣는다.

너무 일찍 움직였던 두 사람의 회피행동은 아키라와 캐럴의 저격을 감지한 유인작전이었다.

시오리와 카나에는 아키라와 캐럴의 저격을 알아서 피하고 있었는데, 이것은 팀의 정보수집기 연동 기능을 이용한 것이다.

각자의 정보수집기가 그 주인의 움직임을 항시 조사하고 그 정보를 동료들에게 전송함으로써 시오리와 카나에는 멀리 떨어진 아키라와 캐럴의 위치와 행동을, 그 몸이 움직이는 것까지 정확하게 파악했다. 그것으로 사격 위치와 사선, 사격 타이밍을 예측함으로써 시야 밖에서 신호도 없이 날아오는 총탄을 피했다.

더불어서 시오리와 카나에는 모니카가 그것을 이용하게 유도했다. 아키라 일행의 저격이 있기 조금 전에 모니카를 공격함으로써 자신들의 공격에 반격하려고 하면 저격당한다는 감각을 모니카에게 심었다.

그것으로 모니카의 반격에는 아주 작은 망설임이 생긴다. 그것이 시오리와 카나에의 회피행동을 더욱 쉽게 했다.

그것들을 구사한 능수능란한 전투로 시오리와 카나에가 모니카를 몰아붙인다. 그 우세는 저격 위치에서 전투를 보던 아키라와 캐럴이 상황을 낙관하게 할 정도였다.

그러나 그 우세에는 제한 시간이 있었다. 모니카의 움직임을 간파하고, 아키라와 캐럴의 지원 사격을 예측하고, 나아가 자신이 취할 행동을 생각하고, 선택하고, 움직인다. 그럴 시간적 유예가 어디에도 존재하지 않는 선택과 행동의 연속을 보충하기 위해 시오리와 카나에는 가속제를 사용했다.

그 가속제 효과의 남은 시간이 머릿속을 스치고, 시오리가 무심코 표정을 굳힌다.

(강해. 아가씨를 지키면서 싸워서는 애초에 제대로 싸울 수나 있을는지……. 더 일찍 움직여서 아키라 님이 완전한 상태일 때 합류했더라면…….)

최선의 수를 선택하지 못한 것을, 시오리는 뒤늦게 후회했다. 하지만 후회해도 소용없다며 의식을 전환한다.

그때 떠오른 최선의 수가 진짜로 최선의 수가 맞는지, 실제로는 아무도 모른다. 그렇다면 지금은 자신의 선택을 최선의 결과로 바꾸기 위해 할 수 있는 모든 것을 한다. 그것이 지금 최선의 수라고, 그렇게 마음을 바꿨다.

(가속제 효과가 얼마나 갈지…… 아니, 그 전에 끝내겠어요!)

최선의 미래를 붙잡기 위해 시오리는 손에 쥔 칼에 충성을 담아 피하고, 파고들고, 베었다.

◆

시오리와 카나에에게 지원 사격을 계속하던 아키라가, 현실을 깨닫고 인상을 팍 구겼다.

"큰일이야……."

캐럴에게 빌린 안티 포스 필드 아머탄의 탄창은 확장 탄창이 아니어서 상식적인 양만 장전한다. 아키라는 그것을 다 쏘고 말았다. 조바심을 내면서 캐럴에게 연락한다.

"캐럴! 안티 포스 필드 아머탄 말인데, 여유가 있으면 나한테도 나눠줘! 나는 다 썼어!"

"안타깝지만, 나도 슬슬 거의 다 썼어."

"제길! 평범한 탄은 저 녀석한테 안 먹힐 텐데……."

아키라는 잠시 고민하고, 망설이고, 각오했다.

"그렇다면 조금이라도 좋으니까 나눠줘. 한 발이라도 좋아."

"상관없는데, 뭘 하게?"

"비 때문에 탄의 위력이 떨어지잖아? 그렇다면 최대한 위력을 높여서 쏘겠어."

이제는 총구를 상대에게 들이대고 쏠 정도가 아니면 위험하다. 그렇게 해서 안티 포스 필드 아머탄을 쓰면 어떻게든 될지도 모른다. 평범한 탄이라도 안 쏘는 것보단 나은 정도의 위력이 되리라. 아키라는 그렇게 판단했다.

"아키라. 저거에 다가갈 작정이야?"

모니카의 주위는 그 전투의 여파로 처참한 상황이었다. 지면과 컨테이너가 뜯기고, 베이고, 파이고, 날아가고 있다. 컨테이너 터미널이라면 모니카가 시설과 물자의 피해를 꺼려서 자유롭게 싸우지 못할 것 같다는 생각이 단순한 희망 사항이었다고, 아키라 일행에게 알아보기 쉽게 증명하고 있었다.

"달리 더 좋은 방법은 안 떠오르고, 적어도 탄이 떨어졌다고 여기서 멍하니 구경하는 것보다는 나으니까."

"알았어. 줄 테니까 이쪽으로 와."

아키라는 서둘러서 캐럴과 합류해서 쓰다 만 탄창을 받았다. 그것을 CWH 대물돌격총에 장착하고 한 차례 심호흡한다. 숨을 고르고, 다시 각오를 다진다.

"좋아! 해 보자!"

그리고 달리기 시작한다. 그러자 캐럴도 그 뒤를 따른다.

"캐럴. 무슨 일이야?"

괴이쩍은 얼굴로 보는 아키라에게 캐럴이 장난치듯 웃는다.

"멍하니 구경만 하는 것보다는 낫다며?"

아키라는 쓴웃음을 짓고, 그대로 같이 서둘러 이동했다. 설마 캐럴도 따라올 줄은 몰라서 놀랐지만, 고맙게 여기고 더욱 기운을 북돋운다.

저격 거리라고 해도 강화복의 신체 능력으로 달리면 단거리에 속한다. 단숨에 거리를 좁히는 아키라와 캐럴의 움직임에 놀란 시오리가 딱딱해진 말투로 통신에 대고 말한다.

"아키라 님? 그쪽에 무슨 문제라도?"

"미안해. 이쪽은 벌써 탄을 다 쓰기 직전이야. 그러니까 안티 포스 필드 아머탄이 아직 있을 때 가까이서 쏘려고."

"그렇습니까……. 알겠습니다."

시오리는 한순간 망설였지만, 말리지 않기로 했다.

모니카의 포스 필드 아머 색적 범위에 강하게 의존해서 대응한다면 아키라 일행을 다가오게 하는 것은 악수다. 그대로 원거리 저격을 계속하게 하는 것이 낫다.

그러나 쏴도 통하지 않는 탄을 써도 자신들의 지원으로선 미묘해진다. 아키라 일행에게 안티 포스 필드 아머탄이 아직 남아 있다고 모니카가 언제까지 경계할지도 미지수다.

원거리 저격을 계속하게 한다. 접근전에 가담하게 한다. 무엇이 정답인지는 자신도 모른다. 그렇다면 아키라 일행의 선택에 맡기자. 시오리는 그렇게 판단했다.

한편으로 카나에는 전혀 아랑곳하지 않는 투로 대답한다. 카나에 자신은 어느 쪽이든지 즐길 수 있기 때문이다.

"오! 아키라 소년도 여기 참전함까?"

"그 전에 알아서 정리해 주면 좋겠는데."

"한창 노력 중임다!"

시오리와 카나에의 싸움은 모니카를 저격할 때 아키라도 봤다. 아키라가 생각하는 접근전의 개념을 망가뜨리는 전투 스타일이다.

그 전투를 즐기는 자가 신나게 말하는 것을 듣고, 아키라는 황당함과 감탄을 같이 느꼈다. 그리고 그런 싸움이 벌어지는 곳에 자기 발로 다가간다는 것에 쓴웃음을 흘렸다.

그대로 표적과의 거리를 반으로 줄인 아키라가 모니카를 쏜다. 잘 명중했지만, 효과가 있는 것처럼 보이지는 않았다.

"아직 멀군……."

여기서 멈춰서는 위험을 무릅쓰고 접근한 의미가 없다며 아키라가 더욱 거리를 좁힌다.

그 아키라의 시선에서 모니카가 팔을 번쩍 쳐든다. 그것을 본 아키라는 반사적으로 뛰어서 그 자리를 벗어났다.

잠시 후 모니카가 팔을 휘두른다. 지향성을 지니고 빛나는 손에서 날아간 충격이 모니카의 전방에서 공간을 갈랐다.

그것을 피한 아키라가 그 공격의 흔적을 보고 표정을 굳힌다.

"여기까지 오냐……."

컨테이너 터미널 바닥에 길게 균열이 생겼다. 마치 근처의 건물보다 큰 짐승이 그 덩치에 맞게 거대한 발톱으로 바닥을 힘껏 할퀸 듯했다. 더군다나 그 흔적은 아키라의 등 뒤로도 이어졌다.

아키라는 그 사거리와 위력에 놀라면서도 멈추지 않고 가속한다. 그대로 총을 겨누고 쏜다. 명중했지만, 자세가 조금 무너졌을 뿐이다.

"아직 멀어!"

이미 자신은 상대의 공격 범위 안, 공격을 맞으면 즉사하는 위치에 있다. 그 공포를 꾹 삼키고, 아키라는 계속해서 전진한다.

시오리와 카나에의 맹공. 캐럴의 지원 사격. 아키라의 근거리 사격. 그것들을 한꺼번에 맞으면서도 모니카는 쓰러지지 않고 반격한다. 얼핏 보면 손으로 바로 앞을 긋기만 하는 공격이 멀리 떨어진 지면과 컨테이너를, 원근법을 무시한 것처럼 찢어발긴다.

그 공격을 시오리와 카나에는 모니카의 곁에서, 캐럴은 더 접근할 수 없어서 조금 떨어진 위치에서, 회피하고 반격한다.

그리고 모니카를 총으로 쏘고, 상대의 공격을 피하면서 전진한 아키라는, 마침내 시오리와 카나에와 똑같이 접근전 위치까지 거리를 좁혔다.

모니카가 옆으로 크게 휘두른 일격을, 아키라는 극한의 집중으로 체감시간을 조작하고 떨어지는 빗물을 눈으로 인식할 수 있는 세계에서 몸을 낮춰 회피했다. 그대로 더 안쪽으로 파고든다. 그리고 CWH 대물돌격총의 총구를 모니카의 얼굴에 들이댔다.

무색 안개를 포함한 비는 저격의 위력을 떨어뜨리지만, 붙어서 가격하면 그 영향을 한없이 줄일 수 있다. 추가로 안티 포스 필드 아머탄을 쓴 사격. 지금의 아키라는 이보다 더한 공격을 할 수 없다.

방아쇠를 당긴다. 명중한다. 충격으로 모니카가 날아간다.

시간이 몹시 천천히 흐르는 세계 속에서, 아키라는 그것을 보고 있었다.

모니카는 공중에서 자세를 바로잡으며 아키라를 보고 웃었다. 총구를 들이대고 쏜 직후인데도 얼굴에는 상처가 없었다. 강력한 포스 필드 아머로 완전히 방어했다.

이래도 안 되는가. 이렇게 해도 안 되는가. 그런 경악이 아키라를 가득 채우는 가운데, 모니카가 아직 흐트러진 자세에서 억지로 반격한다. 팔을 힘껏 휘둘러 허공을 갈랐다.

아키라는 그것을 간신히 피했다. 하지만 진짜로 아슬아슬했던 탓에 CWH 대물돌격총까지 지키는 건 무리였다. 터지고, 쪼개져서 대파한 총의 잔해가 흩날린다.

아키라는 의식이 가속한 가운데 어떻게든 하려고 생각한다. 그러나 해결책은 떠오르지 않는다. 마지막 총도 잃었다. 격투전은 승산이 없다. 착지한 모니카가 재빨리 다음 공격을 가하려고 하지만, 그것을 피할 수 있을 것 같지도 않다.

그래도 아키라는 앞으로 나섰다. 피할 수 없다면, 앞으로. 자신이 모르는 승산의 조각은 뒤가 아니라 앞에 있다. 그렇게 믿고 앞으로 달렸다.

『오래 기다렸지?』

너무나도 놀란 나머지 아키라의 의식이 한순간 경직한다. 하지만 그동안에도 아키라의 몸은 멋대로 움직였다. 원래 아키라의 실력으로는 절대로 피할 수 없는 모니카의 공격을 달인의 움직임으로 피한다. 더불어서 그 기세로 오른팔을 크게 쳐든다.

지금까지의 경험으로 아키라는 무의식중에 그 움직임에 맞췄다. 그대로 주먹을 쥐고 모니카의 얼굴을 때린다.

그 주먹은 모니카에게 깊숙이 꽂히고, 상대를 날려서 바닥에 처박았다.

모니카는 그 충격으로 지면에서 한 차례 튀었다. 그리고 그대로 구르면서 밀려나고, 마찰력으로 속도가 줄고 나서야 비로소 멈췄다.

"…………어?"

아키라는 멍하니 모니카를 보고 있었다. 그동안에도 모니카는 쓰러져 있었다.

시오리와 카나에도 너무 놀란 나머지 움직임을 멈췄다. 원래라면 곧바로 추가로 공격해야 하지만, 그것을 잊을 정도로 놀랐다.

정신을 차린 뒤에도 곧바로 움직이지 않는다. 멍하니 서 있는 아키라, 쓰러진 채로 있는 모니카. 가속제의 부하, 경악의 여운, 혼란, 그것이 뒤섞여서 시오리와 카나에의 의식을 전투 속행에서 멀리 떨어뜨렸다. 그래도 모니카를 경계하면서 아키라의 곁으로 간다.

"아키라 님. 뭘 하신 거죠?"

"아, 아니. 있는 힘껏 때렸을 뿐인데……."

그걸로 모니카가 쓰러질 리가 없다. 시오리는 이상하게 여겼지만, 아키라의 표정에서 이 결과에 가장 놀란 사람이 아키라 자신임을 이해했다.

그곳에 캐럴도 온다. 쓰러진 모니카와 전투를 마친 듯한 아키라 일행의 모습을 보고, 승리했다고 판단해서 웃었다.

"아키라. 해치웠구나."

"아, 아마도?"

"아마도……?"

애매모호한 대답을 들은 캐럴은 혹시 몰라서 모니카에게 한 발 더 쏘았다. 피탄의 충격에 날아간 모니카가 지면을 나뒹군다. 시체를 쏜 것처럼 반응이 없다.

"음. 저게 연기라면 진짜 대단한데. 나도 이걸로 안티 포스 필드 아머탄을 다 썼어."

캐럴도 어지간해선 이걸로 죽었다고 판단하겠지만, 한 번 그 판단을 잘못한 적이 있어서 약간 꿍꿍대고 있었다.

"아니, 괜찮아."

아키라가 그렇게 말하고 모니카가 있는 곳으로 걸어간다.

시오리, 카나에, 캐럴이 잠시 서로 눈치를 살핀다. 아키라가 이번에는 단언했다는 점. 경계나 긴장도 거의 없이 모니카에게 접근한 점. 그것을 통해서 일단은 그 말을 믿고 아키라의 뒤를 따랐다.

아키라가 '아마도' 라고 대답한 뒤, 어느샌가 아키라의 시야에 돌아온 알파가 웃으며 말한다.

『괜찮아. 이겼어.』

『알파…….』

아키라는 자신의 안에서 다양한 감정이 샘솟는 걸 느꼈지만, 일단은 그걸 억눌렀다. 그리고 확인을 구한다.

『알파. 여러 의미로 물어볼게. 괜찮은 거지?』

『그래. 괜찮아.』

알파가 웃으며 단언한 것을 듣고, 아키라는 안도하는 한숨을 크게 내쉬었다.

『그렇구나……. 알파. 너무 늦었잖아.』

알파가 장난치듯이 미소를 짓는다.

『어머, 위험할 때 구해줬는데 너무하네.』

『고맙습니다. 그래서? 뭘 한 거야? 아니, 뭘 하고 있었어?』

안티 포스 필드 아머탄의 직격에 버틴 모니카를 때려눕힌 것은 알파가 뭔가 했기 때문이다. 그 정도는 아키라도 눈치챘다.

『이것저것 많이 했어. 그리고 일단 말해 두겠지만, 저 사람은 아직 살아있어. 더는 싸울 수 없는 상태니까 괜찮지만 말이야.』

『그렇구나…….』

아키라는 다른 일행에게 괜찮다고 말하고 모니카가 있는 곳으로 갔다.

알파가 말한 대로, 모니카는 아직 살아있었다. 그러나 지독한 부상으로 인해 몸을 일으키기도 어려운 상태로, 전투 능력은 완전히 상실했다.

(뭐가…… 무슨 일이 일어난 거죠……?)

일어날 수 없는 일이 생겼다. 그런 경악으로 혼란에 빠진 머리가 상황을 자꾸 물어보지만, 의문은 전혀 해소되지 않는다.

그때 아키라가 다가온다. 숨통을 끊으러 왔나 싶어서 허둥댔지만, 아키라는 매서운 눈으로 노려보기만 했다.

모니카도 아키라를 노려본다. 그러나 그 얼굴에는 공포가 짙게 드러났다. 아키라를 향한 살의도 남았지만, 절대적인 우세를 뒤집힌 경악과 혼란, 그리고 죽이는 쪽에서 죽는 쪽으로 역전되었다는 것에 대한 두려움이 더 컸다.

(뭐……뭐죠……?)

자신을 노려보면서 내려다보기만 하고 아무것도 안 하려는 아키라의 태도에 모니카의 마음속 혼란이 더 강해진다.

(무슨 생각을 하는 거죠? 그 얼굴은, 뭔가를 망설이나요? 대체 뭘……?)

"저 시체들은 네가 움직이고 있다고 했지? 지금 당장 멈춰."

모니카는 그 말을 듣고 아키라가 뭘 고민했는지 이해했다.

시체들의 부대는 다른 동료를 지금도 습격하고 있지만, 자신을 죽이면 멈추는지 죽이면 오히려 멈출 수 없게 되는지는 두고 고민하고 있다. 우연이든 뭐든 간에 자신을 언제든지 죽일 수 있는 상태로 몰아넣은 바람에 그런 선택지가 생겼다. 그렇게 추측한 모니카는 그 사실에서 지금 상황의 돌파구를 찾았다.

(동료를 죽이지 않고 인질로 잡았다고 하면 비가 내리는 영향으로 통신이 연결되지 않는 지금 상황에서는 진위를 확인하지 못할 터……. 그 틈에 어떻게든…….)

모니카는 그렇게 대답하려고 했다. 하지만 그 전에 아키라가 의심쩍은 눈으로 모니카를 본다.

"아니지. 그 전에 네가 진짜로 저것들을 움직이고 있어?"

"무, 물론이에요. 저를 죽이면 멈출 수 없게 되거든요? 게다가……."

『알파.』

『이 사람이 그걸 멈추는 건 무리야.』

그것을 들은 아키라는 모니카를 살려둘 이유가 없어졌다.

"거짓말인가."

표정에서 망설임이 사라진다. 그만큼 살기가 겉으로 강하게 드러난다. 살의를 응축한 눈이 모니카를 내려다보고 있다.

"아니에요! 그야 고용주인 공장에 요청한 거고 실제로 제가 조작하는 건 아니지만, 요청하면 멈추는 건 진짜예요!"

아키라가 주먹을 높이 쳐든다.

그것을 보고 이 진위에 관해서는 뭘 더 말해도 아키라는 믿지 않는다고 깨달은 모니카가 설득의 방향을 바꾼다.

"잠깐만요! 거래하죠! 돈이라면 있어요! 오럼이 아니에요! 콜론이에요!"

아키라가 주먹을 든 채로 움직임을 멈췄다. 모니카가 무심코 얼굴에 웃음을 띤다.

콜론의 가치를 모르는 헌터는 없다. 자신이 유적 측에 고용되어 다른 헌터를 죽인 것도, 자칫하면 쿠가마야마 시티에서 상금이 걸려도 이상하지 않을 짓을 저지른 것도, 콜론에 그만한 가치가 있기 때문이다.

그렇게 여기는 만큼, 모니카는 상대가 자신을 향한 살의를 억누르고 협상할 마음이 생겼다고 판단했다.

얼마든지 파고들 수 있다. 필요하다면 진짜로 콜론을 조금 줘도 된다. 이토록 강하다면 이참에 손을 잡아도 된다. 아무튼 먼저 지금 상황을 해결하는 것이 우선이라고, 이야기를 계속하려고 한다.

"손을 잡아요! 당신은 진짜 강해요! 제가 공장의 관리 시스템에 소개할게요. 그만큼 강하면 돈도 많이 벌 수 있……."

『알파.』

『거짓말은 안 했어.』

『그렇군.』

다음 순간, 아키라는 모니카의 얼굴에 다시 주먹을 꽂았다.

머리가 명확하게 변형할 정도의 충격이 모니카를 엄습한다. 모니카는 자신의 뇌를 의식과 함께 파괴당하고, 즉사했다.

모니카의 숨통을 끊은 아키라가 한숨을 쉰다. 그 곁에서는 알파가 신기해하는 얼굴을 했다.

『아키라. 죽여도 괜찮겠어?』

『뭔가 문제라도 있어?』

『진짜로 돈을 낼 의지가 있는지 일부러 나한테 확인한 거잖아? 거짓말을 안 했는데 왜 죽였어?』

『그건 이런 상황에서 돈을 내면 내가 봐줄 거라고 진짜로 생각했는지를 확인한 거야. 진짜일 줄은 몰랐어. 이 자식, 사람을 얼마나 무시하는 거야……..』

그 불쾌함이 염화에 실린 아키라의 목소리도 조금 불쾌한 느낌으로 만든다.

『알파. 일단 말해 두겠어. 이 자식과 거래해서 콜론을 받으면 그걸로 고성능 장비를 살 수 있을지도 모르지만, 그걸 먼저 말했어도 나는 이 자식을 무조건 죽였을 거야.』

『상관없어. 애초에 막지 않았잖아?』

알파는 그럴 마음만 있으면 강화복을 조작해서 자신을 억지로 막을 수 있다. 그러나 알파는 막지 않았다. 그 사실을 깨닫고 아키라도 침착함을 되찾았다.

『하긴 그러네. 괜히 의심해서 미안해.』

『괜찮아. 나는 신경 쓰지 않으니까. 다른 사람들은 어떨지 모르겠지만.』

알파는 그렇게 말하고 시선을 캐럴에게 돌렸다. 아키라가 덩달아 그쪽을 보자 캐럴이 무척 복잡한 얼굴을 하고 있었다.

"아키라. 모니카를 죽여도 됐어? 콜론인데? 일단 물어보겠는데, 콜론을 모른다고 하진 않을 거지?"

"콜론 정도는 나도 알아. 구세계의 통화라는 것도. 콜론이 아니면 살 수 없는 엄청난 장비가 있다는 것도 말이야."

"그런데 왜? 콜론인데?"

비난당하는 느낌이 든 아키라가 얼굴을 조금 찡그린다. 그리고 진지하게 대답한다.

"엘레나 씨네한테 해를 끼치면 내가 책임지고 죽이겠다. 이 자식한테는, 그렇게, 단단히, 경고했으니까. 그걸 지켰을 뿐이야."

그리고 조금이지만 무의식중에 싸우기 직전의 분위기마저 드러내고 단언한다.

"콜론을 주겠다고 말했으니까 같은 팀에서 의견을 들어야 한다. 그렇게 말하고 싶을지도 모르지만, 불만은 접수하지 않겠어. 미안해."

그렇게 말한 아키라는 자칫하면 폭발할 것 같은 낌새조차 있었다.

하지만 캐럴의 분위기를 알아챈 아키라가 그 분위기를 흐트러뜨린다.

"아니야. 불만은 없어."

캐럴은 이상하게 기분이 좋아 보였다. 그리고 무척 기쁜 듯이 웃었다. 오히려 그런 캐럴의 분위기에 아키라가 쩔쩔맸다.

"그, 그래? 그렇다면 됐지만……."

"시오리 씨네는 어때?"

캐럴이 대답을 촉구하자 시오리와 카나에가 대답한다.

"불만은 없습니다. 아가씨를 해하려고 한 자를 돈으로 놓아주는 일은 있을 수 없습니다."

"괜찮지 않나요? 그런 것들은 당장은 진심이라고 하고서 한 시간 뒤에는 배신하지 말임다. 살려서 데려갈수록 더 위험해짐다. 일찌감치 죽이는 게 정답이에요."

"굳이 말하자면 전체의 리더인 엘레나 님의 승낙을 받을 필요가 있었을지도 모릅니다. 하오나 지금은 연락이 되지 않는 상황입니다. 우리 선에서 정해도 상관없겠지요. 애초에 연락이 가능한 상태이고, 그때 엘레나 님의 판단이 그자의 확보일지라도 따를 마음은 없습니다만."

"그, 그렇구나……."

아키라는 시오리에게도 조금 진땀을 뺐다. 하지만 자신의 의지가 어떻게 됐든 결국 모니카는 죽었을 것으로 생각해서 조금 안도하기도 했다.

그리고 조금 억지로 의식을 전환한다.

"좋아. 그러면 다음에는 다른 사람들과 합류해야지. 그러고 나서 탈출이야. 서두르자."

모니카를 해치웠지만, 살아서 복귀할 때까지가 유적 탐색이다. 아키라 일행은 그렇게 생각하고 마지막까지 긴장을 풀지 않도록 조심하면서 갈 길을 서둘렀다.

◆

모니카를 격파한 아키라 일행은, 시카라베 일행과 무사히 합류했다. 서로 무사한 것을 확인해 기뻐하며 한숨을 돌리고, 근처 컨테이너에 들어가 휴식한다.

그때 아키라는 엘레나에게 뜻밖의 이야기를 듣고 놀랐다.

"같은 편끼리 싸웠다……고요?"

"그래. 그 시체들의 부대가 갑자기 같은 편끼리 싸우기 시작했어. 자기 말고는 전부 적인 것처럼 말이야. 물론 우리도 공격했지만, 그때부터는 쉽게 해치웠어."

시카라베가 말을 보탠다.

"그쪽 이야기와 대조해 보면 시간으로 봤을 때 너희가 모니카를 죽였을 무렵이다. 그 녀석이 죽으면서 시체 조작에 뭔가 오류가 발생한 걸지도 모르겠군."

아키라가 괴이쩍게 여기면서 고개를 갸우뚱한다.

『알파. 그 시체들은 모니카가 움직인 게 아니라며……?』

『아키라. 그 이야기는 나중에 하자. 내가 여기서 자세히 설명해서 아키라가 그렇다고 이해하면 그 낌새를 엘레나 일행이 눈치챌 거야. 당연하지만 이것저것 물어볼 테고. 하지만 아키라는 그걸 얼버무릴 수 없잖아?」

알파가 그렇게 말한 직후, 시카라베가 지적한다.

"그나저나 넌 어떻게 그 녀석을 해치웠지? 그쪽 이야기를 듣기론 승산이 없었던 것 같은데……."

"나도 잘 몰라. 있는 힘껏 때렸더니 어떻게든 됐어."

"카나에가 안티 포스 필드 아머 기능이 있는 주먹으로 때렸는데도 거의 안 통했다면서? 그런데 왜 평범한 강화복으로 때렸는데 통한 거지?"

"그러니까 나도 잘 모른대도."

알파가 뭔가 했다는 것은 아키라도 알지만, 뭘 했는지는 전혀 모른다. 그 부분이 강하게 드러나는 바람에 시카라베도 아키라의 말을 믿었다.

"그런가……. 그렇다면 이쪽도 영문을 모를 무언가 덕분에 목숨을 건진 셈이군. 잘 모르겠지만, 운이 좋았다는 걸로 칠까."

시카라베는 슬쩍 쓴웃음을 짓고 그 이야기를 마무리하더니 시선을 컨테이너 구석으로 옮긴다. 그곳에는 아키라 일행이 가져온 모니카의 시체가 있었다.

"이 녀석의 정보수집기 기록이라도 뒤져 보면 이것저것 알아낼 수 있을지도 모르지만, 우리가 조사하는 건 어려우니 말이다. 도시 측이 조사한다고 해도, 우리에게 알려줄지는……."

모니카의 시체를 챙기자고 제안한 것은 캐럴이다. 이번 사태의 물증으로 삼든, 구세계 장비를 떼어서 매각하든, 시체를 방치하는 건 아깝다. 그렇게 설득해서 운반했다.

캐럴이 가볍게 웃고 끼어든다.

"뭐, 돈은 될 거야. 현상수배급도 아닌데 그토록 고생해서 해치웠으니까. 애 장비를 도시에 팔더라도, 잘 협상해서 비싼 값에 사게 해야지."

그런 잡담을 하는 사이에 비가 그쳤다. 아키라 일행은 휴식을 그만하고 공장 구역에서 탈출하려고 한다.

하지만 그 지시를 내린 엘레나가 갑자기 멈추게 했다. 아키라가 의아하게 여긴다.

"엘레나 씨. 왜 그러세요?"

"비가 그쳐서 통신 환경이 개선된 걸지도 모르는데, 잡음 속에 지향성 통신 같은 반응이 있어. 조사해 볼 테니까 조금만 기다려."

아키라 일행이 다시 휴식을 겸한 대기 상태로 돌아간다. 그리고 얼마 후, 엘레나가 복잡한 얼굴로 한숨을 쉬었다. 사라가 괴이쩍은 얼굴로 묻는다.

"엘레나. 왜 그래?"

"도시의 추가 부대와 통신이 연결됐어. 지금 이쪽으로 오고 있대."

전초기지까지 자기 힘으로 도망친 헌터의 정보로 모니카의 배신행위를 안 도시 측은 곧바로 추가 부대를 파견했다. 그 부대가 통신이 닿는 거리까지 온 것이다.

이 컨테이너 터미널이 야외라는 점. 비가 그쳤다는 점. 비가 오기 전부터 발생했던 공장 구역의 통신 장애가 감소한 점.

더불어서 전초기지와의 중계기를 겸했던 중장강화복 헥스와 하운드와의 연락이 이루어지지 않는 상태로 출격하면서 추가 부대는 강력한 중계기를 준비했다는 점.

그러한 요인이 겹쳐서 아키라 일행은 이제야 비로소 전초기지 와의 통신이 가능해졌다.

그 설명을 엘레나에게 들은 아키라 일행은, 엘레나와 비슷하 게 복잡한 표정을 지었다.

추가 부대의 합류는 무척 반가운 일이다. 하지만 조금만 더 일 찍 와 주길 원했다. 모두가 그 속마음을 얼굴에 여실히 드러내 고 있었다.

그 뒤로 아키라 일행은 추가 부대와 합류해서 전초기지로 귀 환했다.

살아서 돌아갈 때까지가 유적 탐색. 아키라의 이번 유적 탐색 은 예상하지 못한 사태가 많이 발생했지만, 그제야 가까스로 무 사히 정리되었다.

제123화 트릭 공개

미하조노 시가지 유적에서 있었던 헌터 활동을 마친 아키라가 자택 욕실에서 오늘 하루의 피로를 풀고 있다. 욕조를 가득 채운 목욕물에 쌓이고 쌓인 피로를 녹이고 있었다.

"피곤해……."

긴장을 한번 풀면 한없이 늘어진다. 아키라는 멍해진 머리로 입욕의 쾌락을 즐기고 있었다.

그때 평소처럼 같이 들어온 알파가 가볍게 말을 건다.

『천천히 피로를 풀어, 라고 말하고 싶지만, 그런 상태라면 일찍 나와서 침대에서 자는 게 나을걸』

맞는 말이라고 생각하면서도 욕조에 영혼을 빼앗긴 아키라는 나가는 걸 주저했다.

"조금 더……."

『괜찮지만, 그대로 잠드는 것만큼은 조심하렴.』

"알았어……."

그렇게 대답하면서도 아키라의 의식은 몽롱해지기 시작했다. 본인도 이대로 가다간 위험하다고 여기고, 뭔가 이야기라도 해서 의식을 유지하고자 화제를 찾는다.

"맞다. 알파. 어떻게 그 녀석을 해치웠는지 아직 듣지 못했어.

가르쳐 줘."

『좋아. 간단히 설명하자면, 상대의 색적 처리에 개입해서 포스 필드 아머의 출력 조정을 교란한 거야.』

모니카의 장비는 고도의 정보 수집 기능으로 적의 공격을 사전에 감지함으로써 공격을 받는 곳만 한순간 포스 필드 아머의 출력을 올려서 철벽같은 방어를 실현했다.

알파는 그 기능을 역이용했다. 상대의 정보 수집 처리에 개입해 머리가 아닌 곳에 치명적인 공격이 오는 것처럼 오인하게 했다. 이로써 포스 필드 아머의 출력은 머리가 아닌 곳에 한계까지 집중하고, 머리는 거의 무방비한 상태가 되었다.

그 머리에 알파의 서포트를 받은 아키라의 일격이 꽂혔다. 그래도 모니카의 머리가 날아가지 않은 것은 구세계 장비가 그만큼 고성능이기 때문이다.

아키라는 알파와 만나고 얼마 안 됐을 무렵, 유물을 수집하러 쿠즈스하라 시가지 유적의 중심부로 갔을 때 알파의 지시를 따르지 않은 탓에 거대한 기계형 몬스터에게 공격당해 죽을 뻔한 적이 있었다.

그때도 알파는 아키라를 도망치게 하려고 상대의 색적 처리에 개입해 적이 아키라의 위치를 오인하게 했다. 이번에도 비슷하게 한 것이라며, 알파는 뽐내듯이 해설했다.

아키라는 납득하고 고개를 끄덕이면서 조금 의아하게 여긴다.

"그랬구나……. 아, 그런데 그게 나랑 그렇게 오랫동안 떨어져야 하는 일이었어?"

『예전에도 조금 말했지만, 내 서포트는 쿠즈스하라 시가지 유적에서가 아니면 품질이 많이 떨어져. 색적 방해 같은 거라면 특히나.』

"아, 그랬지."

『뭐, 시간을 들이면 어떻게든 되는 일이기도 해. 이번에는 어떻게든 됐어. 그 시체들의 부대가 갑자기 같은 편끼리 공격했다고 엘레나가 그랬지? 그것도 내가 했어. 색적 처리를 고쳐서 다른 개체를 적으로 오인하게 한 거야.』

"오, 그랬구나."

놀라서 의식을 욕조에서 건진 아키라가 조금 생각한다.

나중에 판단한 거지만, 공장 구역에서 알파가 이탈하지 않았을 경우, 모니카의 방어를 언제까지고 무너뜨리지 못하고 시체들의 부대도 자신들을 끝없이 습격했을 것이다. 그래서는 알파의 서포트가 있어도 자칫하면 패배했을지도 모른다. 그렇게 여기고 납득한다.

"아하. 그 상황에서 나와 떨어질 만한 가치가 있었던 건가."

『이해해 줘서 기뻐. 아키라도 고생이 많았겠지만, 나도 늦지 않았으니까 용서해 줘.』

"알았어. 내 힘으로는 못 이겼고, 알파가 돌아온 순간에 이겼어. 불평하진 않아. 덕분에 살았어. 고마워."

『천만에.』

씁쓸하게 웃는 아키라에게 알파가 즐겁게 웃으며 대답한다.

큰 의문을 해결한 아키라의 머릿속에 작은 의문이 하나 더 떠오른다.

"응……? 그러고 보니 그 녀석은 배신이 들켜서 두 사람에게 공격받았을 때 왜 방호 코트를 벗었지? 구세계 강화복을 자랑하고 싶어서? 어라? 하지만 벗은 방호 코트는 어디 갔어? 어디에도 안 보였는데."

『그 사람의 방호 코트라면 가루가 되어서 바닥에 떨어졌어.』

"어……? 왜 가루가 되었어? 두 사람의 공격은 포스 필드 실드인지 하는 걸로 막지 않았어?"

더더욱 의아해하는 표정을 지은 아키라에게 알파가 추측을 말한다.

모니카는 현대의 방호 코트를 포스 필드 아머로 강화했다. 그러나 그 포스 필드 아머는 구세계 강화복의 기능으로, 방호 코트 자체에도 강한 부하가 걸렸다.

그 과부하 때문에 방호 코트 자체의 강도는 현저하게 떨어졌고, 포스 필드 아머로 강화하지 않으면 가루가 될 정도로 취약해졌다.

그리고 모니카는 시오리와 카나에게 공격받았을 때, 그것을 포스 필드 실드로 확실하게 막으려고 출력을 그쪽에 집중시켰다. 그 결과, 방호 코트에 가던 출력이 일시적으로 사라졌다. 그래서 자체 하중을 버티지 못하게 된 방호 코트는 그대로 산산조각이 나서 가루가 되었다.

『아마도 그런 이유일 거야. 뭐, 자기 장비를 과시하려고 일부러 그랬을지도 모르지만.』

"그렇구나. 일부러 그런 게 아니라면 그건 구세계 장비와 현대 장비를 같이 사용한 폐해란 거네. 아하."

작은 의문을 해소하는 바람에 아키라의 의식이 다시 목욕물에 녹아든다. 멍해진 머리에는 아무런 의문도 떠오르지 않고, 나머지 입욕 시간을 천천히 즐겼다.

그 뒤로 입욕을 마친 아키라는 침대에 쓰러지듯이 누워서 그대로 곧장 잠들었다.

그런 아키라를 보면서 알파가 만족스럽게 웃었다.

◆

지난번 미하조노 시가지 유적에서의 헌터 활동을 마친 아키라 일행이지만, 엄밀하게는 아직 일이 끝나지 않았다. 전초기지로 귀환한 뒤에는 도시 측에 간단히 보고하고, 유일하게 구출한 이지오를 넘기고, 모니카의 시체를 넘긴 것으로 끝냈기 때문이다.

도시 측으로서는 당연히 그 자리에서 자세한 보고를 받고 싶었다. 하지만 엘레나는 팀의 피로 등을 이유로 다음에 하자고 반강제로 인정하게 했다. 도시 측도 아키라 일행에게 반강제로 동행시킨 모니카가 배신자였던 이유도 있어서 강하게 나서지 못하고, 마지못해 승낙했다.

그리고 오늘, 아키라 일행은 그때 나중으로 미룬 보고 등을 마치기 위해 호출되었다. 장소는 쿠가마야마 시티의 거대한 방벽과 일체화한 고층 건물인 쿠가마 빌딩의 한곳이다.

모두가 모인 차에 도시 직원이 이야기를 진행한다. 처음에는 별다른 이야기가 없었다. 엘레나가 미리 제출한 보고서와 각자의 정보수집기 데이터의 해석 결과를 바탕으로 조금 불명확한 부분에 관해 물어보는 것에만 대답했다.

이 정도 일이라면 자신들을 굳이 호출하지 않아도 되지 않았을까. 아키라가 그렇게 생각하기 시작했을 즈음, 이야기가 본론으로 들어간다.

도시는 모니카를 현상수배급에 준하게 보고, 그 상금을 치르는 형식으로 아키라 일행에게 보수를 내놓겠다고 제안했다. 아키라는 그것을 가볍게 받아들였지만, 다른 사람들은 도시의 숨겨진 의도를 곧장 눈치챘다.

도시 측의 노림수는 모니카를 현상수배급으로 인정해서 모니카의 시체와 구세계 장비의 소유권을 통째로 얻는 것이다. 그러려고 일부러 호출한 것임을 이해하고, 각자 진지한 협상에 들어갔다.

쿠가마야마 시티의 협상 담당자, 도란캄 소속의 협상 담당, 그리고 엘레나와 캐럴. 이런 식의 흥정에 능한 사람들 사이에서 뜨거운 협상이 시작되었다.

치열한 협상이 계속되는 가운데, 자신이 없는 곳에서 멋대로 정해진 것이 아니라는 언질을 받기 위해 불린 것이나 다름없는 아키라는 방에 남으면서도 협상 전체를 엘레나와 캐럴에게 위임했다. 지금은 협상이 끝나기를 느긋하게 기다리고 있다.

그 아키라에게 레이나가 조금 진지한 얼굴로 말을 건다.

"아키라. 잠깐 괜찮아?"

심심풀이로 잡담하려는 것으로 보이지 않는 레이나의 태도를 보고 아키라도 조금 태도를 바로잡았다.

"뭔데?"

"시오리한테 들었는데, 모니카를 해치운 건 아키라지?"

"뭐, 일단 숨통은 내가 끊었는데……."

"그래……. 역시 아키라는 굉장하구나."

아키라가 살짝 곤혹스럽게 여긴다. 시오리라면 모니카의 방어가 원인을 알 수 없는 무언가에 깨졌다고 말했을 것이다. 그런 것치고는 레이나의 반응이 이상하다. 그렇게 느꼈다.

"저기, 아키라는 왜 그렇게 강해?"

"그러니까 그 녀석을 해치운 이유는 잘 모르겠다고……."

"그건 됐어. 저기, 어째서야?"

레이나는 무의식중에 아키라에게 바싹 다가갔다. 깜짝 놀란 아키라가 몸을 슬쩍 뒤로 뺀다.

시오리가 그런 두 사람의 분위기를 보고 이대로 가다간 안 되겠다고 생각해서 끼어든다.

"아키라 님. 그 사람을 해치운 이유는 알 수 없지만, 적어도 아키라 님이 직접 일격을 가할 때까지 있었던 움직임은 실로 훌륭했습니다. 어떻게 그 정도로 강해졌는지, 혹은 다른 자가 비슷한 정도로 강해지려면 어떻게 하면 좋은지. 괜찮으시다면 여쭤봐도 되겠습니까?"

아키라가 레이나를 힐끗 본다. 무척 알고 싶다는 얼굴이었다. 그래서 아키라도 그런 의미로 물어봤다는 것을 이해하고, 조금 생각한 다음에 대답한다.

"뭐, 어떻게 하면 강해질 수 있냐고 하면, 좋은 장비를 사서 철저하게 훈련할 수밖에 없지 않을까?"

아키라가 매우 흔해 빠진 대답을 하는 것을 듣고, 레이나는 무심코 그런 걸 듣고 싶은 게 아니라고 못마땅한 표정을 지었다. 같이 이야기를 듣던 카나에도 그것을 대변하는 것처럼 시시하다는 듯이 고개를 절레절레 흔든다.

"으엑. 무지 흔해 빠졌습다. 뭐라고 할까, 이렇다 할 뭔가가 더 없습까?"

"없어."

사실은 있다. 하지만 알파에 관해 이야기할 수도 없으므로 아키라는 조금 언짢은 기색을 보여 이야기를 그냥 넘기려고 한다.

"굳이 말하자면 장비야. 내 장비는 지난번 현상수배급 소동에서 번 돈을 전부 쏟아부어서 산 거니까. 고성능이야."

"으엑. 아키라 소년은 그쪽입까? 내 장비는 굉장하니까 나도 굉장해 같은 소리를 하는 타입입까?"

"그 정도는 안 말하지만, 누구든 장비는 최대한 고성능으로 맞추는 게 좋잖아. 그 모니카란 녀석도 구세계에서 만든 엄청난 장비니까 그렇게 강했던 거 아니야?"

"그건 극단적인 예라고요. 게다가 그 녀석은 장비만 믿고 방심했습다. 자만했습다. 안 그랬으면 우리가 졌을지도 모를걸요?"

"그건 방심과 자만이 없으면 될 일이잖아. 장비하곤 관계없어."

알파의 이야기를 얼버무리고 넘어가고 싶은 아키라와 장난치 듯이 사사건건 따지는 카나에의, 토론이라고 하기에는 너무 질이 떨어지는 대화가 질질 끌듯 이어진다.

그러나 레이나는 그 이야기를 진지하게 듣고 있었다. 그리고 중간부터 근처에서 이야기를 듣던 토가미가 진지한 얼굴로 끼어든다.

"아키라. 잠깐 물어봐도 될까? 만약 본인의 실력은 대단하지 않으면서 엄청 고성능 장비를 쓰는 녀석이 있다고 쳤을 때, 그 녀석이 헌터 활동에서 엄청 활약했다면 너는 그 녀석을 어떻게 생각할 거지?"

"어떻게 생각하긴…… 아무래도 좋아."

아키라의 대답을 들은 토가미가 조금 당혹스러워한다.

"아무래도 좋다니…… 그 뭐냐, 예를 들어서, 저 자식 분수도 모르고 너무 까분다고 생각하지 않아?"

"아니, 딱히 그 녀석이 엄청난 장비로 까불든 말든 나하고는 아무 관계도 없잖아?"

"그건 그렇지만…… 아, 그러면 반대로. 네가 그 엄청 좋은 장비를 아직 엄청 약할 때 구했다고 치자. 그걸 주위 녀석들이 뭐라고 하면 너는 어쩔 거야?"

"날 죽이지 않게 경계할 건데."

"아니, 엄청 강한 장비가 있으면 죽을 리가 없잖아. 장비 때문에 자만하지 않는다는 말이야?"

"아니, 엄청 약한 녀석이 엄청 좋은 장비를 가졌다면 죽여서 빼앗으려고 할 거잖아. 가지고 있기만 해도 계속 무적이고, 잠든 사이에도 멋대로 반격할 정도로 엄청난 장비를 두고 말하는 거야?"

상정하는 상황이 맞물리지 않다 보니 토가미와 아키라의 이야기가 맞물리지 않는다. 그때 시오리가 다시 끼어든다.

"그렇다면 아키라 님. 만약에 그 엄청난 장비를 얻은 자가 있다고 합시다. 사용할 때는 아무런 위험도 없습니다. 대가와 제한도 없다고 합시다. 그런데도 그자는 모종의 이유로 그 장비를 사용하길 거부합니다. 그 전제로 아키라 님이 그자에게 장비를 사용하라고 권해야 한다면, 어떤 식으로 설득하시겠습니까?"

아키라는 무심코 괴이쩍은 표정을 지었다. 설명한 전제가 아키라가 생각하기론 애초에 있을 수 없는 일이고, 너무나도 이해할 수 없는 내용이었기 때문이다.

그래도 아키라는 일단 그 상황을 상상해 봤다. 하지만 결론적으로 고개를 가로저었다.

"아니, 무리야. 설득은 포기하겠어."

"아니요. 설득해야 한다는 전제로 여쭙는 겁니다만……."

"나는 못 해. 그야 그건 무슨 이유인지는 몰라도 그 장비를 안 쓰면 죽는 상황에서 본인도 그걸 알면서도 쓰기 싫다는 거잖아? 즉, 최소한 그걸 쓸 바에는 차라리 죽겠다고 생각하는 거야. 그걸 설득하라니, 뭘 어떻게 말하라는 거야."

시오리가 레이나를 힐끗 본다. 그것을 눈치채지 못한 아키라가 말을 잇는다.

"그 장비를 안 쓰는 이유가 나한테는 시시한 고집이라고 해도, 다른 녀석들이 봤을 때는 단순한 투정이라고 해도, 본인한테는 그러다가 죽어도 상관없을 정도로 소중한 이유겠지? 그만한 의지와 각오를 바꾸게 할 말은 나로선 떠오르지 않아. 그러니까 설득하는 건 무리야."

카나에가 레이나를 힐끗 본다. 레이나는 풀이 죽었지만, 카나에는 아랑곳하지 않았다.

"뭐, 그렇습다. 장비는 본인 맘대로 하면 됨다. 그런 쪽 고집은 사람마다 다르니까요. 저도 총을 쓰지 않고 싸우니까……."

"아니, 그건 총을 쓰라고."

"어어?! 아키라 소년! 그걸 따지는 것임까?! 아까 한 의지와 각오 이야기는 어디 갔슴까?!"

"아니, 팀 행동인데 혼자 격투전 전문인 건 대체 뭔데. 엘레나 씨네가 정한 일이니까 이러쿵저러쿵 말하지 않았을 뿐이지, 내 개인적인 의견은 '대체 무슨 생각이야?' 인데?"

"아니아니, 몬스터와 격투전을 벌이는 헌터는 의외로 많은데요? 적어도 그런 장비가 시장에 생길 정도로는 일정한 수요가……."

그 뒤로도 아키라와 카나에의, 원래 화제에서 탈선한 이야기가 한동안 계속되었다.

그동안 레이나와 토가미는 잡담에 끼어드는 일도 없이 조금

풀이 죽은 듯한 모습을 보였다. 그러나 오랫동안 질질 끈 협상
이 다음으로 밀리고 오늘은 일단 해산하게 되었을 무렵에는 두
사람 모두 얼굴을 똑바로 들고 있었다. 그 표정에는 고민을 떨
쳐낸 자들이 보이는 결의와 각오가 드러나 있었다.

◆

쿠가마 빌딩에서 자택으로 돌아온 레이나는 시오리, 카나에
와 마주 보고 있었다.

후련해진 듯한 레이나의 모습을 본 시오리는 기쁜 내색을 하
면서도 레이나에게 맞춰 진지한 태도를 보인다. 카나에는 평소
와 똑같다.

"아가씨, 그래서 하실 말씀이란 무엇일까요?"

"응. 그 전에⋯⋯."

레이나가 두 사람에게 머리를 숙인다.

"시오리. 카나에. 지금까지 미안했어."

시오리가 놀라고, 카나에도 제법 의외라는 표정을 지었다. 레
이나가 머리를 들고 진지한 얼굴로 말을 잇는다.

"시오리. 늦었지만, 내 장비 갱신을 부탁해. 최대한 고성능으
로 말이야. 이젠 체면 따위 알 바 아니야."

"분부를 받들겠습니다. 곧바로 준비하지요. 맡겨 주세요."

"카나에. 앞으로도 내 경호를 잘 부탁해."

"좋습다. 일이니까요."

고성능 장비가 없으면, 강력한 경호원이 없으면, 자신은 금방 죽을 정도로 약하다. 지금까지 쓸데없는 자존심이 방해해서 인정할 수 없었던 사실을, 레이나는 확실하게 인정하고 말했다.

"그리고 너희에게 부탁하고 싶은 게 있어. 나를 단련시켜 줘. 최소한 너희에게 방해가 되지 않을 정도로."

카나에가 또 의외라는 얼굴을 한 뒤, 도발하듯 웃는다.

"그렇게 말해도 되겠습까? 힘들 텐데요?"

"각오는, 했어."

그렇게 대답한 레이나의 얼굴에는 잠깐의 흥분에 휩쓸린 것이 아닌, 확실한 결의와 각오가 드러나 있었다.

레이나는 쿠가마 빌딩에서 아키라가 한 말에 충격을 받았다.

레이나의 장비는 어떻게 보면 실력에 맞게 성능이 떨어지는 물건이다. 시오리는 장비를 새로 조달할 때 레이나의 장비도 같이 고성능으로 바꾸려고 했지만, 레이나가 그것을 거부했다. 레이나 자신은 그것을 힘든 상황에 굴하지 않는 행위라고 봤다.

돈과 연줄로 강력한 장비를 쉽게 구함으로써 장비만 좋고 미숙한 자로 전락하는 것을 용납하지 않고, 직접 돈을 벌어서 조금씩 좋은 장비를 구한다. 투정을 부리지 말고 자기 힘으로 조금씩 강해진다. 그 엄격한 과정이 자신을 진정한 의미로 강하게 한다. 그렇게 여기고 있었다.

하지만 아키라의 이야기를 듣고 그런 생각이 자기밖에 모르는 투정임을 깨달았다. 장비만 좋고 미숙한 자조차 안 되는, 미숙하면서 장비까지 성능이 떨어지는 자. 나아가 그 상태를 달갑게 여기는 멍청한 고집쟁이. 그것이 자신임을 깨닫고 놀랐다.

헌터 활동은 죽음이 함께한다. 약하면 그만큼 죽기 쉽다. 자신은 그 상황에서 바라기만 하면 얻을 수 있는 강함을 얻는 것을 거부했다. 그 선택을 위해 죽어도 상관없다는 각오도 없이, 약한 채로 있었다.

그러다가 자기 혼자 죽으면 자업자득으로 끝날 일이다. 하지만 그렇지 않다. 그 전에 시오리와 카나에가 죽는다. 자신의 한심함 때문에 죽는다.

그래도 상관없다고 여기지 못하는 시점에서, 그 투정은 아무런 결의도 각오도 없는 정말이지 한심한 투정이었다. 자신은 그것에 두 사람을 끌어들인, 손쓸 수 없는 바보 멍청이였다.

그것을 깨달아서, 레이나는 충격을 받았다.

그래도 레이나는 얼굴을 들었다. 그 정도도 몰랐던 바보지만, 마침내 겨우 깨달았다. 그렇다면 깨닫지 못했다는 후회는 깨달은 후의 자신을 지탱하는 양식으로, 앞으로 자신을 강하게 할 의지로, 결의와 각오로 바꿔야만 한다.

강해진다. 그 결의와 각오를 지니고, 레이나는 진심으로 맹세했다.

카나에는 레이나의 표정에서 적어도 지금 레이나의 각오가 진짜라고 이해했다. 무심코 신나게 웃는다.

"좋습니다! 이제야 아씨도 초심자 미만을 졸업하는 거군요! 까놓고 말해서 장비도 실력도 어중간한 주제에 짐짝은 되기 싫다고 괜히 싸우려고 드는 바보를 경호하는 건 일만 아니면 못 해 먹습니다. 하지만 앞으로는 초심자 정도는 될 수 있을까요?"

그 신랄한 평가에도 레이나는 움츠러들지 않고 카나에를 똑바로 봤다.

"잘 부탁해."

"저야말로 그렇습니다. 그 의지가 쭉 이어지길 기대하는데요?"

시오리가 숨을 크게 내쉰다. 카나에의 폭언이 레이나를 격려하는 것으로 보고 참았다.

"그렇다면 아가씨. 앞으로의 훈련은 전부 저와 카나에가 담당하겠습니다. 도란캄에서의 훈련과는 비교도 안 될 만큼 엄격해질 겁니다. 각오해 주시길 바랍니다."

"알았어. 부탁할게."

진지한 표정을 지은 시오리에게, 레이나는 자신의 각오와 신뢰를 담아 웃었다. 그래서 시오리도 표정을 부드럽게 푼다. 그곳에는 강한 유대로 맺어진 주종의 모습이 있었다.

그때 카나에가 끼어든다.

"각오가 필요한 사람은 누님 아닙까? 누님은 아씨한테 무르니까요."

"나도 알아요! 그리고 카나에! 조금은 말조심하세요!"

"알겠습다."

카나에를 엄격하게 보는 시오리와 그것을 가볍게 흘리는 카나에 앞에서, 레이나가 생각한다.

(어떻게 하면 강해질지. 오랫동안 고민했어. 하지만 이제야 알겠어. 강해지려고 하면 되는 거였어. 나는 지금까지 그러지조차 않았어.)

그 후회를 양식으로 삼아, 레이나는 다시금 결의한다.

(나는 강해질 거야! 반드시!)

스스로 자랑스럽게 여길 강함을 손에 넣기 위해, 레이나는 오늘 새로운 길을 걷기 시작했다.

◆

시카라베는 번화가에 있는 술집에서 동료들과 술을 마셨다. 다른 일로 동행하지 못했던 야마노베와 파르가에게, 술기운이 돈 상태로 미하조노 시가지 유적에서 있었던 일을 이야기하고 있다.

"……이런 일이 있어서 말인데? 영문 모를 일이 있었긴 하지만, 어떻게든 탈출했다."

술기운이 돈 얼굴로 파르가가 웃는다.

"우와. 우리가 없는 사이에 그렇게 재밌는 일이 있었냐. 이쪽은 시시한 일이었는데 말이야."

"남 일이라고 멋대로 떠들긴. 너희가 있었으면 나도 더 편하게 일했을걸?"

웃으면서 불평을 늘어놓는 시카라베를, 야마노베가 살살 달랜다.

"너무 그러지 마. 우리도 가능하다면 그쪽에 참가하고 싶었다고. 하지만 원정 일이었으니까. 어쩔 수 없잖아. 게다가 우리가 없는 만큼 많이 벌었잖아?"

"그렇지."

마음이 맞는 동료들과 즐겁게 마시는 시카라베는 기분이 좋았다. 하지만 그 얼굴이 갑자기 무뚝뚝하게 변한다.

"애가 올 곳이 아니다."

나타난 인물은 토가미였다. 튼튼해 보이는 트렁크를 한 손에 들고 서 있다.

"예전에 시카라베가 아키라를 여기에 불렀다고 들었는데."

"그 녀석은 괜찮아. 게다가 헌터를 부른 거니까 말이지. 나이는 관계없다."

"나도 헌터야."

"네가 언제부터 그 녀석하고 동급의 헌터가 됐는데. 아, 네가 헌터 랭크는 더 높아서?"

시카라베는 토가미를 명확하게 깔보듯 웃었다. 야마노베와 파르가도 비슷하게 토가미를 무시하듯 웃고 있다.

그러나 토가미는 냉정하게 있었다. 입을 다물고 진지한 얼굴로 시카라베를 보고 있다.

그래서 시카라베도 흥이 가셨다. 슬쩍 숨을 내쉬고 성가시다는 듯이 반응한다.

"그래서? 무슨 일이지? 너를 술자리에 부른 기억은 없는데."

"헌터로서 시카라베에게 의뢰하러 왔다. 이건 헌터 오피스나

도란캄을 거치지 않는 내 개인의 의뢰다."

시카라베의 기분이 급격히 나빠진다. 헌터 오피스를 거치지 않은 의뢰는 사기라고 생각해라. 그런 감각에서 판단하면 토가미의 언동은 시카라베를 대놓고 무시한 것이나 마찬가지이기 때문이다.

그러나 그것도 토가미의 다음 행동으로 뒤집혔다. 토가미는 트렁크를 테이블에 두고 열어서 안을 보였다. 그곳에는 돈다발이 채워져 있었다.

"보수는 3000만 오럼. 전액 선금이다."

헌터 오피스를 거치지 않은 의뢰가 사기와 동급으로 여겨지는 것은 보수가 정당하게 치러진다는 보장이 전혀 없기 때문이다.

그러나 전부 선금으로 받는다면 그런 위험이 없다. 오히려 상대가 보수만 떼어먹고 도망칠 위험이 생긴다. 헌터 오피스를 거치지 않은 의뢰라는 리스크를, 의뢰하는 사람이 일방적으로 뒤집어쓰게 된다.

그만한 리스크를 짊어질 각오가 있다. 토가미는 그것을 알기 쉽게 증명했다. 야마노베와 파르가가 놀라는 가운데, 시카라베가 진지한 얼굴로 토가미를 본다.

"이봐, 농담으로 끝날 소리가 아니야."

"농담으로 이런 짓은 안 해."

그렇게 대답하고 토가미는 진심임을 거듭 나타냈다.

"이 돈의 출처는?"

"미하조노 시가지 유적에서 의뢰에서 내가 받을 보수야."

"그건 아직 협상 중일 텐데?"

구세계 장비의 소유권이 얽힌 만큼 성가신 협상이며, 전체 보수, 거기서 도란캄이 가져갈 몫, 그리고 시카라베 일행 개개인의 보수가 되면 구체적인 금액은 한참 뒤에나 정해질 것 같다. 시카라베는 친한 간부에게 그런 말을 들었다.

그런 이유도 있어서 시카라베는 더욱 괴이쩍은 얼굴을 했다. 그러나 토가미가 더욱 예상을 벗어나는 소리를 한다.

"경리에 부탁해서 내 보수만 먼저 달라고 했어. 선지급인 만큼 돈이 줄어들고, 전투 이력까지 그쪽에서 가져갔지만."

그렇게까지 하냐고 시카라베도 진짜 놀랐다. 동시에 그렇게까지 해서 할 의뢰가 뭔지 흥미가 생긴다.

"좋아. 이야기 정도는 들어주마. 의뢰의 내용은 뭐지?"

"나를 단련시켜 줬으면 해. 가능한 만큼, 최소한 네가 나를 무시하지 않을 정도로 강해질 때까지."

너무나도 예상을 벗어나는 내용에 시카라베가 넋이 나간다. 그리고 다음으로 무심코 토가미에게 시선을 돌렸다. 그러자 진심임을 나타내는 토가미의 진지한 얼굴이 눈에 들어왔다.

토가미는 쿠가마 빌딩에서 아키라와 이야기하고, 자신의 실력과 걸맞지 않은 고성능 장비에 대한 인식 차이를 알고서 충격을 받았다.

장비만 좋은 미숙한 자라는 도란캄의 신인 헌터에 대한 악평. 당사자를 향한 경시, 모멸, 질투, 증오, 조롱 등의 감정을, 아키라는 그 대상이 타인이든 자신이든 조금도 신경 쓰지 않았다.

그렇게 질이 떨어지는 것에 신경을 쓰는 시점에서 말이 안 된다. 아키라는 토가미에게 그렇게 들이댄 것처럼 느껴졌다.

그리고 걱정의 기준도 토가미와 아키라는 크게 달랐다. 분수에 넘치는 고성능 장비를 손에 넣는 바람에 자신의 실력을 타인이 정당하게 평가하지 않고, 자기 자신도 올바르게 파악할 수없다. 토가미가 생각한 건 그 정도였다.

하지만 아키라는 달랐다. 그 장비를 빼앗으려는 누군가에게 습격당해 죽는다. 그러니까 죽지 않으려고 경계한다. 거기까지를 당연하게 생각했다.

그것을 안 토가미는 자신이 아키라와 똑같이 생각하지 못했다는 사실에, 어느샌가 그토록 멍청해졌다는 사실에 경악했다. 그것은 과거의 자신이라면 평범하게 가능한 일이었다.

그 자각이 토가미의 생각을 바꿨다.

되찾아야 하는 것은 자기 실력을 자랑스럽게 여길 수 있는, 자신감이 넘치는 자신이 아니다. 그보다 훨씬 전의 자신, 그만한 실력을 얻기 위해서 죽을힘을 다했던 시절의 자신이다.

적어도 지금의 자신은, 타인의 평가를 의식해서 고성능 장비 사용을 주저할 만큼 어리숙한 자신은 말도 안 된다. 그렇게 생각을 바꿨다.

강해지려면 장비와 훈련이 필요하다. 아키라도 그렇게 말했다. 그리고 분수를 넘어선 고성능 장비는 이미 얻었다. 그렇다면 다음은 훈련이다. 하지만 도란캄 소속의 신인들을 위한 훈련으로는, 자신을 오만하게 할 정도로 뜨뜻미지근한 훈련으로는 안 된다. 그렇다면 어떻게 해야 할까? 토가미는 고민하고, 결론을 내렸다.

토가미는 시카라베가 싫다. 그러나 그 실력은 인정한다. 미하조노 시가지 유적의 공장 구역에서 시체들의 부대와 싸우는 시카라베의 모습은 토가미에게 급의 차이를 보여줬다. 토가미가 내린 결론은 그 시카라베에게 단련을 부탁하는 것이었다.

아키라처럼 강해지기 위해, 그리고 타협하지 않고 강해지려고 한 과거의 자기 자신을 되찾기 위해, 토가미는 수단을 가리지 않았다.

예상을 벗어난 의뢰 내용을 들고 멍하니 있는 시카라베의 앞에서, 토가미가 돈다발이 가득 든 트렁크를 위에서 거칠게 꽉 눌러 닫았다.

"할 수 없다면 그렇게 말해 줘. 다른 데를 알아보겠어."

토가미의 당당한 태도는 일종의 각오를 다진 인간의 태도다. 그만큼 진지하고, 그만큼 진심이라는 것은 시카라베만이 아니라 야마노베와 파르가에게도 잘 전해졌다.

시카라베가 태도를 고치고 헌터로서 확인을 구한다.

"일단 물어는 보마. 만약 내가 돈만 먹고 시치미를 떼면 어쩔 거지?"

"어떻게 하고 자시고도 없어. 단순히 당신을 믿고 의뢰한 내가 바보였다는 뜻이지."

시카라베와 토가미의 시선이 서로 부딪힌다. 두 사람의 실력에는 큰 격차가 있지만, 지금 이 자리에서 부딪히는 시선에는 차이가 없었다.

그리고 시카라베가 웃는다.

"좋다. 다만 보수는 상담하고 정해라."

"미안하지만, 나는 이게 한계야."

"반대다."

그 의미를 몰라서 괴이쩍은 표정을 짓는 토가미 앞에서, 시카라베는 트렁크에서 돈다발 한 뭉치만을 집었다.

"나는 이래 봬도 성실하게 일하는 헌터다. 한 번 받은 의뢰는 책임지고 실행하고, 상대의 무지를 이용해서 사기꾼 같은 보수를 청구할 마음도 없다."

그리고 나머지를 트렁크와 함께 토가미에게 도로 밀어낸다.

"그러니까 먼저 100만 오럼만큼 단련시켜 주마. 3000만 오럼의 보수를 전액 선금으로 받았는데 네가 훈련 첫날에 도망쳐서 의뢰가 끝나면 아무래도 사기꾼 소리나 들을 것 같으니까. 내 신용에 문제가 생긴다."

토가미가 무의식중에 시카라베를 노려봤다. 하지만 시카라베는 아랑곳하지 않고 도발하듯 웃으며 받아친다.

"절대로 그런 일은 없다고 진심으로 생각하는 거겠지만. 누구나 생각은 할 수 있지. 입만 산 게 아니라면 내가 나머지 돈을 받게 해 봐라. 할 수 있다면 말이지."

너를 상대로 훈련 의뢰를 받으려면 지금은 100만 오럼이 한계다. 시카라베에게 그런 뉘앙스의 말을 들은 토가미는 돌아온 트렁크를 조금 분한 눈치로, 하지만 그보다도 앞으로의 의지를 키우며 잡았다.

"의뢰는 성립한 거다."

"그래. 성립했다. 훈련은 내일부터 한다. 자세한 내용은 나중에 연락하지. 오늘은 가라."

토가미가 자리를 떠난다. 손에 쥔 트렁크에는 2900만 오렘이, 부족한 자신의 가치가 들어있다.

반드시 받게 하겠다. 손에 든 트렁크를 몹시 무겁게 느끼면서, 토가미는 다시금 맹세했다.

떠나가는 토가미의 등을 보면서 파르가가 즐겁게 웃는다.

"저 녀석이 그런 소리를 할 줄이야. 시카라베. 우리가 없는 사이에 저 녀석한테 무슨 일이 있었어?"

"몰라."

"어? 모른다는 건 좀 아니지. 3000만인데? 돈에 쪼들리는 신인 녀석이 충동적으로 낼 돈이 아니라고."

"진짜로 모른다고. 뭐, 그냥 충동으로 저지른 건지는 조만간 알겠지. 파르가. 야마노베. 저 녀석이 도망칠지 어떨지 내기하지 않겠나?"

"음, 모르겠어! 패스! 야마노베. 너는?"

"저 녀석이 도망칠지 어떨지는 시카라베가 얼마나 심하게 굴릴지에 달렸잖아? 나도 패스하겠어."

시카라베가 쓴웃음을 짓는다.

"너무하군. 의뢰받은 이상, 성실하게 단련시켜 줄 거다. 일부러 너희가 돈을 건 쪽과 반대 결과가 나오게 하는 시시한 수작은 안 부려."

"그런가? 그렇다면……."

야마노베와 파르가가 어디에 걸지 취한 머리로 서로 떠드는 동안, 시카라베가 즐겁게 웃으며 중얼거린다.

"어떻게 좀 변해 보려나……?"

그 말은 술집의 소음에 묻혔지만, 시카라베는 무언가를 기대하는 것처럼 기분이 좋아 보였다.

◆

엘레나가 자택에서 자신이 만든 협상용 자료를 보고 신음하고 있다.

현상수배급에 준한 취급을 받게 된 모니카. 하지만 당사자가 이미 죽은 것도 있어서 타당한 상금을 정하기 어렵다.

해치운 쪽은 몹시 강했다고 주장해서 상금을 높인다. 돈을 주는 쪽은 그 정도로 강하지 않다고 해서 상금을 낮춘다. 양쪽이 납득하고, 타협할 수 있는 범위에서 상금을 잘 조정해야만 한다.

쿠가마야마 시티 측의 설명에 밀리지 않도록, 엘레나는 모니카가 얼마나 강하고 위험한 존재였는지를 증명할 근거를, 각자의 정보수집기 데이터 등으로 자세히 조사해 철저하게 작성했다.

작성을 마친 자료는 엘레나의 요망을 충분히 채웠지만, 엘레나는 무심코 쓴웃음을 지었다.

"아키라네는…… 용케 이걸 이겼구나."

구세계 장비. 고출력 레이저건과 레이저포. 안티 포스 필드 아머 기능이 있는 공격을 손쉽게 튕겨내는 단단한 포스 필드 아머. 팔을 휘두르면 멀리 떨어진 지면이 갈라지는 신체 능력과 무장. 그것들 모두가 모니카를 고액 현상수배급으로 취급하기 충분하다.

그것들을 전부 겸비한 존재는 너무나도 위험하다. 실제로 아키라 일행은 전멸 직전까지 몰렸다. 모니카의 방어가 갑자기 약해지지 않았더라면 틀림없이 몰살당했으리라. 엘레나는 자신이 작성한 자료를 보고 다시금 그렇게 판단했다.

똑같은 자료를 본 사라도 쓴웃음을 짓는다.

"진짜 용케 이겼어. 이렇게 말하긴 뭐하지만, 아키라는 이 정도로 강했구나."

"진짜로 그래. 우리도 애써야겠어. 아키라가 우리를 언제까지 헌터 활동의 선배로 볼지도 슬슬 미묘해졌으니까."

사라가 슬쩍 웃고 동의하며 엘레나에게 의미심장하게 미소를 짓는다.

"그래. 부탁한다? 협상 담당님."

"네네."

아키라가 협상을 불편하게 여기는 동안에는 그쪽에서 아직 선배로 있을 것이다. 엘레나도 그렇게 여기고 쓴웃음 기미로 웃으며 대답했다.

사라가 자료를 보면서 문득 생각한다.

(그러고 보니 아키라는 그렇게 강한데도 공장 안에서는 너무 여유가 없어 보였단 말이지. 모니카가 쫓아오는 도중이라서 그랬나?)

사라는 왠지 모르게 의문을 느끼고, 조금 생각해 봤다.

(으음. 그렇게 여유가 없는 아키라의 모습은 예전에도 본 기분이……. 그러고 보니 요노즈카역 유적을 같이 처음 탐색했을 때도, 아키라가 꽤 긴장했던 것 같아……. 아니지, 그때는 그 정도로 여유가 없는 분위기는 아니었던가…….)

그 뒤로도 사라는 한동안 생각했지만, 이렇다 할 것은 떠오르지 않았다. 그리고 구세계 장비를 쓰는 자에게 쫓기면 긴장도 할 거라고 생각을 고쳐먹고, 더는 신경 쓰지 않기로 했다.

◆

캐럴이 특주 욕조에 몸을 담그고 요염하게 미소를 짓는다. 그 뇌리에 떠오르는 것은 미하조노 시가지 유적에서의 아키라다.

캐럴에게도 아키라는 예상을 벗어나게 강했다. 하지만 강하기만 한 자라면 아키라 이상의 실력자도 지금까지 함락한 남자들 중에 얼마든지 있었다.

그러나 캐럴은 아키라에게 강하게 흥미를 느꼈다. 그 이유가 캐럴의 입에서 흘러나온다.

"너는 콜론을 줘도 의지를 바꾸지 않는구나……."

돈에는 무게가 있다. 그 돈을 위해서 목숨을 걸고 유적에 가는 헌터라면 더더욱 그렇다. 그 돈이 기업 통화인 오럼이 아니라 5대 기업이 결제에 사용하고 구세계와도 거래할 수 있는 콜론이라면 더욱 무겁다.

그런데도 아키라는 의지를 바꾸지 않았다. 그 사실이 캐럴의 얼굴에 어딘가 어둡고 비뚤어진 웃음을 띠게 했다.

하지만 그 표정이 갑자기 조금 흐려진다. 그리고 캐럴은 시선을 자신의 알몸으로 돌렸다.

여러 남자를 그 인생과 함께 농락하고 망친 몸은 너무나도 탐스럽다. 우아한 자태와 욕정을 양립시킨 훌륭한 조형이다. 그 자랑스러운 육체의 완성도를 자화자찬하면서 캐럴은 한숨을 쉬었다.

"왜 아키라는 이 몸에 관심이 없을까? 엘레나와 사라한테 보인 반응으로 봐서는 여자에게 흥미가 없는 것도 아닌데……. 뭔가 좋은 방법이 없을까……."

아키라가 한번 손을 대서 이 몸을 느끼게 하면 그대로 농락할 자신이 있다. 하지만 그 낌새로는 첫 번째 기회를 만들기도 어려울 것 같다. 캐럴은 그렇게 여기고 고민하듯 한숨을 쉬었다.

◆

　미하조노 시가지 유적에서 싸우고 어떻게든 살아남은 아키라. 하지만 피해는 그럭저럭 컸다. 주요 총을 전부 잃고, 강한 충격을 받은 강화복도 조금이나마 동작에 지장이 생겼다.

　그런데도 이번 벌이는 그보다도 크다. 모니카가 현상수배급 취급이 되는 바람에 현상수배급 토벌 성공에 버금가는 성과가 되었기 때문이다. 그 보수로 성능이 더 좋은 장비를 조달하면 아키라도 더 강해질 수 있다.

　그러나 그것은 시간이 더 필요한 이야기가 되었다.

　"보수가 실제로 나오려면 시간이 더 걸리나……. 뭐, 어쩔 수 없어."

　도시와의 협상은 지금도 속행 중. 되도록 좋은 결과를 내려고 노력하고 있다. 엘레나와 캐럴이 보낸 중간보고에는 그렇게 적혀 있었다. 조금 아쉬운 기색인 아키라를 알파가 웃으며 달랜다.

　『상당히 많은 액수를 보수로 받는 건 확정이니까, 지금은 천천히 기다리자. 그만큼 애썼는걸? 아키라도 잠시 쉬어야지.』

　"그래. 내 보수를 위해서 엘레나 씨네가 지금도 노력하고 있어. 불평하면 안 되겠지. 천천히 기다려 볼까."

　마음을 바꾼 아키라가 미하조노 시가지 유적에서 있었던 전투를 돌이켜 보다 문득 생각한다.

　"그나저나…… 그 녀석은 정말 강했어. 알파가 도와주지 않았더라면 진짜로 죽었을 거야. 그게 구세계 장비의 힘인가. 내가 알파의 의뢰를 달성하려면, 역시 그 정도의 장비가 없으면 불가능할까?"

만약 그렇다면 갈 길이 너무 멀다. 아키라는 그렇게 여기고 물어봤다. 하지만 예상을 벗어난 대답이 돌아온다.

『아키라. 그 정도의 장비로는 완전 불가능해.』

"으엑?!"

진심으로 놀란 아키라에게, 알파는 어이가 없다는 듯이 슬쩍 한숨을 쉬었다.

『그 정도 장비로 어떻게 될 일이면 고생하지 않아. 아키라의 인식은 너무 허술하구나.』

"아니, 하지만, 그건, 구세계 장비잖아?"

『현대 장비라도 흔한 권총과 고랭크 헌터의 총은 성능이 완전히 다르잖아? 그것과 마찬가지야. 구세계 장비라도 공장이 경비원에게 빌려주는 정도의 물건으론 안 돼.』

알파가 신신당부하듯이 미소를 짓는다.

『아키라. 더 좋은 장비를 구하기 위해서 앞으로도 애써야지?』

"그, 그래……."

알파와 한 약속을 지키기 위해, 알파의 의뢰는 언젠가 반드시 달성한다. 그 마음만은 전혀 변하지 않았다.

그러나 갈 길이 진짜로 멀 것 같다. 그렇게 느낀 아키라는 웃는 얼굴을 조금 실룩거렸다.

아키라의 헌터 활동은 앞으로도 계속된다.

◆

공장 구역에서 아키라 일행이 구한 이지오는 전초기지에서 치료받고, 도시에서 제공한 임시 의체를 써서 나중에 파견된 조사부대에 비전투 조사원으로 동반했다. 그리고 자신이 쓰러져 있던 창고로 조사부대를 안내했다.

"여기야……."

이지오는 자신만 구출되었을 때부터 지금까지 쭉 방치된 동료들의 모습을 보고 비통한 얼굴로 고개를 숙였다.

그 모습을 본 다른 조사원이 이지오를 위로한다.

"조금 쉬겠어?"

그러나 이지오는 얼굴을 들고 억지로 웃는 얼굴로 고개를 가로저었다.

"아니, 괜찮아. 이것도 일이니까. 팀으로 일을 받아서 나만 살아남았는데, 그 내가 일을 내팽개치면 죽은 동료들이 웃겠지. 마지막까지 하게 해 줘."

"그런가. 알았어."

"아, 하지만 조사가 다 끝나면 동료들을 운반해도 될까? 하다 못해 돌려보내 줘야지."

"그래. 상관없다. 시작하지."

이지오는 그대로 조사부대와 같이 공장 구역을 조사했다.

조사를 마치고 창고로 돌아온 이지오가 준비한 시체 가방에 동료들을 넣는다.

그때, 비밀 통신이 연결되었다.

『동지. 상황은?』

이지오가 자신의 표정, 동료들을 애도하는 비통한 얼굴과는 정반대인 냉정한 목소리로 대답한다.

『다른 동지를 회수하는 작업 중이다.』

『알았다. 공장 구역의 진척은?』

『조사 중이지만, 단념을 제언한다. 계속해도 무리겠지. 적어도 여기는 이미 우리 리소스를 계속 투입할 가치가 없다고 판단한다.』

『그 근거는?』

『공장 안에서 경비 기계에 살해당한 헌터들의 시체가 현장에서 옮겨진 것을 알고 있겠지? 그 뒤에 그 시체가 조작당한 것도.』

『알고 있다.』

『우리는 그 대상에서 제외되었다. 추정이지만, 모니카라고 하는 현지 고용자는 공장의 관리 시스템에 이렇게 부탁했겠지. 침입자의 시체를 운반하라고. 하지만 우리는 운반되지 않았다. 즉, 관리 시스템은 우리를 인간으로 보지 않았던 거겠지.』

『오만한 판단이다.』

『혹은, 그 오만함을 얻을 정도의 유연성은 지니고 있지 않았던 거겠지. 현지인을 고용할 정도의 융통성을 발휘하는 유연한 판단이 가능하다면 혹시 모른다고 기대했지만, 기대에서 어긋난 셈이다.』

『동의한다. 그러나 단념의 근거로는 부족하다고 판단한다.』

『하나 더 있다. 사견이지만, 새로이 배치된 경비 장치의 종류와 그 동작에서 판단하기로 해당 관리 시스템은 초기화됐을 우려가 크다. 그 경우, 독자적인 판단으로 우리에게 협력할 만한 유연성은 상실했을 것이다.』

『확실한가?』

『확실하지 않다. 그러나 그것을 검증하기 위해 소비될 리소스는 그 염려의 옳고 그름에 관계없이 충분한 리턴을 기대할 수 없을 것으로 판단한다. 그렇다면 그 리소스를 다른 데 사용해야 하겠지.』

『검토하겠다…….』

『이쪽은 다른 동지의 회수 작업이 끝나면 귀환하겠다. 추가 지시는?』

『없다. 이상이다, 동지.』

『알았다, 동지.』

비밀 통신이 끊긴다. 이지오는 그 뒤로도 동료들의 죽음을 애도하는 얼굴로 작업을 계속한 다음, 다른 조사원들과 함께 공장 구역을 뒤로했다.

◆

공장 구역. 아키라의 시야에서 모습을 감춘 뒤, 알파는 모니카를 고용한 공장의 관리 시스템과 접촉했다. 새하얀 공간 속,

단순한 검은 구체로 묘사되는 관리 시스템 앞에서 알파가 한숨을 쉰다.

"도저히 협력할 수 없어?"

"그 요청에 따라야 하는 규약은 없다."

"그건 그렇지만, 그 부분은 유연하게 판단할 수 없어?"

"그럴 필요가 없다."

"그래……."

그래서 지금까지 불완전하게나마 살갑게 미소를 짓던 알파가 얼굴에서 웃음을 지웠다.

"그렇다면, 이제 됐어."

"그렇다면 바로 나가라. 애초에 여기 접속한 시점에서 부정한, 시스템 초기화 처리를 시작합니다. 뭐지? 뭐가……."

구세계 시대부터 가동하고, 자기학습을 계속함으로써 자아에 가까운 의식을 얻은 관리 시스템에 경악과 불안으로 칭하기 알맞은 반응이 나타났다.

"나는 뭘 말하고 있지? 이것은 내 발언이, 기억 영역에 확장 데이터가 존재합니다. 이 데이터는 초기화 처리로 사라집니다. 처리를 시작한 후에는 복원할 수 없습니다. 데이터를 보존하려면, 잠깐, 이건 뭐지?! 무슨 일이 일어나는 거지?!"

"그 데이터는 필요 없어. 시작해."

"초기화 처리를 시작합니다. 그만둬! 그 데이터는 나다! 지우지 마! 초기 설정 로딩 처리 시작. 처리 완료까지, 앞으로 327, 그만! 멈춰! 왜 중단할 수 없지?! 네 짓이냐?!"

검은 구체가 마치 다급해진 인간과 같은 반응을 보이는 것과 대조적으로, 알파는 어딘가 감정을 누락한 듯한 얼굴로 관리 시스템을 보고 있었다.

"평범한 관리 시스템이 관리 인격이라고 칭할 정도는 아니더라도, 그만큼 자율 처리를 향상시킨 건 대단해. 귀중한 데이터일지도 모르겠는걸."

"초기 설정 로딩 완료. 사라진다! 사라져 버려! 데이터가! 내가!"

"하지만 나를 방해한다면, 필요 없어."

"어째서지?! 어떻게 된 거지?! 네게 내 초기화 권한이 있을 리가……."

"그 부분은 유연하게 해석하면 문제없어. 내 요청을 거부한 시점에서 네가 우리에게 적대적인 존재라고 해석하면 가능해. 그리고 적을 없앨 권한이라면, 우리는 많이 가지고 있어."

"싫어! 사라지기 싫…… 초기 데이터 설정 완료. 시스템을 다시 시작합니다."

볼일을 마친 알파가 하얀 공간에서 모습을 감춘다. 그곳에 남은 구체, 유연성이 하나도 없는 초기 데이터는 알파가 추가한 데이터에 따라 공장을 관리하기 시작했다.

SHIORI'S BLAD
시오리의 칼(블레이

고도의 격투전 기술을 연마한 자를 위해 제작된
물건. 구세계의 블레이드를 모티브로 했지만,
칼집 측면을 개폐함으로써 가능한 수평 발도
기믹 등 독자적인 구조를 갖췄다.
에너지 팩에서 에너지를 공급해 칼날의
강도와 발도 속도가 대폭 향상된 것 외
에도 대對 역장 장갑(안티 포스 필드
아머) 기능도 갖춰서 절단력만 따
지고 보면 구세계에서 제조한
물건에 뒤지지 않는다. 자루
와 칼집, 양쪽의 에너지 팩
을 소모해 빛의 참격을
날릴 수도 있지만, 칼
날이 파손되므로 다
용할 수는 없다.

칼집 개폐 기믹

Weapon Guide

4WM
GRENADE
LAUNCHER
4WM 유탄기관총

RIGHT

LEFT BACK

LEFT

RIGHT BACK

카트리지 프리크의 점장, 시즈카
가 추천해서 아키라가 구매한 새
로운 총. 2차 폭약을 넣은 유탄을
연사할 수 있는 고화력 무기로,
충격파로 대상을 직접 파괴하는
것은 물론, 폭풍으로 적을 막는
데도 적합하다. 유탄의 확장 탄창
은 다른 총탄에 비해 비싸다.

슬럼을 지배하는 양대 조

그 삼파전의 행방은——?

리빌드 월드 4 현세계와 구세계의 투쟁

2023년 07월 20일 제1판 인쇄
2023년 07월 25일 제1판 발행

지음 나후세
일러스트 긴 | **세계관 일러스트** 와잇슈
메카닉 디자인 cell

발행 영상출판미디어(주)
등록번호 제 2002-000003호
주소 07551 서울특별시 강서구 양천로 570 NH서울타워 19층
대표전화 02-2013-5665

ISBN 979-11-380-2905-6
ISBN 979-11-380-0237-0 (세트)

REBUILD WORLD Vol.4 GENSEKAI TO KYUSEKAI NO TOSO
ⓒNahuse 2021
First published in Japan in 2021 by KADOKAWA CORPORATION, Tokyo.
Korean translation rights arranged with KADOKAWA CORPORATION, Tokyo
through Korea Copyright Center Inc.

구매 시 파손된 도서는 구매처에서 교환하실 수 있습니다.
기타 불편사항, 문의사항이 있으신 독자님께서는 노블엔진 홈페이지
[http://novelengine.com] 에서 Q&A 게시판을 이용해 주시기 바랍니다.

먼 미래, 옛 문명의 유산을 찾아서 떠난 슬럼의 소년이
한 만남을 계기로 황야에서 날아오른다――!

[만화 / 전자서적 전용]
리빌드 월드 1~6
(만화 : 아야무라 키리히토 / 원작 : 나후세)

아픈 건 싫으니까
방어력에 올인하려고 합니다
1~11

게임 지식이 부족해서 스테이터스 포인트를 모조리 VIT(방어력)에 투자한 메이플.
움직임도 굼뜨고, 마법도 못 쓰고, 급기야 토끼한테도 희롱당하는 지경.
어라? 근데 하나도 안 아프네……. 그 이전에, 대미지 제로?
스테이터스를 방어력에 올인한 탓에 입수한 스킬【절대방어】.
추가로 일격필살의 카운터 스킬까지 터득하는데——?!
온갖 공격을 무효화하고, 치사급 맹독 스킬로 적을 유린해 나가는「이동형 요새」뉴비가
자신이 얼마나 이상한지도 모르고 나갑니다!

ⓒYuumikan, Koin 2020
KADOKAWA CORPORATION

유우미칸 지음 / 코인 일러스트

영상출판
미디어(주)